听说我很穷

苏景闲 著

进步外·是最美好的故事

长江出版社
CHANGJIANGPRESS

图书在版编目（CIP）数据

听说我很穷/苏景闲著. — 武汉：长江出版社，2021.4
ISBN978-7-5492-7620-2

Ⅰ. ①听… Ⅱ. ①苏… Ⅲ. ①长篇小说-中国-当代 Ⅳ. ①I247.5
中国版本图书馆CIP数据核字（2021）第057442号

听说我很穷/苏景闲 著.

出　　版	长江出版社
	（武汉市解放大道1863号 邮政编码：430010）
市场发行	长江出版社发行部
网　　址	http://www.cjpress.com.cn
责任编辑	钟一丹
印　　刷	北京盛通印刷股份有限公司
	（地址:北京市大兴区亦庄经济技术开发区经海三路18号）
版　　次	2021年4月第1版
印　　次	2021年8月第1次印刷
开　　本	880×1250mm 1/32
印　　张	11.5
字　　数	330千字
书　　号	ISBN978-7-5492-7620-2
定　　价	42.80元

版权所有，侵权必究。如有质量问题，请与本社联系退换。
电话：027-82926557（总编室）027-82926806（市场营销部）

目录
CONTENTS

第
1
章

　　余年一脚踏进电梯厢时，里面已经站了一个人。两人视线相撞，各自顿了两秒，又交错开。余年转身站好，按亮 42 层，对方令人惊艳的眉眼长相却还在眼前晃了几晃。

　　晚他一步进电梯的师兄齐哲低着头，没注意到角落站着的人，他焦虑地捏了捏手指，等电梯门合上才压低了声音说话，略有些惭愧："余师弟，师兄在星耀娱乐实习，还说不上什么话，这次也是看了你的照片，经纪人才拍板说要见你。等一会儿上去了，你好好表现啊，就凭你的颜值，肯定能留下来……"

　　相比起他的紧张，余年反倒笑容轻松，公共场合，他声音也放得低，诚恳道："谢谢师兄帮我争取到这个机会，我一定努力。"

　　齐哲连忙摆手，都快结巴了："谢什么谢，我也没做什么……再说了，你以前帮过我好几次，真算起来也是我谢你。"他指尖发抖，嘴唇都起皮了，又找了个话题，"你手上还有多少钱？"

　　余年在心里算了算，实话实说："除去刚刚买白衬衣的钱，还剩差不多两百。"

　　说完，他自己也忍不住感慨，真的太穷了！

　　齐哲担忧，"那不是外卖都快点不起了？要是今天没能留下来，"他停下话，又仔细打量穿着崭新白衬衣、浅色旧牛仔裤和黑色运动鞋的余年，肯定道，"不可能留不下来，你这颜值，可是连续四年碾压我宁

1

大两万男同胞，未逢敌手！"

余年被逗笑了，忽然想到电梯里另外那个人的长相，恍了几秒的神，才接话："不管能不能留下来，我都请师兄吃饭。"

"算了吧你，师兄请你吃，就学校门口那家烧烤店，荤素随便点。""叮"的一声，电梯到了，齐哲连理了四五次衣领，低声朝余年道，"到了。"

电梯门在两人身后合上。

"这一整层就是星耀的经纪部，师兄还要去开会，就送你到这儿了。一会儿你直走右转，找到挂着写'孟远'的牌子那扇门。"齐哲见余年笑弯着眼看自己，呼了口气，也跟着笑起来，"你这万事不扰心的心态也是真的稳，别的我不多说了，加油！"

星耀娱乐是国内三大娱乐公司之一，明眼人都能看出来财大气粗，品位也很不错，室内精心的布景装饰让人赏心悦目，余年走在光亮可鉴的地板上，没有东张西望。

他虽然只穿着简单的白衬衣牛仔裤，但脸长得好，气质又出众，一路上吸引了不少人的视线。

等到了孟远的办公室门前，余年整理好袖口，随后不轻不重地敲响了门。

很快，内里传出声音："请进。"

余年手搭在冰凉的金属门把上，微微用力，打开了门。

办公室四面宽敞，简洁明亮，冷气开得很足，一口凉气吸进鼻腔，倒是让余年更冷静了些。他还花一秒评估了角落放着的绿植——疏于照顾，枝叶都快枯了。

桌面凌乱的办公桌后面坐着一个西装革履的男人，正在打电话，皱着眉，表情不太好，声音里压着暴躁。

余年朝对方点点头，站在原地没出声。直到对方半眯着眼看了他一会儿，指了指一旁的沙发，才抬步走过去坐下了。

他能很清晰地感觉到，从他进门到现在，对方一双眼睛就落在他身上没挪开半寸。但这种打量并不让人感觉不适，就像是打量一件……商品。

"我现在手上真没人……行，我帮你掌掌眼……知道，你经手的节目哪有不火的……"这通电话没再持续多久，孟远将手机搁桌子上，坐直了背，研判地看着余年，问得突兀，"照片是谁拍的？"

余年很快反应过来，笑着回道："当时齐师兄要照片要得匆忙，我就让我室友临时拍了一张。"

孟远点了头，很不客气地评价："拍照的人技术非常不行，你的三分都没拍出来。"

余年没接话，只是笑，笑容干干净净的，让人很有好感。

"余年……21岁？"

"是，上半年过的生日。"

孟远又盯着余年看了一会儿，头发是纯黑色，底子很好，皮肤又白又细。鼻梁挺直，但不显强势，唇线清晰，嘴唇较薄，下颌线近乎完美。最出彩的是一双眼睛，典型的笑眼，眼睛大的同时，眼尾还延长些许，黑眸跟水洗过的一样，清清亮亮的。右眼眼尾下面还有一颗淡色的泪痣，眼光流转间，会衬出点秾丽的贵气。

以他从业十几年的眼光来看，这张脸骨架好，再来十年也一样好看。甚至现在还没完全长开，再过个两三年，才是颜值巅峰。

这还是素颜。

孟远已经确定，不需要多的，就凭这张脸，推着让人往镜头下一站，不可能不红。

余年安安静静地坐着，任由孟远打量，没有半点不自在，神态表情都很自然。或许是教养使然，他随意这么一坐，肩不塌背不垮，微微侧身，神情专注地听你说话，让人感觉到十足的尊重。

孟远暗暗点头，往心里的评分表上又加了十分："齐哲说你唱歌不错？"

"嗯，从小就喜欢。"

一问一答的间隙，孟远脑子里已经过了一遍调音师的名单了，嘴里还是说道："那随便唱一首？"

余年想了想："那我唱首校歌给您听听？"

孟远乐了。

自从他带的艺人火了之后解约离开，他也陆陆续续面过不少人，唱流行摇滚民谣的都有，还是第一次有人准备唱校歌的。他捞了支笔捏在指间，饶有兴致地拿笔尖敲敲桌面。"都可以，主要是听听你的音色。"至于唱功音准，他也没多奢望。

余年唱歌从来记不住歌词，但这个场合必定不能让他像平时一样瞎哼哼，他淡定地从口袋里把手机拿出来，搜出歌词，也没开伴奏，调整呼吸后，自己给自己打了两个拍子，直接开唱。

"啪"的一声轻响，孟远手里的笔掉了。

余年没受影响，他的视线牢牢盯着手机屏幕上的歌词，没注意到孟远骤然间不淡定的神色，直到听见对方说了声"停一下"。

他依言停下来，抬起头，眼带问询。

孟远做了个深呼吸："继续。"

余年接上刚刚停下时最后的一个音，毫无阻碍地唱了下去。他的音色清透，如同空旷山林间潺潺的溪水，尾音带着点悠悠扬扬的韵味，每个字都咬得刚刚好。

一段唱完，孟远眼神压着点激动："以前学过专业课？"

余年气息不变，弯着眼睛回答："没学过，我大学是历史专业的。不过家里长辈喜欢唱歌，小时候就跟着哼几句。"

这是"跟着哼几句"的水平？

孟远手指快速敲着桌面，再开口，又回到了平稳的语调："当时是齐哲给我看了你的照片，你也愿意特地过来一趟，我是否可以认为，你是愿意进这个圈子的？"

余年语气也正式起来："是的。"

"这就好。"孟远放松了绷着的背，靠到椅背上，搭着扶手，语气松了两分，"你我肯定是亲自带，不会埋没了你。现在的问题就是，我想知道，你进娱乐圈是为了什么？理想啊目标啊，我们都可以谈谈。"

余年唇线紧了一瞬，很快又泛出笑容，坚定道："我需要赚钱，很多钱。"

孟远没多惊讶，这个圈子里的人，为名为利为梦想，总会有个目标有个奔头，他没做评价。"我们合作，钱肯定不会少你的。但我先说开了，牵线搭桥拉皮条这种事，我不会做。如果你有这方面的需要，我可以给你推荐别人。"

余年摇头，细软的头发跟着他的动作晃了晃，眼里晕出星星点点的笑意："您放心，我只想好好工作赚钱。"

孟远松了口气。他从不指望手里的艺人有多听话，大家都是人，又不是提线木偶。但至少要能沟通、有底线，不要人还没红，就搞些乱七八糟的烦心事儿出来。

孟远语气又温和了两分，"好好好，那我们也算是达成共识了。"他拉开手边第一个抽屉，亲自把文件递过去，"这是星耀的 B 级合同，你是纯新人，B 级是我权限里最顶尖的了。签五年，你看看，要是不放心，也可以拿回去找人仔细看了再做决定。"

余年双手接下合同，"不用这么麻烦。"他挨着将近十页的合同仔细看了一遍，从笔筒里抽出黑色的签字笔，利落地签下了自己的名字。

"字写得漂亮！"看他签了字，孟远语气亲近了不少，接过合同，把自己的名字也签上了，心情大好。

"我话说这儿了，你要是不红，天理难容！"

"真的谢谢您。"余年合上笔盖，将签字笔放回笔筒。

等余年走了，孟远顾不上斯文形象，把手里的笔一扔，抄起手机就回拨了一个电话。

"刚刚你说的那个节目，对就是比赛唱歌那个……"不知道对方说了什么，孟远挑眉一笑，得意道，"对，位置给我留好了，你爸爸我现在手里有人了！"

电梯在 51 层停下，谢游跨出门，听见动静的秘书抬头看清来人，慌忙站起身，双手贴合小腹，腰背都绷紧了："谢总上午好！"

谢游停下，"嗯，"他声音冷淡，"曲道然在吗？"

秘书规规矩矩地盯着大理石地板不敢抬眼："曲总现在在办公室里，需要我带您过去吗？"

"好。"

秘书快步站到谢游的侧前方引路，一个字不敢多说。

她来星耀上班这么久，虽然不是第一次碰见谢游过来找曲总，但还是次次都心跳加速——吓的。至于盛传的谢总惊人的美貌，她从没仔细看清过，对方身上的气势总压得她头都不敢抬。

办公室的门被关上，谢游抬眼望向坐在办公桌后面的人，走近一看，果然，又撑着下巴睡着了。

谢游屈指敲了敲桌面："老师叫你。"

"哪道题！"曲道然噌一下站笔直，等迷糊过了，恼羞成怒，"靠，谢游你能不能别每次都来这招？老子心梗被吓出来了你负责送终？"

谢游冷笑："那你能不能别每次都在办公室睡觉？"

"行吧行吧，"曲道然抓了抓自己半长不短的头发，重新坐下，有气无力，"你今天怎么过来了？是没会要开了还是没文件要批了？"

谢游骨节分明的手指夹着封请柬："我妈叫你过几天到家里吃饭。"

曲道然正吊儿郎当地跷腿坐着，听谢游说完，伸手接下请柬，笑嘻嘻地道："行，告诉阿姨，我一定到。"说完，还吹了声口哨。

见谢游皱眉，曲道然连忙坐端正，一脸谄笑，"听说搞了你的专访，还拿你的照片当封面的那本财经杂志，狂卖无数本，直接脱销？这销量这热度，直接秒杀我手底下的当红流量啊，谢总，有什么感想没？"

谢游："没有。"

曲道然早习惯了谢游的冷淡，自顾自地拿手机打开微博，声情并茂地念起来："一个叫'我是谢夫人'的网友在你的微博下评论，错过了这一本，也不知道多久才能再见到这张惊为天人的脸！"

谢游听完，皱眉。

曲道然知道自己这发小表面上跟台自动冷气机一样，十米以内生人勿近，但实际上内里却格外纯情。

谢游懒得说话，"我先走了。"他往外走了几步，想到什么，又装作不经意地问，"你们公司要进新人？"

曲道然正拿着手机兴致勃勃地翻微博评论区，闻言一脸茫然地抬头：

"我们公司要进新人了？我怎么不知道？"

谢游心道你知道才怪了，我果然就不该问这个问题。不等曲逍然说什么，他摆摆手，直接出了门。

秘书见他出来，连忙按下电梯。

余年没想到，竟然又碰见了。他脚步一顿，神色不变地进到电梯站好，原本立志目不斜视，但隔了一会儿，还是没忍住通过反射的镜面看了那人两眼。

应该……不会被发现吧？

对方五官立体，眉眼深邃，嘴唇略薄，配上冷冽的气势，有种锋利感。衬衣扣子扣到了最上面一颗，系着领带，连凸起的喉结都显得格外性感。

谢游右手稍微松了松黑色的领带，在反射的镜面里对上余年的目光："好看吗？"

声音也很好听……不对，被发现了！

敏锐地察觉到对方虽然面无表情，但并没有不高兴，余年干脆大大方方看得仔细，诚恳地笑着夸赞道："嗯，很好看。"

但总是冒失地打量对方也很失礼，余年拿出手机低头，想了想，发了条微信给师兄，说自己已经成功签约了，有空一起吃饭。

站在两步外的谢游神情不自在地侧过脸，耳尖微红。

要是曲逍然在，肯定会惊地跳起来——我眼花了吗谢游你竟然在害羞？

从星耀大厦出来，余年先去取了他的老式自行车，长腿一抬，在车上坐稳，一边往家的方向骑，一边心里做计划。

孟远交了一串钥匙给他，是一套两室一厅的房子，小区就在距离星耀大厦十分钟路程的地方，合约期间他都可以住那里。他自己家在城西，过来一趟要一个小时，还不算堵车时间。三天后培训课程就开始了，他得尽快搬进去……

这时，余年隐约察觉到有人在看自己，偏过头，发现隔着一个绿化带，一辆黑色阿斯顿马丁也在等红灯。看清后座坐着的人时，余年愣了两秒，随后礼貌地点了点头，笑了一下。

谢游透过落下一半的车窗，看着余年挽起的白衬衣袖子，不经意地扫过那辆链条都锈了、不知道什么时候就会报废的自行车，最后又将视线转回到余年脸上，冷淡又克制地点了点头。

红灯跳到绿灯，车流再次动了起来。

余年要搬的不多，一些用惯了的小东西，几盆花，一箱子曲谱稿纸，一箱子衣服，再加两箱子书。为了省钱，他自己来来回回搬了几趟，花一天就搬完了。

接到孟远的电话说要过来看看他住得习不习惯时，余年知道对方应该是想看看他私下里的情况，没拒绝。

第二天上午，孟远进了余年家门。他眼眶青黑，精神不太好，"介不介意我借用一下卫生间，用冷水洗把脸？昨晚熬了个通宵，年纪大了撑不住……"

余年听他说熬了整夜，换了种茶叶，准备沏壶浓茶，"当然不介意，您随意就好。"

孟远得到允许，耷着眼皮进了卫生间，结果没到一分钟就冲了出来。

余年放下手里的茶叶罐，正想问怎么了，突然看清孟远手里拿着的东西。

这时候，孟远瞌睡疲倦全跑没了，正双眼放光："这这这……这是不是云窑出的缠枝莲纹盘？！"

余年眨眨眼睛："是缠枝莲纹盘，不过是仿的，我四十二块钱在古玩市场淘回来的。"

孟远小心翼翼地举着缠枝莲纹盘，"我就说，肯定是仿品，要是是真品，三四十万呢，怎么可能拿来搁卫生间放香皂……不过仿得可真好啊！你看这釉下彩，多好看！"

余年附和着点头："嗯，我不太懂这些，当时觉得好看就买了。"

孟远又看了一会儿，托着盘子往回走，一边感叹："越看越像真的，你运气不错，这仿品有不少本事在里面！"

洗了把脸，孟远精神了不少。他坐到沙发上，又研判地看着余年沏茶的茶具，"这套青瓷茶具也是仿的？仿得也很不错啊，你看这质地细腻，造型端庄，釉色青青莹莹，纹样也雅致，茶水泡出来，汤色很美。不错，挺讲究。"

余年递了杯茶给孟远，笑得不太好意思，"以前家里长辈喜欢泡茶，研究茶器茶具什么的，就看着学了些。"

喝了杯浓茶，孟远捏捏眉心："今天过来，一来是想看看你住得习惯不习惯。"

余年放下茶杯，认真听他说话。

他这认真的态度孟远很受用，态度越发好起来，"第二就是和你说说我的初步计划。"孟远语气正经，手指敲了两下膝盖，"我这两天认真看了你填的资料，不会跳舞，也没有接受过专业的声乐指导，这两方面我们要抓紧。我这边老师已经给你安排好了，课程表发到了你邮箱，你有时间仔细看看，上课别迟到了。"

余年应下来："好，我一定认真学。"

"你必须认真学。"孟远故作神秘，"我在一个节目里给你抢了个位置！"

余年笑起来，眼睛和弯月一样，配合着压低了声音："是什么节目啊？"

孟远卖关子："你猜？"

余年是真猜不到，告饶："孟哥我是真猜不到，要不您直接解谜？"

孟远清了清嗓子，翘着嘴角："何丘柏知道吧？"

"知道的，前年大火的《天降之声》、去年大火的《天籁》，都是他做的节目。"

孟远见余年是做了功课的，也没多说其他，直言："就是他，他今年正筹备《天籁》第二季，我把你塞进去了。"

余年是真的惊讶了。他听师兄齐哲说过，孟远是星耀的两大台柱子经纪人之一，不少大明星见了都得好声好气喊一声"孟哥"。挑人眼光极高，但相应的，手里的资源也是极好。

"这就惊到了？"孟远放松地靠在沙发背上，对上余年的眼睛，"我签了你，至少五年合约期内，我们是绑一起了。你现在什么也不用想，也不用急，好好把培训课上了，我们一步一步来。"

余年知道好歹，他重新倒了一杯热茶，双手递给孟远："我听您的。"

两人又聊了一会儿，孟远起身，在客厅里转了一圈，看见阳台上除了两盆花以外，余年竟然还十分居家地种了一盆葱，新奇道："你还会做饭？"

"嗯，会做简单的，有机会孟哥尝尝我的手艺？"

孟远连连答应，他自认看人眼光很准，余年一看家境就只会好不会差。才搬过来，房间陈设就收拾得干干净净整整齐齐不算，竟然还会自己做饭！

"会做饭挺好的，这也算一个不错的点，你现在对外的人设还没定下来，我再斟酌斟酌……"正准备走，孟远的视线忽然凝住，"不对，你种葱的这个花盆……"他疑惑，"仿的青花梅枝大罐？"

余年面不改色："嗯，对，仿的。"

在家休息了一天，余年做了顿饭犒劳自己，六号一大早，他到了星耀大厦。

孟远手里拿着张打印好的课表，边走边说："每天早上八点开始上课，晚上六点结束，中午有两个小时休息时间。上午是舞蹈形体，下午声乐，晚上的时间你自由安排。能行吗？"

余年已经把课表背熟了，闻言答道："没问题，这个强度我能接受。"

孟远拿课表扇风，叹气："你不接受也得接受，我们时间挺紧，五天后，《天籁》的何丘柏过来看看你。我关系是到了，但能不能过他那关，还是得看你自己。"

他见余年知道轻重，没再继续说下去，手指点点纸面："三十楼到三十五楼都是练习室，307 和 337 在我名下，这几天你就别乱跑，好好跟着老师学习。"

余年应下来。他猜想应该是有什么原因，才让孟远特意叮嘱"别乱跑"。不过孟远没多说他也不多问，当前最重要的还是把课上好。

正说着，两人已经到了三十三层，孟远扬扬手里的课表："老师就在里面，我还有个会要开，中午见！"

　　余年进到舞蹈室时，里面交谈的声音和画了休止符一样，瞬间停了下来。听到的模糊几个字里好像有他的名字，应该是在谈论他。

　　当作什么都没听见，余年站在原地鞠了一躬："两位老师好，我是余年，接下来几天要辛苦两位老师了。"

　　安成对上余年的笑脸，也跟着笑起来："怪不得孟哥千叮咛万嘱咐，让我们一定上心，单是这外形条件，就能说他这次确实是挖到宝了。"他三十岁上下的年纪，保养得很好，抬手道："你好，我是安成，合作愉快！"

　　余年握住安成的手，礼貌道："安老师您好。"

　　站在安成旁边的霍行就没给多少好脸色了，他眉心有不太明显的皱痕，看起来严肃又不好接近。"霍行。"

　　余年还是笑眯眯地打招呼："霍老师您好。"

　　安成抱着手臂，朝余年挤挤眼睛："你们霍老师就是这性子，要是你练习的时候偷懒划水，可是要被凶的。"

　　余年双手合十，眨眨眼，"要是我偷懒，请霍老师一定凶我。"

　　安成大笑，一巴掌拍余年肩上，"这小子不错，上道！"

　　不过一上午，余年都没有挨骂的机会。等孟远十一点半过来看情况时，霍行拎个黑色水壶，远远看着正跟着安成学动作的余年，简短评价："很不错。"

　　孟远挑眉，得意道："我选的人，不错是很肯定的！"他又有些惊讶，"不过竟然能从吝啬言辞的霍老师这里拿到这个评价，余年到底干什么了？"

　　霍行瞥了孟远一眼："肯吃苦，不喊痛，认真，聪明，尊重老师，有耐心有毅力，身体条件也好。"

　　孟远连着"啧"了好几声，玩笑道："余年是给了你多少好处你这么夸他？"

　　见霍行专心喝水不回话了，孟远正经了不少："就五天时间，你觉得，余年能行吗？"

　　这个问题他比较想听听霍行的意见。

　　"见到人之前我觉得你是在做梦，见到人之后，"霍行没说得绝对，"可以试试。"

　　"有你这句话我就安心了。"孟远看着一跤摔地板上的余年利落地爬起来重新站好，继续学动作，从牙缝了"嘶"了一声，"这'嘭'一下我听着都疼。"

　　霍行冷哼，"学舞哪儿有不疼的？"

　　十二点准时，音乐停下，安成转过身，扔了张白毛巾给余年，扬眉道："辛苦了，学得不错啊。"

　　余年把毛巾叠了两叠，擦干净脸和脖子上的汗。他皮肤很白，因为热，透出一层健康的粉色，黑色的碎发被汗水打湿，黏在额头上，眉眼清亮，"安老师和霍老师也辛苦。"

　　他声音还有些喘，拿毛巾的手臂也在不自主地发抖，安成都看着的，眼里的欣赏更深了两分。

　　霍行走过来，直接道："刚刚最后那个动作没稳住，抬腿的时候也太低了，不到位。"

　　安成替余年说话："练习强度太大，又是刚学，最后他腿都要脱力了，能抬起来已经不错了好吧？"

　　霍行是个较真的性子，皱眉："动作必须标准，不然就是白练，他时间不多，每一秒都要抓紧。"

　　余年适时插话，声音带笑："谢谢霍老师，当时确实是腿有些抬不起来了，下次我一定做到标准。"

　　霍行看了余年两秒，"嗯"了一声，没再说话。

　　安成转过身朝向余年，手指悄悄指霍行，翻了个大大的白眼。

　　余年抿着嘴唇忍笑。

　　中午和孟远吃过午饭，余年回舞蹈室找了张垫子铺开，手脚酸痛地躺下。不过只躺了两分钟，他又站起来，把之前霍行说的那个动作练了几遍。确定达标了，这才吁了口气。

　　这次躺下后，余年是真的不想动了，手脚都不像是自己的。什么时候睡过去的他也不知道，闹钟响起来时，才发觉已经一点四十了。

勉力坐起来，余年活动了一下四肢，坐电梯下楼。

到了声乐课的练习室，老师还没到，余年想了想，开始自己做开口练习。做完后才发现门口站了一个人，余年赶紧站起身，"赵老师您好，我是余年。"

赵曦已经四十岁了，穿着黑色长裙，气质很好，说话也温和，"坐下吧，我看你的课表，上午是在练舞？"见余年点头，她笑道，"练舞挺辛苦的，对了，刚刚你是在做开口练习？"

"嗯，是的，不知道做得对不对。"

"做得没问题。"赵曦一边把手里的几本书放下，一边问，"会看谱吗？"

"会。"

"嗯，"赵曦把书翻开递给余年，"把这首歌唱出来我听听。"

余年接下来看了一遍，自己打着拍子，准确地唱了出来。

赵曦满意点头，沉吟数秒，问："以前学过声乐基础？"

余年没有隐瞒："我外婆很会唱歌，小时候跟着唱，外婆有时会教一点。"

赵曦仔细分析："你的发声位置比较靠前，声音从喉咙发出后，打在硬腭上发出。呼吸上，用的是胸腹式联合呼吸法。这种发声方式不是不好，而是你可以做到更好。另外，你的音准、音色和音域都非常不错，可以说是老天爷赏饭吃的类型。"她抽出一张白色稿纸，"好了，我们上课。"

接下来的五天时间里，余年基本就穿梭在这两间训练室里。吃过晚饭，会抓紧时间在舞蹈室多练两个小时。

霍行发现他会自觉留下来练舞，先是冷叱了一句："这么拼不要命了？"见余年只是笑，也不争辩，霍行没再说什么，但每天都会免费加班，留下来给余年做指导。

十一号上午，余年刚到孟远办公室就被塞了杯牛奶，然后被孟远拉着风风火火进了电梯。

孟远比余年还紧张："有信心吗？"

余年喝了口牛奶，嘴唇上沾了点奶沫，少年气更重了。他点头："有信心。"

孟远双手合十举过头顶："如来佛祖耶和华老君在上！"

之后嘀咕了些什么余年也没听清楚，他捧着牛奶小口小口喝，眼里全是笑意。

到了录音室，孟远已经恢复了王牌经纪人应有的淡定："一会儿你进去找找感觉开开嗓，何丘柏应该还有二十分钟到，到时候你好好发挥，哥相信你！"

余年和孟远对了拳头："嗯，我也相信我自己！"

星耀大厦门口。

曲逍然坐在副驾驶上，连打了三个哈欠，嬉皮笑脸："感谢谢总送我上班！"

他昨天去谢家吃饭，晚上喝了酒，干脆在谢家住下了。早上又顶着谢游的冷脸，死皮赖脸地蹭上了谢游的车。

谢游脸上跟覆了层霜一样："可以滚了。"

"酝酿一下再滚，"曲逍然半点不怕，还絮絮叨叨的，"说起来上次你来找我，不是提到说我公司里最近有没有进新人吗？我想想，招人来问了问，还真进了新人。"

谢游搭在膝上的手指动了动。

"……是孟大经纪人签进来的，叫余年，才21岁。"

"余年？"

"嗯，年年有余那个余年。我看了照片，长相挺不错，听说声音很好，孟远正筹划着让他上《天籁》第二季，今天节目组那边会有人过来看。"说到这里，曲逍然极力邀请，"谢总要不要起驾一起去看看？"

曲逍然一直都担心自己这个发小天天忙工作会被闷死，有什么好玩儿的好吃的都会拉着谢游。但十次邀请，基本十次都邀请不到。

"好。"

"哈哈哈我知道你有一堆会要开但是——"曲逍然卡住，"咦，你刚刚说什么？"

谢游懒得理他，打开车门下了车。见曲逍然还在发愣，他不耐烦地皱眉："走不走？"

"当然走！谢游你绝对不是我认识的那个谢游！"

两人走进录音室的时候，里面已经站着好几个人。孟远最先发现曲逍然，心里一跳，笑着迎了两步，"曲总您怎么来了？"等他眼光一转，视线落在谢游那张令人惊艳的脸上，人都有点不好了，"谢总您好！您也来了？"

曲逍然做了个"嘘"的动作，笑眯眯地低声说话："别惊动了，我们就是来看热闹的，你们忙你们自己的，不用管我们。"

说完，还真的就安安静静地站着。

谢游站在曲逍然身后，正透过玻璃看着话筒前的余年，神色不动。一个穿格子衬衣的中年男人朝里面打了个手势，余年回了个手势，三秒后，一道极清澈的嗓音从设备里传了出来。

众人屏息，曲逍然惊讶地挑挑眉，正想回头问问谢游感想，却发现对方像是在……发呆？

谢游身体无意识地放松下来，不太明显地靠墙壁站着。他视线固定在玻璃房里，垂下眼睑专心唱歌的余年身上，心跳突然有加快的趋势。

是，就是这个声音，没有错。

在电梯里第一次听见这个声音的时候，他还不是十分确定，直到现在听到余年唱歌他才肯定，就是这个声音。

在令人心生愉悦的声音里，好像时间流逝得都要快不少。余年唱完最后一句停下，站在最前面的何丘柏鼓了掌。

玻璃阻隔，余年听不见外面的声音，但能看见孟远竖起的大拇指以及何丘柏鼓掌的动作。他摘下耳机，呼了口气，随后露出了笑容。眼角余光看见一个背影，余年动作微顿——刚刚门边那个背影好像有些眼熟？

但他没来得及多想，从玻璃房走出去，孟远就迎了上来，"来，我给你介绍一下，曲——"孟远一回头，发现曲逍然和谢游都不见了。

余年反应过来，小声提醒："我取下耳机的时候，看见门动了一下。"

孟远应了一声，心道还真是来看热闹的。转而又笑道："这个就是我跟你提过几次的何丘柏。"

余年稍稍鞠躬，笑道："何老师您好。"

何丘柏和孟远是多年的老朋友，看余年也顺眼，和和气气的："小朋友唱得很不错，老孟给我看了你跳舞的视频，也很好，很期待合作啊！"

余年拍拍心口，眉眼带笑："听到您这句夸，我心跳终于稳下来了。"

何丘柏爽朗地笑起来。

上节目的事情是稳了，下午节目组那边会来人商量合同。何丘柏百事缠身，没多留也不让送，说了两句就带人先走了。

录音室空下来，孟远又递了一杯蜂蜜水给余年，舒心道："你确实争气，老何那人挑剔得很，你竟然一口气就入了他的眼，不错不错。"

余年几口喝完了一杯水，前额出了点细汗，他随手擦了，"我也没想到，练习的时候都做好最坏的心理准备了。"他放下杯子，迟疑了几秒，有些不太好意思，"孟哥，我能不能……提前预支一点工资？"

孟远反应过来："是缺钱了？也是，合同那笔钱财务那边还没转，我一会儿去催催。至于工资就五六千，提前全支给你也行，不麻烦。"

"劳烦孟哥费心了。"余年松了口气——说出来别人可能都不会信，他包里就剩二十块钱了。

时间不晚，上午的课还是要上的。余年自己乘电梯到了三十三楼，边走边回忆昨天舞蹈课的内容。经过一个转角时，却被两个人拦了下来。

是不认识的人，但余年大概能猜到对方的身份。

果然。

说话的人神色挑衅，还带着明显的轻视："你就是余年？除了脸好看一点，也看不出什么优点啊！"

余年仔细将面前两人打量过去，轻笑："脸好看就是一个天然的优点。"他将"天然"两个字咬了重音。

对面两个人的脸色变了一变。

余年收了脸上的笑容。家教原因，他平日里待人大多数都很礼貌，面对教他的老师和孟远他们时还会带上发自内心的尊重，但这并不代表他脾气就很软和。

没了笑容，余年眼神有些冷："我很忙，没那么多时间浪费。如果你们是想问为什么我会被孟哥选上，而你们却没有，那这个问题你们可以去问孟哥。"他抬抬嘴角，继续道，"如果是想问我为什么被何丘柏选上，那你们大可以去问何丘柏。"

最后，他扬了扬白皙的下巴，嘴角微勾，衬着眼角的泪痣，显出点儿内敛的锋芒来："要是你们两人中的任何一个能把我从《天籁》挤下来，我绝对不说半个字。"

说完，他没再浪费时间，抬脚走了。

角落，看完这一幕的安成拉着霍行："啧啧啧，竟然这么硬气。"

霍行收回迈出去的半步，淡声道："不硬气，能拼着口气，五天把动作全学会？"

安成挑眉："嗬，霍老师，你这是第几次夸余年了？就这么欣赏他？"他又回忆起刚刚那一幕，抱着手臂笑道，"不过那傲气的小模样，真的挺招人的，不错不错。"

霍行没否认，沉默片刻道："要是谁都能欺负，他在这个圈子里也走不远。"

等安成和霍行也走了，谢游从藏身的位置走出来，朝余年离开的方向看了一会儿，乘电梯离开了。

中午一起吃饭，余年抽了双筷子，先递给孟远，起了话头："孟哥，我想问个事。"

孟远右手捏筷子，左手拿手机在忙，应了一句："你问。"

"您之前提醒我，让我在教室里好好上课别乱跑，是不是因为容易碰上人？"

孟远一听这话就明白了，脸色不太好，注意着余年的神色："这是被找上门了？"

余年笑着点头："嗯，上午回去上课的时候被拦下来了。"

"然后？"

"怼回去了。"

孟远大笑："不错啊，干得漂亮！"他干脆放下手机，仔细跟余年说了说，"公司大，有不少练习生混出道了却一直不温不火的。我嫌分心，还累，带人不爱带多了，就爱专心带一个。这次，之前的合作对象解约飞了，公司也催着我再重新带一个。好歹你孟哥我也混了一二十年，名气还是有的，那些不安分的就动了心思，我这边还什么口风都没漏，底下就出了好几起破事儿了。"

余年："有机会，大家都想抓住。"他对自己定位，"所以我成了'空降'？"

"可不是？我签了你，公司里表面看着风平浪静，但底下肯定炸了锅，所以我才叮嘱你，让你好好学习别乱跑。"孟远还似模似样地感叹，"这一届的练习生行动力不行啊，竟然隔了这么几天才找上门。"

余年被这语气逗笑了，他心里也有了底——和他之前猜的大致相同。喝了口汤，余年又问："那要是再碰见了，我是以和为贵还是怼回去？"

孟远已经看出来了，余年平日里温温和和的笑模样那是家教好，他也没拐弯："当然是怼回去！你自己心里有数就行。"

余年也听明白了——他自己现在还没正式出道，但背靠孟远这座大山，不用忍气吞声，否则反而是平白跌份儿。他举了汤碗，笑眼弯弯："谢谢孟哥罩着我。"

孟远也端着汤碗跟他碰了碰："好说好说，我可是还等着你大红大紫给我挣钱呢！"

和《天籁》的合同很快就签好了，因为余年是新人，价格定得很低，孟远倒是半点不在意，他把余年从舞蹈练习室叫到办公室里，递了平板电脑给他，还细心地把空调温度调高了两度。

"八月你就要去录节目了，这是你第一个节目，我肯定会全程跟着你，防着出什么岔子。但别的小朋友都有助理有团队，我们年年也得有一个，对吧？"

余年练了一上午的舞，身上还在发热，脸上透出一层健康的粉白，他用毛巾擦干净手上的汗才接过平板。

孟远接着说话："团队我手里有一直合作的，我没签人，他们也闲着，现在要忙起来了。至于助理，得你自己选。毕竟天天跟着你，要对脾气对眼缘才行。"

余年应下，翻了翻平板上的档案信息，询问："孟哥有什么建议吗？"

孟远听他问了才开口，"页码1、2、3、7、8这五个我都看过，还不错。你选一个或者两个都行，随你开心。等你红了，多的是事情要人去做。"

余年仔细看了孟远建议的五个人选，最后选了一个叫"施柔"的女生。

孟远又笑了："你眼光不错啊，施柔以前当过艺人的助理，是熟手。脾气性格都挺好的，做事情效率也高，还很会拍照。"

余年也是这么想的。他是新人，可以说该知道的都不知道，等过了新人期，孟远肯定不会时时刻刻都跟着他，所以一个有经验的助理就显得很重要。

"不再选一个？"

"不用了。"余年把平板电脑递回去，"一个就可以了，我不太喜欢太多人跟着我。"

孟远不强求："行，明天见见，要是没问题就定下来。"

施柔是个高高瘦瘦、眼睛很大、说话温温柔柔的女孩儿，比余年大五岁，入行已经快六年了。听余年叫她柔柔姐，还很不好意思地连着摆手。

见了一面，双方都没问题后，施柔就直接上任了。

几天下来，余年发现，孟远推荐的人确实很不错。至少每天上课的时候，施柔会以他的名义给两个舞蹈老师买好饮料，给声乐老师准备蜂蜜水。要是他晚上练舞练晚了，还会给他准备低热量的消夜，话不多，但非常细心。

五十一楼。

端正坐在办公桌后面的曲逍然绝望地丢下手里签字的笔，望向旁边正面无表情翻财经杂志的谢游，语气暴躁："来，兄弟，我们好好聊聊。你手下的公司是都要倒闭了吗？你这几天怎么闲得天天往我这里跑？"

见谢游抬头扫了自己一眼，应都没应一声，曲逍然撑着额头，有气无力："我哥我爹都没这么盯着我批文件过……你还一天来两次天天见，"他悚然一惊，"难道你这是认识了二十年，突然春心萌动爱上我了？"

谢游终于出声："闭嘴。"他放下财经杂志，看了眼时间，起身道，"我走了。"

曲逍然巴不得谢游早点走，走了他就能在办公室玩儿游戏了，笑眯眯地挥手："谢总啊，要不要小的送送您？"

"不用。"

"那您明天还来吗？"

"……来。"

"……"

走进电梯，谢游按下负一层。他整了整自己的领带，视线定在不断变化的楼层数上。

46、45……35、34、33——"叮"！

余年带着施柔走进电梯时，意外地又看见了那个人。对方还是一身剪裁得体的黑色西服，身高腿长，比例极好。深色银边的领带系得工整，脸上冷淡没有表情。

两人视线对上，余年礼貌地点头打招呼："你好，好巧，又碰见了。"

谢游静了三秒，颔首道："嗯。"

电梯里只有三个人，施柔好像有些怕对方，低着头站到了角落。

见对方眼神深邃地看着自己，余年笑着开口："算起来，这都是我们第四次见面了。"

"嗯。"同时在心里纠正，明明是第六次！

余年察觉到对方似乎不太擅长言辞，但并没有不想和自己聊天，于是试探着道："我叫余年，年年有余的余年，刚签进星耀。"

"谢游。"他在心里把自己的年龄身高体重家庭地址都报了两遍了，但硬是没能从嘴里说出第三个字。

"谢游，"余年对上对方眸色略深的眼瞳，笑着问，"是逍遥游的游吗？"

"是。"

"这个名字很好听。"这时，一楼到了，余年挥了挥手，"我先走了，再见！"

从电梯里出来，施柔吐了口气，又好奇："年年你和谢总认识吗？"

余年回忆："算是认识吧，在电梯里碰见过两次，等红灯的时候碰见过一次，说过两句话。"

施柔尽职尽责地跟他科普："他姓谢，是曲总的发小，据说两人家里是世交，穿尿不湿的时候就一起玩儿了。所以偶尔能在星耀看见谢总，但频率不怎么高。"她捂捂心口，心有余悸，"我在星耀工作了六年，只碰见一次，谢总脾气不太好，气势也冷得不行，靠近他方圆一米都快被吓死了。"

余年倒没这么觉得。他对谢游的印象大概是长得很好看和不善言辞，没感觉到害怕。

另一边，谢游拉上车门，又隔着车窗往电梯的方向看了看。

嗯，交换了姓名。

时间一天一天过得很快。

余年不知道是因为自己的态度，还是孟远私下里特意去打过招呼，之后再没有人来拦他的路。但相应的，他也没有朋友。有时会和用旁边练习室的人碰见，但对方看他一眼，会立刻急匆匆地快步走开。

安成扔了条白毛巾给余年，靠着门框，自己拧开饮料喝了一口，"安老师心灵小课堂开讲了，"他指指很快消失在拐角的人，"会不会心情不好？很明显，你被针对和排挤了。"

余年接下毛巾擦了擦脖子上的汗，听安成问，他摇摇头，笑着回道："我知道自己想要什么，现在应该做的是什么。"

安成站直："你倒是清醒。"他在星耀当了七八年的舞蹈老师，教过不少艺人，有的火有的凉，人人都有不一样的际遇，但他敢说，余年的心性绝对是拔尖的。他伸长手臂，拍在余年肩上，"道不同不相为谋，不要把时间心力花费在这些乱七八糟的事情上，好好学好好练，你会一飞冲天的。"用手指点点自己的眼角，安成笃定，"你安老师的眼光，不会错。"

余年捏着微微湿润的白毛巾，眼里是细碎的笑意："嗯，借您吉言。"

十二点准时下课，施柔进来，说孟远让余年下了课就去他的办公室一趟："应该是要开一个小会，午饭孟哥叫了酒店的外卖。"

余年点头，手里拎着没喝完的饮料瓶，乘电梯到了 42 楼的经纪人部。

　　一开门就是一股食物的香味，余年没客气，打了声招呼就坐下开吃。练了一上午，他是真的饿。

　　孟远挺乐意余年不和他客气的，转转手里的手机，直入正题："今天主要是聊聊你的人设的问题。"

　　余年说话的时候会习惯性地放下筷子，"是讨论出结果了吗？"他前两天听孟远提过，正在拟定他对外的人设形象。

　　"没错。"孟远上下打量余年。练了大半个月的舞蹈形体，余年本来就吸引人视线的身形气质更夺目了。明明身上只穿了件纯白色的宽大棉质T恤，硬是像往灯光下一站，马上就能开始拍画报一样。

　　孟远顺口问了一句："你身上的T恤多少钱？"

　　余年扯扯衣服："这件吗？十九块九买的，特价，我买了一打，换着穿。"

　　孟远："……"

　　上次余年找他预支工资，孟远就知道余年手头不宽裕，但没想到不宽裕到了这个地步！拿手机的尖角磕了磕桌面，孟远突然开始怀疑，自己对余年人设的决定到底对不对。

　　不过，再看了两眼余年的外形气质，他又没了迟疑："讨论出来的是对外塑造'贵公子'的人设。"

　　余年听得认真。

　　"近两年圈里不是没有往这个方向包装的，但没一个成功，所以空缺一直都在。在我看来，'贵公子'这个人设，只要是包装好了，不崩，那不管是吸粉的速度还是以后代言的水平，都会有质的不同。"孟远盯着余年吃饭喝汤的小细节，越看越有信心，"这也是我结合你自身情况定下的，你底子在这儿，炒这个人设肯定崩不了！"

　　余年放下手里的汤勺，勺柄和碗沿相碰，却没有发出丁点儿声音。他点头："我相信孟哥的决定，那我以后需要做什么？"

　　孟远摆手，"保持你现在的状态就行，真的特别能唬人。"他感叹，"就说你身上的T恤吧，一眼看过去，至少九百九十九！"

　　余年眼里晃开笑意："当时我买了一打，一共十件，老板还打了折，算下来一件只要十六块。九百九十九可以买六十几件了。"

这一刻，孟远又开始怀疑这个人设到底定得对还是不对了，就问，哪个贵公子穿十六块钱一件的T恤？

真是令人发愁。

一旦定下路线，方向就清晰了。《天籁》录制在即，孟远拉着团队开始一步步筹划怎么将余年更好地推出去。反倒是余年自己没什么事，依然重复着之前的步调，每天按时上课。

时间很快到了八月。

余年按照约定时间到了演播厅门口，被何丘柏的助理领了进去。何丘柏穿着件皱巴巴的格子衬衫，手上捏着瓶矿泉水，见余年和孟远过来，朝旁边的人吩咐了几句。

三人到了后台的休息室，关上门，嘈杂的声音被隔绝开，室内安静下来。

何丘柏不顾形象地坐到沙发上，声音沙哑："我三天没好好睡一觉了，逮着谁都想骂！"

孟远带着余年坐到沙发上，挑眉："火气这么旺？来跟爸爸说说？"

何丘柏顺手把旁边的抽纸砸到孟远身上，笑骂："当我老子，就不怕折寿？"被这么一打岔，他情绪松弛了些，坐直，看向一边笑着没插话的余年，问，"对《天籁》了解多少？"

余年很快回答："一共录制八期，其中七场淘汰赛，最后一场是留下来的人进行总决赛，定下排名。第一场五个人上台，由观众和评审团打分，最低分被淘汰，剩下的四个人连同补上的新人一起进入下一场比赛，继续同样的赛制。"

何丘柏拧开手里的矿泉水瓶喝了一口："嗯，《天籁》的看点在于，参赛的都是出道没多久的歌手，或者像你这样的纯新人，会很有新鲜感。第二就是一场淘汰一个人，轮换非常快，总有新面孔。但一直留下来的，绝对会被所有观众记住。"

他将只剩一半的矿泉水瓶放在桌面上，注视着余年："有信心留到最后吗？"

　　余年没有谦虚，神色坚定，眼里像是弥漫着光："有。"

　　何丘柏抚掌大笑："好！就是要有这份志气！老孟和我没看错你！"

　　第二天才开始正式录制。在演播厅熟悉了环境后，孟远怕余年紧张，自掏腰包请吃饭。

　　车一路开到了城西，天色渐渐黑下来，驶上一段狭窄的石板路后，两边的路灯昏暗，孟远放慢了车速。

　　见余年往外车窗外看，孟远顺着方向也看了一眼："你应该很少来这边吧？我们在清溪路，刚刚路过的是思宁公馆，挺老的一个宅子，好像现在还有人住。据说宅子主人好像出自——"

　　"青山余氏。"

　　"对，就是这个。还挺巧，跟你一个姓氏。"孟远仔细看着前面黑黢黢的路，评价了两句，"住这边倒是清幽，车不多人不吵，但去一趟市中心得一个小时，费劲。"

　　"对，是挺不方便的。"余年在心里补充，要是遇上上班高峰期堵车，路上要花差不多两个小时，必须提前起床出门。

　　路越开越窄，又过了好几分钟孟远才停车："到了，今天你孟哥请你吃私房菜，给你打打气！"

　　余年下了车，站在青石地砖上活动了手脚，打量四周。孟远说的私房菜馆是一栋老式洋房改建的，从大门进去，建有一座小拱桥，水面上浮着几丛睡莲，夜风里含了几缕茉莉的清香，让人心思自然而然地沉静下来。

　　孟远走在前面带路，"这家餐馆味道很不错，就是地方太远，还不好找，也不打广告，全靠口碑相传。"

　　越往里走，花木越繁盛。小路拐过弯时，余年低头经过一簇垂枝蔷薇，忽然感觉身后有一道视线落在自己身上。他停下脚步回头，就看见谢游站在不远处，正眼神专注地看着自己。

　　孟远已经看不见人影了，余年不急着追上去，下意识地笑开来，打招呼："谢游？"

　　谢游在原地多站了几秒，像是犹豫什么，接着迈开长腿走到余年近前，抿唇，低声道："别动。"

余年仰头看他，听话地没动。

谢游抬手从余年头发上取下了两片淡粉色的蔷薇花瓣，下意识地捻捻手指——头发好软。

余年看见他指间的一点粉色，笑道："谢谢你。"又问："你也到这里来吃饭？"

谢游捏着花瓣，将手揣进口袋里："嗯，和朋友。"

"我也是，和我经纪人过来吃晚饭。"余年往后退了小半步，轻快道，"那我先不打扰了，祝你和朋友用餐愉快。"

谢游垂眸看着余年，轻声回道："好。"

余年总觉得对方好像突然有些……不开心？但看谢游表情没什么变化，或许是自己的错觉？

等余年的背影不见，谢游还站在原地没动。不多时候，曲逍然的声音传过来："门口最后一个车位都被占了，害我把车停老远，你是不是等——"烦了两个字还没说出来，曲逍然的声音就卡在了喉口。他震惊地看着谢游，"你你你……你在笑？"

谢游一秒收回嘴角不自觉露出的笑容，恢复了平日里冷淡的表情："你看错了。"

曲逍然还有些恍惚："我也觉得我看错了，肯定看错了！"他又偏着头仔细观察谢游的神情，肯定道："不过你心情好像挺好，这个我绝对没看错！我不就是去停了个车吗，这是遇见什么好事了？"

谢游视线停在落了一地蔷薇花瓣的青石板路上，隔了几秒给出答案："蔷薇花很好看。"

曲逍然抬头看着路边满架的蔷薇，疑惑："粉的白的，也没多好看啊……"

余年跟着孟远坐进包厢，窗外花木扶疏，枝叶借着路灯的光打落在雪白的墙壁上，留下水墨一般的影子。

孟远伸手递了一份用毛笔写出的菜单给余年："这段时间你上课也辛苦了，想吃什么随便点，别怕会把你孟哥吃穷。"

　　余年接下菜单，也没客气，点了一荤两素。孟远又补了一荤一素一汤，之后摇了桌边放置的铜铃，两个身穿深青色刺绣旗袍的女侍应推开门走进来，收走了菜单。

　　等上菜的这段时间孟远也没打算白白浪费。

　　"趁现在空着，我跟你说说明天要你和一起录节目的另外四个人，知己知彼，百战不殆嘛。"

　　余年喝了口泛着涩意的花茶，笑道："我原本正打算问这个问题的。"

　　孟远也不废话："《天籁》的保密工作做得向来很不错，事先只扔一大笔钱给节目宣传预热，但从来不提参加比赛的都有谁，也不会提前告知参赛的歌手。因为这个，不少不温不火的新人十分积极地蹭了一波热度，顺便也替节目组炒了一波热度。"

　　余年捧着用青竹做成的杯子，好奇："那孟哥您是怎么知道的？"

　　"这还不简单？我堂堂正正地从老何那里看来的名单啊。"孟远理直气壮，说完自己也笑了起来，"我跟你数数。一个是叫赵若，两个月前唱过一部偶像剧的片尾曲，声音属于甜美那一挂，唱功一般。第二个是许萱，一个新出道的女团的成员，能唱能跳，算是她们团里人气最旺的，这次参加《天籁》，肯定是想往实力派上靠，再圈一波人气。"

　　孟远评价："这两个女歌手横向比较，赵若弱不少。再来三个男歌手，你，方怀，夏明希。"

　　余年接话："我知道方怀，他之前出了一支单曲。"又补充，"柔柔姐帮我整理了近段时间新人歌手的资料。"

　　"她挺细心的。"孟远手指敲了敲桌面，接着道，"但这个方怀我其实没放在眼里，他炒的是腼腆暖男的人设，形象气质实力都只能算中游，说实话，孟爸爸我还看不上。"

　　余年翘着嘴角笑起来，也听明白了："所以压轴的，是夏明希？"

　　"是他。"孟远感慨，"含着宝石汤匙出生，说的就是夏明希。"他往下说，"夏明希的爸爸叫夏渊，妈妈叫张阑，歌王和影后红了几十年，长盛不衰，就他一个独子，祖传粉丝已经就位，只等他出道了。而且我见过夏明希两次，真的是挑着父母的优点在长，和你一样，是纯靠脸就能火那个类型。"

余年摸了摸自己的脸，笑着强调："孟哥，我明明是准备靠才华的！"

孟远也笑："是是是，明明可以靠脸，偏要靠才华，任性！"

两人端着花茶干了一杯，孟远总结："所以第一轮被淘汰的多半是赵若。我对你的要求是稳扎稳打慢慢来，让所有看这个节目的观众都记住你就行。"

余年没说话，垂手晃了晃竹杯，思忖几秒道："孟哥，我之前练舞的时候冒出了一个想法，不知道能不能行。"

孟远挑眉："说说看？"

余年简单地把自己的想法说了，有些不确定地等孟远表态。孟远摩挲着竹杯，打量余年，眼里全是笑："我觉得我可以回去准备通稿了。"

余年轻咳，有些不好意思："您觉得能行吗？"

孟远吸了口气，忍住了没伸手拍桌子，"当然行！怎么不行？明天就去跟老何沟通沟通，他肯定也同意！"他不能再清楚这里面的套路了，"谁都想先声夺人，你这个想法就非常不错！"

这时，响起了敲门声，包厢门从外面被打开后，点好的菜依次上了上来，一个身穿深青色旗袍的女侍应在一旁温言细语地讲解菜品的做法和所用的食材。

上到最后两道菜时，孟远疑惑："这两道菜我们没有点，是不是送错了？"

女侍应笑意盈盈："这道豆豉酱烧黄鱼和鸡汁鱼脑羹是我们主厨师傅送与两位品尝的。"

听见这两个菜名，余年才注意到最后上上来的两道菜，他愣了愣神，迟疑道："请问……主厨师傅是不是姓沈？"

女侍应微笑点头："是的。"

孟远明白了："认识的人？"

余年点头："嗯，认识的人。"

等女侍应关门出去了，孟远还有些惊奇："我来这里吃过好几次，沈师傅脾性大得很，多少老饕想见一面他都不耐烦见。做菜也随心情，要是心情不好，不管给多少钱都不做。"

他看着多出来的两道菜，估摸着道："应该是看见你来了，想见见你，但不好贸然打扰，干脆送两道菜来探探路。我倒觉得，要是没有深仇大恨，可以吃完饭去见一面，说不定以后我沾你光，过来次次都能吃到沈师傅的手艺。"

余年浅笑："嗯，那吃完饭孟哥你等等我。"

饭后，跟在女侍应身后，余年左拐右拐进了后厨。

沈味一见余年，眼睛就红了。

余年好笑又无奈："沈叔，您要是哭了，我可是要笑话您的。"

沈味闻言揩了揩湿润的眼角，又将余年上上下下打量了好几遍："小少爷，您都还好吗？"

余年拿数据安对方的心："我都还好，比三年前长高了几厘米，也重了不少。"

沈味不放心："老夫人去世后，我就不应该听您的话离开，留下来，好歹也能给您一天做两顿饭。"他在余家当了三十年的厨子，可以说是看着余年长大的。

听了他的话，余年有一瞬间的恍神，回神又笑道："家里只剩我一个人了，我之前又在读大学，一直住在学校里，也没有您发挥的机会啊。而且我自己现在也会做饭了，不会饿瘦的。"

沈味皱眉："怎么能让小少爷您自己下厨？我——"

"沈叔，"余年打断他的话，声音轻了些，"我总要学会自己一个人生活的，我也长大了。"

沈味没再说下去，叹了声气，把话题转到了餐食上："豆豉酱烧黄鱼和鸡汁鱼腩羹您从小就爱吃，我挺久没做过了，也不知道合不合您胃口。"

余年故意睁大眼睛，夸张道："怎么可能不合我胃口？我一个人解决了两盘菜，就差把盘子也吃了！"

沈味笑起来，眼角皱纹都带着温和："小少爷还和小时候一样，喜欢哄我开心。"

两个人又聊了几句，余年不好让孟远多等，没有多留就准备回去了。走之前想起孟远说的，又道："和我一起过来的朋友很喜欢吃您做的菜。"

沈味脸上的笑纹愈深了些："小少爷的朋友就是我的贵客。"

余年不好意思地笑了笑，脸上多了几分少年气："谢谢沈叔，我下次馋了，再来找您煎条小黄鱼吃。"

从后厨出来，余年一个人沿原路往回走。夜风清凉，带着草木的浅淡气味。他被勾起了不少回忆，之前着急着搬出来，现在却突然有些想家了。

只是那个家，独剩他一个人了。

谢游原本是受不了曲逍然打游戏时的聒噪才出来散步，没想到会再次碰见余年。

很巧。

在旁边安安静静地站了一会儿，发现余年像是在发呆，他犹豫着，还是走近："余年。"

听见有人叫自己名字，余年回过神，见是谢游，笑道："你出来散步？"

"嗯。"谢游谨慎措辞，"你心情不好？"

余年摇头："没有，只是想起了一些以前的事情。"他又笑道，"我明天要去录制《天籁》的第一期节目，说实话，其实……还是会有一点紧张。"

"不要紧张。"你肯定是第一。但保险起见，谢游已经在脑子里计划怎么独家注资这个节目了。

余年没有再继续说下去，他虽然和谢游见过几次，但并不熟悉，想来对方应该也没有这个闲暇听自己的心情。他轻轻吁了口气，重新看向谢游，笑着道别："我经纪人还在里面，我先回去了。"

眼角余光扫见一抹淡粉，余年抬手，将落在自己肩上的几片蔷薇花瓣顺手拂了下去。

谢游遗憾地收回了还没来得及有动作的手。

第二天一大早，余年就和孟远、施柔到了演播厅。他们到得很早，何丘柏正一脸睡眠不足地窝在椅子里吃早饭，见他们来了，没什么精神地打招呼："早饭吃了吗？"

"吃了来的，"孟远"啧"了几下，"这么惨？你这是又一晚上没睡？"

何丘柏喝了两口豆浆，"嗯"了一声，"快天亮的时候在椅子上眯了两个小时，"他语调一变，提高声音吼道，"我还要说多少遍？灯光别打七号光，拍鬼片呢！"

灯光师远远应了一句，何丘柏没心情吃早饭了，扔下豆浆，看向余年的眼神倒是很温和，"老孟昨天跟我说了你的想法，虽然只加了一个小细节，但舞台效果肯定会很不错，我已经让造型师安排好了。"

余年笑着道谢："谢谢您，费心了！"

"谢什么谢，我还指望着你和夏明希帮我扛收视率和热度呢，热搜我都买好了。反正你有什么奇思妙想都说说，大家一起研究。"何丘柏摸摸胡楂凌乱的下巴，"你来得最早，先去走位彩排。这是你第一次上台，虽然我们是录播，后期会剪辑，但还是尽量不要出差错。时间充足，我们多走两遍看看。"

这也是孟远的打算。余年虽然不怯场，也被霍行和安成拉着补了不少舞台常识，但听一千遍也不如一次实践有用。要是录制的时候出了小差错，后期会剪掉或者拿其它的镜头补，孟远表示：余年的镜头，有一个是一个，一个也不能少！

余年记忆力很不错，走第一遍位时，还会犯新人常犯的小错误，被纠正之后，第二遍就完全挑不出毛病了。

何丘柏在台下看完，朝余年招手，等人过来了，他吩咐道："一会儿正式彩排，我会让音效组跟上。现在我教你，以后不管什么节目，都要把每一次彩排当成正式演出来做，这样就算是直播，也很难出差错，自己心里也踏实不慌。"

余年认真点头，感激道："我记住了。"

何丘柏扣了顶鸭舌帽在头上，盖住乱糟糟的头发。"嗯，牢牢记着别忘了，你以后路还长。"

正式彩排走了两遍，何丘柏拉着灯光师到旁边训去了，孟远去找摄像看总体效果。余年调整呼吸，接下施柔递过来的毛巾，擦了擦跳舞弄出的一额头的汗。

这时，一道声音传过来："我还以为我是来得最早的，没想到你竟然比我还早！"

余年偏头，一张五官明艳的脸就闯进了视线里。

而对方因为余年突然偏头，也眨巴着眼睛愣了两秒："你……你漫画里走出来的？"

余年笑弯了眼睛："我也正想说这句话！"他伸手，"我是余年，年年有余那两个字。"

夏明希开开心心地握住余年递过来的手，"我叫夏明希，光明的明，希望的希。"他收回手，抓了抓自己半长的栗色头发，嘟囔，"我还以为我是来得最早的，结果你竟然比我还勤奋，彩排都走了两遍了！"

余年接过施柔递过来的水，拧开喝了一口，"我早上醒得早，醒了就睡不着了，干脆提前过来看看。"

夏明希连连点头，"早些过来是对的，录制的时候很容易紧张，一紧张就容易出错，多排排肯定没毛病。"他说着，在包里掏了半天，掏出一包小饼干来，"给你，以后我们就是朋友了！"

余年伸手接下来，直接拆开吃了。嘴里叼着饼干，他也从自己口袋里摸了颗薄荷糖出来，递过去，笑着道："嗯，以后就是朋友了。"

夏明希接下糖剥开塞嘴里，眨眨眼，十分直白："你笑得可真好看！"

余年翘着嘴角，唇边还沾着饼干屑："应该也有很多人告诉过你，你笑起来特别漂亮吧？"

"哈哈哈我们这是商业互吹？"夏明希扬扬下巴，"不过确实，比如我妈就每天夸我一百遍！"

余年笑出声来："张阑老师这么有趣？我外婆以前特别喜欢看张阑老师的电影。"

夏明希发现，自己越看余年越喜欢。他从小在这个圈子里长大，认识的人很多，但朋友挺少。旁的人听他提起父母，要不假装不在意，要不就是鄙视他是个靠父母的星二代，或者因为他父母对他一阵恭维讨好。像余年这么自然说起，不故作姿态也不故意奉承的，实在少见。

和这个人说话真的很舒服。

然后余年就发现，夏明希看他的眼神一阵放光，让他下意识地摸了摸自己的脸，恍惚以为自己脸上开了朵花出来。

这时，训完了灯光师的何丘柏走了过来，见到夏明希，"来这么早？"

夏明希礼貌点头，"何导好啊！是我经纪人老早来拍我门叫我起床，要不是路上堵了，还能再早半个小时。"

何丘柏见夏明希和余年站在一起，相处得还不错，感叹了一句："有你们这两张脸在，我这节目收视率是有保障了！"

夏明希直言："何导，我就明说了啊，我唱歌跳舞都实在很一般，我爸自己上阵教我唱歌，最后掀桌子不干了。又高价请了声乐老师，但还是没能挽救我破烂的水准。所以，我真的只有脸能看！"

余年听完他十分诚恳的话，没忍住，在旁边笑了出来。夏明希瞪大眼睛，过去挠余年，"你竟然笑我！"

余年赶紧往后躲，两人闹成一团，何丘柏闲闲地加了句："注意别把脸挠花了！"

等两个人走完彩排到后台的化妆间，已经肩膀擦肩膀聊起了天。夏明希说话不爱拐弯："你刚刚在上面彩排，我在下面眼睛都看直了！我的祖传经纪人直接说，要是他先发现了你，还有星耀和孟远什么事啊！"

余年才跳过舞，眼尾泛着点红，衬着眼下的泪痣，波光流转地看过来，弄得夏明希夸张地捂心口后退一步，"我的小心脏，动了！"

余年深感夏明希就是个活宝，故意冷酷一笑："我是不会负责的。"

夏明希哈哈大笑："年年你这个渣男！"笑完他又好奇，"不过来采访一下，你是怎么做到离开提词器就不能活的？我可是发现了，你跳舞的时候一直在看提词器！"

余年也很无奈："我曲子看一两遍就能哼，词背二十遍都会记岔，自己写的词也是，写出来之后还要背，背了依然记不住。"

夏明希爆笑："我回去能跟我爸说了，我终于遇见了一个记歌词比我还差的小伙伴！"

一直到快十一点，另外两个女歌手赵若和许萱才一前一后地到了。

在化妆间看到夏明希，两个人都有些激动，相互自我介绍之后，她们正想再和夏明希说几句，却被何丘柏的助理叫走了。

夏明希看了眼手腕上的表，"都快中午了，那个叫方怀的竟然还没到，这么大牌？"

余年正在努力背歌词，听见夏明希的嘀咕，"也可能是堵车了？"

夏明希压低声音，一脸兴奋地八卦道："我悄悄跟你一个人说啊，这是我从我经纪人那里听来的。据说那个方怀还不太乐意来这个节目，说这个节目档次太低，配不上他当今的咖位。"

余年也压低了声音，惊讶道："何导策划的节目一播一个火，《天籁》第一季也火得不行，档次……很低？他是不是有什么误解？"

夏明希翻了大大一个白眼："谁知道呢，如此膨胀的心态我们这种凡人不懂。"

十二点半都过了，何丘柏的表情黑得不能再黑，方怀才带着经纪人和三个助理姗姗来迟。

夏明希暗戳戳地和余年说悄悄话："看看，一个拿水杯一个拿衣服一个拿手机，我爸我妈都没这个排场！"话里话外都是对这个方怀的嫌弃。

余年倒不是太关注，反倒觉得夏明希的表情语气十分有趣，多聊了两句。

五个人终于在化妆间里集合，方怀的一个助理开始派发礼物，笑眯眯的："这是我们方怀特意为几位准备的小礼物，希望接下来能好好相处。"

夏明希收下小礼盒，又小声和余年吐槽："我敢打包票，方怀本人肯定不知道这里面装的什么鬼。"

余年还在努力背歌词，闻言接话："不管知道不知道，终归算是一份心意吧。"

夏明希想想也是，"也对，"他把小礼盒放到桌面上，见余年这么认真背歌词，觉得自己打酱油不太好，也拿了耳机出来听歌。一时间，化妆间里安安静静的，只时不时传出赵若和许萱小声说话的声音。

晚上七点，前台传来了喧闹声，观众和评审团已经开始入场了。余年正在做最后的发型整理，夏明希比他先做完，盯着他的侧脸发呆。

余年斜斜瞥了他一眼，提醒："夏明希，你手里耳机快掉了。"

"啊？哦哦哦！"夏明希把耳机放好，复又盯着余年看，感慨，"我天天照镜子，觉得自己好看得不得了，今天见了你，突然觉得你当第一我当第二我也是同意的！"

化妆师先被逗笑了，"你们风格气质不太一样。明希是明艳张扬，年年是五官精致带着贵气，各有各的好看。"

余年也笑着从镜子里看他："商业互吹一整天了，你竟然还有不一样的吹法，在下失敬失敬！"

夏明希昂首："那当然，我吹我妈可是能不带重样地吹一天！技能满点好吗？"说完，他正经了表情，小声说，"年年，你肯定会红的，非常非常红。"

余年做了个深呼吸，和夏明希对视："嗯，我们一起加油。"

八点准备开始候场。之前抽签，赵若抽了第一，夏明希第二，方怀第三，许萱第四，余年第五。演出结束后会进行现场投票，现场淘汰一个人。

赵若上台后，夏明希也先出去了，化妆间只剩下三个人。

发现方怀坐到自己旁边，余年友好地打了声招呼："你好。"

方怀略显倨傲地点头，打量余年："纯新人还是不要急功冒进，攀高枝，一不留神就会摔下来。"

余年捏着歌词单的手一顿，反应过来方怀说的是什么，原本温和带笑的眼神冷下来："我和谁交朋友，就不劳你费心了。"

方怀有些恼怒，但想起经纪人的话又忍下来，端着姿态："我就直说了，我是来找你合作的。夏明希背景在那儿，绝对是我们最麻烦的对手，我们两个合作——"

余年打断方怀："你可能有什么误解。"他白皙细瘦的手腕上缠着一截黑色半透明丝带，理了理黑色丝质衬衣的衣领，余年笑意微冷，"第一，我不会跟你合作一起对付夏明希。第二，你最麻烦的对手，是我。"

方怀的助理急急忙忙地赶过来，注意到两人间剑拔弩张的气氛，不知道发生了什么事，低声提醒："方哥，前面通知到你候场了。"

方怀看了余年一眼，冷哼一声，转身大步走开了。

余年重新坐好，闭了两秒眼睛，将"方怀"这个人的所有相关都从脑子里清扫了出去，重新将注意力集中在了面前的歌词单上。

他一直都清楚，自己记歌词的能力惨不忍睹，记岔歌词的能力异常卓绝，所以才谨慎地选了当红女歌手郁青的主打歌之一——《野》，想着难度系数应该会低不少，却没想到还是怎么记都记不住。

看来只有和提词器相依为命了。

等待的时间不算漫长，但因为他是最后一个上场，一直到化妆间里的人都走光了，才终于轮到他去候场。

余年原本以为自己会非常紧张，但越是接近那个舞台，他越是淡定，到戴上耳麦时，连心跳都趋于平稳了。

造型师帮他做好最后的造型调整，确定一切妥当后，余年将黑色的半透明纱带从手腕上解下来，自左耳上方开始，交叉着绕过右耳，蒙住眼睛，在脑后系了一个结。确定系稳了，他微微侧头，适应眼前视野不清的感觉，然后听见了造型师清晰的吸气声。

余年唇角勾起一抹笑，透过薄纱看向造型师所站的位置，"请问效果怎么样？"

"超出预期的好看！"造型师看着余年与薄纱相衬的白到反光的肤色，赞叹，"非常好看，加油！"

"嗯，"余年最后调整一次耳麦，"谢谢您。"

轮到他上台了。

当升降台停止运作，余年靠着隐约的视野和之前彩排时记下的画面，稳稳地站在了舞台上。这一刻，无数灯光汇聚在他的身上，他是现场唯一的焦点。

导播很快将他的特写切在了大屏幕上。

余年身形修长挺拔，黑色的裤脚扎进短靴当中，绷出小腿极匀称的线条。同色的丝质衬衣顶上两颗扣子随意散开，露出精致的锁骨。衣袖挽至手肘，肌肉紧实的小臂、细瘦的手腕与骨节分明的手指半寸不掩。

最令人难以移开视线的是他的脸。黑纱蒙住了眼睛，不仅没有损害他半分颜值，反而添了几分冷艳与色气。

就在全场的寂静里，小提琴轻快的乐声响了起来，几个呼吸后，一道极清澈的嗓音分毫不差地嵌入到乐声当中，通过设备盘桓在演播厅里，瞬间抓住了所有人的呼吸。

孟远站在台下，仰头注视着舞台中央的余年，情不自禁地笑了起来。

这就是他选的人啊。

黑色的薄纱在灯光下微微反射出银芒，漆黑垂落至眼尾的头发、露出的挺直鼻梁、唇线分明的嘴唇、近乎完美的下颌线，在眼睛被蒙住后，惊艳了所有人的视线。

余年嗓音清澈中带着几分疏淡，舞蹈的每一个动作都正好踩在节拍上，身上的每一块肌肉都在节奏中听从他的指挥，分毫不差。

孟远想起自己天黑以后悄悄去到三十三层，不管哪天，练习室的灯都是亮着的。余年像是不知道疲惫一样，一遍接着一遍地重复练习动作，极力做到最好。常常最后累趴在地板上，几分钟后又重新站起来接着继续练。

他是他见过的天分最高的艺人之一，最勤奋的艺人——没有之一。

歌曲到了节奏高潮的部分，余年劲瘦的腰用力，一个旋身，踩着黑色短靴的右脚应和节奏踏在舞台上，左手抬向后，拉住黑色纱带的一端轻轻用力。下一秒，轻纱垂落，一双夺人心神的眼睛出现在所有人面前。

余年看向镜头，轻笑，眼里像是掬了一捧星河的水。

孟远听见了观众席传来的惊呼与尖叫声。

余年就像是本该站在台上接受万人瞩目的那一个。

节目还没录完，但孟远已经断定，自己让人写好的通稿，全都能发了。

歌曲不长，加上前奏一起只有四分多钟。最后一个节拍落下，余年站定，他顺手将之前扔在舞台上的黑色半透明丝带捡起来缠在了右手手腕上，随后朝向观众席深深地鞠了一躬。

汗湿的头发随着他的动作轻晃，露出微微泛红的眼尾。"大家好，我是余年。"

因为之前全开麦，边唱边跳，他气息还有些喘。缓了呼吸，余年略有些忐忑地望向观众席："大家……能给我一点反馈吗？"

下一秒，现场爆发出震耳的尖叫声。

余年将左手手掌放在耳朵后面，笑着问道："可以再大声一点吗？"

"余年——余年——"

余年这才放下手，又调了调耳麦的位置，笑道："我感觉到现场的各位对我的认同了。"他鼓了鼓腮帮子，呼气，"刚刚的歌和舞，希望你们能喜欢。"

观众席回应热烈："喜欢——"

余年因为剧烈运动，心跳还很快，他望着荧光闪烁的观众席，突然词穷，干脆再次鞠躬。

跟着工作人员下台往休息室走，余年接过旁边递来的矿泉水，一口气喝了大半瓶。

有人在问："对自己这一场的表现评价怎么样？"

余年拉了拉手腕上缠着的黑色半透明纱带，眉眼带笑："我下台的时候看见我经纪人在笑，大概……应该还不错吧？"

摄像机一直在跟拍，余年看向镜头，想了想，举起右手比了一个心："希望能留下来。"

休息室的门刚打开，一个人影就扑过来给了他一个熊抱。余年倒退两步，无奈笑道："夏明希，你力气太大了吧？"

夏明希没管余年说什么，激动道："我的天你的舞台太棒了吧！有——"他想不出来形容词，干脆展开手臂比画，"——这么棒！"

镜头下，之前坐在沙发上的赵若、许萱和方怀都纷纷出言恭喜，余年一一道谢握手，完成了相互吹嘘的友好场面。

休息室挂着的小屏幕里，前面的评审团和观众正在打分。趁着这一段用上的镜头不会很多，五个人都不再说话，安静地等结果。

夏明希有些坐不住，不着痕迹地往余年的位置挪了挪，小声问，"我就好奇问问啊。"

余年眼睛看着小屏幕，也往他边上靠了靠："想问什么？"

夏明希："你眼睛被蒙住了，是怎么看到提词器的啊？"

余年声音更小了，略有些不好意思："我是把蒙着眼睛唱的那段歌词重点突击，连着背了好多遍。至于后面半首的歌词，全靠提词器。"

夏明希拍大腿："机智啊年年！"

余年叹气："你不知道，唱歌的时候有两句歌词差点没想起来，当时很想提前摘了蒙眼睛的纱带看一眼提词器，一眼就好！"

那一刻，余年深深体会到什么叫"我的命都是提词器给的"。

夏明希憋笑憋得十分辛苦。

十五分钟后，五个人再次由工作人员带回台上，按照出场顺序依次站开。赵若哭过，眼眶泛红，让化妆师遮了一下，还是能看出痕迹来，微微低头不敢看镜头。

在报了一遍广告词后，主持人打开一个银色信封，从里面拿出一张长方形卡纸，开始宣读投票结果。

"我们这一次的宣读结果就从中间开始好了，先公布第三名。"主持人环顾现场，"第三名是，夏——明——希！"

夏明希很意外——他很有自知之明，实在是没遗传到半点唱歌跳舞的天赋，没想到竟然能拿到第三，于是一脸满足地朝观众席连连挥手，心情非常好。

"第二名是，许萱！"

许萱也有些惊讶，她原本以为自己会拿第三或者第四，特别是在看了余年的表演后，就没想过去争第一。没想到竟然压了夏明希，拿下第二名。

这时候，赵若预见到自己的名次，眼眶又红了，余年能听见轻微的啜泣声。而方怀握紧的拳头松了又紧，身体僵硬地等着结果。

"现在宣布的是，第四名，"主持人趁机又报了一遍冠名商，之后才再次道，"第四名是，方怀！"

方怀的脸色一变。但他到底顾忌着这是在镜头下面，没有露出多余的表情，还算绷住了。

公布到这里，余年松了一口气。而观众席上也陆陆续续传来呼喊他名字的声音，逐渐汇集在一起。

"现在我宣布，《天籁》第二季第一期，第一名是，余——年！恭喜！"镜头切换到余年的面部特写，主持人在旁边继续道，"很遗憾，赵若即将离开我们的舞台，下一期又会是哪一位歌手来补位呢……"

录制完成，五人陆续往后台走。余年察觉到方怀投过来的暗沉目光，朝对方笑了笑，转身继续往前。

"余年。"

听见方怀在叫他，余年礼貌地停下来："又有什么事情吗？"

方怀黑着脸，喉结滚动："这次是你用了些上不了台面的小伎俩，下次——"

余年打断他："下次，我依然是第一。"

余年忽然发现，这种对方看不惯自己，但又干不掉自己的感觉简直让人神清气爽。"如果不信，下次就看仔细了。"

不过刚走到化妆间门口，他才绷出来的高冷表情就被孟远的一个拥抱破坏殆尽。"我就说，你要是不红，天理难容！"

从演播厅离开时，已经是凌晨两点了。

临走前，夏明希拉着余年交换联系方式，一边扫微信一边问："话说年年，你最近忙不忙啊？我比较话痨，你要是忙的话，空的时候再回我消息就行。"

余年笑着点头，也不避讳："最近都挺忙的，课程排得很紧，上午上舞蹈课，下午上声乐课，我之前没基础，也不是科班出身，全靠现学。"

夏明希晃晃手机，笑起来明媚亮眼："嗯那一起加油，我回去肯定也会被我爸押着上课，等有空了我们一起玩儿！"

"好，一定！"

夏明希跟着经纪人先走了，余年又和孟远一起去和何丘柏打招呼。

何丘柏眼里布满了红血丝，但精神很亢奋。一看见余年，手就"啪"的一声拍到了余年肩上，笑呵呵地："不错不错！中间解开黑纱带那一下，视觉效果非常的好！我们导播摄像巴不得把镜头怼到你脸上拍！"

他又朝向孟远："能唱又能跳，还知情识趣，老孟你在哪里挖到的宝贝？"

"山里挖的。"孟远抱着手臂哼笑，"当时我打电话跟你说我手里有人了，是谁还偏要来看看才给上节目的？"

"我这是为节目负责！"何丘柏再次看向余年，就像是看着飚红的收视率，满脸和蔼，"小余啊，回去好好休息，养精蓄锐，我们下一场再战。还有就是，节目开播前，记得转发节目组的宣传微博，配合一下宣传。"

余年应下来："好的何导，一定不会忘的。您也辛苦了，好好休息。"

何丘柏心里熨帖，又拍了拍他的肩才继续忙去了。

坐上车，孟远递了条毯子给余年，一边问："和夏明希认识了？"

余年平日里作息时间非常稳定，这个时间点早就睡了，一犯困，他脑子转得就慢，隔了一会儿才回答："嗯，夏明希人很好，我们也聊得来。"

孟远迟疑两秒，还是提醒道："他父母的身份地位在那儿，你和他交好，肯定会被人挖苦抱大腿的。"

余年想起之前方怀说的话，倒是不介意，靠着椅背弯唇笑道："如果旁人看不惯我，我便做什么都是错，何必为了成全旁人而委屈自己？"他裹了裹小被子，说话已经有些含糊了，"孟哥，好困，我先睡会儿？"

孟远让施柔把车里空调的温度调高一点，嘴里说道"行，你安心睡，到了叫你。"

他看着睡过去的余年，脸上的妆已经卸干净了，这么裹了被子歪头睡着，透了点尚不成熟的少年气出来。孟远忽然在想，家里到底是怎么教的，明明才二十一岁的年纪，心思怎么就这么通透呢？

录完节目的第二天，孟远原本是替余年请了半天假，让他在家里补补觉。不过第二天早上，余年还是按时到了练习室。

安成正端着杯蔬菜汁，见余年进来，用手肘捅捅霍行，笑道："我们都猜对了，年年肯定会过来上课的。"

余年反手关上门，照例问好："安老师霍老师早上好。"

"精神不错。"霍行打量他，没多话，"自己热热身，从今天开始，我们会更严格。"

余年呼了口气，眼里熠熠生光："我准备好了！"

接下来的几天，和录节目之前没什么区别，他还是提着水杯穿梭在两个练习室之间，一点一点夯实自己的基础。

直到《天籁》第二季第一期播出。

晚上，余年没有再去练习室，而是捧着外卖盒坐到了孟远的办公室里。

节目组在宣传上投了一大笔钱，再加上第一季的余热还在，从两天前开始，《天籁》就已经常驻热搜了。不过直到开播前二十分钟，节目组的官博才慢慢悠悠地发了条官宣，将参赛的歌手都圈了一遍。

很快，# 方怀天籁 # 的话题就挂上了热搜前五。

孟远嗤笑："这是生怕谁抢了他的热度？要是我的艺人拿了第四，我绝对不会这么急急忙忙地买热搜。"他又得意补充，"当然，我的艺人是不可能拿第四的！"

余年放了筷子，正在聊微信。

夏明希发了个翻白眼的表情包过来："我要是方怀，现在巴不得悄悄窝着不出声，倒数第二很骄傲？"

没过一会儿，第二条信息又来了："我爸我妈打开了电视，准备观看我的舞台首秀。我想死，这简直是公开处刑！"

余年脑补出画面，忍不住发了一串哈哈哈过去。

夏明希连打三个感叹号，"唉，绝望。所以说，我还是适合去当流量男演员，唱歌跳舞真的太不适合我！"

余年认真思考后回复："你的外形条件很好，说不定真的可以去演戏。"

夏明希秒回："是吧是吧？我也觉得！哎呀看电视看电视，开始了！"

谢家。

一身黑色西服的谢游进门时，家里暖色的灯光正亮着。他打招呼："妈，我回来了。"

阮云眉披着米色的薄披肩，坐在沙发上看电视，笑容温和地开口问谢游："今天开会又开这么晚？晚饭吃了吗？"

谢游点头："吃过了。"

阮云眉心疼儿子，吩咐厨房熬一盅汤过来，又日常念叨："别每天把自己绷这么紧，平时多和逍然出去玩儿。"她说着，忽然停下来——谢游松了松领带，没有像往常一样上楼去书房继续工作，而是坐到了沙发上。

谢游目光扫过茶几，定在果盘上。"我给您削水果。"

阮云眉有些奇怪，但还是笑道："好。"

这时，电视机里传出了主持人的声音："欢迎收看《天籁》第二季第一期……"

谢游削水果削得非常慢，可以说是拿出了准备雕琢出一个精美工艺品的专注力和耐心。但速度再慢，到余年出场的时候，面前也已经摆了好几个削好了的苹果。他假装什么也没发生地放下水果刀，开始看电视。

阮云眉以为他是工作上遇见了什么事情，就没出声打扰，但好像……跟她猜测的不太一样？

顺着谢游的目光看向电视屏幕，一个用黑色薄纱蒙着眼睛的年轻男孩站在舞台中央。阮云眉试探着说道："这个叫余年的男孩儿虽然蒙了双眼，但长得真好看。"

谢游一双眼睛牢牢固定在屏幕画面上，回答："他唱歌更好听。"

阮云眉惊讶了。

因为家里出了事，所有的担子朝夕之间全压在了谢游身上，她几乎是眼看着儿子一天一天变得沉默，看着他戴上面具，逐渐学会和那些老狐狸周旋。却也不知道多久没见他笑过了。

这让她一度很忧心，又全无办法。

她真的很害怕在失去了长子和丈夫之后，再失去仅剩的儿子。

视线扫过削好的一排苹果以及谢游专注的眼神，阮云眉没有再说话。

谢游没注意到阮云眉的眼神，他全身都无意识地放松下来，认真听着余年的演唱，目不转睛地看余年跳舞，不漏掉每一个细节。

等余年唱完，谢游站起身准备上楼。阮云眉问他："不看看比赛结果吗？"

"不看了。"谢游笃定，"他只会是第一。"

回到书房，谢游关上门，找出了那首不知道听过多少遍的歌。

点击播放，话筒细碎的声音后，是一道清澈还略带少年气的嗓音："前几天，我的外婆也去世了，我很想她……我写了一首歌，想唱给她听。"话音落下，响起的是悠悠的洞箫声。

是余年的声音让在他最难捱的时候，撑住了没有倒下去。

谢游看着书桌上做成了标本的蔷薇花瓣，低声自言自语："我遇见你了。"

星耀大厦。

办公室里，孟远深吸了一口气，看向余年，压抑着激动："你火了。"

"都没用上我们买的热搜，#天籁余年#这个话题就一口气冲上了第四！"施柔的脸因为兴奋有些红，她语速很快，"节目才刚结束没多久，我的首页就已经被年年摘下蒙住眼睛的黑色薄纱的动图刷屏了！"她都觉得像是在做梦，"这真的不是我产生的幻觉吧？"

孟远笑道："当然不是幻觉！你看年年的微博就知道了。"

手速极快的网友们已经通过节目组的微博点进了余年的主页，粉丝数在短短的一段时间里，已经冲上了六位数。

而在《天籁》节目组的官博下面，充斥着各色评论。

"——三分钟！朕要知道这个叫余年的人所有的资料！"

"——啊啊啊啊我就是那条蒙眼睛的黑纱带！我要溺死在这双眼睛里了！我的天呐这双眼睛里真的有星星！"

"——这是什么神级颜值！停不下截图的手！求高清大图！求原图！"

"——实至名归第一名！我宣布，以后他就是我哥了！锁了锁了！"

"——求无污染音源！这嗓子肯定被天使吻过！"

与此同时，孟远的团队也很给力，开始按照计划有条不紊地陆续发布通稿，配合着微博的热度，一口气将余年推了出去。

到第二天上午，《天籁》第二季的热度持续走高。先是余年的动图刷爆首页，热搜都占了两个。再是夏明希出道的话题登顶热搜榜，祖传粉丝纷纷帮忙炒热度。

一时间，和何丘柏预计的一样，两个人撑起了节目的大半热度，何丘柏还特意给余年打电话，好好夸奖了一番。

夏明希趁着午休跟余年聊视频，抱怨："我妈昨天和我爸大吵了一架，凶得要死。原因是他们都认为是自己的粉丝让我爆了一波热度，抢了热搜第一。我怂不敢站队，只好一脸呆滞地坐沙发上吃零食。"

余年正往声乐教室走，听完他的抱怨，笑着道："一样的，以前我外公外婆斗嘴，我也是悄悄的，后来呢？"

夏明希没好气："后来他们就丢下我，恩恩爱爱出去约会了。"

余年忍笑，"嗯，同情你十秒好了。"

夏明希哼哼了两声，把话题拉回正轨："对了，你收到何导发过来的东西了吧？我看了之后头发都要抓秃了！第一场让我们随意发挥，第二场就要求在选歌时选能体现出唱功的歌，实不相瞒，唱功这东西我真没有，我都想罢赛了！"

余年上午知道的这个事情，安慰他："你声音条件不错的，抓紧时间好好练练，留下来肯定没问题。"他想了想，"我知道几首歌，属于听起来唱功不错，但实际上唱着不太费劲那种，我一会儿把歌单发给你，你给你的声乐老师看看。"

"这么优秀？好兄弟，够义气！"夏明希知道余年还要上课，自觉结束话题，"嗯，那我一会儿研究一下，等我选出来了告诉你。"

另一边。

曲道然昨晚玩儿到了后半夜，快天亮了才睡觉。听见手机响了，他半睁着眼睛打开手机。"十二点半……谢游这家伙怎么会给我发消息？"

他以为自己看错了，揉了揉眼角，定睛一看，发现谢游发过来的竟然是一个链接。

等点开来，曲道然惊了——《天籁》的第二季？什么情况？但他瞌睡得不行，脑子全是糨糊，没心思看节目，退出来准备翻身继续睡，没想到谢游又发了一张动图过来。

他仔细看了两眼动图，越看越眼熟，好像是……他公司新签的艺人？叫什么来着？余年？

紧接着，各个角度的动图，截图，Q 版图，手绘图，一窝蜂地全发到了他的手机上，还都是同一个人的。

曲道然："……"

他翻了个身坐起来，噼里啪啦地打字："谢游老子不想看了谢谢！"

发图的频率骤然停了几秒。

正当曲道然松了口气，以为谢游在他的抗议下收手了，没想到，

45

一个音频文件被发了过来。接着，一个，两个，三个……满屏都是音频文件！

曲逍然揉揉太阳穴，大骂："谢游你有毒啊！"但想到自己这个发小好像就认识自己这么一个好兄弟，他决定躺平不再挣扎，"行吧行吧，您开心就好！"

夏明希打电话过来时，余年刚下舞蹈课。他按下接听，顺手擦了擦额头的汗。"明希？"

夏明希那边奇怪地安静了几秒，正当余年想问怎么了时，夏明希弱弱的声音传了过来："年年……我是不是打扰到你了？"

余年不解："我刚下课，什么打扰？"

夏明希沉默，之后噼里啪啦都不带停顿："我以为你在那什么啊啊啊你说话这么喘让我一不小心产生了不好的联想对不起！"

余年隔了一会儿才反应过来，笑骂："夏明希，你脑子里都是些什么黄色废料？我喘是因为我才跳了舞！跳舞！"

夏明希连连轻咳了好几声，"这真是一个尴尬的故事，来我们就此打住。"他火速转移话题，"年年，你到底是哪里来的神仙？我把你之前安利给我的几首歌给我声乐老师看了，她说都非常非常好！演唱难度不高，适合我这种菜鸡，但唱出来现场效果会很不错！"

余年拎着白毛巾笑道："那就好，这几首歌的词曲作者是我外——"他转口说道，"是我很喜欢的盛令仪女士。"

夏明希没注意到中间的停顿，"对对对，我老师给我科普了，说盛令仪老师可是辉煌了几十年，国宝级词曲作家，我才知道我听过的好多歌是盛老师写的，哦哦哦对还有宁城大学的校歌也是！"

余年有几秒的出神，很快笑道："嗯，我第一次见孟哥，他让我唱首歌来听，我就唱的宁大的校歌。"

"哈哈哈，"夏明希爆笑，"余年你真是个奇才！唱校歌是什么清奇操作？你经纪人肯定都被惊到了！"他笑完之后又把话题绕了回来，"对了，你选歌选好了吗？"

"选好了，郁青的《远星》。"

夏明希惊了："我的天！要不要这么任性？这首歌非常出名，更是非常非常难唱！要是翻车了你会被嘲到死，不过你怎么又选郁青的歌？"

"她的歌的词曲我都比较熟悉，"余年还是很有信心，"我应该能把感觉唱出来，如果歌词不唱错的话。"

夏明希想起他说的"我的命是提词器给的"，又是一阵爆笑。

很快就到了第二期的录制时间。余年依然是第一个到演播厅，不过没十分钟，夏明希也戴着顶鸭舌帽窜了进来："惊不惊喜？我猜你肯定又来得特别早，所以我早早过来找你玩儿了！"

余年把手里拿着的两瓶鲜榨果汁分了一瓶给夏明希，心情也很好。"你吃早饭没？"

夏明希摇头，晃晃手里的果汁："喝一瓶这个就够了，我经纪人天天都在担心我会胖。"

这时，何丘柏走了过来，巴掌挨着拍过余年和夏明希的肩膀："看见你们就像看见了热搜！"

余年实在没绷住，别开脸笑了出来。

何丘柏人逢喜事精神爽："我跟你们说啊，节目开播之前，那些媒体大 V 一个个的全都在唱衰，说什么《天籁》第二季是典型的'综二代'，就算第一季火得不行，第二季肯定得凉。"他笑呵呵的，"现在挨着挨着全被打脸，我这心情，舒畅啊！你们两个加油，多给节目挣几条热搜！"

余年好奇："何导，这一期补位的歌手是谁？"

马上开始录了，何丘柏也没瞒着："是资方塞进来的人，纯粹来赚一波流量的，应该挺不到下期去。"

夏明希拍拍胸口，夸张深呼吸："我留下来的概率又大了一点点！"

何丘柏笑他："看你这点出息！"

这一次，许萱和方怀都比之前来的要早。方怀假装没看见余年，余年也没想过去贴冷脸。倒是许萱坐了过来，拿出纸笔："抱歉打扰了，我妹妹看了第一期之后特别特别喜欢你，天天念叨着让我找你要签名。"

　　余年接过纸笔，发现了许萱的局促，笑道："老实说，除了在合同上签字以外，这是我第一次签名。"他利落地在粉色的纸面上签下自己的名字，又问，"要写上你妹妹的名字吗？"

　　许萱连忙点头："如果不麻烦的话！我妹妹叫许芙，芙蓉的芙。"等余年写好，她双手接过来，感激道，"你写字真好看！谢谢你，拿回去她肯定高兴地不得了！"

　　余年将笔盖合上还回去，也笑道："有人找我签名我也很高兴的。"

　　许萱回去自己的化妆位后，一直坐在旁边没说话的方怀冷哼了一声，余年当没听见，继续抱着手机努力记歌词。

　　这次抽签余年抽了一个倒数第二，方怀第一个出场，夏明希第二，来补位的郑娜第三，许萱最后。

　　等镜头转开，方怀就扔了手里写着序号的签。夏明希看不下去了，拉着余年小声叨叨："这人好神奇，难道他觉得抽到了其他的号他就能拿第一了？"

　　"大概是，总要为自己的成绩找一个理由吧？"

　　《远星》是一首即要求唱功又要求感情投入的歌，由当红女歌手郁青演唱，词曲作者思宁填词写曲。讲的是亲人去世后，主人公倾诉，希望逝去的亲人能够化为天边的远星，夜夜再见。

　　和第一场完全不一样，余年只上了淡妆，使得上台后不至于脸色不能看。他穿了件简单的白衬衣，将衣袖随意地挽至手肘，站在聚光灯下，连带着周围的空气都沉静下来。

　　当他的声音合着大提琴哀伤的乐声响起时，全场都仿佛被带进了那一份忧思当中。

　　"我每夜每夜遥望星空，寻觅你的影踪，想要再见你的音容……云影渐浓，清风拂冷松，思你，如山洪……"余年单手握着话筒，指节分明又白皙，眉睫低垂，在如白瓷一样的皮肤上落下浅淡的阴影。唱着唱着，他的眼泪逐渐在眼眶里汇聚，直到雪一样干净的高音随着曲调叠叠升高时，余年的眼泪也流了下来。

　　一曲唱完，余年站在原位，红着眼睛不太好意思，缓了缓呼吸。

"抱歉，失态了。"他睫毛还湿着，带着淡淡的鼻音，努力笑出来，"我想我外婆了。"

观众席开始有人在喊："没关系——"很快，更多的人一起喊道："余年，没关系！"

余年双手拿着话筒，深深鞠了一躬："谢谢大家。"

从台上下来往休息室走，旁边跟拍的人问道："现在好些了吗？"

余年点头，更不好意思了："已经好多了。我答应过我外婆不哭的，只是唱歌的时候完全忍不住，谢谢各位关心。"

休息室里，夏明希手里拿着包纸巾，见余年进来，瞪眼："这个锅你背定了，你在把自己唱哭的同时顺便也把我和许萱唱哭了。"他鼻尖发红，声音低下来。"我想我奶奶了。"

一旁的许萱刚刚补好妆，"你这首歌我也听哭了，我也想我外婆了，特别想她。"

等余年坐到夏明希旁边，夏明希又趁着没镜头，小声和余年分享八卦："哇你不知道，那个谁不是第一个唱吗，一进休息室就把凳子踹翻了，脾气大得不得了！他的经纪人要求节目组后期一定要把这一段剪掉，不然人设就要崩完了，唉，可怜的经纪人，真是操碎了心。"

余年发现夏明希就是自己的八卦源泉，不过他更关心的是夏明希："你唱的怎么样？"

夏明希扬扬下巴，得意："我问了我经纪人现场效果，说留下来肯定没问题，就是不知道是拿第二还是第三。"

余年估计："要是唱得没问题，应该是第二。"

和余年估计的一样，这一场拿第三的是许萱，方怀依然第四，补位的歌手郑娜直接被淘汰，天籁一日游。而夏明希得了第二，余年再次得了第一。

这次录制开始得比较早，录完才十点，夏明希妆都没来得及卸就开始起哄："年年你拿了两次第一了，我实名建议年年请大家唱歌！"说着，他还朝余年使了个眼色。

余年明白夏明希的意思，他笑着应下来："要是大家一会儿有空的话，我请大家一起唱歌怎么样？"

最后一共十一个人去了会所，大家年纪相差不大，又有夏明希活跃气氛，半点不冷场。

一号包厢。

曲道然开门进来，绕开台球桌边的人，走到谢游坐的地方，极力怂恿："谢小游，真的不去打一局？"

谢游正盯着手机翻看着什么，闻言冷淡道："没兴趣。"

"是是是，没兴趣，那跟兄弟说说，你对什么有兴趣？"曲道然也玩累了，懒散地靠在沙发上，促狭道，"我知道我知道，对那个新人有兴趣！"

"他叫余年。"

曲道然被谢游冷眼扫过，赶紧纠正："对对对，余年！年年有余那个余年！"他又嘀咕，"啧啧啧，护这么严实……"

谢游继续看手机，不理他。

曲道然坐着没劲，努力找话题，灵光一闪："对了，那个余年参加了《天籁》是吧？我刚从洗手间回来，路上听见两个人在聊，好像是谁又拿了第一，过来请唱歌，欸你等等——谢游去哪儿！"

谢游出了包厢，却发现自己忘了问曲道然具体是在哪里碰见的了。他想了想，往洗手间的方向走。

余年在走廊接完孟远打过来的电话，刚准备回包厢，没想到一转身，又看见了谢游。

"真的好巧，又碰到你了！"余年打招呼，"晚上好啊！"

谢游看着眼前笑意盈盈的人，觉得从心脏到全身都有一点热，他单手松了松领带，声音略有些沙哑，"晚上好。"隔了两秒又道，"恭喜你拿了第一。"

余年有些惊讶，又笑弯了眉眼："谢谢你！你也看了《天籁》第一期？"

"嗯。"一天两遍，看了十二遍。

谢游又添了一句："我妈很喜欢。"

余年理解地点头——谢游应该是为了陪妈妈才看的这个节目。

谢游虽然话少，但相处着很舒服，余年轻松道"我刚刚录完第二期，结束后和朋友一起过来唱歌。"

谢游认真回道："我也是，和朋友一起。"

余年算着时间："我出来太久不好，那我先回去了，玩儿得愉快！"

"好，玩得愉快。"

余年走后，谢游没有直接回包厢，而是去了主管办公室。

一号包厢从来都是为谢游预留的，会所主管知道谢游今晚在，胆战心惊怕出事，一直让人注意着。见谢游过来，更是诚惶诚恐，头都不敢抬："谢总您好，请问是有什么吩咐吗？"

"查查余年是在——算了，"谢游想了想，简洁吩咐道，"今天晚上所有包厢都免单。"

于是等接近凌晨一点，余年去结账时就被告知，由于老板心情好，今天所有包厢全部免单。

余年向来自律，第二天按时去了公司，却被施柔告知孟远病倒了。他端着鲜榨果汁的手一顿，皱眉回忆："孟哥生什么病了？昨天晚上录节目的时候不是还好好的吗？"

施柔说得仔细："昨晚孟哥没和我们一起去唱歌，跟何导出去吃了一顿烧烤，但不知道怎么回事，何导今天好好的，孟哥却上吐下泻还高烧退不下来。"

余年哭笑不得，"孟哥之前不是还说要养生防秃，每天不熬夜戒夜宵吗？"他不放心，"那孟哥家里有人照顾吗？"

"应该是没有的。"施柔声音小了一点，"孟哥原本是不婚主义者，后来遇到了真爱，半个月闪婚，当时震惊了不少人。但后来两个人过不下去，又和平离婚了。"

"嗯，"余年放下果汁杯，没怎么犹豫，"我下午去跟赵曦老师请个假，提前下课，过去看看孟哥，你跟我一起吗？"

施柔点头："那我去买点儿东西。"

孟远住的地方离星耀也很近，一梯一户的大平层。余年和施柔到的时候，孟远正精神萎靡地靠在门口，见人来了，说话也提不上劲儿，"自己找鞋穿，水也自己倒，你们孟爸爸虚弱地快升天了，没精神招呼你们。"

余年先找了一双客用的拖鞋出来递给施柔，自己再换上，仔细打量孟远："吃药了吗？"

孟远穿着睡衣，没精打采。"吃了，医生也来看过了，老何怎么就没事……"他看清余年手里提着的东西，又立马笑开了，"哎，来就来，还买什么菜做什么饭啊？"

余年找到了厨房的位置，弯唇："孟哥你现在不能吃杂了，不然会加重，我去给你熬一点粥？"

孟远心花怒放："好好好你别客气，锅碗瓢盆随便用！再炒两个菜，你和施柔也在这里吃了吧！"

孟远家的厨房干净得一尘不染，连一罐盐都没有，余年庆幸自己有先见之明，调味料全都买了。他做菜熟练，不到一个小时，四菜一汤就都上了桌，特意做给孟远的鸡丝粥热气腾腾。

孟远闻着香味馋得不行，吹着尝了一口，双眼一亮："你这是什么神仙水平？你以后要是在娱乐圈混不走了，完全可以转行当厨师！"他拿勺子搅着鸡丝粥，又摇头否定，"不对，按照你现在的势头，不可能在娱乐圈混不下去。"

"我跟你说啊，昨天晚上我不是跟何丘柏吃烧烤吗，哎哟一说起来我这肚子就疼！"孟远嘶了一声，接着比了个剪刀手，"第二期已经剪出来了，不出意外，你又能包两个热搜！"

施柔好奇："是节目效果很不错吗？"

"哪儿只不错？我看了年年唱哭那一段的特写镜头，哎哟我的老心脏啊，跟着抽抽！这播出去之后，不知道会带多少人哭得稀里哗啦。"孟远说着说着自己笑起来，"不愧是我签的人，只要不出什么破事儿，红起来是早晚的事。"

他想到了什么，又看着余年的眼睛："就昨天，已经有商家找过来想请你当代言，被我推了。"

余年放下手里的瓷勺："嗯，孟哥应该是有自己的考量。"

"对。"孟远担心他不高兴，解释道，"不管是从你事业的长远前景来看，还是从你的人设出发，现在都不适合接代言。没有好牌子好产品，也没有好的宣传，接了就是你以后的黑历史，最恐怖的是，还会拉低你整个人的档次。"

余年点头："嗯，我清楚。"

孟远见余年能明白他的苦心，揣着的石头落下了。他想起之前，"我跟你第一次见面的时候，你不是说进这个圈子是为了钱吗？"

"对，我确实很需要钱，很多很多钱。"余年很坦然，说起钱也没有不好意思，"我之前做过其他的事情去赚钱，但赚到的钱离我的目标太远了。"

"只要红起来了，钱不是问题。"孟远沉吟，"今天就你我施柔三个人，我们摊开来说。你到底需要多少？时限是多久？这样我心里也有个底，知道怎么规划你以后的路。"

沉默了几秒，余年比了两根手指。

孟远松了口气："两百万？难度不大难度不大。"

余年笑着摇头："不止。"

孟远试探："两……千万？"

见余年还是笑，他倒抽一口凉气："两个亿？"

余年收回手指，点头："嗯，至少两个亿，时限大概是五年。"

孟远见他不像是开玩笑，松了勺子，伸手去摸余年的额头，忧心忡忡："到底是我发烧了还是你发烧了？两个亿啊！怎么你说得跟两块钱硬币一样！"

余年表情半点不见沉重，笑容明亮："不试试怎么知道能不能成功呢？"

孟远让自己淡定，纠结了一会儿又问："那你介不介意我问问，你现在有多少钱？"

余年老老实实地回答："我之前找孟哥你预支工资的时候，只剩二十块钱了。"

施柔惊讶："年年你竟然比我还穷！"

孟远一句话也不想说了，决定安安静静喝个粥。

太刺激了！

和孟远预测的一样，《天籁》第二季的第二期刚结束，余年就带着两个热搜冲进了前三，分别是＃余年远星＃和＃余年别哭＃。

孟远拉着团队开会，让余年旁听，一边翻看整理好的数据一边咋舌。

"老何真的得请我吃饭！吃大餐！看看看看，到你和夏明希出场的时候，野榜收视率跟吃了激素一样噌噌往上飙升！"他又把电脑屏幕移向余年，"你自己看看这弹幕墙，厚得都看不见你那张基因优秀的脸了！"

大家都笑起来，这时，施柔有些不确定地开口："年年好像被人黑了。"

孟远收了笑，转而诚恳感叹："啧，这一届的水军不行啊，竟然这么久才开始行动吗？"

施柔原本挺紧张的，听孟远这么一说，抿着嘴巴笑起来，晃晃手里的手机："确实像是买的水军，主要集中在节目组的官博和年年的微博下面。"

余年好奇："他们……水军黑我主要是黑的什么？"

施柔张张嘴，念不出来，犹豫："要不你看看？"

孟远干脆地把桌面上余年的手机递过去："哥教你啊，以后有多少人喜欢你，就会有多少人黑你骂你，心理承受力，从现在练起。"

余年接过手机，想了想，先点开了自己的微博，他现在已经很习惯因为各种消息过多，进软件的时候界面都会卡一卡了。

"——啊啊啊年年啊妈妈爱你！乖别哭！哭得妈妈心都碎了！"

"——来姐姐抱抱！我也想我外婆了，真的特别想她！我年也真的棒！"

"——唱得什么垃圾！就这水平，怎么拿的第一？《天籁》这个节目真是越来越差了，完全比不了第一季！扑死算了！"

"——我嗷嗷叫，这什么神颜！这什么天赐嗓音！本仙女吹爆！

远星真的巨好听！翻唱比原唱情感更充沛啊！"

"——第一明明就是夏明希的！这个叫余年的是谁？就这水准还拿第一？别是走后门上的节目吧？滚！"

余年大致翻下来，抬头问："买水军黑我的……是不是方怀？"

孟远挑眉："为什么觉得是他？"

"很简单，觉得我没资格拿第一，挑拨我和明希的关系，认为我是走后门上的节目，这三点很符合他对我的看法。"

"逻辑很不错，"孟远仔细观察余年的表情，不太放心，"网上骂你骂得这么难听，你真的不在意？"

"真的不在意。"余年放下手机，"我自己什么水平、怎么进的节目组、又到底配不配拿第一，我自己心里很清楚。"

孟远放心了，往后靠到椅背上，忍不住问："你这心态，啧，家里爸妈到底怎么教的？"

余年很喜欢听这种夸奖，弯着眼睛笑："不是爸妈，我是跟着外公外婆长大的，他们教的。"他忍不住多说了两句，"我外婆很会赚钱，外公就负责努力花钱买买买，他们都特别好。"

"……"

施柔这时候插话："年年又被送上热搜了。"

停了聊天，孟远看了眼热搜榜，笑出声："余年黑幕？热搜第七？这种毫无杀伤力的指控，哎哟对家帮我们炒热度，这一波稳了！"

五十一层。

见谢游身上冷气嗖嗖直冒，方圆一米内都在降温，曲逍然躲老远，小心翼翼地问："这是董事会哪个老家伙又惹你了？没关系，谢总削他！"

他边说边暗戳戳在心里流泪——无比怀念以前可以随便欺负的谢小游！

谢游冷着一张脸，眼神锋利："有人骂他。"

"他？谁？余年？"曲逍然反应过来，他虽然是个天天只知道瞎浪的甩手掌柜，但手下这么大的娱乐公司，该懂的还是懂不少，"有人在黑余年？"

"嗯。"

"吓死我了，我还以为你又要出手收拾人了。"曲逍然拍拍胸口，忽略心里二十年的纸尿裤情谊就快要比不过余年了的危机感，轻松道，"我跟你科普一下啊，娱乐圈呢，向来都是这样，不怕被黑，就怕没人黑没话题！被黑了，有话题了，艺人的热度也就上来了。热度上来了，红了，钱挣得就多了。"

曲逍然热情讲述自己的往昔故事："给你举个例子啊，我之前不是还真身上阵，怼过一个缠着我不放的女明星吗？结果人家借着我的名头，唰唰唰天天出新闻，按照剧情发展，我现在应该已经和那个女明星相爱相杀，快娶她回家生孩子了！"

见谢游若有所思，曲逍然再接再厉："还有还有，之前不是有个演电影的女演员被黑是整容吗？热搜挂了好多天！然后人家拿了证据出来，证明真的没整。一转眼，辟谣了，热搜又挂了好多天！粉丝好心疼，我女神被污蔑！纷纷去买电影票支持女神，票房大爆。"

他总结："所以被黑并不是件坏事，没有话题不红才真的要命！"

谢游："真的？"

曲逍然点头："我要胡说八道，回家就被我哥揍！"

谢游没有全信，但脸色好了不少。

曲逍然见谢游没之前那么凶残了，打了个响指，得意道："信我没错！"

早上，孟远开着车去接余年录节目，余年坐进副驾驶，笑着问："孟哥早啊，身体好些了吗？"

孟远侧头看他，心情很不错："好得不能再好了，我决定以后不管老何怎么拿烧烤诱惑我，我都要坚持本心！"

余年接话："坚持本心跟何导一起去吗？"

孟远哈哈大笑："年年你懂我！一次肠胃炎怎么可能会把我打倒？"

车一路顺畅地开进地下停车场，两人下了车，往出口的方向走。

孟远手指一圈圈转着车钥匙，问余年："这一场是要展示个人才艺，夏明希选的什么？"

余年之前也问过，"明希他钢琴小提琴长笛街舞都会，还没定下来，说先看看许萱和方怀选什么，他选个不一样的。"

孟远点头，这时，忽然从停车场的水泥柱后面窜出了好几个人，每个人手上都拿着余年的照片或是 Q 版图，背包上也别着一串余年的头像圆章。

两人停下来，孟远有些惊讶："竟然有粉丝知道了你的行程？"

这时候，余年已经被粉丝团团围住了，他第一次遇到这样的情况，不过孟远和施柔他们之前都帮他预演过，他倒也没有慌乱。

"你们好，请问——"

"余年，我特别特别喜欢你，请问你可以给我签个名吗？"一个圆脸背着大大的双肩包的年轻女孩儿站在最前面，笑眯眯地将自己手里的一个空白笔记本递了过去。

"可以的，你想签什么？"余年笑容温和，一边问一边伸手去接。

就在这时，那个女孩儿忽然双手往前伸，随后像是被人狠狠推了一下似的往后连退几步，重重地摔倒在了地上。

下一秒，原本围着余年的另外几个"粉丝"尖声叫起来，大喊"你不想签就算了，干吗要推人啊！""好像被推倒在地上起不来了！是不是受伤了？""你竟然是这样的人！亏我还这么喜欢你！"

变故就出现在短短几秒的时间里，被挤在外围的孟远脸色骤变，低骂一声"糟了！"只是等他过去挡在余年前面时，原本围着余年的七八个人嚷着"竟然还要叫保安！"跑开，很快不见了。

余年站在孟远身后，很轻地吸了口气，"她们是故意的。"他强调，"我没有推她，真的没有。"尾音有一点抖。

孟远转过身，见余年看着那些人消失的方向紧抿了唇，又重复"我真的没有推她"这句话的时候，心口莫名发闷。

"嗯，我知道，我们被人设计了，那些是特意来碰瓷的。"

缓了几秒，余年笑道："所以……我是又要上热搜了？"

"这时候你还笑得出来？"孟远掏出手机打电话，一边说道，"不过你说得没错，这热搜应该是上定了……"

等孟远带着余年上到演播厅时，何丘柏皱着眉："热搜怎么回事？余年推粉丝？"

余年笑着解释："我没有推她，是被人设计了。"

何丘柏眉心的皱褶更深了，望向孟远："怎么回事？"

孟远黑着一张脸，声音紧绷："还能怎么回事？一下车就碰见几个伪装成粉丝的人把年年围住要签名，也是我失职，当时在想事情没太注意，结果那几个人立刻开始上演什么叫标准碰瓷！"

何丘柏在这个圈子里做了十几年，套路见得多，回想起微博上看见的视频，很快明白了怎么回事。他把手机递给孟远："你自己看看，热搜第九了。"

孟远心烦："这阴人的套路老子都能背！发视频买热搜买水军，受害人哭诉、大号转发带节奏带风向，推粉丝这惊天巨锅就稳稳扣在年年头上了。靠，还是在老子面前动的手！"他是生气，但头脑依然冷静，"停车场的监控能调出来吗？"

"能，你自己调来看，不过我估计悬，对方既然是有计划的，那肯定事先找好了角度。"

孟远点头，转头看向余年，缓和了语气："年年，你彩排和录制别受影响，你分得清轻重的，我一会儿让施柔来跟着你。"

余年点头："孟哥你也别太着急，我会好好录的。"

孟远一笑："明明被设计被骂得这么惨的是你，你反倒来安慰我。"他又看着何丘柏，"老何，帮我照顾着点。"

何丘柏应下："行，你去。"

没过多久，夏明希扣着鸭舌帽风风火火地跑进化妆间，喘着气："年年你被人陷害了？那个热搜是什么鬼？"

余年心下一暖，笑着问："你也看见了？"

"能看不见吗？热搜第六了都，我在车上翻到，人差点被吓死！连看三遍确认到底是不是你的脸！"夏明希包都没心思放，见余年手里握着手机，很明显刚刚是在翻看。他仔仔细细看余年的表情，担心，"年年，你还好吧？"

余年点头，嘴角的笑淡了一点，"只是——"他停了一瞬，"只是第一次直面这样的恶意，有些难过罢了，后面应该会习惯吧。"

夏明希心里也闷："你这么好，都没想着把我淘汰下去，还帮我选歌，那些骂你的人又没见过你没跟你相处过，凭什么就那么骂你、断定你是什么样的人？"

"可能就是因为没见过，所以骂得才更没有心理压力。"余年想起之前看到的那些评论，"就像前两天才夸我说年年你唱歌跳舞都好厉害，我一定会一直支持你的人，刚刚留言说，没想到你是这样的人，那个女孩儿只是想找你签名而已，你太过分了，粉转黑了。"

夏明希只是听余年复述，心口都缩了一下。他在原地走了两步，觉得自己言辞笨拙，不知道应该怎么安慰，只好骂道："背后那个人真的歹毒！"从他进来开始就没看见孟远，又意识到。"孟哥是去调监控了？"

"嗯。"余年反过来给夏明希做心理准备，"不过可能结果不太好。"

没过多久，孟远回来了，他阴着脸做了个深呼吸，看向余年，"因为位置和角度的问题，监控里没有多少对我们有利的画面。"

夏明希先爆发："肯定是方怀！他不就是觉得你挡了他的路，觉得这个第一名应该是他的吗？"

"我可以告你诽谤。"向来都临近中午才会到的方怀今天来得特别早，他站在化妆间门口，一脸笑容地看着夏明希和余年，"没有证据的事情不能乱说，知道吗？"

"你——"

余年伸手拉住了夏明希。

方怀扬扬下巴："我先去跟何导商量商量舞台效果，就不陪聊了，你们忙。"

等人走了，余年问孟远："还有什么办法吗？"

孟远字典里从来没有坐以待毙这一条，他捏捏眉心："我先找人，看能不能把热搜撤了，限制住影响——"

"孟哥，"一直在旁边看网上风向的施柔惊喜地开口，"孟哥你快看看，热搜上年年推粉丝那一条没了！"

孟远赶紧翻出热搜，连续刷新了好几遍，吁了口气："不管是谁动的手，这撤热搜撤得真的很及时。"

曲家。

曲逍然在自己卧室里看见谢游的时候，还以为自己是在做梦。他捏了捏大腿，"嘶"了一声，"竟然不是做梦……"他清醒过来，"不对啊，谢总你现在不是应该在开例会吗？怎么跑我这儿来了？"

"推迟了。"谢游冷声指出关键点，"你不接电话。"

曲逍然从枕头下面摸出自己的手机，谄笑："哈哈哈我昨晚上不小心关了静音——等等，出什么事了？你竟然连着给我打了十几个电话？"

谢游没在这个问题上浪费时间："余年又被黑了。"

曲逍然预感被证实。"我就知道，肯定又是你家年年有余出事了你才这么急吼吼地来找我，"他抓了两下头发，又意识道，"很严重？"

谢游脸色明显又冷了一个度，声音低沉，"很多人骂他。"

曲逍然已经开了手机，点开热搜往下翻，奇怪："咦，没热搜啊。"

"热搜我让人撤了。"

曲逍然惊了："撤热搜？你什么时候学会的这个操作？"他又手动输了余年的名字，才看见具体情况。

"推粉丝？我去，节目有黑幕啊整容啊什么的黑料都不痛不痒，相反，还能顺便炒一波热度赚流量，但推粉丝这种黑料伤筋动骨，一个不小心路人缘就败光了！"

"他没推粉丝，这是造谣。"谢游没心思多说，"接下来应该做什么？"

曲逍然努力开动睡钝了的脑子："他是在哪推——呸，他是在哪里被诬陷的？最好是调出当时的监控，证明没动手。但现在他经纪人那边都没动作，我猜应该是监控找到了但没用。这就有点麻烦了，口说无凭，就算说没推，别的人也不信啊。"

"要证据是吗？"

"对，最好是能直接证明余年是被陷害的。"曲逍然没和余年接触过，担心如果事情反转，他这发小的内心会遭受重创，于是小心问了句，"不过你确定……他真的没推？"

"他很好，不会这么做。"谢游没再多话，"我先走了，你继续睡。"

看着被关上的卧室门，曲逍然倒在床上，忽然激动："啧啧啧，谢小游这是要爆发了？"

谢游离开曲家，特助秦简快步帮他拉开后座车门，待谢游坐进去后自己才从另一边上车。

谢游原本表情就少，向来极其吝啬言笑，现在心里压着火气，气场更冷了。他搭在皮垫上的手指轻轻敲动，问："查清楚了吗？"

谢游不开口，秦简不敢出声。听他问了，秦简才应道："已经查清楚了。"他叙述重点，"这件事的策划人是方怀和其经纪人曹正。两天前，方怀的经纪人联系了一个工作室，要求对方在今天上午七点等在停车场，自导自演这出戏，主要目的是抹黑余年，其次是想影响余年的比赛状态。"

谢游眼底像是被凛霜覆盖的深潭："接着说。"

"您安排查的资料已经查好，公关部已准备妥当。"秦简汇报完，心也放了放。

他跟谢游已经跟了四年，以前从来没听谢游提到过"余年"这个名字。但这一次的事情让他明白，余年这个人就是谢游的逆鳞，碰一下都不行。

早上看见热搜，当场推迟了例会。吩咐公关部查清楚娱乐圈最近五年所有类似事件的处理方法，提交相关报告。又因为不确定自己的手段是否会对余年造成不好的影响，最后干脆扔下成堆的文件报表，直接穿城到曲家找曲逍然。

或许这就是因为太过珍视，所以慎之又慎。

"人呢，联系上了吗？"

　　秦简省略掉中间的各项细节，只报了结果："视频中伪装成粉丝、又假装被推倒的那个人叫姓庞，24岁，本地人。我们联系上她之后，她表示愿意配合。其余参与此次事件的人以及他们背后的工作室，也都愿意作证并提供所有证据。"

　　谢游沉默几秒，忽然道："他肯定很难过。"

　　秦简知道这个"他"指的是谁，没敢接话。

　　谢游："那就只有让令他难过的人更加难过。"

　　秦简低头："是。"

　　演播厅。

　　进行完第一次彩排，何丘柏看了效果，点头赞许："你的状态非常好。"他看着余年的神色，几秒后才由衷感慨，"你没有因为热搜的事影响彩排，我很意外。"

　　他终于有点明白，之前吃烧烤时孟远为什么一个劲儿地花式夸奖余年年纪小，心态却特别好了。他原本都已经想好要怎么安慰余年，但很明显，根本用不上。

　　余年嘴里含着一颗润喉糖，闻言笑道："好好彩排本就是我应该做的，我知道轻重。"

　　"嗯，我之前还担心你的录制状态，"何丘柏笑着拍了拍余年的肩膀，"好好休息，录制的时候，争取发挥得更好！"

　　夏明希等何丘柏走了，这才捏着两包小饼干坐到余年旁边。

　　余年接下递过来的饼干，见夏明希一脸纠结，笑道："你这是什么表情？眼角皱纹都要长出来了。"

　　夏明希重重地咬了一口饼干，嘀咕："方怀明显是在挑衅，我们当时为什么不怼回去？"

　　余年带了妆，细致地把饼干掰成小块儿一口一口吃，还注意着没将碎渣落在地上。看夏明希气鼓鼓的，他笑着解释："虽然我也怀疑是他搞的鬼，但我们没有证据。"

　　夏明希被说服了，他没什么心情地吃完饼干，又担心："年年你一定要稳住，要是录制的时候受了影响没拿第一，方——背后出阴招的那个人不知道多开心！"

余年摇头："我不会这么傻。不是我的我不会去抢，该是我的，别人也抢不走。"

就在这时，余年的助理施柔急急忙忙地跑了过来，话都来不及说清楚，直接把亮着的手机塞到了余年手里。

夏明希伸着脑袋好奇地跟余年一起看，等看清楚屏幕上的字，嘴巴微张，揉了揉眼睛，不敢相信："真的刺激，我没眼花吧？"

微博热搜榜上，取代＃余年推倒粉丝＃这个话题成为热度第一的，是＃该知道的真相＃，而第二则直白多了——＃余年反转＃，两个话题后面都跟着一个红色的"爆"字。

余年直接点开＃该知道的真相＃，施柔在一旁语速极快地低声叙述"早上装成你粉丝的人都找到了，一个不少，据爆出来的消息说，他们是一个工作室的人，这群人一口气把和方怀以及和方怀的经纪人曹正的聊天记录、交易记录、签的合同全爆了出来。现在网上炸了，微博论坛娱乐新闻头条，都是这件事在刷屏。"

夏明希对这些很敏感，抬头疑惑地问："新闻头条也炸了？孟哥花钱买的？"

施柔连连摇头："孟哥没买，不知道是不是公司出的手，正在问。"

余年握着手机，一点点将页面往下划。

"——＃余年反转＃吃瓜吃瓜！这剧情反转得很精彩了！所以余年没有推粉丝，事情的真相是，方怀找'专业人士'去碰余年的瓷，一波热搜跟上，等余年臭了，他就能踩着余年上去了？完全年度最佳巨瓜！"

"——之前黑余年骂余年的，说余年脾气差人品不行不配当歌手不配待在娱乐圈的，是不是一个个都该出来排队道歉？受害者明明是余年，却被骂了不知道多少条，＃给余年道歉＃！"

"——＃给余年道歉＃！方怀和他经纪人真的恶心！和那个什么工作室的聊天记录一个字一个字看下来，歹毒！完全就是想一次搞死余年！实名呕吐！碰瓷背后阴人很有趣啊？要不要自己也来试试啊？"

"——心疼得都快哭了！年年这是受了多大委屈！被碰瓷，就算说出真相也没人信，还在微博上被人骂，想想都难过！看到那个女的说自己这次拿了八千块钱，直接气哭！"

"——#给余年道歉#方怀心是有多黑？就因为余年抢了他的风头？见识了见识了！我不是余年的粉都心疼了，这委屈受着，还被骂几十万条，是我我早崩溃了！"

现在大家都是手机不离身，很快，演播厅所有人都知道了这件事的始末，一时间，众人说话的声音都小了不少。只有方怀一无所觉，还站在台上试设备，直到他的经纪人满头是汗地跑进来，神色慌张地直接上了舞台。

方怀皱眉，正想说什么事这么慌慌张张的，就听见经纪人疾声说了一句："之前谈好还签了的三个代言都吹了，商家宁愿赔违约金也要跟我们解合同，说不敢找你，有人要整你——"

经纪人语速太快，内容跟乱石砸他脑门上一样，等方怀意识到话筒没关时，在场所有人都已经听清了他经纪人说的话。

方怀表情绷紧，招呼没打一声，拉着经纪人就转到了后台，却正好撞见余年和施柔。他心里挂着代言的事，准备带着经纪人继续往里走，却听见余年说了话。

"等等。"

见方怀停下，余年继续道："你之前在化妆间说，没有证据的事不能乱说。"

方怀转身，讥讽："是我说的，怎么？"

余年微笑着提醒："你或许应该看看手机。"

方怀心里一个咯噔，飞快掏出手机，手指在屏幕连点好几下，脸色骤变。

办公室。

#心疼余年#和#给余年道歉#两个话题齐刷刷冲进了微博前十，各路大V接连转发事件的始末，各大网站新闻客户端也开始推送相关新闻。在短短不到一小时的时间里，舆论被控住，风向大逆转。

秦简向谢游汇报："谢总，完成了。公关部已经提交事态报告，之后三天会持续密切关注，法务部已起草好相关文件。"

"嗯。"谢游这才站起身，穿上黑色的手工西服外套，一边整理扣子一边道，"通知各部门，十分钟后开例会。"

演播厅。

孟远拉着余年在休息室说话。

"这次方怀真的栽深坑爬不出来了，他们之前把这件事炒得有多热、范围有多大，现在受到的反噬就是翻着倍的来。圈子里哪儿有不透风的墙？他手段脏，手里成或者没成的代言合同全丢了这件事根本不是秘密。"

余年几口喝完孟远递来的一杯鲜榨果汁："所以还是不知道到底是谁帮的我吗？"

"曲总好像清楚是谁出手帮的忙，但没说明白。"

"曲总？"余年脑子里不自觉地晃过一道令人印象深刻的人影。

"嗯。"孟远又忍不住唏嘘，"碰瓷这个事情才发生多久？你被挂上热搜才多久？碰瓷你的人的身份和相关信息、策划的工作室的情况，以及让他们出面反水作证、提供各种各样的证据，再加上后面那一波主导舆论的操作，我全盘理了理，心脏都抖了一下。出手那个人，是有雷霆手段。"

他看着余年，疑惑："你自己知道是谁帮了你吗？"

余年转了转手上拿着的翠色的洞箫，犹豫："我……或许知道是谁。"

录完节目，余年被送回了家。他和孟远施柔道别，关上车门，转身往家的方向走。

已经是凌晨两点过，周围空空荡荡的没什么人。余年走了一段，忽然停下，他脚步一转，朝另一个方向走过去——

虽然只见过一次，但他还是认了出来，停在侧边的，是谢游的车。

站在街沿，没有多犹豫，余年屈起手指敲了敲车窗。

很快，车窗玻璃降下来，露出了谢游令人惊艳的五官。他像是才从工作里抽身，身上依然穿着剪裁得体的黑色西服，领带微松，露出了性感的喉结。

"晚上好。"余年笑容轻快，语调微微上扬。

谢游仔细观察着余年的笑容，应道："晚上好。"声音和着夜风，不自觉地柔软了几个度。

两人仅有的几次交谈，基本都是由余年主导。但这一次，余年没有开口，十几秒的寂静后，谢游认真问："你心情好些了吗？"

余年的笑容绽开，眼尾弯起，像是把星光都化在了里面。"我心情很好，很开心。"他又笑道，"我还以为你不会承认。"

谢游原本只是打算过来远远看一眼余年，看完就走，没想到余年会认出来。他不知道应该怎么回答，干脆没有说话。

余年已经习惯了谢游的少言，也不在意，转而问道："你等我等了很久了吧？"

谢游摇头："没有，只等了五分钟。"

余年之前就注意到车顶上落着叶子，听见谢游说的五分钟，他没有拆穿，只是再次诚恳道："这次谢谢你帮我。"

"不用谢。"可能是因为热，谢游耳朵尖有些烫，但声音还是很镇定，说道，"我……我妈很喜欢听你唱歌。"

这是在解释帮他的理由？余年忽然想到什么，从口袋里摸出两个包装简单的糖"突然想到这个，是我自己做的糖，不知道你喜欢不喜欢。如果不嫌弃，给你尝尝。"

谢游顿了几秒，伸手接下来，握在了手心里。

余年最后道："以后如果有什么事能帮上忙，我一定帮。"

谢游想说，我只是单纯的想帮你而已，但他知道，自己现在对余年来说只是一个见过几次面的人，他应下了，余年反倒不会纠结。于是他颔首："好。"

余年站直身体，细软的黑色头发跟着夜风晃了几缕，他朝谢游挥挥手："我会好好唱歌的，谢谢你。"

谢游看着余年嘴角眼尾弥漫开的笑意，也跟着轻松下来："晚安。"

"嗯，晚安。"

接下来三天里，余年的热搜一直稳稳当当地挂在前十的位置，施柔觉得有些奇怪："年年和方怀都还不火，照理来说，过了舆论最高峰之后，热搜很快就会被其他的事情盖下去才对啊。"

孟远跷着腿："你孟哥指点指点你，你去看看年年的微博粉丝数。"

施柔记得清楚："往上蹿了快一百万了。"

孟远打了个响指："对，这就是关键所在。在后面动手那个人很懂套路，一方面用这件事帮年年炒热度，一批水军骂方怀，一批水军到处安利年年，两边都没误。另一方面是给大家一种心理暗示，下次年年再出什么事的时候，大家会下意识地猜想，嘿，是不是跟上次一样，余年是无辜的，后面也会有大反转？"

施柔恍然大悟："原来是这样！"

孟远手指搁膝盖上点了点，断定："不过今天明天这个话题就会下去了，挂太久会视觉疲劳。"

跟孟远预测的一样，第二天，余年的热搜就没了，热度迅速降低。但没隔多久，《天籁》第二季第三期开始预热，宣传和曝光度再次接上。

孟远感慨："这操作是真的厉害。"他看了眼正认真喝果汁的余年，问施柔："知道哪里厉害吗？"

施柔这次重点抓得很准："方怀没消息了。"

孟远赞许："没错。年年的热搜刚下，方怀的所有消息，不管好的坏的，全没了。这个圈子最怕什么？最怕销声匿迹。现在还有少数死忠粉在维护方怀，但再过一个月两个月，还会有几个人记得方怀是谁？虽然残酷，但这就是现实。"

余年放下手里的果汁杯，忽然想起来："孟哥，你上次不是问我这次是谁帮我吗？"

"你知道是谁了？"

"嗯，知道了，是谢游。"

孟远原本懒懒散散地在椅子上坐着，听见这个名字，背瞬间撑直："你等等！谁？谢游？"

余年笑着点头："嗯，就是他帮的我。"

孟远总觉得太不科学了："他帮的你？你跟谢总很熟？"

余年说的是实话："碰见过几次，不是很熟。"

"不是很熟他这么劳心劳力地帮你？"孟远心里各种猜测念头转来转去，试探着道，"那你知道……他为什么会出手帮你吗？"

"他说他妈妈喜欢听我唱歌。"余年猜到了孟远的想法，宽他的心，"可能顺手就帮了。"

孟远也犯嘀咕："也是，要是真的有那什么……别的目的的话，应该早就有消息了。可能确实是因为他妈妈喜欢听你唱歌，你又是曲总公司的艺人，他心情好，顺手帮了你一把。"

他话是这么说，但心里总觉得有些怪异，毕竟以谢游的性格想来不会顺手帮人一把。但又纠结不出个所以然来，孟远干脆懒得想了，决定找时间去探探曲道然的口风。他又问余年："你知道谢总是谁吗？"

"柔柔姐说过一次，说谢游是曲总一起长大的发小。"

孟远点头，趁机会科普："对，曲家和谢家是世交，曲总和谢总都是家里的幺子，上头有个继承家业的哥哥。只不过后来谢家出了事，谢总的哥哥和爸爸先后离世，他年纪不大就直接被推上了最高的位置，很难服众。开始两年，谢氏内部斗争激烈得不行，真真假假的小消息传出来不少，各种腥风血雨。老一辈的想把年轻的继承人拉下马自己上位，可惜谢总年纪不大手段却很厉害，高层陆陆续续落马了一大批，这才消停了。"

孟远叮嘱："这两年谢总时不时会在星耀出现，但公司里不管谁遇上，都屏气凝神不敢招惹，因为之前有个女艺人想缠上去，没两天就销声匿迹了。"

他越说越觉得奇怪——实在是难以想象，谢游竟然会见义勇为，出手帮余年一把。

被讨论的谢游正和曲逍然在外面吃晚饭。

曲逍然抱着游戏机，头也不抬地问："今天你是不是心情不好？我跟你说，你这么天天冷着一张脸，以后谈恋爱是要吃亏的……这什么猪队友！"他干脆扔了游戏机，认真和谢游说话，"我之前听我哥说你那边又有人开始搞事情了？都几年了，还不消停。"

"嗯。"谢游语气平淡，不太在意，"四年前他们没能赢过我，以后也不可能。"

"行，兄弟相信你！不过你小心，一定注意安全，别着了道。"曲逍然一拍脑门儿，"对了，我爸他自己不好说，就让我转告你，要是有需要帮忙的，尽管开口。"

谢游神色少了两分冷意："帮我谢谢曲叔叔，我暂时能应付。"

"能应付就好。"曲逍然正担心，忽然看见坐对面的谢游打开了手机，没一会儿，就听手机里传来"欢迎收看《天籁》第二季第三期……"

曲逍然瞪大眼睛，不敢相信："谢小游，你可别告诉我你今晚上破天荒地请我吃饭，就是为了让我跟你一起看这个节目？"

谢游抬头看了他一眼，没说话，但眼里明明白白写着：不然你以为？

曲逍然捂着自己的心口，"完了完了，我们纸尿裤的友谊快碎了……"他见谢游看得认真，心里又猫爪一样好奇，慢慢吞吞地挪过去，小声道，"我就是来看看你那个年年有余到底是有多厉害，让你护成这样……"

《天籁》第三期的播出还没结束就迅速霸占了热搜，夏明希是第一个出场，他拉大提琴的侧面也是最先刷屏的，祖传粉丝们纷纷热泪盈眶，惊呼不愧是歌王影后最强基因的结合，这到底是什么完美侧颜！之后是许萱一边弹钢琴一边唱歌，不算惊艳，却也中规中矩。

最后出场的是余年。他穿着宽松的白色衣服，布料很轻，走路时像携着风。细软的黑色头发没有做造型，自然地垂落，衬得皮肤和白瓷一般。等他拿出一支碧色的洞箫，十指按着小孔，抵在唇边，眼睫低垂，吹出悠悠扬扬的乐音时，弹幕瞬间炸裂。

"——啊啊啊我要死了！我就是那支箫！谁也别跟我抢！"

"——这手腕这完美的下颌线这睫毛！我吹爆年年小哥哥！他怎么这么好看！谪仙下凡么！"

"——明希家的祖传粉丝表示，唯一能跟明希拼一把颜值的，只有余年了！"

"——之前说这一期参赛选手会展现个人才艺，我还和群里的妹子打赌，没想到我们都猜错了！竟然是洞箫！这什么神仙才艺！八千字彩虹屁都不足以表达我的激动！"

曲逍然盯着密密麻麻的弹幕，表示难以理解，"虽然是挺好看，唱歌唱得也很好听，但——"他看着谢游扫过来的一眼，到了嘴边的话也重新咽了回去，掷地有声，"真是太优秀了！"

孟远和余年也正在看这一期的《天籁》。

"啧，你说你会吹洞箫时我和老何也惊了惊。你这技能点，全娱乐圈也找不出几个来，我真心挺好奇的，你还会什么乐器？"

余年掰着手指头数："还会古琴、竹笛和钢琴。"

孟远嘀咕自言自语："我这是挖到了个什么宝贝……"

这时，正在播的节目里，方怀刚唱完离场。孟远注意力被转开，感慨："方怀的心态不行，之前膨胀得太厉害，趾高气扬，巴不得用下巴对着你们。等出事了，录制的时候完全慌了神，弹钢琴弹错了好几个音，唱歌高音破了，抢拍，忘词，他不被淘汰谁被淘汰？"

余年不会对下狠手设计自己的人抱有什么同情心，看着屏幕里略显狼狈的方怀："我很小的时候外公就常教我，欲人勿知，莫若不为。做了坏事，就要做好有一天会暴露的准备。"

"欲人勿知，莫若不为，你外公教得很好。"

"嗯，"余年回忆道，"我外公还在世的时候，每个星期都会出题目让我写文章。六七岁，让我翻着字典写《我的外婆》，他会在后面写评语。等后来，题目就变成"何为'岁月本长，而忙者自促；天地本宽，而鄙者自隘；风花雪月本闲，而扰攘者自冗'这一类的了。"

孟远咋舌："六七岁就捏着铅笔开始写小作文了？"

"不是铅笔，是毛笔。我小时候还没学怎么拿筷子，就先学的怎么用毛笔，但我手小，外公就亲自动手做毛笔给我用。不过小时候不懂，经常拿毛笔墨汁往脸上画，这事情后来还经常被外公翻出来嘲笑。"

孟远看得出余年和家里人关系很好，之前又说过没有爸妈，是外公外婆养大的，想来这后面肯定藏着什么陈年往事。

他没再继续问下去，转而说道："下一场要邀请帮唱嘉宾，你没什么熟人，节目组会出面安排。老何让我问问你有没有喜欢的歌手，说不定能请到。"他想起余年之前两场都是唱的郁青的歌，"你要是想邀请郁青，节目组可以去试试，不过郁青咖位太高，最近又在戈壁滩上封闭拍戏，我估计有点悬。"

余年想起今天下午打过来的那通电话，"郁青已经答应了，会按时赶回来的。"

"啊？"孟远回过味儿来，睁大眼睛，"等等，你让我缓缓！已经答应了？你认识郁青？"

余年点头："嗯，认识很久了。"

孟远好几秒没说话，最后呼了口气："老何确实该请我吃个十顿烧烤！郁青啊！那可是郁青！她来上节目，收视率还不得爆？"

录节目当天一大早，余年的门就被敲地"砰砰"响。余年放下浇花的洒水壶，开了门。

郁青进门摘下墨镜，露出一张美艳张扬的脸："有吃的吗？我刚下飞机就直接过来了，快饿死了。"

"家里只有面条了，我去帮你煮一碗？"余年说着往厨房走，嘱咐，"记得把门拉上，拖鞋在柜子里。"

　　郁青把八厘米的高跟鞋扔到一边，趿拉着凉拖鞋跟在余年后面。"面里可以放一个煎蛋吗？拍戏这段时间老娘人都饿得不好了！"

　　"嗯，但只能煎一个，不然你吃完又嚷着会胖。"

　　郁青边走边打量余年现在住的地方，皱眉，明显很嫌弃："你住的地方怎么这么小？"

　　余年开了火，把挂面拿出来："就我一个人，够住了，大了反而空荡荡的。"

　　"行吧，你住得开心就行。"郁青靠着料理台看余年煮面，一边聊天，"我之前还没来得及问，我不就出去拍了两个月戏的功夫，你怎么突然就签星耀出道了？还有之前那个方什么，跳这么高，还搞事情，要是当时老娘在，一巴掌拍死他！多亏你团队给力，没让他得逞。"

　　余年穿着件普通的白色棉T恤，透着些清清爽爽的少年感，他没纠正，只是回答："你也知道，我需要赚很多钱，我有个师兄在星耀实习，机缘巧合就签了星耀。"

　　郁青知道余年心里有自己的主意，没多说。"星耀还不错，曲道然虽然不靠谱，但背靠着曲氏这棵大树，没问题。孟远也还不错，你眼光很好。"她看着余年的侧脸，没忍住，"说实话，你才二十一岁，这么小，没必要这么逼自己。"

　　余年拿碗出来盛面，弯着眼睛笑道："我没逼自己，人活一辈子，总有些事情必须要去做不是吗？只是我要做的这件事会困难一点而已。况且，我也很喜欢唱歌。"

　　"那么多钱，哪里只是困难一点？"郁青懒得说余年，自己伸手端了面，凶巴巴地瞪他，"看着你就来气！"

　　不过等到了演播厅，郁青又一改之前的懒散和嫌弃，仪态端方地给余年撑场子："谢谢何导对年年的照顾，年年是我弟弟，年纪还小，要是有什么不对的地方，麻烦何导宽容宽容。"

　　余年是第一次见郁青这么温温柔柔地说话，努力憋着笑。等到了化妆间，旁边没了外人，郁青翻了个白眼："你那是什么表情？非要老娘桌子一拍，说你是我罩着的？那是会崩人设的！"

说到这个，郁青问："孟远让你炒什么人设没？"

"嗯，有，孟哥安排的是贵公子人设，说以后代言会顺畅很多。"

郁青又翻了个白眼："你还用炒贵公子人设？不过也对，你看看自己，哪个贵公子会穷到连外卖都点不起！"

余年递了瓶没开封的矿泉水给她："要注意，白眼翻多了会长皱纹。"

两人合作的是舞曲。郁青黑发红唇，身材高挑，穿上黑色的皮衣皮裤和八厘米高的铆钉高跟鞋往聚光灯下一站，气场节节往上。余年穿了一件白色的宽松衬衣，加重了眼线，衬着眼下的泪痣，极抓人视线。

谢游就是这时候过来的。

何丘柏见来的是谢游，连忙快步迎上去，心里疑惑，谢氏那边说要注资，会有人过来看看，没想到直接来了彩排现场，更没想到来的竟然是谢游本人。

谢游一进场，视线就锁在了余年身上。等发现余年正跟一个不认识的年轻女人跳舞，他装作若无其事地问："在彩排？"

何丘柏赶紧道："对，是余年和郁青在彩排，郁青是帮唱嘉宾，抽时间从剧组赶回来的。"

他说完，有些疑惑——怎么忽然觉得有点冷？

谢游视线一错不错地落在舞台上，助理秦简跟在他身后，适时说道："何导您忙。"

台上灯光开的亮，余年没发现谢游过来了。他和郁青贴得很近，有些不太习惯。

郁青又想翻白眼，但想起余年说的要长皱纹，忍住了，小声说话："老娘小时候还给你换过尿不湿，握你手怎么了？"

余年纠正："你只比我大五岁，不可能给我换过尿不湿。"

"好像也对，那我也看过你外婆给你换尿不湿！"郁青强调，"到录制的时候放轻松一点，我明天正好有个采访，会提你名字，让孟远把热度跟上。"

余年应下来："谢了，姐。"

彩排完，郁青出去打电话，余年准备回化妆间再背背歌词。刚走几步就看见了一个背影，他不太确定。"谢游？"见谢游转身，他有些惊喜地笑起来，"刚刚只看见背影我还不确定，没想到真的是你。"

他只看背影就把我认出来了。谢游心情突然好了一点，他走近了和余年说话，"刚刚你唱得很好听。"

"谢谢，"余年不好意思地笑道，"我歌词还没完全记住，跳舞的时候一直在偷瞄提词器，幸好没被何导发现，不然肯定被骂。"

谢游把提在手里的礼盒递过去："上次糖的回礼。"

余年双手接过来，看见木质礼盒上印的标志，眼里像是落了星星，惊喜道："青河路的那家糕点铺？我从小就特别喜欢吃！"

谢游神色没什么变化，悬着的心却落下了。"你喜欢就好。"他迟疑几秒，还是拿出纸笔，将练习了几十遍的话顺畅地说了出来，"我妈妈很喜欢你，可以要一张签名吗？"

"当然可以，是我的荣幸！"余年接下纸笔，认真写下自己的名字。余年递回去给谢游时，两人的指尖相触。

谢游呼吸微颤，将纸笔收好，看着余年："那我先走了。"

余年点头："嗯，谢谢你的糕点！路上注意安全，下次见。"

"下次见。"

孟远过来，看见有人从走廊走过去，顺口问了一句："刚刚那是？"

"是谢游，他好像是过来有事，正好碰见了。"余年见孟远急急忙忙的，问，"出什么事了吗？"

孟远没好气："我算是见识了，"他声音放低了些，"这一场不是有个补位歌手吗，正在前面跟老何争执，觉得节目组安排给他的帮唱嘉宾没咖位，没咖位？天王巨星才配得上他？他也不先看看自己是在什么位置！"

余年转瞬就明白过来："因为我和夏明希？"

孟远哼哼两声："不止，你请来了郁青，夏明希请了红了十几年的孙林，许萱公司想把她推成女团门面，特意找了一个正当红的师姐过来带新人，对方刚好发了新专辑，也很愿意过来露面宣传。节目组没亏待，好言好语地花大价钱请来了两个实力派。虽然没有你们三个的这么带流量，但也是非常不错的了。"

他知道余年不爱在背后议论什么，"我也只是给你提个醒，这个欧阳宇怕是个搞事精，一过来就不消停。"

他还听见欧阳宇质问何丘柏，说凭什么余年能和郁青搭档，他就只能搭一个快过气的歌手？但他怕余年有心理压力，暂时没提这一茬。

余年点头："孟哥放心，我会注意的。"

提着糕点刚回到化妆间，已经彩排完的夏明希马上窜了过来，拉着余年八卦："我发现来这个节目我真是来对了！"

余年被他双眼放光的眼神逗笑了："因为八卦无处不在吗？"

"对啊！完全是八卦喷泉！"夏明希兴奋兮兮的，"之前走了一个方怀，现在又来了一个欧阳宇，我看何导的头发都要愁秃了！"

余年疑惑："说起来，我刚刚搜了一下，欧阳宇不是走的演员路线吗？"

"是演戏的啊，走的流量偶像剧男主角路线，现在有一部网剧正在播，叫什么《青色之恋》。他公司应该是准备捧他，干脆让他来唱唱歌挣挣曝光度。"夏明希撇嘴，"他粉丝战斗力挺强的，要是他侧面煽动煽动，八成节目组官博要炸。"

余年明白过来："但节目组必然不会让步，不然会得罪嘉宾。"

"对，所以我有预感，这个欧阳宇肯定要搞事情！"

半个小时后，欧阳宇带着两个助理大步走进化妆间，又特意将余年从头到尾打量了一遍，一个字没说。余年对旁人的态度不怎么在意，他正打开谢游送的木质食盒，准备吃糕点垫垫肚子。

夏明希凑过来，看见食盒上印的字，惊讶："清河路那家的糕点？老板现在年纪大了，一天只做十盒，超难买的！"

余年手一顿："现在很难买了吗？"

这家糕点铺离他家很近，他小时候很喜欢吃，糕点铺的老师傅就会隔几天送一盒过来，还会特意将糕点做成小动物的造型逗他开心。不过，谢游怎么知道他喜欢吃这一家的糕点？或者只是……巧合？

"对啊，我妈之前嘴馋，扛着会发胖的巨大心理压力让助理姐姐去排队，也排了足足三天才买到！"夏明希皱着脸，眼巴巴地看着糕点盒子，"我前两天称体重又重了三斤！小饼干都被没收了！要是被经纪人发现吃甜食，绝对会出人命关天的大事！"

余年合上食盒的盖子，"行，我不刺激你，我回去再慢慢吃。"他心里想着，谢游给的回礼这么用心，看样子挺喜欢他做的糖，那他回家试着多做几种糖好了，说不定哪次遇见了能再给谢游尝尝。

事实证明，孟远和夏明希的预测都是正确的。

余年穿着批发来的宽松棉T恤，肩上搭着一条白毛巾，擦了擦汗湿了额发的汗，刚拿起手机，微信提示音就接连响了起来。他点开，果然是夏明希发了一大串的链接和截图过来。

他点开其中一条链接，发现是一篇名叫"欧阳宇实名爆节目组黑幕，称受到不公平待遇被淘汰"的帖子。长长的标题后面飘着一个大大的"爆"字。

余年点了进去。

"——欧阳宇？名字好熟，是不是那部网剧的男主？颜是真的能打！不过怎么唱歌去了？"

"——哥哥真的很有勇气！他只是一个还不红的小新人，却因为节目组黑幕被淘汰，现在敢站出来揭露真相，真的真的很不容易！"

"——要不要这么输不起？被淘汰了就说是节目组黑幕？脸大？而且节目还没播就爆出部分排名，这样也行？"

"——确实是黑幕了。夏明希不说，星二代我们惹不起！许萱一个十八线女团主唱也请到了当红流量！那个叫余年的更夸张，一个纯新纯新的新人，竟然叫郁青作配！没黑幕？你是傻子你信？"

"——抱走年年，你们家和节目组撕别牵扯到我们年年，我们年年只想好好唱歌！"

"——只想好好唱歌？装无辜？第四期还没播吧，排名没全爆出来吧，但第一名肯定内定了信不信？"

"——年年拿第一实至名归！唱功和舞蹈功底你没眼睛不会看？

哪儿来的那么多内定和黑幕？"

余年看到这里，切回页面，皱着眉回复夏明希："欧阳宇是准备拉大家一起下水？"

夏明希很快打了语音过来，语气很不淡定："哪里是拉大家，是拉你！他不敢动我，许萱是女生，有性别差异，热度不高，效果不大。你不一样，你现在话题度高，热度也高，所以你仔细看他买的这些水军还有他粉头带的风向，完全就是想把节目组黑幕这口锅盖在你头上！"

余年喝了口水解渴："然后我就变成节目组黑幕的最大得益者，他就是受害者？可是他现在已经被淘汰了，这么做的目的是什么？"

夏明希被余年稳当当的语气连带着语速也慢了不少："我之前听说他经纪人正跑关系，想把他塞进一个热门综艺，《天籁》是跳板。结果他自己不给力，没起跳成功，只好自己炒一波热度出来。"

余年明白了，自己这是被当成跳板了。

夏明希抓抓头发："现在这情况，你别去看微博的评论，肯定糟心得要死。"

余年知道他是担心自己："好，谢了明希。"

孟远中午吃饭的时候也说起这个事情："欧阳宇野心不小，他倒是眼光好，瞄准了你。"

余年放下筷子，笑道："孟哥你这是在夸我？"

"就是在夸你！"孟远知道这个事情后气就没顺过，但看着余年，心情好了不少，"你是真的争气，连着四场拿第一，等这一期播了，你还得占一波热搜！粉丝八成会被你勾得嗷嗷叫。"

余年还没看过剪出来的全片，"跳舞的时候，我还被郁青吐槽太青涩了。"

"够了够了，要的就是这种青涩里面带点不自觉的勾人的感觉！"孟远盯着余年的五官看，一边看一边笑，"看见你的脸，你孟哥我饭都多吃两碗！"他又和余年说道，"这一次先让欧阳宇蹦跶两天，等节目播出来了，让那些瞎嚷嚷的人看看，你不拿第一，谁还能拿第一！"

办公室。

谢游开完视频会议，松了松领带，偏头问曲道然："你刚刚说余年怎么了？"

曲道然歪歪倒倒地躺在沙发上，见谢游终于忙完了，赶紧坐起来邀功，"我这个兄弟够义气吧？一知道你家年年有余出事，连忙跑过来找你！"

谢游一上午连着开了三个跨国视频会议，还没空隙去关注余年的消息，他有些担心，皱着眉问曲道然："他出什么事了？"

曲道然早就组织好了措辞："就是一个演偶像剧的，这一期被淘汰，非要说节目组有黑幕，余年连拿几次第一名也是暗箱操作内定的，在网上搅风搅雨。"

谢游直接问重点："那个人的目的？"

曲道然："我刚刚拿到最新消息，那个搞事情的欧阳宇因为这一波热度，已经接到消息说能上另一个火爆的综艺了，摆明了目的就是为这个，拉着余年和节目组当跳板呢。"

听完，谢游思忖几秒，问："因为这一次炒起来的热度？"

曲道然点头："嗯，对啊！"他给谢游补课，"就像你家年年有余，想认真唱歌出唱片开演唱会，但歌唱得好，唱片质量高，也得有人听有人买才行对吧？

"虽然说起来挺悲哀，但这就是现状。你得要有热度了，别人才会真正去看你一眼，才会听你唱歌，欣赏你执着的东西。"

谢游心里一动。他想起余年唱歌时，眼里像是揉碎了星光在里面的样子——是真的很喜欢唱歌吧。

"但这个欧阳宇，也只敢在节目播出之前黑余年，"曲道然接着道，"余年真的争气！我们倒是想弄黑幕，可是没机会啊！孟远不知道从哪里挖来的人，全凭自己水平拿的第一！我问了孟远，这一期跟郁青的合作很精彩，等节目一播，赶着这热度，绝对反转收割一波热搜！"

听见"郁青"这个名字，谢游想起之前在彩排时看见的画面，停了几秒没说话。

曲逍然没注意到谢游细微变化的神情，吹了两声口哨："本少爷坐等打脸！去他隔壁的黑幕！"

节目开播前，郁青又跑来余年家蹭饭。她在房子里认真逛了一圈，看见书房桌子上摆着的云窑白瓷兽面笔洗，"啧"了一声："这笔洗都多少年了？"

余年正在给盆栽剪枝，闻言仔细回忆："大概三百多年了吧？听外公说，好像从外公的爷爷的爷爷就在用这个笔洗了。旁边那个砚台也是，都是传下来的。"

郁青小心翼翼地用手指碰了碰瓷面，又赶紧缩回来，感慨："也就你们余家这么用古董，真是够奢侈的！"她又道，"不过你们家好像一代传一代都是这么用的？倒是我大惊小怪了。"

余年拿着黄铜花剪，穿着宽松的白T恤和水洗牛仔裤，清清爽爽的，他笑着回道："外公以前说，这些东西要是不用，放在角落沾灰，它们是会寂寞的。"

"挺有道理！"郁青又小心地摸了摸砚台，"这个砚台我记得很清楚，我以前见你外公用过。"她站直，评价道，"跟你家比起来，我家里纯粹是暴发户！也不怪小时候我奶奶恨不得把我扔给你外婆养，希望我多沾一点诗书贵气。"

余年想起什么，放好花剪，问郁青："姐，几点了？"

"刚七点。"

余年算了算时间："孟哥让我发个弹钢琴唱歌的视频到微博上，我现在去录，你一会儿不要入镜了。"

郁青挑起弯眉："哟，孟远还真是一套一套的，你录个在家弹琴唱歌的视频，又没化妆又没打扮，还清唱，简直是在直直白白地说，老子有颜有才还能唱！有本事你继续黑我啊！"

余年笑道："对啊，明天还会发练习室练舞的视频，我都不知道孟哥是什么时候拍的。"

半小时后，余年的微博发了一段长度有七分钟的视频。没到一分钟就攒了几千条评论。

"——还没看！先打卡！反正我年年最好看！"

"——我一个暴风尖叫！黑白键上的手是艺术品吗？素颜都这么好看吗？穿白 T 恤都这么帅吗？清唱竟然可以这么好听！我眼光是有多好喜欢上了这么一个小哥哥！"

"——视频里面的人已经和我结婚了！"

"——抑制住激动听完了才评论！吹爆嗷嗷嗷！抱着手机在床上打滚！声音真的太好听了！一百个天使吻过的嗓音！唱功也好扎实！阿姨爱你！"

郁青在旁边刷评论刷得很开心，"年年，姐姐发现你的粉丝完全可以出一本彩虹屁大全了！"她又单独拎了几条念出来。

"就我的视线一直在视频角落的那个青瓷贯耳瓶上吗？贼眼熟！"

"我我我还有我！一眼就看见了！但应该是仿的吧？真品拍下来接近七位数，应该不会有人买回去用来插枯枝当花器的……吧？不过年年品味真好，这么摆真好看！"

郁青装模作样地清了清嗓子，继续念："我们年年还会写曲子！我看见边上随意放着的手稿了！虽然看不清，但年年超棒！"

余年无奈："姐，你要是不念了，我一会儿还能去做个冰糖雪梨，看节目的时候一起吃。"

郁青立刻打住："不念了不念了！您请！"

八点准时，余年打开电视，和郁青两个人坐在沙发上，一人端着一碗冰糖雪梨。

郁青吃着吃着又翻旧账："当时要不是我自己打电话给你，你是不是都不准备找我和你搭档上节目了？"

余年点头："对，你不是忙着拍戏吗？当时我准备节目组请谁我就和谁搭档。"他见郁青眼一瞪，连忙道，"多吃点雪梨，去去秋燥，别暴躁。"

郁青拿勺子戳碗底，制造噪音，又扬扬下巴道："我经纪人那边已经准备好了，闭关拍戏这么久，老娘也是时候上上热搜刷一刷存在感了！也得让那些小妖精看看，是她姐的人还是她姐！"

另一边，何丘柏正捧着外卖跟策划聊天。

"你觉得这一期收视率会有多少？"

策划不太乐观："欧阳宇的粉丝不是说要抵制吗？"

何丘柏摆手，不以为然"他粉丝基础看着红火，实际上都不牢固，没多少人附和要这么干的。更多的是想看看到底怎么个黑幕法儿，余年到底是不是又拿第一了。你看着吧，我话搁这儿了，今天收视率肯定使劲往上冲冲。"

这一期开场的是许萱，带她的师姐控场熟练，一上来就点爆了现场。何丘柏瞄了一眼收视率，还没破二。他耐性好，拉着策划一起看："你注意弹幕和评论，已经有人在问余年多久上场了。"

策划也被带紧张了，盯着屏幕："会不会——"

就在这时，旁边的工作人员突然喊道："涨了涨了！"

何丘柏眯眼一看，哈哈笑出声，"我就说余年和郁青一上来，收视率会爆一波！"

看到一路往上升的数字，策划也眉开眼笑，毕竟上涨的收视率可都是钱啊！他凑近了问，"老何，你很看好余年？"

"嗯，你仔细看看这个现场。郁青气场向来压人，更别说这一期走的是冷艳御姐的路线。黑发红唇，黑色的皮衣皮裤，铆钉高跟鞋，往台上一站，就是焦点。但余年半点没被这气场压住，他上台只穿了件白衬衣，可站在郁青旁边，硬是让人移不开眼！就凭这一点，够吹了！"

两人一上台，现场尖叫声四起的同时，弹幕也跟疯了一样密密麻麻一大片。

"——郁青现场炸天！这气场，先趴下为敬！"

"——年的眼线和泪痣啊啊啊好魅惑啊！勾人不自知！我的鼻血止不住了！"

"——这是哪里来的女王和小王子！两个人的颜值都逆天了！这到底是什么美妙组合！"

"——哈哈哈我的关注点是不是歪了？年年和青姐的鼻子长得好像！一样都好好看！"

就在两人表演的时间，#郁青余年#的话题一口气冲上了第五，#郁青天籁#和#余年黑幕#的话题也挤进了前十。等欧阳宇在第四个表演完时，根本不用带风向或者控评，网上的评论已经完完全全一面倒。

"——#余年黑幕#emmm实话，欧阳宇被淘汰得不冤！对比来看，要是欧阳宇搭郁青，我可能全程看不见他！气质啊气场这种东西是存在的！可惜他没有。"

"——被圈粉了！我明明是来看黑幕到底是个什么情况，结果我一直嚎叫年年你怎么这么棒！啊啊啊啊颜粉音粉舞粉！我是不是掉进了一个深坑！"

"——#郁青余年#同台分高下，余年到底怎么长的，一个新人，竟然在气场上能和郁青互碾！之前看他个人场的时候还没发现！"

"——实话实说，节目组要是把第一，不，把前三给了欧阳宇，那才是真正的黑幕！"

郁青抱着手机不顾形象地笑倒在沙发上，"哈哈哈这些人怎么这么逗！欧阳宇看见是不是会暴毙？"她扔开手机，心里憋着的那股气顺了，"跟你第一次同台，又被花式吹捧，值得庆祝！走，姐姐带你吃好吃的！"

两个人都不是拖延的性子，节目没看完就直接出了门。郁青开车，问余年："想吃什么？今天我请！"

余年系好安全带："沈叔在老宅那边的一家私菜馆做菜，你要不要尝尝？"

"行啊，好几年没吃到沈叔做的菜了。"

晚上的路不堵，车一路开到城西，经过思宁公馆时，郁青放慢车速，问："之前怎么想着搬出来？"

余年看着昏黄的路灯下老宅的剪影，笑容淡了一点"这边太远了，要是堵车，两个小时都到不了市中心。"

郁青大咧惯了，看见他的神色，猜余年是因为住在老宅里，会念着外公外婆，恼自己不该提起这个话题，于是顺着往下说："确实，你那个小房子收拾得也挺好的，我看阳台上那盆葱长得真不错！"

等车开到私菜馆门口，郁青拍了拍方向盘："年年你先进去，这里没车位了，我停远点儿。"

余年不放心："我跟你一起？"

郁青哼笑："不放心？你姐我散打拳击跆拳道，谁要是敢劫我那是谁倒霉！"

城西这一片都是老建筑，少了繁华，多了清净。余年沿着小路往里走，经过满架的蔷薇花时，忽然想起上次就是在这里碰见谢游的。他顺手从地上捡了一朵落花，继续往里走。

来之前提前打过招呼，余年还没到包厢，就看见了等在小拱桥尽头的沈味。

余年加快步子："沈叔晚上好啊！"

跟小时候一样，沈味递了几个洗干净的小番茄给余年，笑容慈和："郁青小姐没一起吗？"

余年咬了一口小番茄，笑着回道："一起来的，她停车去了，还说好久没吃到您做的菜了。"

沈味笑呵呵的："今天小少爷想吃什么？沈叔都给你做！"

余年故作纠结："这个我真的选不出来，都好吃，沈叔您想做什么做什么吧！"

沈味被逗笑了："行，那您先耐着性子等等！"

等沈味走了，余年一边吃小番茄一边往里走，经过一个叫"月影"的包厢时，门突然从里面被拉开。

四目相对，余年先反应过来："曲总您好。"

曲逍然眨眨眼，意识到自己没眼花，张口就朝里面喊："谢小游，你家年——哐！你过来！"

曲逍然心道，谢小游还说我犯馋了跑老远来吃饭，打扰了他看节目。节目有什么好看的？这里有真人！

　　谢游听见余年的声音，几步就走到了门口，他见余年笑意盈眼地站在门外。

　　"余年。"

　　余年惊喜，"谢游？"他明白过来，笑着问，"你们是一起过来吃饭？"

　　曲道然看谢游半分钟吭不出一声，心里着急，干脆自己来，"对，这里味道很不错！"他又笑道，"还没恭喜你又拿了第一！"

　　说完，他悄悄在背后扯了扯谢游的袖子。

　　谢游也道："恭喜你。"

　　曲道然要绝望了，这时候明明应该表现表现，比如夸余年浑身是宝、全是仙气什么的，结果谢游你竟然就蹦了两个字出来？一个字是要半条命吗？

　　"谢谢！"余年看向谢游，弯起唇角，"上次的糕点我很喜欢，听明希说现在很难买到，费心了。"

　　明希，是夏明希吗？

　　"你要是喜欢吃，下次再买给你。"

　　谢游的语气旁人听起来还是惯常的冷淡，但曲道然跟谢游从小一起长大，熟悉地不能再熟悉了。这一听就吓住了——这么温柔？还特意买了糕点？

　　他深刻认识到，纸尿裤情谊真的不值钱了！

　　就在这时，高跟鞋踩在地板上的声音由远及近，接着是郁青抱怨的声音："年年，外面太难停车了！咦，你遇见认识的人了吗？"

　　郁青踩着黑色高跟鞋走近，看清正和余年说话的人时，惊讶了一瞬，马上又笑容得体地打招呼："谢总，曲总，好巧！"

　　曲道然心里咯噔了一声，克制着没往旁边看，一口气憋在嗓子眼儿不上不下，试探着道："你们……一起来吃饭吗？"

　　他一边问一边祈祷，希望还有别的人！希望是朋友聚餐！希望是节目组庆功！然而满天神佛都没搭理他，他听见郁青回答："对啊，庆祝年年拿了第一，过来吃饭，没想到这么巧。"

她和余年站得近，不管是语气称呼还是表情，都透出一种习以为常的亲近感。

曲逍然只觉一股冷气从谢游的方向嗖嗖嗖蔓延过来，弄得他打了个激灵。纠结两秒，曲逍然出言邀请："既然没别人了，我们要不拼个桌？你们两个人，我们也两个人，一起吃还能热闹热闹！"

郁青想着曲逍然虽然不太管事，但怎么也是余年的顶头上司，谢游更不用说，多少人排着队想和他吃个饭都没机会。今天没有什么紧要的事，吃个饭聊聊天对余年没坏处。但她没直接做决定，问询地看向余年。

余年见郁青看过来，笑着答道："当然可以，那我们就打扰了。"

曲逍然自觉办成了一件事，心情好得很："不打扰不打扰，人多热闹！"

四个人进到包厢，里面空间宽敞。谢游他们也才刚来，点了单，但饭菜还没上桌。

坐下后，郁青拎起茶壶倒了杯热茶，习惯性地先递给余年，轻声叮嘱了一句："小心烫。"

曲逍然坐在对面，看得牙疼。他在这个圈子里混，是知道郁青的。背景不清楚，但完全是个脾气霸道的主儿，性格又强势。据说之前交往了一个男朋友，因为发现对方劈腿，直接把人腿打折了。这么一个女中豪杰，现在竟然温温柔柔地帮余年倒茶，还细心地叮嘱小心烫。

一看就很有问题！

他突然后悔刚刚做的这个拼桌的决定了。

但不能冷场，曲逍然努力找话题："就刚刚，我看了你们合作的现场，配合得特别默契！有眼睛的一看就知道到底谁该拿第一！"

郁青被夸得开心，撩撩头发，笑容光彩四射："对，跳舞跳得很开心！曲总也在看这个节目？"

"每一期都看，"虽然是被谢游硬拉着看的，"余年每一场都特别不错，孟远确实是挖到宝了！"曲逍然又假装好奇，"你们私下里应该也是朋友吧？"

郁青嫣然一笑："对，很小的时候就认识了。"

曲逍然捏着茶杯的手一紧——完了，青梅竹马！

这时，点好的菜上来了。谢游视线落在一盘掐丝荷络糕上，不动声色地将盘子放到了余年面前。

余年筷子一顿，朝谢游弯着眼睛笑起来。

掐丝荷络糕是沈叔以前研究出来的吃食，他一直很喜欢吃，但谢游怎么知道？还有上次彩排时谢游送的糕点也正好是他喜欢吃的。

或者，真的只是巧合而已？

郁青和曲逍然在各个场合见过几次，各自都是交际能手，聊得起来。余年吃饭时话少，不过也会适时地插两句。倒是谢游，全程安安静静吃饭，基本没说话。

又过了半小时，余年他们的菜也端了上来。

取了一个青花小碗，余年盛了一碗汤给郁青："刚刚在路上不是一直念着这道汤了吗？"

郁青双手接下小碗，心满意足地喝了一口："对对对就是这个味道！好久没尝过了！"

这时，余年放在桌面上的手机响了起来，屏幕亮起，显示了"夏明希"三个字。他抱歉道："我去外面接个电话。"

余年拉开门出去，时不时会有隐约的声音传进来："嗯对……我看见了，真的？……是是是，谢谢明希……"

谢游觉得吃在嘴里的食物没了味道，他放下筷子。

曲逍然正和郁青聊得开心，见谢游停了筷，疑惑："是不合口味吗？"

谢游摇头。

曲逍然朝门口的方向望了一眼，心道，那应该就是心情不好了。他伸手拍了拍谢游的肩膀，在心里感叹，哎，我可怜的兄弟啊！

吃过饭，两方人道别离开。走之前，曲逍然还机智地把自己的名片给了郁青和余年，然后悄悄拽谢游袖子，成功让他把自己的名片也给了出去。

见谢游还盯着余年离开的方向看，曲逍然吹了声口哨："回神了谢小游，黑漆漆的，人影子都看不到了。"

很快，司机把车开了过来，两人坐进后座，曲逍然仔细打量着谢游的神色："你……还好吧？"

"还好。"

曲逍然抓抓头发，琢磨："你说郁青和余年是不是在一起了？或者看那节奏，郁青正在追余年？"没等谢游回答，他自己又否定，"应该没有，我之前听说郁青应该有恋爱对象，就是那个叫思宁的词曲人。你应该不知道，余年上上场不是唱了一首《远星》吗，就是这个叫思宁的写的。咦，这么一说，余年上节目，第一场第二场都唱的郁青的歌！"

意识到什么，曲逍然赶紧住了嘴，继续之前说的，"郁青最近三张爆火的唱片都是这个思宁给写的，不过思宁神神秘秘的没露过面，还只给郁青写歌，所以都在传思宁和郁青是恋人关系，因此才不为钱财名利所动，只一心一意专为她写。"

另一边，郁青把车开上主干道，嘴里咬着一根细长的女士烟，没点着。她看了眼时间："十二点过了，我明天要早起去机场，给你选择权，是你去我家住一晚，睡客房，还是我去你那里，你睡沙发我睡床？"

余年也有些犯困了："去你那里吧，你还得收拾行李什么的。"

郁青打了方向盘，偏头朝余年笑："不错不错，长大了，知道心疼姐姐了。"

郁青家还放着余年换洗的旧衣服，他洗了个澡出来，一边擦着头发，忽然想起什么，弯腰从衣服口袋里翻出两张名片。花里胡哨的是曲逍然的，另一张黑色底、文字烫银的应该是私人名片，上面只印了谢游的名字和电话号码。

余年点开短信的页面，手指点按屏幕："你好，我是余年，这是我的手机号码。"他想了想，又添上一句，"今天很开心，晚安。"

余年是第二天起床时才看见谢游回复的信息——"我也很开心，晚安"。

心情很好地坐起来伸了个懒腰，余年趿着拖鞋走到客厅，发现郁青贴了张便利贴在冰箱门上，上面字迹凌乱："吃了早饭再走，不准不吃！！！"句末的三个感叹号占了半张纸。

冰箱里放着两块三明治，余年又热了一杯牛奶，吃之前还特意拍了张照给郁青看。估计郁青在飞机上，没回，余年正准备放下手机，短信提示音忽然响了起来，是谢游发来的，只有简单的两个字："早安。"

余年轻快地打字回道："早上好！"

拎着一杯鲜榨果汁到舞蹈室，安成一见余年就打趣道："孟哥那边把你在练功房练舞的视频发出来了，我看微博上好多人都在夸你说跳得好。"

余年有些不好意思："我还差得远。"

一旁霍行绷着的嘴角放松下来："心里清楚就好，不要被捧了几句就飘飘然，不管是唱歌还是跳舞，基本功必须要扎实。"

安成挑眉："我说霍老师，你就不能多说两句好听的？"

"想听好听的，他可以去看他粉丝留的评论，不缺我这两句。"

两人你一句我一句的，余年插不进话，只好在旁边做热身，等两位老师说完了再开始上课。

谢游整个上午心情都很好。

特助秦简在一旁汇报工作，结束后又道："有动静了。"

谢游签字的笔尖悬在半空："什么。"

"昨天晚上丁董事在嘉廷山庄设宴招待了宋董，作陪的还有王经理和赵经理，几人相谈甚欢，一直到十一点才相继离开。丁董事还亲自为宋董拉开了车门。"

谢游手指轻轻敲了敲桌面，垂着眼睫，让人看不清是什么表情："知道谈了些什么吗？"

秦简："应该是和之前会上提到的开发案有关，丁董事筹划了这么久，可能是想从这里下手。"

"他们插不进手。"谢游思忖数秒，"还有吗？"

秦简有些犹豫，不知道该不该说。

谢游视线落到他脸上："说。"

秦简没敢看谢游，平铺直叙道："今天上午，王经理和秘书处的人遇见，装作不经意地问了一句，余年是谁。"

他刚一说完，就发现谢游的神色骤冷，声音都像是结了冰："还有呢？"

秦简垂眼，加快了语速："还明里暗里打听，您前段时间是不是常去星耀找曲总，是为了什么事。公关部的负责人也来找我，说赵经理的秘书在和公关部的同事闲聊时也提起了余年。"

谢游没有说话。办公室里的空气像是停止了流动一般，憋闷到令人窒息。

秦简接着道："当时公关部的同事没注意，顺口说了几句，事后发觉不对，这才报了上来。"他注意着谢游的脸色，但没看出什么，只好揣测道，"我们动作太快，他们根本抵挡不住，应该是着急了，于是抓了这一点出来，想动动手脚。"

秦简说完也有些唏嘘，他以前是谢游父亲的特助，谢游接位之后一直跟着谢游到现在，是亲眼看着谢游怎么一步步把位置坐稳的。

谢游几乎是硬逼着自己，在极短的时间内学会冷静克制，学会掩饰自己的喜好，学会不动声色地和那些老狐狸周旋，学会戴着高冷而强势的面具，令下面的人战战兢兢，不敢欺负他年纪小。

他甚至都想不起来谢游到底有多久没笑过，而面具戴久了，也再难取下来了。

旁人只看见谢家的年轻的掌权人越来越有上位者的风范，越来越少有人敢直视他的眼睛，却极少有人注意到，他不过二十三岁，放到普通的环境里，才刚走出大学校园而已。

心里不忍，秦简却还是开了口："您需要克制。"

"不然就是害了他，对吗？"谢游声音很轻。他视线落在亮起的手机屏幕上，上面是一条短信，余年发的，在跟他说早上好。

秦简看着谢游捏着笔，用力到指节都泛白了的手，还是说道："是。因为您以前没有弱点。"

因为没有弱点，对手就没办法伤害你。但现在有了，会让敌人兴奋。

许久，谢游按熄手机屏幕，"我知道。"他看着黑色的手机屏幕，一字一句说得清楚，"告诉公关部的人，之前的事是曲逍然拜托我帮的忙。我最近常去星耀找曲逍然，是因为和他一起迷上了地下拳击，还花了大笔的钱。至于余年，"他停下，好一会儿才说下去，"我知道应该怎么做。"

秦简应了一句，"我会办妥。"

谢游起身，"下午的视频会议先推了。"

"您——"

"秦叔，我去一趟星耀，"谢游紧紧握着手机，声音很低，"我想再去看看。"

秦简叹息，没再反对，只是道："放心，没有人会发现的。"

曲逍然正坐在办公室里打瞌睡，见谢游突然来了，还有些奇怪："怎么突然过来了？"

谢游沉默几秒，直言："昨天晚上丁兆先在嘉廷山庄设宴招待了宋克。"

曲逍然瞌睡全醒了，噌一下站起来："我——行，本少爷不说脏话！丁兆先和宋克？他们两个怎么搞在一起了？宋克那一系不是被你拆得七七八八了吗？还想蹦跶着搞事？"

谢游没说话。

曲逍然心里预感不太好，他抓抓脑袋，知道自己智商有限，平时带着谢游玩儿可以，遇到这种正事不灵："我哥这两天挺空的，你要不要见见一起吃个饭，商量商量？谢小游我知道你厉害，但一个人单打独斗还是挺危险的。丁兆先那个人根基稳，势力大，手段还脏得要死，我真的怕你着了道！"

谢游没应下来，转而问道："曲叔在国内吗？"

曲逍然心里一咯噔，连忙点头："明天晚上的飞机回来。"

"我后天见见曲叔。"

"好好好，"曲逍然连连点头，他心里不妙的感觉越来越强，忍不住问，"你心情很糟糕，是还出了什么事吗？"

谢游将握成拳的手放到背后："他们盯上了余年。"虽然极力克制，但在曲逍然面前，他的尾音还是有些微的抖。

曲逍然眼睛都瞪大了，一巴掌拍在桌面上，"那几个老不死的真他妈不要脸！"他猛地反应过来，咽了咽唾沫，"那你准备怎么办？"

他一路围观下来，是清楚那些人的手段的，当年就逼得谢游天天睡不着犯偏头痛了也不敢看医生吃药，怕被动手脚。后来谢游撑下来，反杀成功，踢走了好几个老家伙，这才消停不少。

那段时间，谢氏内部是真的腥风血雨，他天天担心谢游会不会出什么不是意外的"意外"。

谢游的语气反倒完全平静下来："上次余年被粉丝碰瓷那件事，是你拜托我帮忙的。"

曲逍然重重点头："好。"

"这段时间我总是来星耀，其实是跟你一起看地下拳赛，还养了黑市拳手。"

曲逍然记下来："好，我今天就去办。"

谢游缓了缓呼吸："他在哪儿？"

曲逍然反应很快："余年现在应该是在上声乐课。孟远没给他接乱七八糟的通告，他不录节目的时候，就上午上舞蹈形体，下午上声乐，有时候再学学其他杂七杂八的。"他顿住，又问，"谢小游，你……要去看看吗？"

"嗯。"

两个人坐电梯下到三十层，曲逍然带着谢游站到练习室门口，低声问："就在里面，要不要进去？我随便找个理由就行。"

谢游摇头。他靠墙站着，仔细听里面传出来的声音。

曲逍然站在一边，心里着急，他第一次觉得当初不应该把这些练习室的隔音做这么好！

没一会儿，有唱歌的声音隐隐传出来，曲逍然一听就听出来了，是余年在唱。他悄悄看了眼谢游，发现谢游还是之前的站姿，但整个人都像是轻松下来了一样。

不知道怎么的，他心里涌起一股涩意。要是谢小游的爸爸和哥哥还在多好啊，那他应该也会和自己一样，上班玩游戏打瞌睡，下班想玩儿到后半夜就玩儿到后半夜，出麻烦事了，上面还有大哥帮忙顶着。

不用连欣赏一个人，都害怕自己的情绪会被别人利用，变成刺伤对方的尖刀。

站了五分钟，谢游偏头道："走吧。"

曲逍然回神："要不……再多听一会儿？"

"不用了。"

第
4
章

　　余年下了声乐课，先去了一趟孟远的办公室，一进门就被塞了一个橘子，他坐下来剥着吃，问孟远："孟哥，节目组的策划定了吗？"

　　"定了，和之前说的一样，请了好几个有资历的词曲人，全大佬阵容，现场为你们各自量身打造一首歌，让你们现场直接唱。"孟远晃了晃手机，"刚刚老何还在跟我聊，说原本想花大价钱请给郁青写歌的那个思宁，但问了一圈，竟然没谁有他的联系方式，完全找不到人，又联系了郁青，郁青直接给拒了，只能算了。"

　　余年剥橘子的手一顿，没接话。

　　孟远没发现余年片刻的不自然，继续说了下去："我之前特意去问了你的声乐老师，说你进步很大，就算不排练直接看词曲唱现场，应该也没问题。"

　　差不多的话在彩排时何丘柏也说了一遍："现写现唱这个主意是我出的，我们要的就是真实的效果，你别紧张，该怎么唱怎么唱，肯定没问题！"

　　余年正坐在镜子前上妆，听见何丘柏说的，小幅度地点头："好的何导，我会尽量不出差错的。"

　　等何丘柏走了，坐在一旁的夏明希发愁地直叹气："年年，我觉得我这一场要完，要是跑调了破音了大喘气了怎么办？我大概会被我爸嘲笑死！"

余年安慰他："你别太紧张，词曲老师应该不会写太难唱的歌的。"

夏明希蔫头耷脑："期望吧！这样好歹不会太车祸……"

录制开始，余年五个人依次上了舞台，观众席传来阵阵尖叫声，余年还看见了好几块写着自己名字的应援牌。接着，主持人提高了声调："现在让我们有请著名词人姜博老师！著名作曲人苗秋老师！著名……"

见镜头没扫到自己所在的位置，夏明希隐蔽地和余年小声说话："这一大串名字，啧，节目组撒钱了，来的全都是大佬！"

余年之前被孟远补了课，也点头："确实是，据说出场费都特别贵。"

夏明希小声八卦："前几天微博上在传思宁也会来，还传得有模有样，我都差点信了。"这时，镜头转了过来，夏明希火速闭嘴，保持住了标准微笑。

这一场是由请来的词曲人合作，现场填词写曲，而在开始前，会先由词曲人选择要合作的歌手。

苗秋最先按亮座位前的绿灯，撩了撩烫成大卷的头发，笑道："不用花时间考虑，我选择给夏明希写曲子。"

主持人问道："请问苗老师可以透露透露原因吗？"

苗秋直言："他爸爸之前连打四个电话给我，拜托我一定要选他儿子，不然说不定夏明希会成孤儿，到最后也没人捡走！"

全场一阵大笑，夏明希更是瞪大了眼睛，一脸震惊。

词人肖淡扶了扶黑色的帽檐，也按亮了绿灯："同一个爸爸同一个套路，夏渊也打了电话拜托我，通话内容一模一样，并且还许诺了好处。"

主持人好奇："可以透露是什么好处吗？"

"请我吃三顿烤肉。"

苗秋惊讶地接话："哎呀，我也是！"

夏明希连退两步背过身，一点也不想看镜头，观众席又是一片笑声。

现场气氛炒热后，按照台本，各位词曲人开始思考并做选择。

姜博几乎是在主持人宣布完规则的一瞬间就按下了绿灯："我想

给余年写歌。"

被点名的余年往前站了一步，握着话筒，得体地笑着道谢："谢谢姜老师！"

很快，一旁的江澄也按亮了绿灯："我十年如一日地想跟姜博老师合作写一首歌，所以，余年，你的曲子我承包了！"

余年再次道谢。

镜头对准了姜博，姜博开口道："按照流程，主持人现在会问我为什么选择余年，我干脆先自觉回答了。"他扶了扶衬衫领口的话筒，"我第一次听余年唱歌是我朋友安利给我的，跟我讲，姜博你快听听这个人的声音！不听后悔！我点开之后，发现前奏是远星，当时还觉得，哎怎么是这首歌？太难唱了！"

他故意卖了个关子，隔了一会儿才继续说道，"结果我开了就舍不得关，循环了一晚上。当时我就想，要是有机会，我一定要给这个声音写歌。"

余年没有说话，诚恳地朝姜博鞠了一躬。

江澄的选择理由就一句话："我相信姜老师的眼光！"

选择环节很快结束，余年他们到休息室候场。夏明希没精打采地挂在余年身上，苦着脸抱怨："我爸怎么这么坑！重点是，他的宝贝儿子竟然只值三顿烤肉？三顿？我要跟我妈告状！"

余年笑道："知足吧明希，好歹也是三顿。"

夏明希眼一瞪："年年你竟然站我爸那边！友尽了！"

候场的时候有人过来采访，问到余年"姜博老师和江澄老师为你写歌，压力会不会很大"时，余年点头："压力挺大的，会很担心自己是否能将这首歌诠释好，但我一定会尽最大的努力！"

夏明希被问到了差不多的问题，他朝镜头做了个鬼脸："我会加油唱，不让我爸这三顿烤肉打水漂。"

只花了半个小时，完成的词曲就送到了余年他们的手里。

夏明希看了眼自己的，"啧，我爸肯定没少说我唱功差，这首歌难度不大，我差不多能顺顺当当地唱出来！"他好奇地凑过去看了眼余年的歌单，没压住音量，"我的天，这一大波高音转音——真的能唱？"

余年也在看，他跟着旋律哼了两声，"高潮部分确实很难，"他眼里透出亮色，"但这首歌特别好听，写得特别棒！"

余年只庆幸自己抽的出场顺序是在最后一个，能让他有时间多熟悉词曲。他知道自己的短处，歌词只读了十几遍，加深印象，确定不会磕绊就好，更多的是将注意力放在了曲子上。

要是刚上节目的时候，他肯定不敢唱这首歌。但现在他天天上声乐课，也已经习惯了在舞台上演唱——可以试试。

这一次因为加入了词曲人的点评，候场的时间比以往都要长。轮到余年时，都已经是一个多小时之后了。他戴好耳返，站到了舞台的正中央。

灯光没有亮起，四周一片漆黑，在光线缺失时，一段短暂的低吟逐渐响起，紧接着是余年低缓的声音："倾一杯浊酒，洒入江湖河流，时光如水是否如旧……"

随着歌词字字推进，余年空灵而幽静的声线俘获了所有人的听觉，现场安静无声。

"……我等一段长久，妄图把过去挽留，世事荒谬，连同心锁也生了锈……"

最后一个字的余音停止，一段小提琴的弦乐嵌入，十秒后，乐声全然止歇。现场的观众才终于像回过神来一样，掌声如潮水般将整个舞台包围。

余年轻轻吐了一口气，笑着鞠躬："谢谢大家，我唱完了。"

灯光大亮，主持人大步走上台，照例采访词曲人："请问两位老师，余年是否有将你们想要表达的东西诠释出来？"

江澄看了看姜博，先说了话："我很惊喜。"他认真评价道，"我当时和姜博老师一起写歌时就问，哎姜老师，我们写个什么样的？姜老师坑人不留余地，直接说，写个高难度的，然后就有了这首歌。"他摸摸鼻子，"我只能说，唱得特别特别好，如果以后你要出专辑，我愿意为你免费写歌！"

余年鞠躬道谢。

姜博转了转手里的笔，说话前先自夸"我发现自己的眼光很不错。"

观众被他话里的得意逗笑了。

"余年唱我和江澄老师写的这首歌，唱法跟之前的都不一样。这一次，他将音色控制到明亮又略带沙哑，给人一种朦胧的听觉感受。起音很轻，喉位较低，喉咙并没有积极打开，有几句像是刻意追求那种从嗓子里挤压出来的感觉。高音部分停留了很久，加上转音，十分厉害，太动听了！"姜博在写字板上写下四个字，双手举着写字板转向舞台，上面清晰地写着——天籁之音。"这就是我想说的。"

写着"天籁之音"四个字的写字板被姜博拍下来，在节目播出那天发上了微博，配的文字是，"不虚此行"。

与此同时，#余年天籁之音#也在极短的时间里被刷上了热搜。

"——一口气听了三遍！太好听了吧！！真的唱到我心里去了！我妈路过我房间门，也忍不住跟我一起听，还问我唱歌的是谁！"

"——第一第一！又是第一！啊啊啊我年年竟然唱了姜博老师和江澄老师写的歌！这是什么神仙大佬组合！啊啊啊期待以后的专辑！"

"——真的是天籁之音了！我之前爱我年的颜！现在发现，过去的我实在是太肤浅了！"

"——啊啊啊啊啊我和这个小哥哥锁了！！啊啊啊他是谁！这声音也太好听了吧！"

"——就我一个人发现年年从头到尾视线一直不敢离开提词器吗？哈哈哈哈爆笑！太可爱了！爱他一万年！"

孟远正在练习室刷微博，见余年练完舞，递了张毛巾过去，"擦擦汗，别感冒了。"他又晃了晃手机，眼尾的纹路里都是笑意，"我现在很淡定了，节目每播一次，你要是不上波热搜我都不习惯，而且还不用买，太省钱了！"

余年弯着嘴角擦汗，又拎起水杯喝了一口水。这时，孟远的声音突然变得有些古怪："年年……你要不看看？"

余年嘴唇上沾着水迹，闻言偏头："看什么？"

随后，他的视线落在手机屏幕上，最上面是新发出的一条微博。

"谢游：#余年天籁之音#呵，肯定调音了，怎么可能唱这么好听。"

二十分钟后，#谢游余年#和#谁是余年？#两个话题，齐上热搜。

与此同时，五十一楼，曲逍然一口可乐呛在了气管里，咳得惊天动地。等他缓过来之后，抖着手给谢游打了个电话。

"你好。"

"你不好！不对，我不好！"曲逍然又连咳了好几下，挣扎着嘶哑道，"谢小游你告诉我，你是不是被盗号了！是不是！"

谢游声音很淡定："没有。"

曲逍然重重拍着胸口，觉得自己气快上不来了："那你发的微博是怎么回事？你不是很在意那个年年有余吗？难道是本少爷眼花了？不对不对，丁兆先那边已经差不多快糊弄过去了，还是又生了什么波折？不然你怎么跑到微博上刷存在感——刷……刷存在感？"

咦？

曲逍然福至心灵，一秒内大脑转飞快，干巴巴地问，"你、你之前说的那个认识了三年的、还不熟的、想靠近一点的那个谁，是余年？"

谢游有几秒没回答，隔了一会儿才低低地"嗯"了一声。

曲逍然一巴掌拍自己脑门儿上，又瞪大眼，震惊于自己竟然脑补了谢游某种崩坏画面，他猛摇头，努力让自己理智一点："等等，我们先来理一理，你之前往我这里瞎跑，到底是来干什么的？"

谢游："见他。"

"……"曲逍然，"亏本少爷还自作多情，以为你是突然关心我！"

谢游："不是。"

心脏遭受了暴击的曲逍然努力摆好心态："那你可不可以跟我说说，你发这条微博，目的是什么？"他语气带了点小心忐忑，即好奇，又生怕揭开谜底后自己会被吓到。

然后他听见谢游回答："我和他一起上热搜了。"

"啊对，我看见了，"曲逍然心道我又不是瞎子，当然看见你们肩并肩一起上热搜了，"所以……再等等！"

　　曲逍然凭借自己和谢游一起长大培养出来的一点点默契，迅速排除了各种乱七八糟的狗血猜测，张了张嘴："那……你、你难道是因为，在解决丁兆先几个老狐狸之前，一段时间不能接近余年，你又怕他朋友太多，完全忘了你，所以你干脆……独辟蹊径，不走寻常路地怒刷一波存在感？"

　　谢游没说话。

　　但曲逍然知道，自己这是猜对了！他深吸一口气，继续道："然后，你、你这么明着黑，丁兆先他们摸不准你到底是不是真的讨厌余年，但也没那么多时间精力再去关注余年是谁了，还会很放心，毕竟你现在特别不务正业，不是养黑市拳手、看地下拳赛赌钱，就是怼明星，他们喜闻乐见？"

　　"是。"

　　他看着不断上涨的话题量，结结巴巴："再然后，你……你还舍己为人，勤勤恳恳，帮余年带了一波热度？"

　　谢游"嗯"了一声。

　　嗯什么啊嗯！

　　"他那么好，只要有人注意到他，就肯定会喜欢上他的。"谢游还用上了最近学会的专业术语，"会被他圈粉，"他接着道，"会喜欢听他唱歌，会买他的专辑，会去他的演唱会。"

　　曲逍然冷漠："哦。"

　　曲逍然两眼发直地盯着天花板，这么仔细一想："不过……好像也没什么毛病！麻痹了对手，保护了余年，帮余年带了热度，还让余年注意到你记住了你，一石四鸟！"

　　"对。"

　　"对？"曲逍然扶额，觉得心好累，他有种自己的逻辑岌岌可危，马上就要被谢游带偏了的恐惧感！

　　"……那你有没有想过，余年看见你实名黑他会不开心？"

　　谢游沉默了几秒，认真道："我会努力。"

　　曲逍然已经不知道说什么了，他要是余年，怕是要觉得谢游是个精分！

　　挂断电话，他实在忧心谢游一片漆黑的未来，木着脸翻了翻谢游微博下的评论，结果翻着翻着，发现谢游好像还注册了一个小号在回评。

　　这什么神奇操作？

　　"——啊啊啊我老公发微博了！放烟花庆祝！！这一次的微博竟然不是什么金融学论文，也不是什么各种线条缠一起的图表！我竟然看得懂我老公的微博！喜极而泣！"

　　"用户7341509：不是你老公。"

　　"——天呐我也在追余年！超喜欢他的声音！天呐有朝一日我和老公竟然有共同话题了！不过年年真的没调音，之前发的那个弹钢琴唱歌的小视频可以听出来，是真的唱得好！"

　　"用户7341509：对。"

　　"——余年是谁？之前总上热搜那个歌手？谢总为什么要怼他啊？赌一张谢总照片这里面肯定有故事！"

　　"用户7341509：有。"

　　"——一人血书求谢总上杂志专访！求照片！求盛世美颜暴击！"

　　"用户7341509：没空。"

　　"——好奇我谢总在黑的到底是谁，忍不住点开了话题，天这什么神仙小哥哥！三秒被圈粉！对不起谢总，我决定左心房揣你，右心房揣余年！"

　　"用户7341509：你可以左右心房都是他。"

　　三十楼，练习室。

　　孟远握着手机，看不懂了："不是……你怎么瞬间涨了这么多粉？"

　　余年捧着喝了一半的矿泉水瓶，也很茫然："我也不知道。"

　　"谢总……"孟远斟酌着道，"你之前得罪他了？"

　　余年仔细回忆，摇头，"没有。"他们见过几面，交流不算很多，但还算友好，不可能得罪。相反，他们交换了联系方式，之前还发了短信互道早安。而且被假粉碰瓷那件事明明是谢游帮的忙，为什么现在又变成曲逍然拜托谢游做的了？

孟远纳闷了："谢总跟曲总是发小，你是曲总公司的艺人，没道理怼你啊！而且这个怼点也不精准，调音没调音，去听你之前发的钢琴弹唱视频就知道了……"

这时，练习室的门被敲响，施柔探了个脑袋进来："年年，你的外卖到了。"

余年疑惑："可是我没有点外卖。"

施柔走进来往旁边让了让，指指门口："他们说送过来的糕点签收人是你。"

"糕点？"余年仔细看，发现一共五个人，每个人手里都捧着一个木制的糕点盒。他一眼就认了出来，是青河路上那家糕点铺的东西。心里一动，他转而说道，"对，是我找老师傅买的，之前没想起来，辛苦你们跑这一趟。"

等人走了，余年看着叠在一起的糕点盒，有些出神。孟远看明白了："这不是你买的吧？是谁送的？"

余年打开其中一个盒子，看着里面精巧的糕点，笑道："是谢游。"知道他很喜欢这家店的糕点，还会特意买来给他的，只有谢游。

"谢总？"孟远突然一把按住糕点盒，"这这这……不会有毒吧？"

余年好笑道："不会的。"他拈起一块小点心放进嘴里，清甜的味道在口腔中弥漫开，"看，我现在不是好好的？"

孟远还是不放心："说不定是什么慢性毒药！"

余年合上盖子，摇头："他应该是有什么原因。"

施柔接话："才发那条微博吗？"

"嗯，这么说虽然有些自作多情，但他对我应该没有恶意。"余年看着面前的五盒糕点，没把后面一句话说出来——

在微博上怼了我，又马上送了糕点过来，好像是在……哄我？

施柔还是有些不放心，皱眉道："可是这样一来，年年之后的路会不会不太顺？"

孟远明白她的意思，"星耀背靠的是曲家，有曲总在，再有，只是在微博上不痛不痒地说了两句，又没封杀，不用太担心。"他又转头跟余年说话，"年年你不要被影响了，好好准备下一场，舞排得怎么样了？"

余年点头："孟哥放心，安老师和霍老师盯着的，动作都排好了，再练练就没问题。"

从星耀回家，余年刚把糕点收好，手机响了。看见屏幕上跳出来的名字，他呼吸都快了两拍："荣叔叔您好。"

对面的荣岳兴奋道："年年你前段时间拜托我找的幽鸟鸣枝玉樽找到了！是在一个法国收藏家的手里，前段时间他的家族出了变故，不得不变卖一部分收藏换现，这才放了出来。"

余年向来稳当的心跳加了速："是要上拍吗？"

"嗯，已经确定会上拍。"

"那就好！只要上拍，就有机会。"余年吁了口气，又笑道，"那又要麻烦荣叔叔了，钱我凑够了，晚些时候就转您账上。"

"不说这些见外的话，"荣岳又劝道，"你年纪还小，别把自己逼得这么紧，你外公外婆要是知道，也会心疼的。"

"嗯，"余年领了对方的心意，温声道，"谢谢您，我有数的。"

又说了两句，电话挂断，余年屈着长腿坐在地板上，头靠着沙发，忍不住弯起唇角笑起来。想起什么，他重新点开手机，查了查自己银行卡的余额。之前卖身给星耀的钱以及天籁节目组结的钱他都攒着没花，一串零看着让人特别开心。

不过等把钱打给了荣岳，余年把余额连数三遍，长叹一声：又只剩五百块钱了！

他再次看向谢游送来的五盒糕点，开心起来——接下来几天的早餐有着落了。

不过余年没想到，竟然不止早餐有了着落。刚和伴舞商量着改了两个动作，合伴奏合了一遍，余年看见施柔进了练习室。

"年年，你点的外卖到了。"

外卖？

一回生二回熟，这次余年很淡定："快到十二点了，要不把外卖都放到孟哥办公室去？"

施柔点头："那你快点儿过来吃，凉了就不好了。"

等施柔离开，余年拿了放在旁边的手机，打开微博，果然，谢游转发了他弹钢琴唱歌的视频，配字："钢琴弹得很一般。"

余年忍不住笑起来，和伴舞说好明天的时间，一边往孟远的办公室走，一边看评论区。

"——感谢谢总的建议和指导，我们年年现在还有很多不足，但一定会继续努力哒！"

"——呵呵，谢总都下场了，脑残粉还在瞎吹，有意思？被嘲也是自找的。谢总在接手家族事业前念的勒托音乐学院，主修钢琴，懂？"

"——！！激动！又是一条我能看懂的微博！不过……又是余年？我老公到底跟这个叫余年的有什么仇什么怨？"

"——钢琴专业的路人小声碎碎念，视频里这个小哥哥钢琴弹得很不错的，明显从小练起，谢总是大佬嘲很正常，那些键盘侠有什么资格冷嘲热讽？"

余年没注意，一刷新，说谢游主修钢琴的那条热评就不见了，不过……勒托音乐学院？

余年有些惊讶，但转念一想，孟远之前提过几句，说谢游和曲逍然一样，都是家里的幺子，上面还有个哥哥，原本根本轮不到他继承家业，这样自然不会受到限制，进音乐学院学钢琴也很正常。后来好像是出了变故，谢游才成了继承人。

不过，谢游的钢琴应该弹得非常好，毕竟勒托是世界三大音乐学院之一，录取难度极大。

推开办公室的门，施柔见余年拿着手机，有些紧张："年年你——"

余年一笑："我刷微博了，还去看了看谢游微博的评论区，没什么，我又没办法让所有人喜欢我，而且——"他看到桌面上摆放得整整齐齐的菜品，好一会儿没说出话来。

这些菜都是上次他和郁青、谢游还有曲逍然一起吃饭时喜欢吃的菜色，掐丝荷络糕更是有三盘。他自己都没注意到，可能只是无意识地多夹了几次，但现在，全都摆在了他面前。

施柔将筷子递给余年，见他没接，问道："怎么了？"

"没什么。"余年回过神，接下筷子，先尝了一块掐丝荷络糕，心里却在疑惑，谢游他……到底怎么了？

忙碌的日子总是过得飞快，余年早起晚睡，天天泡在练功房，还是觉得时间不够用。到了录制那天，连去演播厅的路上都在练歌。

不过勤奋终归有成果，并且这次跟余年合作的伴舞都是公司的，舞台经验比余年丰富许多，走完三遍，何丘柏打了个手势："休息两分钟，配着伴奏再来最后一次！"

余年回了个手势。

何丘柏看着镜头里边唱边跳、跟伴舞配合默契的余年，笑着朝孟远道："他成长得非常快，我还记得第一次彩排时连走位都不会，看镜头也不会，一个不小心就跑到镜头外面去了。再看现在，带着伴舞在台上，找镜头找角度已经十分精准，半点失误都没有！"

孟远"嗯"了一声，又幽幽叹气："唉，知道他很快就会大红大紫的不止是我，这段时间，找上门来的代言广告杂志多得不得了！"

何丘柏知道他是在炫耀，没好气："你都没应是吧？"

"那当然！"孟远扬扬下巴，"人都是相互的，他既然给了我完全的信任，我自然会尽全力，把他的起点垫得再高一点、再牢实一点。"

就在这时，坐在塑料凳子上的何丘柏猛地站起身，朝突然一团乱的舞台吼道："怎么回事？"

孟远瞳孔微缩，见余年竟然跌在了舞台上，心脏都快停跳了，赶紧几步上台到了余年旁边："年年你怎么样？哪儿伤了？"

余年摔下去时，脚踝的位置痛得眼前一黑，等把劲儿缓过去了，见孟远一脸焦急，他勉强笑道："脚扭了。"

孟远心下沉了沉，先利索地把人扶起来，朝何丘柏道："我送年年去医院，你帮我看着点儿。"

他是清楚的，余年练舞时经常摔地上，如果不是疼得厉害，都会稳着表情站起来继续练。这一次额头上冷汗都出来了，说话气息也在抖，肯定有事。

何丘柏懂他的意思，知道他可能是怀疑什么，没多说，只多提醒了一句："晚上还有录制。"

孟远沉着脸："我知道，电话联系。"

上了车，余年吸了吸气，开口第一句就是："孟哥，我摔倒的地方很滑。"

猜测成了现实，孟远一拳砸在了椅背上。

渐渐习惯了痛感，余年抬手擦了擦额头上出的一层汗，眼神有些冷："晚上我还是照常录制。"

孟远拳头微红，盯着他的脚踝，气不打一处来："还录什么录？脚不要了？"

"孟哥，"余年虽然还在笑，但语气少了平日的温和，"有人想让我录不成节目，我不想如他的愿。"

孟远对上他清清透透的眼神，知道他心里透亮，隔了好几秒才重重叹了声气："你……听你的。"

余年眼里这才真正染了笑意："谢谢孟哥。"

去私立医院做完检查，孟远一手拿检查报告，一手拍着心口感慨，"还好还好，没骨折，不用手术，不算太严重。"

余年心情也松下来："嗯，我踩下去时感觉不太对，摔倒的时候立刻调了重心。"他抿抿唇，"要是我没注意到，应该会是膝盖着地，到时候伤的是膝关节，碎的就是半月板了。"

孟远狠狠吸了口冷气，他清楚，余年也清楚，这明显是有人想废了他的腿，让他跳不成舞！

把心里的火气压下去，孟远拿着检查结果，"医生说这两周都尽量少走路，跳舞什么的也——"对上余年的眼睛，他还是妥协，"行行行，你跳！怎么就这么倔？"

余年轻笑，又伸着手指头发誓："谢谢孟哥，等跳完了，我肯定少走路。"

孟远拗不过，恨恨道："我、我一定多发几篇新闻稿！"

余年忍着没笑出声来，眼神明亮："嗯，那就辛苦孟哥了。"

回到演播厅，夏明希跑过来，围着余年急慌慌的。何丘柏特意过来拉了孟远说话，担忧："能上吗？"

"能上才怪！"孟远没好气，"但死倔死倔的，非要跳舞！"他注意着旁边没人，压低了声音，"老何，年年说台上有水。"

何丘柏什么脏的污的没见过："你走之后我亲自去看了，没留多少痕迹。但前两次跳舞都没摔，就最后一次摔了，说明那水应该是后来洒上去的。放心，我肯定给你个交代。"

夏明希彩排还没完，一脸担心地被赶回了台上。施柔看着余年肿得厉害的脚踝，眼眶发红，想了想："我一会儿去买双拖鞋，等你跳完舞下来马上换上，别穿硬邦邦的靴子了。"

"麻烦柔柔姐了，"余年笑着点头，"不过靴子应该穿不进去，柔柔姐能不能帮我去找双浅口的皮鞋？"

施柔连忙点头："好，我这就去。"

脚虽然伤了，但余年撑着，录制时表情也没露出什么异常，很顺利。只是唱完结束时的高音，定在最后一个舞蹈动作，按照设计，余年应该要很帅气地撕开衣服，同时会有"砰"的一声音效配合。

然而想象总是美好的，余年大半心思都忍痛去了，手扯着黑色衬衣的衣领用力往下撕拉，没想到扣子太严实，竟然没成功！

余年愣了一下，干脆临时改了动作，好歹圆了回来。

一下台，施柔立刻过来帮他换上了拖鞋，孟远将新买好的拐杖递给他，还念叨："好好护着你的脚，千万别用力！"

余年这次半点没倔，撑着拐杖慢慢地往休息室走，一边还问："孟哥，我刚刚表现得很好吧？"

孟远见他跳了全曲下来，疼得全是汗，衣服都湿透了，要是没上粉底，脸色不知道会有多差。不忍道："跳得很好，我都没看出来你脚伤了。"

余年呼了口气，眼睛明亮："那就好。"

孟远扶着他："我已经跟老何说好了，下次我们搬一张沙发到台上，你就坐上面唱歌，不跳舞了。"

"好。"

孟远瞪他："哟，现在又这么听话了？"

余年又只是笑，不答话了。

节目播出时，余年坐在沙发上，接夏明希的视频电话。夏明希先照例问他脚恢复得怎么样，听余年说没那么疼了他才放心，又大笑起来："我是来干什么的来着？对了！哈哈哈年年你太搞笑了！我之前还不知道，你最后是想撕衣服的对不对？结果没撕开对不对？哈哈哈！快去看弹幕和微博！我都要被笑岔气了！"

挂断视频，余年挣扎了一下，放弃了看弹幕，迟疑着点开了微博。果然，他之前转发的节目组的微博下面已经哈哈哈一片。

"——哈哈哈我年年那茫然的小模样！笑死我了！停不下我截图的手！珍藏！"

"——哎呀都怪衣服质量太好了！年年不哭，我们就悄悄笑一笑！"

"——年年撕不开衣服？让我来啊！我帮你撕！一人血书求帮忙！"

"——只差一点！只差一点点！就能看见我年年的……了！不过撕衣服没撕开的表情，真的巨可爱啊！"

另一边，谢游开完跨国视频会议，夜已经深了。他跳过其他人的镜头，只看了余年唱歌那一段，特别是最后一个镜头，进度条来回拉动，连看了好几遍。

镜头下，余年站在舞台上，伴舞都半跪着在他身后。聚光灯令他眉眼灿然，眼尾的泪痣更衬得眸光如水色。因为跳舞，他呼吸有些喘，黑色的衬衣质地轻薄，被汗水浸湿了些许。额发湿透，但眼神极亮。衬衣领口敞得很开，露出了雪色的皮肤和精致的锁骨。

最后一个舞蹈动作止歌，他应该是想把衣服往下扯开，没想到扯了一下没成功，表情有瞬间的茫然。但很快，他手上换了个动作接上，放弃了撕衣服。

弹幕上全在刷"哈哈哈耍帅失败！""服装师的锅！""可怜的年年，心疼！"

谢游手指轻轻敲了敲桌面，看着舞台上虽然领口凌乱，但好歹衣服完整的余年，很想给这个服装师打钱。

不过，在谢游不知道第几次往回拉进度条时，手突然顿住。他轻轻蹙着眉，将一个并不特殊的画面反反复复看了好几遍。

不对劲。

谢游心里悬着没着落，他拿手机飞快拨通曲逍然的电话，不等对面说话，先道："余年怎么了？"

曲逍然显然没反应过来，茫然反问："什么怎么了？我哥出国了，我这几天都没去公司，"他听着谢游的语气不太对，赶紧道，"谢小游你别急别急，我马上帮你问！很快的！"

谢游挂断电话，握着手机，视线落在屏幕里的余年身上，没有移开。

他没有看错，有那么一帧，余年的脸上露出了痛色，但很快又被笑容盖了过去。

没多久，曲逍然回了电话过来："欸，你是怎么知道的？余年确实出事了。"

谢游呼吸一窒，沉声问："出了什么事？"

"我直接打给孟远问的，孟远说录节目那天，就彩排的时候，不知道是哪个黑心黑肺的往舞台上余年踩点的位置洒了水，余年没稳住摔倒了。原本应该是膝盖着地，但余年自己聪明，避开了膝盖，只扭了脚。"

谢游的语速愈加慢了些："彩排的时候？"

"对啊，就是彩排的时候！后来孟远亲自送去了医院，没大事。不过你那个年年有余真能忍，录制时是带着伤跳的舞。"曲逍然说起来也挺唏嘘，"跳舞跳了好几分钟呢，硬是撑下来了，想想都觉得疼！"

肯定很疼。

谢游又把那一段画面眼也不眨地看了一遍。

一定是疼得实在忍不了了，表情才露出了这么一秒的破绽吧？

"……喂谢小游你在听没？"

"在。"谢游的声音有些哑，"有结果吗？"

"快有了，节目组那边说会给交代。"

挂断电话，谢游有几秒没动。好一会儿，他点开短信的界面，手指悬在屏幕的按键上许久，还是没有按下去。

现在，他不能。

眼里浮起自嘲，随后又被更深的冷厉所取代。谢游握着手机，点开节目继续看。

画面里，余年表情半点看不出异样，坐在休息室的沙发上等投票结果，笑容轻松，时不时会和旁边的夏明希说两句。掠过的一个远镜头里，能看见余年已经换下黑色皮鞋，穿上了浅色的拖鞋。不少观众也注意到了，一时间成了弹幕讨论的焦点。

"——余年怎么换上拖鞋了？虽然是在休息室，但也不能这么随便吧？"

"——说不定皮鞋磨脚，娇气呗！"

"——呵呵，才出道就这么耍大牌？"

"——应该是有什么原因吧？"

与此同时，孟远正在跟余年通电话。

"新闻稿我撤出去了，砸了大价钱让他们转！竟然还有些乱七八糟的黑粉说你娇气耍大牌，气得头疼！在视频弹幕上吵一通不算，还把阵地转到微博继续吵！他们这么闲？"

余年反过去劝孟远："他们最多就在网上说说，又不能到我面前来怼我。"

孟远哼了两声，勉强压下火气："现在这样也行，越说你娇气说你耍大牌的脸被打得就越疼！"他憋着气，转而又道，"就刚刚，老何给我打电话了。"

余年明白过来："有结果了？"

"屁的结果！"孟远音量又提了两度，"查来查去，最后说是一个负责杂务的工作人员不注意，在彩排休息那两分钟里上台收拾，毛巾没拧干，一直滴水，水就留台上了。这也行？"

余年垂眼，视线定在空气的某个点上："但现场人多，大家都忙，又没有监控，所以根本不能确定到底是无心还是故意，对吗？"

"对。"孟远声音发涩，"我没办法去找老何硬要一个说法，他也拿不出来。"听余年没说话，孟远继续道，"节目组那边会发一个声明，说明具体的情况，医药费什么的会翻着倍赔偿，我们的要求，能配合的他们也会尽力配合。"

余年清楚，这算是最好的结果了，甚至里面还有孟远的面子和人情在。毕竟，他现在不过是一个刚刚在这个圈子里砸出一丁点儿水花的新人。

"孟哥，能有这个结果已经很不容易了。"余年语调平和，笑道，"我以后也会多注意的。"

孟远一听他这么说，就知道余年是明白了，但可能是孩子太懂事反而更让人心疼，孟远叹气，"这事情出来，又有节目组声明，你的形象会很正面。你现在好好休养，别被杂事影响了状态，"他苦笑，"好像我经常都在说，让你别受影响。"

余年回道："不怪孟哥，只是明枪易躲，暗箭难防。"

听了这句，孟远原本就觉得自己没能护好余年，现在心里更愧疚了，他又担心余年压力大，"反正都连着拿几次第一了，下一场我们拿第二第三也没关系，把脚养好最重要，后面路还长着。"

余年垂着眼睫，眉目舒朗，弯唇笑道："不能跳舞，我还有嗓子，想让我不拿第一，对方可能得找个方法把我毒哑才行。"

孟远一怔，哈哈大笑，一时间心里郁气消了大半："对，第一我们占着，谁也别想抢！"

刚挂断孟远的电话，余年的手机又响了。他看见屏幕上出现的名字，接电话时不自觉地在紧张："荣叔叔？"

荣岳声音带笑："这么晚了，没扰到你睡觉吧？"

余年连忙道："没有没有，还没睡，您那边是下午吧？"他又满心忐忑地问，"……成功了吗？"

荣岳知道他担心了好几天，没卖关子："很顺利，我和欧洲的一个收藏家抢了三个回合，后来他不情不愿地收了手，我成功拍下来了。手续已经办好，很快就可以把幽鸟鸣枝玉樽带回国了。"

回来了。

余年闭了闭眼睛，好一会儿才说出话来："荣叔叔，谢谢您。"

"哟，听这声音，我们小年年是要哭鼻子了？"荣岳故作惊奇道，"来算算，荣叔叔多久没见你哭过鼻子了？"

余年吸吸有些泛酸的鼻子，笑着反驳道："没哭，真没哭。"

"要是真想哭，叔叔可以假装没听见。"荣岳不知道想起了什么，语气温和，"老师和师母临走前最放心不下的都是你，说你面上看着什么都不在乎，实际太倔，认定了，千难万难也必会去做，就叮嘱我们多看着你一点。"

余年靠在抱枕上，轻轻地"嗯"了一声："外婆总是不放心。"

他想起外公曾经说，他们结发定百年，若谁九十七岁死，奈何桥上等三年。现在，外公和外婆应该已经团聚了吧。

手机里，荣岳笑道："不说这个了，不然挂了电话，你说不定会偷偷躲被窝里哭。我明天就启程回国，到时候亲自把幽鸟鸣枝玉樽送到公馆。"

这一次孟远的动作非常快，节目还没结束多久就已经把热度带起来了。《天籁》节目组也配合着迅速发表声明，详细说明了情况，并圈了余年。又连发微博，给出了余年下台时撑着拐杖的画面。

声明发出来不到半小时，评论区就炸了锅。

"——特意重新看了一遍年年比赛的现场，之前还跟着欢乐哈哈哈，说衣服没撕开，现在眼泪都忍不住了！整整六分多钟啊！难以想象会是多疼！他到底是怎么忍下来坚持跳完的？"

"——心疼到爆炸！我给我闺蜜看，问你能看出跳舞唱歌这个人脚扭伤了站都站不住吗？她看了三遍都没看出来。只希望节目组以后注意细节，他受伤，我们真的心疼！"

"——那些怼年年娇气耍大牌的现在哪儿去了？耍大牌能脚伤了

一样唱跳完整场？娇气能唱歌的时候全开麦尾音都没抖一下？能跳舞的时候没有一个动作出错？你们有本事指出来啊！气哭！明明年年这么敬业！"

"——之前以为那些汗是跳舞太热出的，现在才知道，都是疼的……路转粉，很不错的歌手！"

办公室里，谢游挂断曲道然打来的电话，神色看不出喜怒。

"他们查不清楚，我查。注意着，动静小点儿。"

一直等在旁边的秦特助点头："我明白。"

静坐了许久，谢游站起身，拿了车钥匙往外走。

秦特助开口："您——"

"我知道分寸。"

谢游开了不常用的车，在城里绕了一圈，最后才停在了余年小区外面的马路边上。

已经是九月底，风一吹，落叶纷纷扬扬。谢游熄了火，握着手机，透过车窗看着余年窗户的位置。窗户的灯还亮着，应该是还没睡。

他现在在干什么？会不会疼得睡不着？会不会心情不好？

谢游就这么一直坐到了下半夜，直到收到消息。

"查到了。"

将查到的东西仔细看完，谢游思忖良久，尽数转发给了余年。想了想，又写道："你做决定，都依你。"

因为脚受了伤，余年不用去上上午的舞蹈形体课。不过他跟着外公外婆养成的作息时间很固定，按着生物钟，七点就早早醒了过来。给自己做了简单的早餐，接着给阳台上种的花和葱浇了水，期间，因为又回去封闭拍戏，所以消息要比旁人慢几拍的郁青打了电话过来，进行了长达十分钟的念叨。

余年知道她是担心，耐心地从头听到了尾，又再三保证确实是意外，没有人欺负自己，抑制住了郁青买张机票就要飞回来帮他找场子的冲动。

"对了，你《天籁》录完后有确定的安排没有？"

余年回忆道："孟哥提过，会先筹划着出单曲和 EP，再上一个真人秀，至于广告和代言，都还在挑选，其中有两个孟哥觉得可以划进考虑范围。"

"行，孟远这安排还不错，没压榨着你吸血。"郁青又戏谑道，"那你的歌准备找谁写？找思宁？"

余年无奈："姐，你就别开我玩笑了！那时候不是年纪小吗？"

"行行行，不开你玩笑，说正经的，"郁青直接道，"我不是在拍电影吗，你有没有兴趣唱推广曲？"

余年是知道郁青正拍着的这部电影的，国内排前三的知名导演，男一是影帝，投资了好几个亿，还没杀青就已经被各方看好。他一顿，笑道："姐，我这算不算是靠关系上位？"

"是又怎么样？"郁青那边风声很大，她提了音量，"老娘不罩着你罩谁？原本是准备让你跟我一起唱片尾曲的，但你资历够不上，折中一下，推荐你唱推广曲是没问题的。"她又笑，"不过机会我给你争取到了，能不能唱还是要看你自己，懂？"

"我明白。"

"那过几天片方这边会联系你，到时候好好表现！"郁青想起什么，"对了，还有片尾曲，现在交上来的几个成品我和导演制片都看不上，制片还问我能不能邀请思宁来写写。我觉得行，他们出价出得挺高。"

余年问："多少？"

郁青说了个数。"你'思宁'这个名字，现在在圈子里也算是有不低的咖位了，他们诚意足，没压价。你拿思宁的名字写歌，我来唱，等上映了，我顺势把单曲出出来，还能分成给你。"

余年听笑了："你怎么知道我又缺钱了？"

郁青无语："就你那买买买的大手笔，什么时候没缺过钱？"

余年知道马上要被念叨了，赶紧道："你先把剧本发我，等我看完，过几天我把初稿写出来给你看看，"他又赶紧转移话题，"对了，上次做你专访的杂志也发了，我去买了一本来看，封面拍得很漂亮，就是不太像你。"

"滚滚滚，拍得温柔贤淑就不像我了？"郁青嫌弃，"不过隔了怎么久才发，我们合作舞台的热度都散得差不多了，亏了亏了。"

余年很知足："我的粉丝们都很开心，说我被郁青表扬了一百九十七个字。"

"哈哈哈你粉丝都这么可爱的？"郁青大笑起来，笑了两声又咳嗽，"这鬼地方张嘴笑都会灌一口沙！算了算了不说了，你好好养着，下次我回来，你一定要活蹦乱跳的！"

挂断电话，余年发现自己不仅一边接电话一边浇完了花，还把修枝剪叶除草一套都做完了。

看着重新变黑的手机屏幕，他有些出神。

昨天晚上，他仔细看完谢游发过来的东西，大致明白为什么谢游会让他自己做决定。

放好洒水壶，余年又把洗好的衣服晾上。郁青动作很快，还没过多久，剧本就已经躺进余年属于"思宁"的那个工作邮箱里，郁青还在邮件末尾写了句"年年加油"。

余年笑着回了邮件，站在原地思忖许久，切换界面，发了条微信出去："如果有时间，能见面聊聊吗？"

约的地方是小区外的咖啡厅，很近，余年脚伤了不敢用力，干脆扣着顶白色鸭舌帽，一边晒太阳一边拄着拐杖慢慢悠悠地走过去。

他到的时候，包厢里已经坐了一个人。

许萱看见余年，下意识地站起身，又神色不太自然地捏着手包重新坐下。

余年坐到了许萱对面。

"你……"许萱看了余年一眼，目光又飞快地移到了面前的咖啡杯上，"你是知道了吧？"

她很清楚，她和余年最多也就是参加同一档节目的嘉宾的关系，这一次余年约她见面的目的，不可能会有第二个。

余年看着许萱无意识地绞在一起的手指："是。"

听见余年的回答，许萱僵着的脊背松弛下来——这一秒，时时刻刻悬在心头的利刃落下，她竟然觉得轻松了许多。

这时，包厢传来敲门声，余年等许萱把口罩戴上才应道："请进。"

一杯牛奶被放到了余年面前。余年道了声谢，等服务生出去将门重新关上，他才继续回答许萱之前的问题："如果你是指你花钱让工作人员故意将水洒在舞台上，导致我摔倒受伤这件事，那我确实已经知道了。"

许萱将散开的长发别到耳后，出了会儿神，摇头苦笑道："你不应该约我见面的，你肯定有证据，那应该直接将这个消息放出去，这样获得的利益才能弥补你的损失。"

余年视线扫过许萱死死掐进手掌的指尖，认真道："这件事我没有告诉我的经纪人，没告诉媒体，我约你面谈，是想知道原因。"

收到谢游发过来的调查结果，余年仔细回忆印象里的许萱。印象最深的是许萱非常努力，他曾经不经意看见过她手肘上因为练舞被摔出来的青紫，那种印子，他自己也有不少。

私底下，许萱穿着简单，少了在镜头下的娇俏，没化妆，气色也不怎么好。她从包里抽了一根女士烟出来，没点燃："确定要听吗？一般这种时候，都会有一出苦情戏，道德和怜悯会令你心软。"

余年点头。

许萱夹着香烟的手指颤了颤，她别开视线，低声道："原因很简单，我需要钱。节目组设了奖金，第一名那个人能拿五十万，我想要这五十万。"

余年捧着牛奶杯点头，示意自己明白了："而我是你的阻碍，对吗？"

"对。只要你站在那儿，我就不可能拿到第一。"许萱深吸一口气，语气愈发平静，"我们几个人里，夏明希脸长得好，人气也高，但他跳舞唱歌都比不过我。另外两个人都是来露个脸的，也不可能超过你我拿第一。"

她勉强提了提苍白的嘴角，说得很简洁直白："我很缺钱，我爸妈走得早，妹妹病很重，一直住院，要吃药，要手术，每天都要砸很多很多钱进去。我把我所有的钱都给出去了，但不够，还是不够，就像无底洞一样，能把人逼疯。"

"可我不想她死。"

余年忽然道："你妹妹是叫许芙对吗？之前录节目时你还帮她找我要了签名。"

许萱有几分狼狈地点头，自嘲地一笑："对，她很喜欢你，我把你的签名拿回去给她，她高兴了好几天。可能她完全想不到，有一天会故意害你的人，就是我。"

余年记得很清楚，谢游是查了那个工作人员在录制节目前后的财务往来，发现他曾经收到过一笔来自"许芙"的转账。顺着查下去后，确定许芙就是许萱的妹妹，因为重病，已经在医院住了很久了。

许萱没有撒谎。

"我清楚，害了人就是害了人，不管是有多少理由，都掩盖不了害人的事实。在旁边看你彩排的时候，我突然就冒出了这么个念头，那一瞬间，我自己都快不认识自己了，甚至厌恶自己，觉得恶心，但我还是做了。那五十万奖金是离我最近的一笔钱，拿了第一，还能得到更多的资源、更多的钱。"指间的香烟因为受力微折，她轻声道，"我有为自己的所作所为承担后果的心理准备。"

包厢里安静下来。

余年松开捧着牛奶陶瓷杯的手，看向许萱，摇摇头："这件事我不会再追究。"

许萱木然抬头，愣住："什……什么？"她手里的烟落到了桌面上。

余年笑道："我外公曾经教过我，被欺负了一定要欺负回去，不吃闷亏。但也教我，以直报怨，与人为善。但我这次不追究，不是因为我原谅你或者认可了你的做法，只是因为你妹妹现在很需要你，而我，大概是在成全自己的善良，或者说成全自己的圣母病吧。"

许萱张了张口，没说出话来，眼眶却发酸。

余年继续道："我现在也很需要钱，非常非常多的钱。并且，我尊重作为对手的你。所以第一的位置，可以凭实力抢，但我不会拱手让给你，半分也不让。"

"至于，"他指了指自己伤了的脚，"我反应快，没膝盖着地，伤得不算太重，所以就算你欠我个大人情好了，等我想到了再让你还。"

许萱双手抓着包，郑重应允："好，我一定做到。"她犹豫着，还是轻声道，"余年，谢谢你。"

余年回家给谢游发了信息，把谈话内容和结果大致都说了，犹豫片刻，又写道："我也不确定自己这样处理是不是对的。"

谢游消息回得很快，还是一贯的话少："你很好。"

余年看见这三个字，弯起嘴角笑了出来。

这一页揭过去了，余年除了谢游，谁都没说。他不能上舞蹈课，干脆把大部分时间都花在了练歌上，剩余的时间就翻看郁青发来的电影剧本找写歌的灵感，正事并没有因为脚伤耽搁。

中途，他还抽了个空闲的上午回思宁公馆，跟荣岳交接了千里迢迢回来了的幽鸟鸣枝玉樽。对方看见他伤了的脚，少不了又是一顿念叨。

录制当天，孟远在休息室里帮余年装好了手机支架，不放心地嘱咐："一会儿九点准时，你就开始直播。预热宣传之前已经做好了，人数不会少，但管理员都在，不会出问题。还有还有，很多粉丝都非常担心你的脚伤怎么样了，会不会留下后遗症什么的，记得要仔细说说，其他的你随便发挥吧。"

孟远信心十足："至于该说什么该做什么才符合人设，在你这儿没这个要求，你本色出演就行，反正不会有崩人设的可能！"

这两段话从一早见面开始，余年至少听孟远说三遍了，连施柔都在旁边笑："孟哥，你真的越来越絮叨了。"

"我这是为了谁？"孟远瞪眼，安置好手机支架，又确定光线角度没问题，这才往后退了几步，"好了好了，时间快到了！"

按照安排，九点准时，余年打开了直播。他身上穿着自己批发来的白色纯棉 T 恤，锁骨肩线都漂亮，头发还没做造型，看起来细细软软的，很清爽。

朝镜头小幅度地摆了摆手，余年笑道："大家好，我是余年，这是我的第一次直播。现在我在准备《天籁》第二季第七期的录制，不过还没轮到我，所以有充足的时间在后台跟大家一起直播聊天。"

"——啊啊啊这什么神仙颜值！竟然真的没化妆纯素颜？我到底粉了什么绝世小哥哥！"

刷过去的弹幕层层叠叠太多了，余年看清其中一条，笑着回答"对，因为我脚上有伤，所以彩排的时间比较靠后，还没轮到我上妆。"

他往镜头凑近了一点："应该可以看出来吧？还没化妆，是素颜，昨晚没休息好，有一点点黑眼圈。"

"——窒息！美颜暴击！"

"——截图！录屏！我快不能呼吸了！妈妈救我！"

"——这神级素颜！求您别凑近！我快死了！"

爆了一样的弹幕中，余年看见有几条在问脚伤的情况，就详细地把用药和恢复情况都说了。他心里也暗暗舒了口气——对着屏幕和弹幕说话，适应得比他自己想象的快。

就在这时，整个屏幕像是卡住了一样，突然暗了两秒，随后跳出一行彩色的大字，"用户年年有余赠送给主播余年钻石×100"，随后，这句话连跳了五次。

余年是第一次开直播，不知道这句话里的钻石是有什么作用，但弹幕卡壳了一瞬间，瞬间爆炸。

"——等等谁告诉我我是不是眼花了？钻石多少钱一颗来着？一千RMB？"

"——我数学不好，五百颗钻石？一次砸了五十万？真壕！！"

"——啊啊啊土豪大佬惹不起！这一砸，全平台反复循环播报啊！"

余年看了密密麻麻的弹幕才反应过来，星海直播平台的礼物道具里钻石是最贵的，一颗一千块，有人一次砸了五百颗给他。

他也有些惊讶："谢谢这位'年年有余'，破费了，我会继续努力，好好唱歌。"

余年的话音刚落，画面又卡了两秒，紧接着，同样的一行彩色大字再次连跳五次霸屏。

"——哦眼睛被闪瞎了！这是又砸了五百颗钻石！？"

"——我是谁我在哪儿？这什么绝世巨豪！一分钟没到就怒砸一百万？"

"——不对不对，快看礼物榜第一，九百九十九颗钻石，九十九万九千啊！"

"——狼子野心，昭然若揭！行吧我跪着祝 99 ！！"

直播间里的粉丝都被这连着的两次砸钻石砸晕了，由于全平台滚动播报，一时间，直播间里在线人数猛涨了一波。

孟远也吓了一大跳，赶紧联系，确定不是公司找的托儿，也不是粉丝集资，而是真的野生粉后，木然地小声问施柔："我们没做梦吧？"

施柔揉揉自己的脸："不是做梦。"

余年没受太大影响，继续自然地聊起了以前录制时的趣事。而昵称叫"年年有余"的那个人在砸完钻石之后也没了动静，一直到结束都安安静静的没说话。

这边余年刚下直播，#余年粉丝砸一百万#的话题热度就迎风飞涨，还顺便压了 # 余年神级素颜 # 的话题热度。

没过多久，谢游的微博突然发了条带 tag 的更新，"# 余年神级素颜 # 呵，这叫神级素颜？"

从前两次后，关注谢游的除了他自己原本的粉丝外，还多了不少余年的粉和黑。于是谢游这微博一经发出，很快就冒了大片的评论出来。

"——是自炒没错了，神级？这描述看着就尴尬！"

"——说有巨豪粉丝在直播间砸了一百万送礼物，也是炒作吧？手法也太老套了，公司力捧就是不一样，砸钱不带手软的！就是不知道能不能回本了。"

"——哈哈哈哥是失落了？放心，你的脸是我心里唯一可以封为神颜的！再次感叹：今天发的微博我也能看懂！"

曲道然懒洋洋地歪在谢游办公室的沙发上，也在看微博。刷出谢游更新的内容，他跷着腿想翻白眼："谢小游，本少爷真是服了你了！要不是我亲眼所见，简直不敢信！前一秒给你家年年有余怒掷一百万，生生霸占了他直播间的钻石榜第一名，搞得全平台都爆了。转个身又去微博怼人家，你说你图什么啊？"

谢游在文件末尾签上字，一心二用："话题热度追上去了。"

"啊？什么追上去了？"曲逍然一秒坐直，仔细看了两遍微博的榜，更气了，"你一个当总裁做生意的，就靠着钱和脸，热度竟然直逼当红流量！本少爷不服！"

谢游语气平淡："不服？哦。"

因为谢游这条微博，粉和黑在评论区吵成了一团，之后战场扩大，职业黑粉路人吃瓜群众全都挽袖子下场，连带着＃余年神级素颜＃这个话题的热度也奋起直追，跟上了＃余年粉丝砸一百万＃，并驾齐驱挺进前十。

曲逍然对比前后数据，是真的被谢游这操作惊到了，喃喃自语："这反向操作——竟然还挺有用？你这是在凭一己之力搅浑一池子水啊谢小游！"

谢游低头批文件，没答话，嘴角却弯起了一点不明显的弧度。

没人理曲逍然也不在意，自娱自乐很开心，没一会儿又拍着沙发道："哟哟哟新闻推送来了！深藏功与名的谢总，我念给你听听啊！《惊爆眼球，这个粉丝竟然……》，哈哈哈这标题有趣！还有还有，《土豪粉丝倾情砸钱，上演互联网热恋》，这什么鬼？哟还有这种，《你我本无缘，全靠我砸钱》哈哈哈！"

翻了好几篇大同小异的新闻，扣下手机，曲逍然问谢游，"我挺好奇啊，虽然星海直播是星耀传媒旗下的，肥水没流外人田，但你这一砸一百万的，为什么啊？就为了制造话题帮余年带热度？"

听见这个问题，谢游停下手里的笔，回答："他很缺钱。"

谢游现在都还记得清楚，在第一次见面的那个电梯里，余年说，买了白衬衣之后，就只剩不到两百了，外卖都点不起。

"哈？"得到这个意料之外的答案，曲逍然手机也不看了，坐直了胆战心惊地问，"所以、所以你注资给《天籁》节目组，还特意设立了有五十万奖金的一等奖，也是因为这个？"

谢游点头，笃定："嗯，他肯定是第一。"

"这竟然才是真相？"曲逍然有点眩晕，"你、你这钱送得，可真够九曲十八弯的！"

谢游修长的手指紧捏着笔，声音低了两分："嗯，想给他钱花。"

这一刻，曲逍然觉得周围连空气的味道都变了！

谢游在自己最新发出来的微博下一连拉黑屏蔽了好多个黑粉的评论，等热评区看着清爽了，他估算着时间，将手写好的菜单发给了余年喜欢的那个私菜馆。

又有理由可以买吃的送给他了。

余年正坐在化妆间和夏明希聊天。

夏明希语气惊叹："太气人了！你第一次开直播，我还想着一定要在你的礼物榜上留下姓名！结果！你那个土豪粉丝是哪儿冒出来的？竟然一砸就砸了一百万！吓得我默默收回了即将砸出去的十颗钻石。"

余年下直播到现在，已经被不少人问到这个问题。"实不相瞒，我也不知道，当时把我也砸懵了。"

夏明希也就感叹感叹，完了又想起来："说起来我爸前两天教育我，让我要向你学习，不要太娇气，半点都不能忍痛。"熟练地翻了个白眼，夏明希一脸嫌弃，"结果你猜怎么样？我爸去端菜盘子，被稍微烫了一下，就飞快蹭着蹭着到我妈旁边要吹吹！"他搓搓胳膊，"这种肉麻画面，我看了二十年早都看腻了，他们竟然还没腻！"

余年跟他一人一包小饼干，赞同道："对！我外公和我外婆也很腻歪，每年七夕节，外公都会写一封刚好九十九个字的情书给外婆。外婆会细致地用一个木匣子装起来，存了很厚一叠，最后我将木匣子一起埋进了土里，陪着外婆。"

两人都深有体悟，一起笑起来。

这时，一个工作人员敲了休息室的门，告诉余年说叫的外卖到了。

已经饿了的夏明希兴奋偏头："年年你叫了外卖？"

"啊？好的，谢谢你。"余年很快反应过来外卖是谁叫的，他心里有些好笑，想起之前看见的谢游的微博——这是又哄他来了？

外卖送进休息室，摆了满满一桌子。夏明希认了出来，"天！这是城西那家私菜馆的？那家店不是不送外卖吗？年年难道你是他们的终身vip？"

余年糊弄过去了，心想，我不是，不过谢游应该是。这么一想，又忍不住笑了出来。

夏明希又拿了一包小饼干交换了蹭吃蹭喝的机会，想起了什么道："对了，我听我爸说郁青正拍的那部电影，片尾曲被她自己承包了，还找了思宁作词作曲，等歌一出来，肯定又要爆火！"

余年夹菜的手滞了滞，垂眼认真吃东西，没好意思接话。

夏明希正大口吃菜，没发现余年的不自在，咽下食物后兀自说道，"不过思宁的词曲是真的好，出一首火一首，就是太难约了，也没见露过面，"他话题跳得快，"对了，你录完节目准备干吗？"

余年这才说话："出单曲或者EP，再上个综艺。"

"你出单曲细碟肯定都会爆的，"夏明希叹气，"我爸见我唱歌跳舞都不行，就让我妈找找朋友，把我塞进哪个剧组里面去，试着演演戏，要是行，就往演艺圈发展。"

余年见他不太有精神："你不愿意吗？"

"也没有。"夏明希放了筷子，手撑着下巴，"我脑子很清楚的，我爸我妈红了这么多年，我在这个圈子里发展会比旁人轻松容易很多，我不讨厌唱歌或者演戏，就是，"他别开眼，皱皱鼻子，"就是挺怕给我爸妈丢脸的。"

余年笑起来，他想起自己写歌的时候，也总是很怕给外婆丢脸。

余年的彩排时间被安排在下午，按照孟远之前的构想，果真搬了一张欧式天鹅绒鎏金沙发放了舞台的正中央。

"你脚伤了干脆就不动，坐在沙发上跟着升降台起来。我想好了，找个角度，让摄像从下方往上给你拉个镜头上去，视觉效果肯定惊艳。"何丘柏又问孟远，"两套演出服，定下用哪套了吗？"

孟远都不带犹豫的："有白色毛领那件！"

余年没穿过奢华型的演出服："会不会太夸张？"

孟远驳回："不会，你长得好，五官精致脸也小，重点是气质很能撑得起来。穿白色毛领的衣服，镜头下面会很贵气，是时候让观众体验体验被颜值秒杀的感觉了！"

余年相信孟远的判断："好，那听孟哥的。"

彩排很顺利，到正式录制时，许萱主动来找余年说话。

"我会尽力的，还有，对不起。"

余年正在记歌词，抬眼笑道："我也会尽全力的。"

许萱站了一会儿，郑重道："谢谢你。"

余年出场顺序又抽了个第五，在他前一个出场是这场补位的歌手，也是才出道没多久的新人。候场时，余年能听见前面传来的音乐声。造型师正在做最后的妆发调整，施柔递了插好吸管的水给余年润喉，做了个加油的手势。余年自信地回以一笑："我一定加油。"

前面音乐停下，余年坐上了猩红色天鹅绒沙发，很快，升降台开始缓缓上升。在他出现在舞台正中的一刹那，一束灯光点亮了他的周遭。

余年姿态惫懒地靠着沙发背，微微低着头，白皙的下巴尖陷在雪色的毛领里，精致的眉眼在灯光下水色潋滟，眼下的泪痣愈加勾人。前奏过后，余年才举起了拿话筒的手。

他起音很低，带着点压抑的缠绵的味道："此刻长夜，细雨不停歇，湿冷将心裹得层层又叠叠……温柔，体贴，依依惜别，所有细枝末节，随世界全数崩裂……"

随着他的歌声，心里像是真的下起雨来。

休息室里，夏明希抱着个抱枕，原本很担心余年的发挥，听见第一句就知道稳了，忍不住小声自言自语："要是我这么能唱，我爸妈做梦应该都能笑醒……"

坐他旁边的补位歌手听见他小声嘀咕的话，也接了句："要是我颜值这么能打，我经纪人做梦肯定也笑醒了。"

夏明希礼貌微笑，努力回忆，对方叫什么来着？

这时，余年正唱到高潮部分，舞台开始上升，他站在猩红色的天鹅绒沙发前，色彩对比非常明烈。镜头自下往上拉，较窄裤脚绷出的小腿线条极为吸人视线。最后，镜头给了一个面部的大特写，余年的睫毛上都像是落了光。

说话的那个歌手又小声抽气："连着在高音部上一直转音还能不破音，气息也不喘，他到底是怎么做到的？而且这歌是谁的啊，好听。"

夏明希与有荣焉："年年他自己写的词曲！"

办公室里，玻璃窗外是冷清的霓虹，谢游正在通电话。

"想好了吗？"

谢游视线定在桌面上摆放的蔷薇花瓣标本上，沉声道："曲叔叔，我想好了。"

曲正乾称赞："你很有魄力。当年你父亲还不放心，担心你缺少杀伐果决，会被欺负。既然你确定了，那我这边配合着你开始动手，先把证据一样一样都找好。"

"好，麻烦曲叔叔了。"

"这有什么麻烦的？而且你弄出来的不务正业的假象有用，最近他们的防备心弱了不少。"曲正乾又提醒，"不过你要清楚，他根扎得比你要深，不到最后一刻，警惕丝毫都不要放松。"

"嗯，我明白。"

挂断电话，谢游坐在椅子上，头稍稍往后靠。他将余年之前送给他的两粒糖握在手里，许久才把心里的情绪压下去。

不能心急，四年都过来了，不能功亏一篑。

他抬手用手腕遮住眼睛，也只有在夜深人静、四下无人的时候，他才敢纵容自己将心里紧绷的弦稍微松上一松。

谢游拿着西服外套往外走。

夜已经很深了，谢游又换了一辆车，顺路到了余年小区外面停下。余年家的窗户是黑着的，不知他的伤怎么样了。

车停在路边，余年下了车，弯腰朝里面道："柔柔姐你不用送我上楼了，今天录得太晚，早点回去休息吧。"

施柔不放心："可你的脚还伤着啊。"

余年先一步关上车门，挥挥手："没几步路了，我自己能行，明天见！"说完就拜托司机快开车。

施柔只好作罢，叮嘱："那你小心一点！"

等车开走，余年站直，将拐杖拿好，转身往小区里面走。

不知道什么原因路灯挨着两盏都坏了，余年熟悉路，没开手电筒，心里记挂着给郁青电影写歌的事，一个没注意，拐杖压在了不知道什么东西上，瞬间打滑，重心不稳，就在余年以为自己又要再摔一次的时候，手臂被人拉住了。对方力气很大，强行帮他稳住了身形。

"……谢游？"

谢游松开扶住余年的手："是我。"

余年抬头看他，懊恼道："谢谢你，刚刚差点摔倒，怪我想事情太出神，没注意路。"

"要小心，"谢游顿了两秒。

余年往外望了一眼，看见路边停着的车，谢游顺着他的视线，"准备回家。"

"路过时看到我，所以下车帮忙是吗？"

"嗯。"

夜很安静，余年不知道怎么的，在谢游面前整个人都很放松。他笑意像星子一样溢满双眼，语气轻快："今天节目录完了，这场我又拿了第一。"

"恭喜。"

"谢谢。"余年眨眨眼，再添了一句，"外卖都很好吃。"

谢游轻声道："你喜欢就好。"

两人之间又安静下来，连风声都像是消失了，还是谢游先开口："我……送你上去？"

余年没有拒绝，弯着眉眼点头道："嗯，那就麻烦了。"

并肩走在一起，余年发现谢游确实比他高了不少。路灯不算明亮，他拄着拐杖走路慢，谢游也没有一丝不耐，配合着他的速度往前走。余年找了话题聊天，谢游话虽少，但不会让人觉得敷衍。两个人走在小区茂盛的林荫下，气氛倒不显尴尬。

一路被谢游送到家门口，余年拿出钥匙，笑着偏头看向谢游："我到了。"

谢游礼貌地站在一步远的位置："好，我回去了。"

"嗯，那你路上注意安全，"余年突然想起什么，"对了，谢游你等我一下！"

打开门，余年换上拖鞋，嫌拐杖麻烦，干脆放到墙边，单脚往里面跳着走。从抽屉里拿出一个四方形的铁皮盒子，他回到门口，递给谢游，"给你，"想了想，余年又补充，"算是这次你送我回来的谢礼吧，而且幸好你扶我一把，要不然再摔上一次，就真的很惨了。"

谢游接到手里，过道的灯光是暖黄色的，从他头顶上方落下来，为挺直的鼻梁添了几分淡色的阴影，低哑的声线裹着雪松的清冽气味："是什么？"

余年弯起眼睛："我做的糖，和上次的形状不一样，做好之后一直想送你，今天总算是有机会了。"

铁皮盒的凉意被指尖的温度所取代，谢游看着站在门内的余年："谢谢，我很喜欢。"

第二天上午，余年起床后就把拐杖扔到了一边——他忽然发现，单脚跳还挺方便的。正准备煎荷包蛋当早饭，手机响起来，余年歪着脖子夹好手机听电话："孟哥早啊！"一边说一边打了鸡蛋进锅里。

孟远在电话里提醒："今天该去医院复查了，你八成忘得干净。"

"啊，对！"余年拿锅铲的手慢了两秒，这才想起来，"孟哥你要是不提醒，我真的就忙忘了。"

拒绝了孟远过来接送的提议，余年扣了顶黑色鸭舌帽，又戴上口罩，慢慢悠悠地往外走。在路边叫了一辆出租车，直接去了私立医院。这家医院收费很高，医护人员比病人还多，私密性也好。拍完片子，余年在走廊上找了个位置坐下，拿出手机继续看郁青发过来的剧本找灵感。

看着看着，不远处，两个护士聊天的声音隐隐传了过来。

"欸，你确定 1103 病房的真的是许萱的妹妹？许萱现在挺火的啊。"

"当然确定了，许萱现在就在主治医生的办公室里呢，不信你等她出来看看到底是不是本人。倒是她们两姐妹看起来奇奇怪怪的，许芙想和许萱多说两句，但许萱很冷淡，都懒得应付。"

"是关系不好吗？可你刚刚不是说许芙的医药费一直是许萱在交吗？我还以为她对她妹妹挺好的。"

"谁知道呢，许萱之前一口气把接下来大半年的各项费用全交了，出手很大方，明星果然很挣钱！不过许芙这病……明明早该做手术了，也不是没钱，不知道为什么非要一直拖着。医生劝了好几次，今天约许萱谈，八成又是因为这个事……"

这时，检查结果被送过来了，余年往声音传来的方向看了一眼，走进医生办公室。

主治医生拿着片子看完，点头道："恢复得很不错，果然是年轻人，身体素质非常好。"

余年把心思收回来，仔细询问："如果恢复得很好的话，过几天我能跳舞吗？"他补充，"就五分钟左右。"

主治医生扶了扶眼镜，斟酌道："你的恢复情况确实不错，但我还是建议要减少剧烈运动。如果实在要跳，可以拿绷带将关节裹紧，减少关节错位的可能性。跳完之后一定好好休息，再来复查一次。当然，稳妥起见，最好还是不要这么做。"

余年点头，又问了些注意事项后，礼貌地告辞了。不过出了办公室后，他没有马上离开。

许萱跟许芙的主治医生聊完，刚开门出来手机就响了。她有些不耐地看着屏幕上显示的人名，左右望了望，最后往楼梯间走，一边接起了电话。

大致能听清说话的内容。

"阿奕？对，我在医院呢……嗯，是啊，小芙她又发脾气不肯吃药，非要我过来哄着……"许萱声音带着些愁绪，电话的另一端应该是在安慰她，她"嗯"了两声，温柔道，"好我不朝她发脾气，我也舍不得，爸妈走了，我就只剩这么一个亲人了……"

"钱够花，真的不用再给我了，我交了大半年的费用，都还剩下不少……阿奕，真的谢谢你，要不是你，我都不知道要怎么办。"

又说了几句，电话挂断，许萱走了两步，手机又响起来。不过这次她的语气要冷淡很多。

"我不是跟你说过我来医院了吗？你又担心什么？……我都说了，余年那边我已经解决好了，他亲口说了不会再追究……呵，余年就是典型的好人家里精心养出来的，单凭我有个妹妹还躺在病房里，靠我养着续命，他就不会下狠手整我。……是这么好接近的？说得简单，我又不是没试过！最初我编了个许芙喜欢他想要他签名的理由，他是签了，但完了还是只跟夏明希玩儿在一起，我有什么办法？……不过这次倒是个机会，说不定能好好利用利用……"

从医院回到家，余年拿着小铲子帮阳台花盆里的植物松了松土。接着给郁青发了条信息，没一会儿，郁青电话就过来了。

"出什么事了？"

余年放下铲子站直，忍不住笑："你怎么确定是出事了？"

郁青应该是找了个僻静的地方，周围少了杂音。"你这性子，肯定是有什么事儿才突然找我，说吧，是怎么了？"

听余年条分缕析地把事情从头到尾说了一遍，郁青没发火，只是嗓音冷得很："我去帮你问问清楚，等着。"

"好。"

郁青有自己的圈子，人脉消息都齐全，没到一个小时，郁青的电话就回了过来："你先说说你的猜测。"

余年垂着眼睫，手里的铅笔在白纸上画出一道道横杠，他说道："许芙生病一直住院是真的，但相比起让许芙恢复健康，许萱更希望她一直病着，对吗？"

"你的猜测应该没错。"郁青难得没有一点就爆，语速不快不慢，"跟她同校毕业的人说，许萱上大学时周围的人几乎都知道她有个重病在床的妹妹，旁的人觉得她可怜，也就不跟她争奖学金助学金的名额。等毕业签了公司，几个女孩儿争出道的机会，她去求人，理由就是自己有个重病在床需要花很多钱的妹妹。出道了，一次不是偶然的偶然，遇上了一个富二代，对方感慨她年纪不大就要挣钱为妹妹治病，连着给了不少钱不少好处。但她眼界挺高，应该没准备跟那个男的在一起，只是吊着。所以啊，她当然不想她妹妹的病好，要是好了，她哪儿去找这么好用的理由？"

"有什么感想？要不要说来姐姐听听？"郁青说完问道。

余年仔细回想和许萱见面时的情景，反省："确实是我识人不清。"

"这倒不怪你识人不清，圈子里这些妖魔鬼怪披着几层画皮，脱了一层还有一层，哪儿能次次都看得准。就是你姐我才开始的时候也同情心泛滥，自愿跳了好几次坑。"郁青感叹，"你外公外婆从小教导你，我以前还听你外公感叹，说你不止心胸豁然，脑子也灵光。依我来看，这一次你的处理方法确实挺不错。"

听余年没应，郁青哼笑："我还不了解你？许萱在背后用手段整你，要是你真的直接怼回去了，她转个身就能开发布会哭惨，在人前哭诉自己挣钱为妹妹治病是有多不容易，说自己不过一时邪念上脑，让你扭伤了脚，你却气量狭小，不顾她有个重病的妹妹，一害就害死两个人。我就不信，你当时决定不追究，没有这一层顾虑在。"

余年承认："我当时确实也有这层顾虑在。而且，大家总是同情弱者更多。"

郁青"嗯"了一声："那你准备怎么办？"

"外公教我做一个光风霁月的君子，但我也不吃闷亏，"余年笑容带着点儿狡黠，"她会哭惨，我也会啊。"

依旧是上次那个咖啡厅的包厢。

这一次是余年先到，包厢门从外面被打开，穿着黑色短裙的许萱走进来，笑道："抱歉，你等了一会儿了吧？"

"没多久。"余年等对方坐下了，声音温和，"你妹妹身体还好吗？"

许萱微微低头，神情变得黯然，又勉强笑道："还是老样子，医生开了几种进口药，说效果可能会好一点，就是花销又大了。小芙懂事，说不用吃那么好的药，"她摇摇头，语气惆怅，"她懂事，可我怎么舍得啊。"

"那钱还够吗？"

"完全不够，我拜托我经纪人，看能不能多接点儿通告，不然别说吃药，住院费都快要交不起了。"她抽了根女士烟出来，又放回去，忐忑道，"余年，你……真的不怪我了吧？"

余年晃了晃杯子里的热牛奶："你是指在台上洒水，导致我摔伤的事情吗？"

听余年这么说，许萱吸了口气，苦笑道："我当时鬼迷了心窍，你生我的气也是应当的，是我太想要第一名要那笔钱了。"她双手抓着包，语气较以前亲近了些，"你能不追究，还鼓励我，我真的很感激。"

余年勾着唇角笑了一下。

许萱辨别着余年的神情，又试探着笑道："《天籁》快录完了，等你以后出了专辑，我可以再找你在专辑上签名吗？拿回去我妹妹肯定会特别高兴。"

余年没说可以，也没说不可以，他看了看时间："我得回去了。"

许萱站起身，关切道："要不我送送你？"

余年礼貌拒绝："不用了，谢谢。"

回到家，孟远和施柔已经等在客厅，孟远见余年回来，表情没什么特别的，只问："怎么样？"

余年坐到沙发上拿出手机，点开了录下来的音频文件。

听完录音，孟远讽笑："费尽心思辛辛苦苦赚钱为妹妹治病这个角色，她自己都要信了吧？"说完，他又看向余年，劝道，"年年，你也别一直放在心上，这圈子、这世上，坏的、伪善的太多了。你才二十一岁，还小，出发点是好的，这次上当受骗就当是上了一堂课，长见识了。"

施柔替余年说话："也不怪年年，这个许萱太能演了。"

见施柔着急，孟远瞪眼："行行行，你们都是好人，就我不是。"

余年笑着接话: "现在,大概我也要加入坏人的行列了。"

没把这件事拖到第二天,当天晚上七点半,一个知名狗仔的大 V 号发了一个预告,说半小时后将会爆一个猛料。蹲守微博的吃瓜群众纷纷冒头,都在猜到底是什么事。猛料还没爆出来,猜来猜去的评论就先上了五位数。

八点准时,大 V 说到做到,直接甩了一段录音出来,只配了六个字:"众位仔细品品。"

"——这什么音频这么长?听了个开头,好像是个女的在打电话?有没有课代表来总结一下!"

"——前半段是主角在和一个叫'阿奕'的人打电话,要点如下:自己叫'小芙'的妹妹不肯吃药脾气不好,自己委屈,但爸妈走了只剩个妹妹,委屈也会忍着。'阿奕'给的钱够花,交了大半年的费用还有剩。重头戏在后半段,换了个人通电话,主角说因为自己有个生病躺床的妹妹,余年不会追究。主角曾经编理由接近余年,但余年只跟夏明希玩儿。主角不甘心,准备利用这次机会再试试。"

"——跪谢课代表!呀呀呀预感是个大瓜!余年和夏明希?这段时间热搜都要被他们承包了吧?来,摆好汽水准备吃瓜了!"

"——我就想知道这个女的是谁!她是干了什么事余年不追究了?"

"——我有了一个不太美妙的猜测……余年之前彩排摔了一跤,踩伤脚跳了全场,不是还上了一波热搜的吗?当时是因为什么摔倒的来着?"

眼看着热度大涨,大 V 紧跟着发了第二条微博:"刚刚那段录音呢,是花大价钱从一个护士姐姐手里买来的猛料,点名了,打电话的人是许萱。"

涉及话题度正高的余年、夏明希和许萱,以及一个迅速被扒出来了的富二代赵奕,很快,这事情的关注度猛然拔高。

评论区纷纷开脑洞,故事一个比一个悬疑。

倒是这个大 V 半点不着急,吊足了胃口,隔大半个小时才把第三条微博发了出来，"各位再仔细品品 [录音][录音]"。

"——课代表在这里！整合要点如下：许萱卖惨，说妹妹重病住院花销大，无底洞一样，自己很努力赚钱。余年在舞台上摔伤，是许萱买通工作人员往台上洒水，目的是拿到第一名的五十万奖金给妹妹治病。这事情被余年发现，许萱希望余年原谅。余年表示不追究。许萱预约了下一次给妹妹的签名。完毕！"

"——我要爆粗口了！年年摔伤不是意外，是人为？！许萱想拿第一，嫌余年挡了她的路，所以就往舞台上洒水？完了又拿妹妹卖惨，逼得余年没狠下心追究？还想靠着这次，再接近年年？"

"——许萱在一个综艺节目上，确实提过自己重病的妹妹，说感情非常好来着……"

"——这大瓜，精彩了！不过这三段音频里许小姐的话前中后对不上啊！这到底能不能交上住院费？"

"——余年才是真的惨吧？脚伤了，被心机卖惨女用道德胁迫，对方还想顺杆爬继续接近他。很想采访采访余年的心理阴影面积！"

另一边，郁青一个电话打过来，大笑："年年，你之前怎么没说你和那女人第一次见面就录了音的？"

余年不太好意思："嗯，当时想着，以防万一。"

郁青心情非常好："我们年年长大了，都知道录音保存证据了，这次干得真是漂亮！"

余年解释："我当时很犹豫，但想着防人之心不可无，就开了录音。"

郁青："这三段录音一出来，故事简直不能再完整了。不过我之前联系许萱傍上的那个赵奕，想让他说两句，结果那边回话说已经有人跟他打过招呼了，还强调说一定要把病历发上去。"

余年呼吸微顿。

"有人打过招呼就行，"郁青没再多说，"先挂了啊，我继续去吃吃瓜，这两天就靠它调剂我枯燥的剧组生活了！"

电话挂断，显示收到了一条新信息，来自许萱。

"余年，没想到你竟然是这样的人，我信错你了。"

余年单手打字："我就是这样的人，真是抱歉了。"

没过多久，富二代赵奕真身上阵，发了句："怪老子眼瞎！钱就当捐了！"并连发九张图，里面包括陆续给许萱的两百多万转账记录的截图、许萱发给他的病历单以及相关的聊天记录。

吃瓜群众调侃，捐款捐了两百多万，确实很慷慨。

眼见热度越来越高，余年的粉丝和路人都到许萱微博下刷屏，许萱隔了许久才更了一条微博，没有说太多话，只道："我只是想给妹妹治病而已，她是我唯一的亲人了，我真的不想失去她。她病得很重，拜托你们不要去打扰到她。"

这条微博发出来，一部分人啧啧称奇，说许萱竟然现在还在卖惨，但又有不少人表示，设身处地，许萱的手段虽然不干净，但为了给妹妹治病，没有别的办法，也情有可原，何必这么咄咄逼人？

就在这种说辞眼看着要占上风时，一个权威医学论坛的大 V 号突然指出："按照许萱发给赵奕的病历照片来看，她妹妹已经治了有四五年了。但懂这个病的都知道，这个病是越早手术越好，越拖着越是会加重病情。仔细看了检查情况，虽然现在病情因为拖延加重了很多，但还是符合手术指征，所以，为什么一直拖着没手术？@许萱"

这个论断一出，吃瓜群众都惊了。

"——不做手术，不把病治好的原因大概是……这个理由特别好使？"

"——呵呵，妹妹病要是治好了，许萱哪儿来理由把自己苦情又善良、还昧着良心做坏事的身不由己人设立起来？怎么再找富二代拿钱，怎么再有害人的借口呢？"

"——啊啊啊不睡了不睡了，这个瓜从头到尾吃下来，我就想知道，余年的脚会不会有后遗症？那个摊上这么个倒霉姐姐的妹妹现在还好吗？"

"——亏我们年年还同情她的遭遇，不追究，没想到竟然是这样！又气又难过！人怎么会这么坏？心疼年年！心疼她妹妹！"

一直到凌晨一点，微博上的热度都没降下来的趋势。孟远和施柔已经回去了，余年往砚台里加水，平心静气地写了一页字。

这时，手机铃声响起来，余年点开，是谢游发过来的："开一下门。"没隔几秒，第二条又发了过来："别急，走慢一点。"

余年一怔，搁下毛笔，果真慢慢走到了门口。打开门，一个穿着黑色西服的人站在门外，将手里的一个盒子双手递给余年。待余年接下后，也没说话，转身离开了。

关上门，余年将盒子打开，发现里面放着的是一个做得歪歪扭扭的小蛋糕，旁边还有一张手写卡片，铁画银钩的五个字："不要不开心。"

余年站在原地，用手指沾上奶油，尝了尝。

很甜。

许萱设计致使余年摔伤这件事，直到 28 号都还高高挂在热搜第一的位置，其中的反转和逐层揭开的真相，让吃瓜群众直呼这个年度大瓜太过瘾了。

很快，许萱的大学同学和同公司的艺人也纷纷爆出，许萱向来都是以妹妹病重需要很多钱为由，以博得旁人的同情心和怜悯，或者进行道德胁迫来达到自己的目的。一时间，她这样的手段又引发了一阵议论。

余年没待在家，一大早就去了公司。

办公室里，孟远跷着腿正关注进展，"哎，我说许萱经纪人的速度真够慢，看许萱的账号发出来的这封道歉信，肯定是公关代笔，要是许萱自己有这么高的觉悟，就不会干出在舞台上洒水这种黑心黑肺的事情了。"

坐在一旁的施柔正开着小号致力于掐架，闻言接话，"就是就是，还有，要是年年你不止伤了脚，而是真的摔伤了膝盖，半月板碎了，那以后跳舞都没办法跳了！道歉有什么用？"

余年正一口一口喝果汁，咬着吸管点头："嗯，所以我报了警。"

施柔打字的手顿住，恍然："对啊！我傻了，竟然没想到该马上报警才对！"

余年笑道："对啊，上学的时候就学了，要学会拿起法律武器保护自己。"

施柔猛点头，又迟疑道："倒不是同情许萱，她坏成这样，连亲妹妹都下得去手，每个人都要为自己的所作所为负责才对。就是……她妹妹以后要怎么办啊？"

杯子里的果汁喝完了，吸管发出"滋滋"的声音，余年松开吸管，狡黠道："我之前给了那家私立医院一个小建议。"

孟远也好奇："什么小建议？"

"这次事件的热度很大，如果院方愿意全力救治许芙，肯定能带起一点知名度。要是院方愿意免费为许芙做手术，那——"

"那可以趁机打一波广告！"孟远大笑，"年年，你真是贼精贼精的！"

余年捧着空杯子，眨眨眼："我也只是给了一个小建议而已。"

还没过多久，施柔就开心地指了指手机屏幕："快看快看！这家医院真的很机智，他们让许芙的主治医生录了个视频，详细说明了许芙的病情和后面应该怎么治什么的。最后说会免费提供治疗，直到许芙完全康复出院。要是出院后有困难，也会继续提供帮助！评论区全都在刷医者仁心，也不知道是不是买了水军。"

孟远吹了吹杯子里的热咖啡，心情也很好："啧，这种套路还挺让人开心的！"

余年把空杯子放到桌面上，话题一转："孟哥，第七场不是要播了吗，我选好第八场要唱的歌了。"

孟远："选好了？选的哪两首？"

"选的《落叶》和《星轨》。"

"落叶和星轨啊——"孟远突然反应过来，盯着余年，"落叶是高难度抒情曲没什么毛病，但星轨不是舞曲吗？你想干什么？脚是不想要了？"

余年轻轻吐了口气，就知道孟远是这个反应。他笑道："孟哥，我问了医生，只跳五六分钟的话我能撑住。我跳完了就去医院复查，肯定不会有事。"

孟远紧皱着眉，咖啡也不喝了："五六分钟？你上台是只跳五六分钟，但台下呢？你不跟伴舞磨合了？你自己不熟悉动作不练习了？"

"嗯，不了。"

"……"孟远一句话卡在喉咙里，好几秒才缓过气来，"你、你这是拿了几个第一就膨胀了？啊？不练习不排练直接上？你怎么不上天？"

余年坐在椅子上，安安分分地听孟远念叨，不反驳，但也不妥协。

孟远见他跟座小山一样稳稳当当地戳那儿，看着眼睛疼！在心里默念这是自己的艺人自己的艺人，才缓了语气："你有把握？"

余年这才开口说话，笃定："有。"

"真有？"

"真的有。"余年眉目粲然，带着灼眼的自信，"孟哥，我这两个月每天都努力练习，除了伤了脚，一直都没懈怠过半点儿，我相信自己能跳完全场。而且，这次要是因为没有全力以赴，没能拿到第一，那我会遗憾很久的。"

合作这么一段时间下来，孟远也算是看清楚了，余年表面上看起来对谁都温和有礼，实际上倔得不行。

"你确定？"

"确定。"

"要是现场车祸了搞砸了怎么办？被全网嘲讽怎么办？拿倒数第一怎么办？"

"不可能。"

孟远眉头松开，笑道："好！就冲你这'不可能'这三个字，孟哥支持你。"他又问，"不过，你真的不要伴舞？"

余年摇头："不要，我脚伤着，也没办法跟他们练习磨合，还不如就自己上场跳舞。"

孟远摸摸下巴，眼里是明显的欣赏："你年纪小，野心挺大，那就让你孟哥看看你到底能不能压住场。"

一旁刷微博的施柔插了句话进来："那个……你们要不要看看？许萱的账号和节目组都发了消息，许萱退赛了。"

孟远听完半点惊讶都没有："这事情爆出来的时候就注定许萱不可

能留在《天籁》了，她这是典型的有严重道德问题的污点艺人，后面肯定还会负法律责任，老何就是傻了也不敢留。"

而这条消息出来后，微博上风向一面倒。

"——作为祖传粉丝之前还十分担心，这女人会不会一个'迫不得已'就往台上泼一盆水，让我们明希也摔一跤？看到退赛了，瞬间放心！"

"——鼓掌了！连亲妹妹都害的人，不配站在舞台上！"

"——真是难得见到这么被全体抵制的明星了，人在做天在看，这话还是有道理的！"

在当天晚上播出的《天籁》中，节目组虽然把许萱的镜头剪得差不多了，但为了保住节目的完整性，许萱上台唱歌那一段还是没去掉。之前围观了年度大瓜的网友纷纷准时收看，视频网站的弹幕厚得都看不见人脸了，收视率也跟着一涨再涨。

等余年穿着精致奢华的白色毛领演出服，姿态惫懒地坐在猩红色的复古天鹅绒沙发里，随着升降台缓缓出现在舞台上时，弹幕有一瞬间的卡顿，紧接着是成倍的疯涨。

"——啊啊啊这颜值啊啊啊我死了！被秒杀！"

"——这眼睛这睫毛这泪痣还有下巴嘴唇我的天！我终于亲身体验到了什么叫美颜暴击！"

"——造人的时候，我是泥巴随便捏的！小哥哥是玉石精心雕刻的！我的小心脏啊！"

等余年坐在沙发里，拿起话筒开始唱歌时，弹幕又变成了满屏的"开口跪"。

"——我刚想发只要有这张脸就算没唱功我也粉了，转眼就被愉快打脸！"

"——这张脸这嗓子肯定被上帝偏爱过！我真的尖叫了！"

"——是我眼花？词曲竟然都是余年！这么棒啊啊啊！"

"——我要买同款沙发！买同款毛领！谁也别拦我！"

节目还没结束，＃心里下了一场雨＃这个话题就被刷了上去，连带着余年唱歌时的动图也飞快占领首页。颜粉音粉吃瓜群众齐齐贡献热度，努力到处安利。

没多久，谢游也更新了微博。

"谢游：#心里下了一场雨#呵，肯定整容了，怎么可能长这么好看？"

夏明希正和余年视频，一边看节目一边吐槽，一心几用还顺便开着小号去给官博下夸自己的评论点赞，操作行云流水。陡然刷出谢游的微博，他气鼓鼓地说："年年，你跟这个谢总到底是有什么仇什么怨？他真的是一心一意地在黑你啊！怼完声音怼素颜，现在又说你整容不可能这么好看，怎么不可能了？虽然他说话不算难听，但看着好心塞！"

余年也一心几用，正拿着支铅笔在本子上编曲子。听夏明希嘀嘀咕咕，他将笔在指尖灵活地转了几圈，笑道："他其实很好。"

夏明希震惊，又凑近镜头担忧道："年年，你是不是压力太大了？"所以言语才这么错乱？

余年失笑——他应该怎么说？

这时，门铃响了。余年放下本子和笔起身去开门，发现站门口的又是上次那个穿黑西服的人。和之前一样，送过来的也是一个小盒子。

他伸手接下来，坐回沙发。

视频里，夏明希好奇："是外卖到了吗？"

余年打开盒盖，夏明希看见他的表情，更好奇了："哇里面是什么是什么，你怎么这么开心？"

余年低头看着盒子里摆放整齐的小饼干，仔细辨认，加上了绝佳的联想能力才勉强认出来，小饼干的形状大概是小兔子、叶子、花、小鱼，或许还有……小熊？

余年诚实地回答了夏明希的问题："谢游送的夜宵。"

夏明希惊得站了起来："年年小心不要碰！肯定不是硫酸就是炸弹！"

就在这时，从夏明希那边突然隐隐传来关门的声音和问询声："什么硫酸和炸弹？宝宝你在说什么？"

"完蛋！"夏明希一巴掌捂在脸上，最后挣扎，"年年……你什么都没听见对不对？"

余年坏心眼儿，点头："嗯，我什么都没听见，夏宝宝。"

"绝望了！"夏明希别开脸不看余年，语速飞快，"我爸妈回来了不说了不说了挂了啊，晚安！"

视频被挂断，余年将手机放到旁边，转了转手里的铅笔，左手拿了一块饼干放进嘴里。想起刚刚夏明希说的硫酸和炸弹，忍不住再次笑起来。

不过这些饼干，仔细看看，做得还是很可爱的。

第二天早上，余年打了个视频电话，把写出来的曲子给郁青听了一遍，问她："怎么样？"

"挺好听的，"郁青素着一张脸，没上妆，看起来脸色不太好，眼下的青影很重。

余年仔细看她，"姐，你这两天没睡好？"

"嗯，连着全是夜戏，但能应付，"郁青放下揉太阳穴的手，挑眉笑道，"倒是你，之前不是说没灵感吗？怎么突然又把曲子写好了？"

余年闲着的手按按琴键，回道："昨晚吃了两块饼干，灵感突然十分充沛，很快就写出来了。等我把词嵌上，再给你看看。"

郁青打了个哈欠，声音有几分沙哑："行，你慢慢来，不过吃饼干就有灵感了？那等以后你再拖着歌写不出来，我就把饼干一箱一箱地往你房子里送。"

余年只是笑，没接话。

上午十点，孟远来接人，一边开车一边跟余年数今天的安排。

"今天过去之后先接一个采访，耽搁不了多少时间，满打满算一个小时。要问的问题我都看过了，中规中矩没有出格的，你琢磨着答就好。至于……要是问的问题跟列出来的单子对不上，还不好回答，我一直在旁边站着，你给我打手势，我处理。"

余年应下来，他想起早上郁青提起的事，开口道："对了孟哥，郁青不是在拍徐导的《古道》吗？"

孟远看着路："嗯，没错，磨了几个月了镜头还没磨完，怎么了？"

"郁青推荐我唱电影的推广曲，那边同意让我试试。"

听完这话，孟远心理承受能力很不错，没油门一踩怼前面车屁股上去，但他还是惊讶了两秒，不过很快又反应过来："郁青给你牵的线？"

余年点头："嗯，说让我自己把握住这个机会。"

"这机会确实好！徐导新电影的推广曲在找歌手这个事我知道，但你只参加了一个《天籁》，虽然周周屠热搜，实力也够，但综合起来竞争力还差点儿，我就没去争。但既然要争，"孟远回忆各处听来的消息，心里有了底，"你最大的竞争对手有两个，一个是尤优，一个是何俊宇，这两个都非常想把这个机会抓住。"

余年记起来："尤优是不是之前过生日上热搜的那个歌手？"

"没错，他过生日的时候，粉丝包了金融中心五座大楼的 LED 屏做应援，还有其他的，太多了记不清楚，反正声势很浩大。"孟远从后视镜里看了余年一眼，笑着打趣道，"你的'年糕'也很好。"

见余年抿着嘴巴笑得开心，孟远也跟着笑起来，"我去看了看，'年糕'这名字挺不错的，年糕又叫年年糕，是年年高的谐音，寓意也很好。"他话锋一转，"所以我才担心，你这里才起步，尤优的粉丝却已经积攒得很有规模了，说不定到时候，你把他挤下来，转身就会被他的粉丝围攻。"

余年摇头："这我不怕，而且面对谁都想要的机会，向来都是各凭实力，谁厉害谁上。"

孟远就喜欢余年这个不怕事儿的心态："对，机会摆面前，没有不争取就放弃的道理！"

到了后台，夏明希已经先到了，一看见余年就跑了过来。

余年拄着拐杖，见他走近："夏宝——"

夏明希眼睛一瞪，手指抵着嘴唇："嘘——！"

余年被他的表情逗笑了："今天来这么早？"

听余年没把那个羞耻的小名喊出来，夏明希才放了心："不是有采访吗，天还没亮就被祖传经纪人大叔叫起来，我想睡个回笼觉都不敢。"

余年笑他："会被告状？"

"对啊！"夏明希拍拍余年的肩膀，叹气："你懂我！"他又压低声音，

"对了，许萱不是退赛了吗？上一期的补位歌手林想原本都被淘汰了，现在又回来补位置，他经纪人开心得不得了，火速在微博上买了个热搜，各种花式夸林想运气爆棚，就差把他夸成锦鲤成精了。"

余年对林想有不浅的印象，很阳光的性格，最喜欢且擅长的事情就是跟经纪人互怼，跳舞很厉害。

夏明希嘀嘀咕咕："说起来，录制的时候我爸我妈也要来，据说我妈还特意去做了一个镶钻的灯牌，决定在我上台的时候举起来，我都担心自己看见的时候会被惊得破音！"

余年笑弯了眼："要是我外婆还在，肯定也会拉我外公一起过来。灯牌不会有，不过外公八成会抓一根毛笔，写张大横幅出来。"

夏明希知道余年家人都不在了，呐呐道："年年，你是不是……想他们了？"

余年没有回避："嗯，很想他们。"

他想起外婆去世后的那段时间里，仿佛世界都没了光。半夜惊醒过来，突然就发现，前庭后院，楼上楼下，空荡荡的只剩自己一个人了。

但他还有很多事情要做，还有很多文物没找回来，不能放任自己沉浸在悲伤里，不能那么懦弱。

采访和彩排进行得都很顺利，不过孟远可能是有了心理阴影，在余年上台走位踩点的时候，跟追光灯一样全程在旁边脚跟脚地盯着，生怕余年再摔一次。

最后这一场，余年终于抽中了第一个出场的签。换上演出服，造型师正在帮他补眼线，一旁有跟拍在问："对这一场拿冠军有把握吗？"

余年闭着眼睛回答道："我会尽全力的。"

"那有什么想跟支持你的粉丝说吗？"

眼线画好，余年看向镜头的方向，歪歪头，粲然笑道："我会努力，不辜负你们的喜欢。"

跟拍的摄影呼吸一顿，已经全然预见，这个镜头放出去，又要被粉丝转发成千上万遍了。

另一边，书房里，谢游打开了电脑，屏幕上是演播厅布置精良的舞台，灯光还没完全亮起，细节看不太清楚。

曲逍然坐在旁边的椅子上，拿了瓶气泡水在喝，见谢游一脸专注地盯着舞台在看，拿手肘碰了碰他，"我说谢小游，论起败家，你其实比我还厉害！砸了那么多钱，竟然只让节目组给你连了个实时画面过来，你说你亏不亏啊？"

"不亏，我能见证他拿到第一。"

"……"这一瞬间，曲逍然觉得自己喝进去的气泡水都是苦的。

当他什么都没问！

这时，几声穿透全场凝滞空气的沉响后，黑漆漆的舞台上出现了一束光，将坐在舞台中央奢华座椅上的人瞬间照亮。

曲逍然看着屏幕上出现的画面，难得地怔了两秒："他、刚刚灯光打下来，他突然抬头往镜头看过来的那一眼是不是带着杀气！"

"很好看。"

曲逍然悄悄翻了个白眼——谢小游，你的词汇量太匮乏了吧？

舞台上，余年穿着白色的宫廷风演出服，金色藤蔓边，流苏肩章，手臂伸展，翘着长腿，气焰凌人地坐在座椅上，透露出一种睥睨的气场。

全场寂静无声。

曲逍然话多，啧啧称奇："上次在私菜馆见他，不是挺温和的性格吗？怎么一上台就跟换了一个人一样？不过确实够惊艳的，五官身材完全没得挑！跟漫画里走出来的一样。"

"嗯。"

见余年从座椅站起身，曲逍然疑惑凑近："欸谢小游，年年有余不是脚伤了吗？他这是要干什么？竟然要跳舞！"

谢游眉头也微微蹙了蹙，有几分担忧，但很快又松下来："他有分寸。"

乐声响起，余年应和着重重踏在舞台上，背景灯光跟着一颤。再一下，鼓点骤起，一声声震落在人的心头。双腿岔开，余年站在金属话筒架前，修长白皙的五指搭在话筒上，精致的下颌微扬，和着节奏，以一段极为清透高亢的高音做了开场，瞬间点燃了全场气氛！

高音断得干净利落，绕过话筒架，扶了扶黑色耳麦，音乐节奏如火焰腾起，与之相应的，余年的舞蹈也极为有力流畅，全身上下每一块肌肉每一寸关节都在乐曲中受他完全支配，肩章的金色流苏颤动，在灯光下撩起点点微芒，他挑着嘴角，酣畅淋漓。

就在歌曲的高潮处，余年一边跳舞，一边甩了甩汗湿的额发，顺手解开了衣服的金色纽扣。

下一秒，随着激烈的舞蹈动作，窄腰和布满细密热汗的白皙紧致的胸腹都在灯光下露了出来，被特写镜头完全展现在了大屏幕上，刹那间就引发了观众席的一阵尖叫！

从台上下来，一直等着的施柔连忙将干净毛巾、拖鞋还有拐杖递给余年，担心道，"年年你脚感觉怎么样？"

余年先接过毛巾擦了汗，这才撑住拐杖，缓了缓呼吸笑道："没我预计的那么疼。"他低头看着脚上的拖鞋，好笑道，"小熊拖鞋？"

"嗯，你的小年糕们送的，都说很衬你，我也觉得挺衬的。"说着，施柔还拿出手机连拍了几张照。

余年听见是粉丝送的，就没拒绝，踩着小熊拖鞋进到化妆间，先将脚上缠紧了的绷带取下来。

施柔见他小腿上都被绷带勒出了红印子："幸好下一首你选的是抒情歌，在台上站着不动就行，不然太受罪了。"

"嗯，"余年没准备一味逞强，他坐到化妆镜前，笑道，"要是两场都跳舞，孟哥和主治医生应该会一起炸掉。"

施柔笑得开心，又好奇："不过年年，刚刚跳舞的时候你怎么突然想到要解扣子？现场效果是真的好，我看到的时候都差点尖叫！"

余年捋了捋前额湿润的头发，不太好意思："其实不是故意的，是当时跳舞跳热了，出汗，演出服又很紧，磨皮肤磨得难受，我干脆顺着舞蹈动作把扣子解开了。"他眼里又有点自豪，"而且我现在有腹肌了。"

造型师正好听见，指了指自己手上拿的衣服："这件不紧。"

候场的这段空隙里，余年抓紧时间调整状态。化妆师帮他改了妆容，把较深的眼线擦掉，画上新的，眉毛的颜色也浅了不少，一时间，余年凌厉的气场重新变得轻淡起来。

书房里，谢游对上场的其他人都没兴趣，曲逍然也一样，他闲的没事做，拉着谢游聊天，一边等余年的第二场。

"说起来，之前我问我爸你这边进展怎么样了，我爸都不告诉我，就塞了我一张卡。我哥也是，我一问他正事他就塞张卡给我，本少爷像是缺钱了？"

谢游疑惑："你不是才买了一辆车？"

曲逍然摸摸鼻子，讪讪道："哈哈，好像、好像是有一点缺……"

谢游倒没瞒着："我和曲叔叔商量好了，会从环海开发案下手，丁兆先现在暂时动不了，但宋克那一系我有把握，这次能一次削掉九成。"

他说的冷淡简洁，但曲逍然很清楚这后面会有的凶险，不过还是跟着兴奋起来："等把宋克那边拆干净了，丁兆先那老狐狸肯定会安分一段时间！"

"不一定。"谢游靠坐在椅子上，十指交叉，眉目沉静，"丁兆先不是被人欺上门了还会看情势忍着的人，我猜测，要是宋克真的被拆分完，他肯定很快就会主动出手对付我。"

曲逍然见过丁兆先好几次，想起对方那双阴鸷的眼睛心底就发怵，小声道："那你哥哥到底是不是——"

谢游瞳孔微缩，轻声道："没证据。"

曲逍然闭了嘴，没再问。他看着谢游跟覆了冰霜一样的侧脸，突然想起小时候，谢游和现在完全不一样。

他自己小时候闹腾，爬树抓蚂蚁拔草找蛐蛐儿，天天把保姆吓得拍心口。但谢游不一样，谢游从小就安安静静的，走路吃饭都很规矩，脸皮薄，喜欢弹钢琴，他在上树掏鸟窝的时候，谢游就已经能在琴凳上坐一整天，十分流畅地弹曲子了。

他记得有一天，谢游站在庭院的树下面，红着耳朵，小声却很坚定地说："逍然，我以后想当一个钢琴家，到世界各地去开巡回演奏会，让好多好多人听我弹琴。"

他当时握着从鸟窝里掏出来的鸟蛋，兴奋地回答："好啊谢小游，等你开演奏会了，我就帮你卖票！"

　　长大了，他自己考了个国外挺有名气的商学院，准备拿个漂亮的文凭了事，反正家里大哥在，轮不上他。谢游很争气地被勒托音乐学院录取，主修钢琴，离梦想又近了一步。

　　但命运总是不按着期望的那个方向走，他们两个在国外没多久，就传来了谢游的大哥意外去世的消息。他陪谢游连夜飞回国参加葬礼，又再次回学校，办理退学手续。

　　教谢游的老教授很惋惜，说能不能不退学，办休学。其实是想问，还有没有余地。

　　谢游苍白着一张脸拒绝了，沉默着深深鞠了一躬，垂眼道别。

　　等回了国，他看着谢游一字一句坚定地告诉父母："哥哥走了，还有我。"

　　那时候他心里空落落的，很想大声问，谢小游，那你弹了十几年的钢琴怎么办？你坚持了那么久的梦想怎么办？

　　但他心里清楚，钢琴没了，梦想只会是梦想。

　　再后来，他几乎没再见过谢游弹钢琴，才被推上继承人的位置时，偶尔因为压力大得实在喘不过气来，谢游才会悄悄地弹一次。不过等谢叔叔过世之后，谢游就再没有碰过钢琴了。

　　想起十七八岁，谢游穿着黑色燕尾服，在老师的演奏会上压轴，被各方记者誉为古典音乐界最受期待的未来新星。

　　他捧着杂志，大声把报道念给谢游听。谢游手指搭在琴键上，脸都红了，但眼神特别特别亮。

　　他当时多自豪啊——我兄弟，是未来的钢琴家！

　　"发什么呆？"

　　曲逍然回神，很快笑道："在想我那辆超跑要刷什么颜色的漆，你觉得绿的怎么样？唰一下开过去，哇，眼前一道绿光！"

　　谢游看他一眼，没做评价。

　　曲逍然兴致勃勃："这颜色多好！你不是也才买了车？要不一起漆了？"

　　谢游盯着曲逍然："要是你敢，我就把你之前一个星期没去上班的事情告诉你哥。"

曲道然双手紧紧捂住自己的嘴，咿咿唔唔挣扎着出声："好歹是兄弟！"

这时，视频里传来现场观众的欢呼声，能辨别出喊的是"余年"。注意力被拉回，曲道然放下手，琢磨着："他这一次应该不会跳舞了吧？脚肯定受不了，就是不知道——"他的声音突然卡住。

漆黑的舞台上，只有一束光从上方射落下来，将余年笼罩在里面。余年站在话筒架后面，一身白，里面是轻透的薄衫，能隐隐看见白瓷一样的肤色，扣子三颗都没系上，露出了锁骨和一小片胸膛。外面搭着同质地不规则剪裁的外衣，布料垂坠感很好，又轻又薄，风从侧面吹过来，引得发丝微晃。他身形显得单薄，整个人像是在黑暗里发着光。

谢游手快截了屏。

在一旁震惊地看着谢游连续且快速地接连截屏，曲道然咋舌：这手速！注视屏幕上的画面，他又感慨"等这期一播,弹幕肯定刷余年美哭了、绝世神仙小哥哥、天使下凡之类——"

谢游侧过头："你有异议？"

"当然没有！怎么可能有？"曲道然斩钉截铁，"这些都是我的肺腑之言！"

台上，余年双手握着话筒："……情真，世人晓我意深，却不知我心如落叶，满是陈旧伤痕……失神，在夜雨里逃奔，我不想承认，我已变成你的旧闻，不敢问来人……"

他的声线本就清透，咬字清楚，音调里加上了些微的鼻音，显得多情又哀伤，歌里曲间的情感像水波一样，以他为中心，向四周荡开。

一首唱完，余年尾音落下的同时，舞台的灯光也归于黑暗。几个呼吸后，现场爆发出大力的欢呼声。观众席上，还有许多写着"余年"的灯牌熠熠发光。

曲道然轻轻吸了口气，"这嗓子真的好，"他又拿手肘撞谢游，"你看看，这么多人喜欢年年有余，有什么感觉没？"

谢游唇角有不明显的弧度，"他们眼光很好。"

"还有呢？"

"他值得被更多人喜欢。"

曲逍然眨眨眼："啧啧啧。"

他看着站在舞台上耀眼又夺目的余年，心里严密压着的阴云终于透出一丝缝隙，令他得以畅快呼吸。

余年两场唱完后就没什么事了，他坐在休息室里，通过屏幕看其他歌手的表现。因为给到这边的镜头不多，倒还算自在。

刚将赞助商给的饮料打开喝了一口，休息室的门就从外面被推开，夏明希走了进来。余年笑道："你唱完了？"见夏明希额头脖子都是汗，顺手抽了张纸巾递给他。

夏明希坐到沙发上，一边擦汗一边连着点头："唱完了唱完了，不过我妈竟然不是说着玩儿的，还真的做了一个应援灯牌，特别闪眼睛！在台上看见的时候差点没把我给吓死！"他又低头看，"年年你脚怎么样了？跳了舞没事吧？"

余年摇头："没事，就是下来的时候有点疼，现在缓过去了。"

夏明希放了心："对了，刚刚我一下来就问我经纪人，他说你这场发挥很不错，比之前还好些，第一应该是稳了！"

余年说不担心自己的状态肯定是假的，不过最终的排名还没出来，他笑道："反正我尽了全力，不会留下遗憾。"

没过多久，林想和另一个女歌手薛雅林也回了休息室。已经是最后一场，没了淘汰的名额，又各自对自己的排名都有数，四个人之间气氛很平和。

夏明希小声念叨："希望我不要垫底，要是垫底了，我爸妈可能会到微博上实名 diss 我，然后我肯定会上头版头条，说不定还会承包一个热搜！"

林想坐在旁边，也跟着发愁："希望我不要垫底，我爸也来了的，要是垫底了，他肯定会跟邻居讲我不是他亲生的，是二十几年前从楼下花坛边上捡来的。"

薛雅林是清冷的性子，一直都不太爱说话，可能是这一场录制完几人各忙各的，不太能再见得到面，她坐近了些，提议："一会儿这边完了，我们约着去吃个消夜？"

林想一拍大腿："可以！在台上跳舞的时候，我跳着跳着就饿了！"他又问余年和夏明希，"要不要一起？"

余年和夏明希对视一眼，笑着应道："我们当然也去，上台前不敢吃太多，现在也饿了。"

很快，前台的票数统计已经出结果了。林想起身把余年的拐杖递给他，一边还在念叨："我想吃烧烤，我经纪人管的贼宽，说吃了烧烤要长痘，上镜不好看。"

夏明希小声接话："不怕不怕，我们今晚悄悄吃，放心，绝对不告你的密！"

于是去前台的一路上，夏明希和林想都在讨论菜单，半点没有紧张感，弄得旁边跟着不能下班的工作人员直咽口水。

书房里，曲逍然打了两把游戏，见终于开始公布结果了，赶紧扔开手机凑近："虽然知道第一名五十万非你家年年有余莫属，但我怎么还是紧张得手心出汗？"

谢游从余年一出现，视线就没转开过："他会是第一的。"

这一次，主持人没有卖关子，一上来就先报了第三名："获得《天籁》第二季季军的是——夏明希！"

曲逍然搓了搓手指："接下来肯定是报亚军，这个主持人语速能不能快一点？"

现场的主持人报得很慢，等观众席的欢呼声停下来后才念出了亚军获得者——薛雅林。

曲逍然又紧张兮兮地喝了口冰水："薛雅林挺厉害的，下面的人前几天才跟我说，她和老东家的合约快到期了，一直没续，准备把她签到星耀来——等等，咦，第二第三都出来了，那余年不就——"

"恭喜余年，获得《天籁》第二季冠军！他凭借优越的唱功与舞蹈功力，一举斩下连续七场第一！同时……"

虽然早就对结果有底，曲逍然还是激动地一巴掌拍到桌面上，偏头一看，发现谢游在摆弄手机："你在干什么？"

谢游弯着唇角："去微博转发抽奖。"

"马上马上，我要第一个转发，不知道能不能提高中奖概率！"打开软件，看了谢游更的微博，曲逍然突然觉得有点虐，"你……你转发抽奖是为了庆祝余年拿第一，但别人都不知道啊。"

谢游轻声道："没关系，他知道就好。"

录制结束后，何丘柏也提议说一起去吃饭庆祝，余年他们就没有单独行动，一群人各自开车往目的地赶。

夏明希蹭了余年的车，坐进后座的时候在打电话："嗯妈我知道我知道，不会喝很多酒，也不吃高热量高脂肪的东西……能不能不要叫我宝宝我都二十几岁了……"

挂断电话，夏明希抓抓头发，一脸忧愁："啊！我爸说等这一期播了，他要去发微博庆祝我拿奖！我就拿了个第三有什么好庆祝的？还要发微博！等我妈一转发，那些叔叔阿姨也顺手一个转发，他们的粉丝再一转发——"他双眼无神地靠在座椅背上，"年年，完了，说不定我真的要靠这个上热搜了……"

余年拧好喝水的杯子，笑道："挺好的啊，他们很爱你。"

他想，要是外公和外婆还在，肯定也会和夏明希的爸妈一样，不管自己拿了第几，都会把这件事特意跟他们的那些老朋友们通通吹嘘一遍吧？

夏明希拍拍自己的脸："算了不想了，丢脸就丢脸！我小时候光屁股的照片都被他们发过微博，祖传粉丝人手一张，这次庆祝一下算什么？"说着，他拿了手机出来，想观察观察他爸妈的微博有没有什么动静，结果先看见，"年年，那个总黑你的谢游在转发抽奖！"

"谢游？"

"对啊，就是他，"夏明希仔细看了看，"晚上十点过发的，那时候我们节目还没录完在颁奖呢……哇，竟然发这么多！这是在撒钱吧？不过发的内容真是够简洁的，就两个字，恭喜。恭喜什么、恭喜谁都没写，他微博下面全都在猜……"

余年微怔。

回忆被这两个字牵连出来——会所的走廊上偶然遇见，谢游说："恭喜你拿了第一"。在私菜馆碰面，谢游说："恭喜你。"他挂着拐杖差点摔倒，谢游扶了他一把，聊天时说起比赛结果，谢游说的也是"恭喜"。

余年，恭喜你拿了第一。

蓦地将头偏向窗外，余年垂着眼睫，笑了起来。

第二天临近中午，余年去医院做了复查，孟远不放心，一步不离地跟着，确定医生说没出问题才放下心。

从医院出来，孟远一边开车一边跟余年说话："昨天老何喝醉了，拉着我一个劲儿地夸你，说你进步快，说你一个人也撑得住场，说看见你就像看见了热搜，还说你以后肯定前途无量……"他口风一转，"你说你，这次非要跳舞，幸好没出什么事，要是出事了，有你后悔的！"

见余年应是应下来了，但孟远心里有底，要是以后遇见差不多的事情，余年肯定还是一样倔，说不定还会更上一层楼。"算了算了，不念叨了，我都觉得自己变啰唆了……"

余年笑道："当然没有！"

"信你才有鬼！"孟远话是这么说，嘴角的笑容却出来了，"对了，徐导那边联系我了，推广曲的试唱定在十月十一号，在这之前你就给我好好在家养着，别到处蹦跶，把脚养好才是第一要紧的事！懂？"

余年知道轻重，认真点头："懂。"

"嗯，这才对！《天籁》的五十万奖金已经打在你账户了，这笔钱曲总亲自发话说公司不抽成，还有星海直播的钱这两天也会结出来，你自己注意着账户的余额。"见余年笑得开心，半点没掩藏心情，孟远拍拍方向盘，"心情就这么好？"

余年"嗯"了一声："心情特别好！"

孟远也跟着笑："行行行，反正我们一步一步走稳了，你那个五年赚两个亿的梦想，说不定真的能实现！"

回到家，余年开小火熬上汤，静下心，一口气把斟酌了好些天的词写了出来，也没再修改，直接发给了郁青。

郁青回电话回得很快，声音不太淡定，惊喜道："年年你这是吃了什么灵丹妙药，这词一填上，老娘恨不得现在就进录音棚！"

余年被逗笑了："哪儿有这么夸张？"

郁青笑声愉悦："是真的很不错，比起你之前写的又有进步了。等排的这两场戏拍完，我就给制片他们看看，我估计一次能过。"

余年语气舒畅。"能过就好。"

郁青很敏锐。"听你这语气……年年，你是又缺钱了？"

余年诚实道。"还没缺，《天籁》的奖金和直播平台的钱这两天都会结过来，不过快要缺了。"

"你又要买东西了？对了我突然想起来，之前有消息说那个什么鸟玉樽出现在国外的拍卖会上，被一个神秘买家买走了，是不是你？"

"幽鸟鸣枝玉樽，"余年把名字念了一遍，回答，"是我，荣叔叔给我的消息，也是他亲自过去帮我拍回来的。"

郁青沉默几秒："和星耀签约的钱、《天籁》给的出场费、攒的词曲的版税，是不是都砸进去了？"

余年声调轻快："嗯，有人竞价，幸好钱刚够，不然说不定还不能顺利买回来。"

"东西呢？"

"就在保险库里放着。"

郁青想说什么，吐出来两个字又顿住："那几句话翻来覆去我也说烦了，你自己心里有数。"她缓了语气，"一会儿我跟制片聊的时候争取把价钱再给你说高点儿。虽然知道你不会开口，但要是没钱了，记得跟我说。"

余年笑道："姐，谢了。"

"谢什么谢，推广曲那边你自己好好努力，要是被选上了，价钱我不好插手，得你经纪人使力。"

"我明白的。"

十月五号晚上八点，《天籁》第二季的最后一期即将播出。第二季的《天籁》从一开始，不管好的坏的，热度一直居高不下，周周播出的时候都会抢占话题度。节目组又很财大气粗地买了两个热搜，已经在榜上驻扎了一两天了，目测还会坚持下去。官博也发布了余年四个人的二十秒短视频，成功在首页预热了一波。

何丘柏在办公室里来回踱步子，问孟远："老孟，你就不紧张？"

孟远正啤酒烧烤配着吃，闻言奇怪道："我艺人都拿第一了，还是连着八场第一，我现在有什么好紧张的？"

"……"何丘柏脚步一顿，"好像是这个道理！"他坐到沙发上，也开了罐啤酒，"这期收视率肯定是会往上冲的，就是不知道能冲到多少！"

孟远递了两串烤土豆给他，挑眉："要是破不了三，孟爸爸叫你三天爸爸！"

何丘柏拍着大腿大笑起来："行，就冲你这句话，要是没破三我也开心！到时候定上十桌酒席，听你叫爸爸！"

孟远："……"

节目前面几分钟都是观众又爱看还能凑时间的花絮，收视率不丑，不过也没什么波动。抽签结束后，主持人上台，何丘柏一口喝下半罐啤酒，"要是一会儿收视率真破了三，我承包你半年的烧烤！你看——"

"何导，涨了！"旁边一直盯着实时收视率的助理拍桌子道，"第一了！我们现在就冲上第一了！"

何丘柏满脸喜色，又开了罐啤酒，心里稳了："破三有望啊！"

孟远啃完一串排骨，趁机提要求："要是真破了三，你得给余年发红包。"

何丘柏大手一挥："发发发！发个大的！"

另一台电脑的屏幕上，余年已经唱完了开场的高音，镜头经过剪辑和处理，画面十分流畅。焰火腾起，配合着节奏瞬间点燃全场，弹幕也是一秒就爆炸了个彻底。

"——啊啊啊给年年打电话！我要疯了！我真的好爱他！"

"——小年糕报道！差点错过开场！这欧式宫廷风演出服也太好看了叭！啊啊啊我只会尖叫了！"

"——我要瞎了！年年你长大了都会解扣子了！妈妈命令你迅速赶快扣回去！"

"——哈哈哈这是一雪前耻吗？把上次撕衣服没撕下来的耻辱在今天血洗？笑死！"

"——他在发光！这腰这腿，截图停不下来！太好看了我也要瞎了！"

而旁边的助理也激动道："何导，破三了破三了！"

孟远哈哈大笑："老何，你孟爸爸半年的烧烤就交给你了！"

与此同时，#余年一雪前耻#这个话题也飞快冲上了热搜，刚好就在节目组买的两个热搜位置的下面，排第五位，热度还在涨。

孟远放下烧烤翻看手机，啧了两声："你说谁能看出来他脚还伤着？我有时候都觉得，余年对自己是真的狠。"

何丘柏心情畅快地吃了个鸡腿，拿烧烤签点点桌面："就是这样的以后才会大红大紫！你就等着看吧，我看人眼光奇准！"

节目还在继续播，不过余年刚下场，助理就实时汇报："何导，收视率在慢慢掉了。"

孟远得意地哼了两声："我话说这儿了，一会儿年年再上台的时候，收视率肯定起来。你这红包要是发得不大，孟爸爸转个身就到微博挂！"

和孟远说的一样，等第二场余年再次上次时，落下去的收视率迅速回涨，弹幕也再次暴增。

"——我年太适合穿白色了！这画面惊艳到我了！"

"——就站在那里静静唱歌，我就能截一百张图！好美的歌好美的人！"

"——只我一个人觉得这种是又干净又性感吗？！年年到底是什么神仙极品！"

"——喜欢听他唱歌！声音真的太好了！听得我要哭了！！哪里有音源啊啊啊！"

何丘柏看了会儿弹幕，又打开手机去看微博，结果没一会儿就乐了："我说老孟，谢总不是你们曲总的好兄弟吗，怎么一心一意地专挑着余年黑？好像还有一帮子黑粉天天守在他微博下面，就等着他出来怼余年！"

孟远眉头一皱："他又说什么了？算了我自己看。"

等孟远点进谢游的主页，就发现谢游几分钟前更新了一条："# 余年一雪前耻 # 呵，有什么可看的？"

下面粉黑路人扎堆，热火朝天。

"——赞同，靠解扣子来吸人眼球，那不如干脆不穿算了！能不能好好唱歌了？"

"——也就那些没见过世面的脑残粉嗷嗷叫，不过现在这些流量，要唱功没唱功，要跳舞不会跳，也就只能搞这种伎俩来炒热度了！"

"——谢总你是不是吃醋了哈哈哈！好好好不看他我们只看你！你最好看！不过，谢总要不要考虑什么时候再抽一次奖？跪求！"

"——路人求问这是谁！跳舞也太好看了！唱歌也贼好听！两分钟，本宫要知道他到底是谁！"

办公室里。

谢游发完微博，开始思考，又有理由送吃的了，那这次要给余年送什么吃的才好。列了个单子出来，十选七，七选五，五选三，三选二，最后实在选不出来，想了想，谢游决定，干脆两种都送好了。

他又去翻了翻微博的评论区，把说话难听的号一律拉黑停止评论，看见张口就骂的还顺手举报了。

谢游正熟练地操作着，手机忽然响起了信息提示音。

信息里，是余年拍的一张照片。

照片上，余年应该是在家里，灯光明亮。他站在镜子前，稍稍低头，眼尾唇角都弯着。穿着水洗牛仔裤，黑色皮带圈着窄腰，指节分明的左手将白色T恤拉了上去，露出了白皙紧实的腹部。

图片下方是三个字："有腹肌。"

余年把茶泡好，又都喝完了，才收到谢游的回复，就一个字："嗯。"

意态疏懒地坐在沙发上，余年靠着抱枕，没注意到自己嘴角都泛起了浅笑。他打出几个字正想回复，没想到又跳了一条信息进来。

"厉害。"

这下，余年没忍住，笑出声来。他顺手摸了摸自己的小腹，觉得这段时间的形体没有白练——至少会很有底气。

把之前想回过去的内容删掉，余年改而问道"那今天会有外卖吗？"

这一次回复来得很快："有，两种。"

余年又笑了起来——

很期待。

不过特别外卖还没送到，孟远的电话先到了。

"年年，就刚刚，收视率冲上三点九了！"孟远的声音还没落，何丘柏就在旁边说话，"哎呀哎呀，同时段的那些节目怎么这么不能打呢！"

孟远笑道："何导啊你这是膨胀了？行行行，随便胀，反正别忘了年年的大红包就行！"他又转向余年，"还有还有，三个带你名字的话题进了前二十，热搜榜前十五里，《天籁》相关占了一半还有多！"

"老孟你这人也太严格了，这成绩还不能让我膨胀膨胀？"

余年没插话，眼尾带笑地旁听孟远和何丘柏斗嘴。等两人争完了，他才开口道："这次真的很感谢何导给我这个机会。"

何丘柏笑呵呵的："都是互相的，我也要谢你啊，本来用新人风险就大，要么节目爆红赚翻天，要么就血本无归赔到底，幸亏有你有夏明希，给我这节目撑起了半边天，不然我也没心思在这里吃烧烤喝啤酒了。"

孟远在旁边哼道："老何你是不是还应该好好谢谢我？好歹人是我拉你面前的！"

"是是是，谢你谢你！"两人干了啤酒，何丘柏语气认真了不少，"这个圈子里，长得好看的、唱歌好听的、会跳舞的，从来只多不少，但你是独一无二的。余年啊，好好努力，好好跟你孟哥混，以后肯定会大红大紫的。"

余年恳切地再次道谢："何导，谢谢您。"

挂断电话，余年看着黑下来的屏幕，忽然觉得以前雾茫茫一片的未来终于清晰了一点，至少隐约能看见路了。

他正出神，手机信息提示音又响了起来。划开手机，发现不是谢游，而是荣岳发过来的消息，说拍卖会内场的入场资格已经帮他拿到了。

余年算了算时间，内拍的时间就在电影推广曲试唱的第二天，刚好错开，于是回复："我一定会准时到的，麻烦荣叔叔了。"

回完消息，想起刚刚孟远说的，余年又打开微博看了看，果然，《天籁》热度大爆，而热搜第六的位置上，正是夏明希。

余年点进去，发现二十分钟前，夏明希更了微博："#夏明希#求求大家，能不能不要发我小时候光屁股的照片了？我也是要脸的……"

评论区是齐刷刷的一大片"不能"。

余年也坏心思地转发："不能。//@夏明希：#夏明希#求求大家，能不能不要发我光屁股的照片了？我也是要脸的……"

刚转完，夏明希的微信就过来了，一连发了九个伤心欲绝的表情包，余年回了一个叉腰的表情包过去。

夏明希："还是不是兄弟了？对了，我刚刚知道，我大后天就要进组拍戏了，我妈连行李箱都给我打包好了！！"

余年打字的手一顿，惊讶："这么快？"

夏明希："对啊，挺厉害一个剧组，我妈找朋友好不容易把我塞进去的，肯定要配合人家的时间。我还得提前过去准备准备，差不多后天早上就出发。"

余年明白了，打字："那等你回来了再聚。"

夏明希："说好了啊，年年你一定不要忘记我！等我大半个月，回来了一起玩儿啊！"

十一号上午，孟远开车过来接人。见余年弃了拐杖，穿着第一次见面时穿的白衬衣，眉目清朗，透出干干净净的少年气，孟远忽地意识到，余年也不过二十一岁。他回神笑道："怎么又穿的这件？没去买点儿贵的衣服鞋子什么的？之前听说 AJ 的球鞋好像又出联名款了，各个品牌秋季新款也上了。"

余年上车系好安全带，笑着摇头："没买，衣服够穿就行，我也不太爱买衣服。"

以前外公外婆还在的时候，家里人的衣服都是一个老裁缝做的。式样简单，料子也好，一件能反复穿很久，所以他没有经常买新衣服的习惯，都是够穿就好。

孟远啧了一声："你真是我见过的最节约的艺人，不抽好烟不喝好酒，不买房子不买表，不喜欢奢侈品也不爱豪车，连日常穿的衣服都是一打一打批发的，我要说出去了，肯定没人信！"

说到这个，余年好奇："那孟哥你呢，钱一般花在哪儿？"

孟远挑眉笑道："前些时候喜欢淘古董古玩，认真钻研了几年，但还是架不住假货实在太多！后来喜欢投资收藏级珠宝，之后爱买房子，现在就喜欢攒钱，看着一大串数字我就心情好！"

"对了，说正事，"孟远想起来，"一会儿你过去，应该会和尤优还有何俊宇碰面。之前消息说尤优的试唱是在下午，不过徐导的行程紧，就全放在上午了。"

余年点头："孟哥你放心，歌词曲子都记住了，我昨晚还边唱边录，听了听，自己倒是挺满意的。"

孟远信心足了一点，不过还是先一步劝道："要是没被选上我们也不要灰心，你事业才刚正正经经地成功迈出第一步，以后多的是机会！"

余年知道孟远是担心他的心态："嗯，我知道。"

"我们慢慢来，放心，跟着你孟哥混，肯定是少不了你肉吃的！"

电梯上到三十层，一跨出电梯门就有人过来引路，余年两人跟着往里走，到了一间录音室外面。

一眼认出站着的人，孟远笑容满面地先打招呼："徐导，宁制片，好久不见！"

徐向澜四五十岁的年纪，穿着随意，全身只有黑灰两个颜色，嘴角的纹路很深，显得有些不好相与，但笑起来时神情又很温和。他跟孟远握了手，又将视线转向余年："我听了你在《天籁》上唱的所有歌，很不错。"

余年不卑不亢："谢谢徐导！"他又笑弯了眼睛，"我很喜欢看您的电影，每一部都不止看过一遍，没想到竟然有机会能见到您本人。"

徐向澜挑眉，向旁边的人笑道："我拍的片子大多都是些沉沉闷闷的文艺片，没想到还有小朋友这么喜欢！"他又语气和缓地问余年，"你最喜欢哪一部？"

余年没犹豫："最喜欢《国士》和《求生》，特别是《求生》，最后云来在房子里自杀那一段，印象最深，我连着好几天一闭上眼睛就是那个画面。"

徐向澜没想到余年会喜欢《求生》这部片子，这是他很早期的作品，也是他个人最满意的作品，便又多问了两句："那你觉得，云来该自杀吗？"

余年思忖几秒，认真道："没有应该不应该，人活着，总得有口气有股意念撑着，云来就是那口气散了，意念没了。"

徐向澜没有说对也没说不对，拍了拍余年的肩膀："麻烦你们稍微等等，还有两个歌手要过来，都到了我们再开始。"

跟孟远一起到了旁边的休息室，里面没人，工作人员端了两杯茶过来，放下也出去了。孟远细心，没让余年喝这里的茶水，递了个保温杯给他，也不问余年是不是真喜欢徐向澜的电影，只介绍道："徐导旁边那个是这部电影的制片，宁格，为人很低调。不过选个推广曲的歌手，导演制片都来了，看来他们对这部电影真的很重视。"

余年把名字和人对上号记下，聊了两句后，又把歌词单拿出来巩固记忆。孟远没吵他，拿手机出来忙自己的。

没过多久，休息室的门打开，尤优跟何俊宇一起到了。三个人客气地问了好，不过都是竞争对手，之前也没见过，谁也没有故作热络，整个休息室重新安静下来。

很快，工作人员进来将何俊宇带了出去。十几分钟后，尤优也出去了。

孟远收回视线，发现余年竟然比自己还沉得住气。"你不紧张？"

余年把视线从歌词上移开："紧张也没用，还不如多背两遍歌词。"

孟远思索："好像是这个道理。"

又等了快二十分钟，门再次打开，工作人员客气道："徐导让我来叫你们。"

余年道了谢。

进到录音室，所有的声音都被隔绝在玻璃外。余年没去看外面站着的人的表情，戴上了耳机。

徐向澜跟宁格站在一起，目光研判地打量着站在话筒前的余年，低声问，"你觉得外形气质行不行？"

宁格抱着手臂："徐导，到底你是导演我是导演？你手下的角色你自己选，问我干吗？"

"懒得动脑子就直说。"徐向澜沉吟，"还得再看看，我自己再琢磨琢磨。"

宁格点头，集中心思仔细听余年唱歌，等间奏的时候，问："倒是他唱歌你觉得怎么样？"

这个问题徐向澜没迟疑："比尤优好不少，比何俊宇好很多。"

"是这样没错，但他粉丝没尤优多，虽然前段时间霸占热搜，热度是爆了，但人气基础还是太薄弱，也不稳定。"宁格手指在臂弯敲了两下，"我选尤优。"

徐向澜没马上开口，还是之前那句话："我再琢磨琢磨。"

结果不会当场出，要过几天才通知经纪人。唱完后，余年从录音室出来，礼貌地打完招呼，随孟远离开了。

电梯里，孟远没拐弯："这次有点悬，我跟尤优的经纪人聊了两句，看情况，尤优挺被看好的。"

余年闻言神情没什么变化："我这次唱歌没失误，要是没能选上，我也尽力了。"

"尽人事了，"孟远又叹气，"现在电影的前期宣传越来越重要，就算是名导大制作，为了票房也不得不流俗。我听过尤优的现场，比不上你，唯一能比得过的就是他的粉丝基础比你牢固。"

余年反过去劝孟远："我们慢慢来，我以后也会很厉害的。"

孟远心头阴云被打散，笑出来："是是是，你以后肯定会很厉害！"

下午，余年继续去公司上专业课，他的脚伤基本是恢复了，为了不影响以后跳舞，或者出现习惯性扭伤等等各种后遗症，需要把脚踝力量训练之类的都跟上。

晚上回家，余年戴上口罩，先到临近的商场买了排骨和海带，经过货架，又选了一个灰色的保温桶。

细致地处理好食材炖上，开了小火，余年去书房翻了一页纸出来算账。

跟星海签约的钱、直播的结款，加上《天籁》的奖金和结的出场费，再加上给郁青的电影写的主题曲，片方打过来的报酬，算下来有七位数。把零头留出来，剩下的都放在账户里。余年估了估价——只要不遇上不差钱的竞价对手或者恶意竞价，把东西买回来应该没问题。

排骨汤炖了快两个小时，有食物的香气从厨房挥散出来。余年估摸着时间差不多了，正想进厨房，忽然听见了门铃声。

确定来人之后，余年打开门。

还是之前那几次穿黑色西服的男人，对方把一个四四方方的小盒子递过来，还附着一张卡片。

余年先打开卡片，映入眼里的是有些熟悉的字迹，铁画银钩，很好看："吃晚饭时尝到，很好吃。"

所以就想给我也尝尝吗？余年失笑，抬头朝来人道："请稍等两分钟，我有东西要麻烦你带回去。"

进到厨房，余年从柜子里拿出已经清洗干净的新保温桶，装了排骨汤进去。将盖子拧好，确定汤不会漏出来后余年才提到门口。

对方接下保温桶，朝他点点头，转身离开了。

曲道然从饭局出来，直接开着新买的跑车到了谢家，熟门熟路地进到谢游的书房。推开门，暖色的灯光倾泻，曲道然踩在浅色的地毯上，手指勾着车钥匙转了转，扬扬下巴："谢小游，这么火急火燎地连打两个电话让我今晚一定要过来一趟，是遇到什么要紧事了吗？"

谢游轻轻吸气，指指手边好好放着的保温桶："你……要不要听听它的来历？"

曲道然勾着车钥匙的手一滞，心想，本少爷看在跟你喝过同一罐奶粉的情谊上，就听你说说这破保温桶的来历！他往沙发上一坐，翘着长腿，松了松亮色领带，觉得就算谢游告诉他这保温桶内胆镶了上中下三层钻他也会波澜不惊，这才开口："我准备好了，你说。"

谢游视线滑到灰色保温桶上，看了一眼又马上挪开："是余年送的，里面有排骨海带汤。"

曲逍然等了一会儿，没等到下文，才发现，来历真的就这么一句！

"没了？"

谢游疑惑，再次重复："这个保温桶是余年送给我的，里面是他炖的排骨海带汤。"

望着落地灯投在地毯上的阴影，曲逍然双眼无神。

哦。

他搓搓自己的脸，发挥想象力："你家年年有余炖的排骨海带汤？然后拿保温桶装起来，送给你喝？"

"嗯！"

听懂言下之意，回过神，曲逍然觉得牙真疼！他思来想去，又觉得很神奇："虽然你发微博只会那一种句型，但在其他人眼里，你就是在真情实感地黑余年！这都好几次了，余年就不会讨厌你，然后决定老死不相往来什么的？"

说着说着，曲逍然突然紧张，咽了咽唾沫："我说谢小游，那个汤你还没喝吧？里面……真不会有砒霜什么的？"

谢游："……"

看着谢游一言难尽的表情，曲逍然住了嘴。

曲逍然又想起来："对了，明天开会，我哥直接打电话要求我必须列席，没办法陪你去拍卖会给阿姨挑礼物了。"

谢游点头："嗯，我带助理过去。"

拍卖会当天的傍晚，余年到场很早，在出示邀请函后，他被人带进了大厅里。

拍卖会内场定在一处建在山野间的仿古别墅里，别墅占地很大，亭台曲水，在室内也能隐隐听见假山飞瀑的声响。室内十分宽敞，时间还早，会场里人稀稀疏疏，且基本都是年过半百的老者或是西装革履的成功人士。余年这么一个穿着简单白色棉T恤和牛仔裤的年轻后辈走进去，顿时引来了不少人注目。

他气质好，也不怯场，神态自然，只是才刚往里走了两步就被人叫住了："是不是余家的？"

余年停下脚步看过去，对上一个老者的视线，他仔细回忆，想了起来，弯起眼睛："古爷爷？"

古益延拄着拐杖，笑起来："看来小朋友记忆不错，算起来，你也只在九年前见过我一面，竟然都还没忘！"

余年快步走到古益延近前，配合老人略有些佝偻的背，稍稍弯腰，也笑道："您比我还要厉害很多，我都长大了，您竟然还一眼就把我认了出来。"

古益延打量余年，语调徐缓又和蔼，带着怀念："你眼睛像极了你外婆，鼻子又很像你外公，我一打眼就觉得熟悉。再有，今天云浮松鹤瓶不是要上拍吗，我猜你肯定会过来。"

旁边的两个中年人听古益延提起云浮松鹤瓶，跟这个年轻人说话语气又熟稔，对视一眼，其中一个疑惑道："古老，这位是？"

"看我，只顾说话了。"古益延笑着介绍道，"他是余年，青山余氏的后人，年纪还小得很，你们可不能欺负他，不然我们几个老家伙都不依！"

余年知道古益延是在帮他撑场，笑着安安静静没插话。

"原来是修宁先生的外孙！"问话那人恍然大悟，又连忙跟余年握手，赞叹，"修宁先生高风亮节，福泽后代，时常都听古老他们说起！"

余年礼貌地跟着寒暄了两句，又听古益延道："我们这几个老的之前已经说好，这次拍卖会，宝物我们尽己所能，能留多少在国内，就留多少。"他又笑呵呵地说道，"你也安心，我们也说好了的，要是余家有人来，就都不跟你争云浮松鹤瓶。若是你外公还在，看你把瓶子买回去了，肯定做梦都要笑醒。"

"谢谢古爷爷，"余年压下心底的酸涩，点头致谢。

"这有什么好谢的，实属应当，修宁先生一辈子的心血精力都放在这上面了，我们没人会忘。"古益延的双眼略显浑浊，但精神还算矍铄，又看着余年，"我还记得当年修宁先生过世，你才十二岁的年纪，小小的一个人跪在灵堂，看着都揪心。时间过得快，现在你也长大了，"

他想到什么："要是我没猜错，这三年在欧洲上拍的《江山连雨图》，《仕女图》，还有山水纹鱼尾瓶，都是你买回国的，对吗？"

余年态度恭敬，又有些不好意思地回话："是，您猜得没错，而且都还挺惊险的，抢的人很多，但幸好最后都带回来了。"

古益延满是皱痕的手轻轻拍拍他的肩膀："小小年纪，不容易。"

又聊了几句，古益延被人扶着上楼去了包厢，余年目送对方上去之后，才转身去以屏风隔开的雅座坐下，给自己倒了一杯茶。

会场布置得十分雅致，连隔绝私人空间的屏风都是用的双面三异绣。他正好奇地研究绣法和图案，门口忽然传来了不小的动静。余年侧身望过去，一眼看见了谢游。

和往常见面时有些不一样，谢游穿着深灰色的西服，身高腿长，红宝石领带夹在室内的灯光下熠熠生辉。他神色冷峻，嘴唇略薄，显得锋利。从大门进来，半分眼色都没分给旁的人。

工作人员恭谨地在前面引路，谢游带着两个助理很快上到了二楼，不见了身影。

留下无数人窃窃私语。

"没想到维杰里先生这场拍卖会连谢家都来了，很给面子。"

"应该是两家有合作，特意过来露面的，不过谢家这个，气场是真的强，据说性子也冷得很，手段厉害，要是不说，看不出来只有二十来岁！"

"说得是，不过能把谢家当时铺开的摊子撑起来，必然是厉害人物！"

谢游进到包厢刚坐下，门再次被两个保镖打开，一个棕色头发的年轻白人快步走了进来，热情道："谢，没想到你会过来！"

谢游起身，抬手："好久不见。"

维杰里知道谢游的性子，握手两秒就赶紧放开了："你能抽空过来就是荣幸，这场有不少好东西，你有什么想要的尽管开口，我发话给你留下来。"

谢游摇头，拒绝了："谢了，不用费心。"

包厢里没有旁人，维杰里压低了声音，笑容收了点儿："我听见了风声，你是又要开始动手摁死扰人的苍蝇了？"

谢游明白他这句话的意思，直言："对我们的合作不会造成任何影响，请维杰里先生放心。"

维杰里往后退了小半步站直，笑容扩大："那就再好不过了，我和我爸当然放心！有什么需要帮忙的尽管说。"

谢游点头："好。"

七点半，拍卖会准时开始。谢游对拍品都不太感兴趣，只挑了两件收藏级珠宝、一套翡翠首饰给母亲当礼物，接着开始远程办公。

楼下的余年竞拍也很顺利，因为有古益延他们的嘱咐，他只跟一个加国人、一个澳洲人竞了两轮价就顺利拍下了云浮松鹤瓶。

办好手续，确定已经成功买下来了，余年喝了口茶，心里紧绷了好几天的弦终于松了下来。

在云浮松鹤瓶下面上拍的是一对从欧洲王室流出来的袖扣，余年顺便多看了一眼，很漂亮，蓝色日辉纹，圆润的八角设计，一起价就很高，五轮竞价后，被一个买家以两百万拍下。

没过多久，余年注意到谢游提前离场了。又过了一个小时，拍卖会结束，余年特意等古益延下楼，诚恳地道了谢才离开拍卖会场。

心情非常好，余年找出外公常用的一套青瓷茶具，细致地烧水泡茶。想起孟远说的要多更新微博，余年顺手给泡的茶拍了照，发到了微博上。还没来得及翻看评论，门铃响了。余年端着茶杯的手一顿，唇角先弯了起来——几乎不用猜就知道是谁。

他起身打开门，接过盒子和银灰色的卡片，先看了卡片上的字——"汤很好喝，谢谢你。"落款是谢游。

一边将卡片重新折好，余年想起来，"请问保温桶有带来吗？"要是下次正好又熬了汤，还可以盛一点给谢游。

站在对面的人怔了怔，没回答，沉默着转身走了。

余年也没在意，关上门，打开比巴掌大不了多少的方形盒子，看清里面放着的东西，呼吸一窒，脚步瞬间顿住。

　　盒子里装着的是一对极为精致的袖扣，蓝色日辉纹，圆润的八角设计。旁边还放着一个白色的三角形小标签，上面写着，￥200。

　　夜已经深了，谢游挂断电话，笔尖在白纸上画出凌乱的线条。身上的西服还一丝不苟地穿着，他习惯性地将脊背撑得笔直，思考着才得到的信息——三小时前，宋克通过隐蔽账户，将一大笔钱转入了国外的一家基金会，且前一天晚上和丁兆先在饭局上发生了争吵。而在今天上午的例会上，宋克一反常态地亲自否了丁兆先一系的提案，半点余地也没有留，丁兆先当时的脸色不太好。

　　这时，"笃笃笃"三声，书房的门被敲响，谢游将手里的笔搁在桌面上："进来。"

　　等见了人，他面上不显，心里却有几分忐忑："怎么样？"

　　何山性子木讷，听谢游问起，他才出声回答："收下了。"

　　谢游绷紧的唇角松弛下来，控制着脸上的神情，冷淡地继续问道："他有说什么吗？"

　　何山如实回答："说了。"

　　"什么？"

　　"让下次把保温桶还回去。"

　　谢游搭在桌面上的手指微微一缩："什么？"

　　何山以为谢游是没听清，口齿清晰地重复道："让下次把保温桶还回去。"

　　谢游沉默下来。明明已经送给他了，又要要回去吗？

思忖许久，谢游朝何山吩咐道："你明天去做一件事。"

余年第二天上课前先坐电梯上楼，去了一趟孟远的办公室。

办公室里，孟远正端着杯咖啡在看手机，见余年进来，指指自己对面的沙发椅，"这么早就来了？"等余年坐下，他又晃了晃手机屏幕示意，"昨晚上怎么想到发泡茶的微博的？"

"当时正好泡了一壶茶，想起孟哥你说要多发微博，顺手拍了一张放上去。"余年疑惑，"是有什么问题吗？"

"当然没问题，以后这样的微博可以多发一点，对你个人形象气质的塑造会很有帮助。"孟远手指按着屏幕往下拉，又刷了一大堆评论出来。

"——年年竟然还会泡茶！啊啊啊崽崽这么棒，妈妈好欣慰！"

"——年年的手真的好好看好好看！决定了，下一张壁纸就是你了！"

"——闲时在家里沏一壶茶，真的巨风雅！我粉的到底是什么大宝贝？"

孟远看得舒心，按熄手机刚准备抬头，眼角余光突然一凝，视线定在了余年手腕的位置。他看得极为仔细，迟疑道："你今天戴的这对袖扣，怎么看着……这么眼熟？"

余年自己也看了看，挑着唇角笑起来，眼里像是蕴着光："很好看，对吗？"

"是挺好看的，很配你气质，就是——"孟远总觉得这袖扣眼熟，想了半天，突然一拍大腿，"我想起来了！维杰里家族的收藏！以前属于欧洲的王室，王室公主低嫁，这是嫁妆之一。后来拿出来拍卖，被维杰里家族买走收藏了！我就说怎么这么眼熟，我研究收藏级珠宝时见过它的图片！"

话说完，他想想又觉得不对，这种东西怎么可能在余年手里，还轻飘飘地直接戴出来了？

"是仿的式样？"

余年点头："嗯，仿的，是我朋友买来送我的，两百。"说着，他眼里的笑意晕开，像激滟的湖水一样。

孟远没注意到他的神情，又多看了两眼："仿得挺不错，至少和图片没差，你那个朋友审美水准也挺好的。"说完，他将手边密密麻麻全是字的几张纸递给余年，"你看看，这是我前两天跟你提过的代言。"

"翡冷翠的彩妆代言？"余年伸手接下来，一边看一边听孟远说话。

孟远坐正，认真跟余年介绍："这个牌子背后是老牌奢侈品'赫西'，翡冷翠是去年新开出来的一条线，价位大概处于吃土女孩儿攒攒钱也能买得起的水准，市场覆盖度和格调都有，在国外认知度已经很不错，现在正准备打进国内市场。"

余年翻看合同："嗯，我听过赫西这个牌子，特别贵。"他记得郁青就喜欢这家的包和丝巾香水。

"没错，老资格的奢侈品牌旗下，至少不会出质量问题之类的幺蛾子，不然到时候自己也惹一身腥。"孟远手指点在合同上，"翡冷翠迷幻海唇膏的代言人，你要是也觉得行，我们就签。"

孟远很细心，把翡冷翠这个牌子的相关信息都附在了合同后面，还包括在国外品牌的总体评价等等数据。余年花六七分钟看完，点头，很利落地做下决定："那签吧。"

孟远忍不住又叨念了两句："行，我们选代言，在精不在多，这样早期虽然赚不了多少钱，但稳，后面的路不会塌。"

他是越来越喜欢跟余年合作了——心里拎得清楚，不自我贬低怀疑，也不浮躁，能相互信任，讲道理也讲得通，重点是本身天赋好，还努力，不能再省心！

不过想起早上接到的电话，孟远脸上的笑淡了一点："有件事得先跟你提两句。"

余年猜测着问："电影推广曲的事情？"

"没错。"孟远见他一猜就准，说明心里肯定是挂着的，斟酌言辞道，"现在结果还没正式通知，但从我拿到的消息来看，这次推广曲十有八九都会落到尤优手上。"

余年之前就有过心理准备："我懂，相较而言，他出道比我早，人气比我高很多，最后决定选他是在情理之中。"

孟远知道这个圈子本就残酷，不过见余年没低落也没难过，更没生气不甘心，反倒有些心疼了，劝慰道："徐导很看好你，还说这首歌唱得最好的就是你了。所以年年，你不是没有才华和实力，只是机会还没到。"

"谢谢孟哥，"余年笑起来，眉目干净，"我真的没有不开心，确实有一点失落，但也还好，所以不用安慰我的。"

孟远仔细观察他的表情，确定不是装的，才放下担忧。

又担心出变故，孟远琢磨着前期的事情都处理了七七八八，只剩下拍板签字，干脆下午就带着余年去把和翡冷翠的合同签好了——事情只有白纸黑字地定下来了，才不会出岔子。

送余年回家的路上，遇见晚高峰，车流动得慢。孟远拍拍方向盘，商量道："我算了算，你的曝光率要一直跟上来才行，反正你也挺久没直播了，要是你今晚上没事，我们开半小时直播怎么样？"

余年没有异议："我没问题。"

"嗯，那就定下了。"

吃过晚饭，余年注意着时间，九点准时开了直播。

余年的脸刚出现在镜头里，弹幕瞬间暴涨，快被卡成马赛克了。

"大家晚上好啊，好久不见，大家还好吗？"

弹幕上齐刷刷地全是"好"，间或夹着类似"年年你好吗"的问候。余年正准备回答，屏幕的画面突然暗了下来。

有了上次的经验，余年很快反应过来——有人送他钻石了。

果然，一行熟悉的彩色大字连跳五次："用户年年有余赠送给主播余年钻石 ×100"

一秒后，弹幕也跟着再次爆炸。

"——之前那个九十九万表白的土豪粉又出现了！我为什么突然旋风激动！"

"——啊啊啊我今天还在猜，这次不会又砸九百九十九颗钻石吧？我的小心脏啊！"

"——嗷嗷嗷竟然这么幸运围观到了！看看看！真的又是九百九十九颗！真爱了！"

余年笑着道了谢，正准备继续说话，忽然听见了门铃声。他声音一顿，朝镜头歉意道，"抱歉，我去取个东西，很快就回来，麻烦你们等我一分钟。"

打开门，和他想的一样，门口站着的果然是熟人。余年笑着打招呼，"晚上好。"

何山将手里拿着的灰色保温桶递过去。

余年接下来："今天是特意过来还保温桶的吗？"

何山点头。

"麻烦你了。"

等人走后，余年关上门，正准备将保温桶放回厨房，突然发现——好像不太对劲？他记得很清楚，他买的那个保温桶在清洗时不小心被蹭了一下，留下了一条不太明显的划痕。

还回来的这个保温桶却是崭新的，半点划痕都没有。

余年站在原地，忍不住又笑了出来。

坐回镜头前，见满屏幕都在问他刚刚干什么去了，余年笑道："这是我的小秘密，不能告诉你们。"

屏幕上弹幕刷得飞快，余年正仔细看，视线却忽然停了一下——刚刚划过去的那条弹幕写的是："年年有人说你在和尤优争电影主题曲，是真的吗？"而且不止这一条，后面又陆陆续续出现了几条类似的评论。余年面色如常地继续聊着天，没有给出回答。

二十分钟后，直播结束，余年打通孟远的电话："孟哥，推广曲的事情是出什么问题了吗？"

孟远惊讶："你知道了？"

"嗯，刚刚直播的时候在弹幕上看见了，有人在问我是不是正和尤优争资源。"余年问，"剧组那边不是还没出最后结果吗？"

"对，最终人选明后天才会出，我们这边，我只跟你提了一句可能要做好抢不过尤优的心理准备，其他的我连施柔都没提过。先别急，我去看看情况，一会儿给你回个话。"

余年打开微博看了看，发现自己微博下面已经有尤优的粉丝过来留言，说辞都相差不大，他自己的粉丝回怼，很快就盖出了上百条回复。

十几分钟后，孟远电话回过来，开门见山："是尤优那边透出来的消息。"

余年没懂："他们已经拿到确定结果了？"

"没有，应该是跟我一样，靠人脉听到风声说你没争过尤优。就是不知道怎么回事，那边几个粉头也知道了这个消息，知道之后进后援会粉丝群说了这件事，还打招呼让大家不要外传。"孟远有些无语，"但这种事，只要一个人没忍住传了出去，之后就不可能拦得住。不过可能尤优那边也觉得定下了，早一天公布晚一天公布没什么差别，干脆没阻止。"

余年明白了，再想起看见的弹幕内容和一部分评论，新奇道："所以他们这算是在……拉踩？"

"没错。"孟远肯定道，"不知道是不是尤优的团队授意，但他的粉丝确实是实打实地在踩着你炒作，甚至还直接忽略了何俊宇，哪儿哪儿说的都是你跟尤优争资源，一个回合没撑过就被碾压了。"

余年倒没生气，反而听笑了："我已经到这个水平了吗？"

孟远也笑："哟，你这是有点小得意了？不过你确实到这个水准了，新人里面，尤优的粉丝看不上何俊宇，名字都不提人家的，只拉踩你。侧面证明，你红。"

两人一起笑起来，孟远收了笑，又叮嘱："现在你不用做什么，当作不知道就行，也就尤优的粉丝瞎嘚瑟，你要是出来说个什么，反而会被拉着免费给他们炒热度。"

余年应下来，挂断电话，清楚到底是怎么回事后，没放在心上，准备好笔墨纸砚，认认真真地写了几页字。

不过事情的发展速度比他们设想的进度要快很多。

余年临睡前，夏明希连着几个链接一起发过来，后面跟着一大串感叹号以及一段语音。

"这个尤优什么毛病？买通稿拉踩你暗指你比不上他？就差把这几个字放上去当新闻标题了！搞这么没品的事情是个什么鬼？"

余年看了看时间，"明希，你才下戏？"他记得夏明希昨天说起过，这两天都会拍夜戏。

"还没下，没轮到我拍，我就找了个角落玩儿手机，结果一开手机就被这个尤优的垃圾操作气饱了！夜宵都快吃不下了！"

余年听他气得不行，笑着安抚："确实没争过，这也是事实，别生气了，生气生多了会变丑。"

夏明希听着余年的语气也淡定了一点："行吧，那你记得跟孟哥说说，看要不要控控风向。好气，他团队带话题炒热度顺溜得很，粉丝也一副粉的是神仙的优越感，这次竟然还瞄上你了！"

发现夏明希说着说着又要炸了，余年赶紧道："快去拍戏，或者背背剧本，今晚上不玩儿手机了。"

夏明希哼哼了两声："好吧，我尽量控制住自己的手。"

夏明希的电话刚挂断没两分钟，孟远的又打进来了。

余年先道："孟哥，新闻我看见了。"

孟远也没好气："我就说他粉头怎么知道的，八成是故意'不小心'透露出去的，然后粉头引导，粉丝一激动就到处蹦。看热度起来了一点，又赶紧带话题，新闻稿我都看见四篇了！他们真是不放过任何一个搞幺蛾子的机会！"

余年笑容淡了一点："他们应该连热搜都准备好了吧？"

"九成九！肯定还不止一个位置！"

躺在床上，余年望着白色天花板发了两秒的呆，开口道："我以后会变得很厉害的。"

孟远听懂了："是啊，变得很厉害了，就不会再被人踩了。"他马上又换了语气，"你也别有负担，好好睡，我再去盯着点儿情况，不用担心。"

余年应是应了，但没能睡着，干脆继续拿着手机看消息。点开夏明希发给他的链接，是一个论坛里盖起来的楼。

"——恶心！你家那谁要宣传就好好宣传，能不能别带上年年？有病？"

"——纯路人，不是我说，余年也就之前天籁火了几天，节目一结束，立刻凉得彻底！现在还有几个人知道他是谁？再说尤优，至少我妈都知道有这号人。"

"——楼上装路人很开心？能不能敬业一点先把头像改了？就差拿红笔写我是鱿鱼丝了！"

"——抱走年年，我们年年安安静静唱歌招谁惹谁了？以及，尤优公司下场，没得洗！我相信孽力回馈！靠拉踩就不怕摔死？"

"——行行行知道你们尤优红出太阳系了，你们自娱自乐就好，别扯上我们家，懂？"

这事情的热度没到爆的程度，但也一直持续到了第二天中午。孟远跟余年一起吃午饭时还黑着一张脸。不过等接完一个电话，孟远在椅子上坐了几秒，突然大笑出声。

余年放下筷子："孟哥，怎么了？"

施柔拿着汤勺，也奇怪地看过去。

孟远把手机"啪"的一声扔桌面上，一脸的畅快："孟爸爸要笑死了！刚刚是徐导那边来的电话，说他们的推广曲交给你来唱。"

"啊？"余年也惊讶了，"不是说选的是尤优吗？"

"内部消息是这么说的，但没官宣，最后他们到底选哪一个谁也不能确定。当时我看着，像是宁制片看好尤优，徐导更看好你。"孟远又提醒余年，"一会儿记得跟徐导打个电话。"

吃过午饭，余年就在孟远办公室里，照着名片打了个电话给徐向澜。

徐向澜接得很快："余年？"

余年笑道："不好意思，打扰徐导了。"

徐向澜找了个安静点儿的地方，声音轻松："我知道你是为着什么事。推广曲这件事你确实得谢我。老宁一心一意想让尤优唱，但我没同意。"他像是抽了口烟，接着道，"我赌你四个月后，比尤优红。"

余年眼神微动，一时间没能接过话。

"我可是下了赌注的，"徐向澜笑道，"所以，余年，好好努力，别让我赌输了。"

余年眼里泛起光彩，语气笃定："一定不会让您输的。"

"好，年轻人就是要有这份心气！"徐向澜话头一转，"对了，你经纪人在旁边吗？"

余年看了眼孟远，见孟远比了个手势才应道："在的。"

"那开个免提，我们都聊聊。"

余年依言开了。

"我是想问问，余年你有没有兴趣拍戏？"

"拍戏？"

他这个问题一出来，出乎了余年和孟远的意料，对视一眼，孟远接话："徐导，您的意思是？"

徐向澜说得很轻巧："我戏里有个角色，是一个从皇城来边塞的年轻世家贵公子，白马轻裘，意态洒然。试唱那天，我跟宁制片都觉得余年不管是气质还是外形都非常适合这个角色。但我没敢没马上定下来，这几天一直在考虑。这角色镜头不多，拍摄时间短，很轻松，但要想演出点真东西来，演员还确实不好找。所以我今天直接问，你们有没有这个意向？"

孟远没有马上拍板，而是表示需要时间考虑。

徐向澜也没这么急，又寒暄了两句就挂断了电话。

孟远拿手机的一个角磕了磕桌子，问余年："你什么想法？"

余年转而问："孟哥你觉得呢？"

孟远分析："徐导在圈子里的位置高，是成名二三十年的大导了，他出来的片子再差都有几层，更别说像这部电影，钱精力都投得多。"

"所以这部片子就算不会火，也不可能扑，对吗？"

"对，郁青担的女主，好歹是正当红，号召力还是有的。"孟远拿不准余年的态度，没直接做决定，"我的建议是，演，反正拍摄时间短，镜头不多，你还能更名正言顺地唱推广曲。而且徐导的电影，就算是个小配角，这资格吹出去，也能甩旁的人几条街了。"

余年给出底线："我更喜欢唱歌。"

孟远笑道："我知道，我不会硬把你往演戏那条路上推的，你的才华天赋，不唱歌真的可惜了。"

余年笑着应下来："嗯，那就演吧。"

下午，《古道》剧组的官博更新了关于推广曲演唱的新消息，直接圈了余年。尤优的粉丝原本已经准备好庆祝正式官宣，尤优拿到了好资源，没想到定睛一看，圈的竟然不是尤优。

"——哈哈哈笑死！突然心疼鱿鱼丝，忙活了这么久，舞了这么久，一转眼就被官博打了脸！这大写的蒙圈啊！"

"——哇本小年糕表示不敢相信！我们年年不是被踩在地上还要被碾两下的吗？"

"——不是两家的粉，只是想说，昨天我看鱿鱼丝蹦得这么开心，还以为已经官宣了，原来没有吗？不过你们这么拉着主角踩，也是很魔幻的操作了！可以吹半年。"

"——一个爆哭！年年凭什么就要被你们鄙视污蔑随便踩？心疼年年！"

一时间，尤优的粉丝被群嘲得厉害。

施柔刷完微博，神清气爽，满脸都是笑容："现在尤优的粉丝为了挽回尊严，已经跑到剧组的官博下面刷屏了，声称要官方必须给个说法出来，临时变卦换人，到底是不是背后有黑幕。"她一言难尽，"这怎么给说法？要是一开始官宣定的是尤优，再强行改成的年年，这种情况去要说法也还说得通。他们现在这样胡搅蛮缠，挺有碰瓷的风范。"

孟远在一旁嗤笑出声："还黑幕，脸真是大，他们就这么确定是临时变卦的？开天眼了？"

这时，一条新闻推送突然闯进了眼里，施柔没注意，倒是旁边坐着的余年开口道，"柔柔姐，手机能给我看看嘛？"

施柔把手机递了过去，自己换了平板继续刷。

余年点开刚刚推送出来的新闻，只看了前两行，就下意识地收敛了脸上的轻松笑意。

施柔刷了刷首页，也侧头跟着看了一眼："……董事局董事宋克，车祸……抢救无效，现场就死了？"见余年侧脸的线条紧绷，甚至显出了一点不太明显的冷意，她小心地问，"年年，是你认识的人吗？"

余年弯弯唇角，摇头："不认识。"他将手机还给施柔，拿出自己的手机搜了搜相关新闻。

就在今天下午，宋克的刹车失灵，直接撞断护栏开进了河里。车上包括司机和助理都没能逃出来，救上来时已经是尸体了。

余年盯着屏幕，手指收紧。

与此同时，曲逍然直接冲进谢游的办公室，"砰"地一声关上办公室的门，连带着将助理也关在了外面。他站在门后，看着撑直背坐在办公桌后面的谢游，鼻尖一酸，喉结上下动了动，才小心翼翼地问了出来："谢小游，你……还好吗？"

问出这句话的同时，他心脏像是要从胸腔里跳出来一样。

他记得不能再清楚，谢游的哥哥当年就是这样，下雨天刹车失灵，撞断护栏，整辆车都掉进了河里。包括司机和秘书在内，都死了，根本没有救过来的可能。但因为没找到证据，只能判定为意外事故。

可哪里有那么多意外？

谢游觉得气道里的空气都被抽离了，有些不知道是真还是假的窒息感。他垂着眼睫，视线落在蔷薇花瓣做成的标本上，许久才开口，声音略有些沙哑："他是在警告我。"

"什么？"曲逍然走近几步，舔了舔干燥的嘴唇，捏住了拳头，"你是说……丁兆先吗？"

"嗯。"谢游神色如深潭一样，没有丝毫的波纹，语气平静到了极致，"我这边开始动手了。宋克那一系之前就是被我削得七零八落的，他年纪越大，胆子越小，害怕，不想再帮丁兆先了。丁兆先不放人，两人有了矛盾，还在饭局上吵了一架。"

曲逍然不知道这里面还有这事情，手臂上鸡皮疙瘩都冒起来了："然……然后呢？"

"宋克怕我，也怕丁兆先，就想从这浑水里脱身。他一边表明态度跟丁兆先划清界限，一边转移资产准备跑到国外。只是很明显，他没能瞒过丁兆先，而丁兆先也没准备放过他。"

"所以……有了今天这车祸？"

"嗯。"谢游一双眸子冷得浸人，他一字一句说得很慢，"他复制我哥的死法，是在警告我。他是想告诉我，他想弄死我，也不会有半点难度。"

曲逍然没敢说话。他突然觉得这时候的谢游就像一把张满了的弓，满是肃杀。

是熟悉的，但也是陌生的。

谢游的五指握紧到发白，又一点一点松开，闭上了眼睛。几秒后再睁开，所有的恨意和寒气都被藏到了最深处，窥探不见。他抬头看着有些无措的曲逍然，"我没事。"

曲逍然讷讷点头，"嗯。"他又轻声道，"要是——"

"我没事。"谢游再次强调，"真的没事。"

曲逍然知道谢游难受，但他更加知道，现在的谢游已经不是从前那个难过了就会连着练钢琴练十二个小时，之后去看星星发呆的那个谢小游了。

他没再走近，哑着嗓子："有事就打我电话。"

谢游缓下语气："好。"

余年一直都有些心神不宁的。拒了孟远吃夜宵的提议，他直接回了家，坐到沙发上，忍不住搜了好些近几年谢氏相关的新闻出来。

一些深藏不为人知的脉络，隐隐浮现。

发了会儿呆，余年将手机放到旁边，又从冰箱里拿出食材，清理干净，炖了一锅汤。

接近十一点，门铃声才响了起来。他几乎是快步到了门口，握住冰冷的门把打开了门。

门外站着的依然是何山。

何山字句清晰地重复："他说，抱歉，这段时间暂时不能送外卖了。"说完，将手里的小盒子递了过去。

余年接下盒子，猜测被这句话证实的同时心又高高悬起。他很想问，谢游安全吗？会不会出事？但话到了嘴边又重新咽了下去。

"麻烦你稍等一下。"

一边往里走，余年打开盒子，发现里面是几个蛋挞，酥皮稍微有些焦了，但气味很香。

放下盒子，将崭新的保温桶从碗柜里拿出来，余年盛好鸡汤，拧紧盖子。想了想，又去到书房找出一张素色纸笺，提笔蘸墨，写了四个字。将墨迹吹干，他折好纸笺，又匆匆到了门口。

将保温桶和纸笺递给来人，余年轻声道："麻烦了。"

何山点点头，带着东西走了。

书房里，窗帘紧闭，只开着桌面上的一盏小台灯。沉寂的空气中，循环着的是余年尚显少年气却极为清透的嗓音。谢游坐在桌前，昏黄的灯光为他的轮廓塑出了一重暗色剪影，神色不清。

何山进到书房，地毯吸入了多余的脚步声。

谢游没抬头："话带到了吗？"

"带到了。"何山将保温桶和纸笺放到桌面上，"这是他让我带回来给你的东西。"

"知道了。"

书房的门重新被关上，谢游盯着灰色的保温桶看了很久，不太明显地勾起嘴角笑了一下。他又隔了好一会儿才抬手拿过薄薄的纸笺，小心打开。上面是以墨色写下的四个字，灵动流逸。

"愿君平安。"

谢游不知道是看了多久，才珍而重之地折好，小心仔细地放进了口袋里。

　　孟远发现余年有些心不在焉，拿手里的纸筒在他眼前晃了晃："没休息好？这两天经常在出神。"他不经意看见余年的手机屏幕，又疑惑，"你这两天怎么天天刷财经和社会新闻？"

　　余年闻言一怔："我……经常都在刷新闻吗？"

　　孟远点头，肯定道："对啊，频率挺高的，"他咬了一口手里的苹果，研判地观察余年的表情，"年年，说真的，你是不是遇到什么事了？"

　　"没，"余年按熄手机屏幕，斟酌着说道，"是我有个朋友，最近可能会……不太顺利，我帮不上什么忙，总想着这件事。"

　　只是这几天半点没有和谢氏相关的消息，连带着之前宋克车祸的事也没了后续，应该是有人出手把事情掩下来了。

　　孟远不知道他说的是谁，但能让余年这几天都不太在状态，想来应该挺重要。余年虽然是他手下的艺人，但他也不会太过干涉对方的私生活，只道："人这一辈子呢，说短很短，说长也很长，坎坎坷坷不顺利很多的，走过来了就好，或许……你应该相信你朋友？"

　　见余年笑了一下，神色轻松了些，孟远递过卷起来的纸筒："来说说正事，这是这段时间的行程安排。"

　　等余年打开，他继续道："跟徐导他们的两份合同都已经签下来了，明天你就得进棚开始录推广曲，争取三天内搞定。早点录完，还能多上两天表演课。之后进组拍戏，剧本已经发到了你邮箱里，预计需要十天。从剧组回来，就拍翡冷翠的广告。"

　　余年看完时间安排："好的。"

　　孟远点点纸面最后几行字："EP列入了筹备计划，两个综艺也在谈了，钱还没最终敲定下来。等推广曲发布，还得排出时间上节目。还有翡冷翠的相关活动后续也会跟上"

　　余年点头，看完日程，先问孟远："孟哥，小专辑的进度现在是在约歌阶段吗？"

　　"对，把歌先收上来，再仔细选选。"孟远想到什么，心里一跳，"年年，你近期是想……专心做专辑吗？"他问得委婉，其实就是想问余年是不是想少上其他的通告。

余年听懂了，笑起来："不是，孟哥你别误会。"他想了想，"我知道现在做唱片，不，应该说大家都知道音乐是赔钱的行业，再厉害的歌手也需要从周边去获取利益，毕竟公司签我不是做慈善。竞争也是很残忍的，我火了，才会有人听我唱歌。"

"是我想岔了，"孟远稍稍提起来的心又放下，他笑着拍拍余年的肩，"吓死你孟哥我了，走走走，一起去吃好吃的！"

余年笑着摊手，坦然道："又要孟哥你请我了，我现在又没钱了。"

孟远惊讶："又没钱了？"他想了想，"是不是全拿去投资了？我多说一句啊，就算投资也得做好规划，别零花钱都不给自己留。"

余年没多解释，应下来："嗯，下次不会了。"

第二天上午，孟远开着车带余年到了录音棚，导演徐向澜也在。余年上去打招呼，徐向澜把人从头到脚打量了一遍："越看越像顾玄宁！"

顾玄宁就是徐向澜邀请余年出演的角色。

余年笑弯了眼："我看了剧本，顾玄宁这个角色真的刻画得特别好，谢谢徐导愿意给我这个机会！"

礼貌又会说话的人谁不喜欢，徐向澜语调松快："还是有缘分，我找能演这个角色的找了好久了，真是老天爷把你送到了我眼前！"

余年跟工作人员协调好，做好准备就进了录音室，孟远等在外面，有一句没一句地跟徐向澜聊天。

徐向澜挺欣赏余年："我看了《天籁》，后面两场余年都是强撑着上台的？"

孟远语气无奈："是啊，倔得很，脚刚伤了的时候，硬撑着跳完整场，冷汗把演出服都湿透了。后来我和他的主治医生都不同意他跳舞，结果还是他倔赢了。"

徐向澜笑出声来："年轻人嘛，都敢拼，我就欣赏这样的脾性。而且，我不爱绿幕特效那一套，剧组实地取景，环境也艰苦，郁青之前还在骂人，说拍戏这几个月都老了五岁。"

这时，余年已经戴上耳机，调试设备的老师朝里做了个手势，徐向澜和孟远也停下聊天。

余年唱歌时总是很专注，细细密密的睫毛低低垂着，十分投入。

仔细听了一小段，孟远看余年的眼神有了变化——他对余年唱歌和舞蹈的水准再清楚不过，余年这是又对自己的唱法进行了微调，比起之前在天籁上的唱功又有了进步。果然再看徐向澜的神情，对方明显很满意。

"唱歌这事情，大半都要靠老天爷赏饭吃，到了余年这里，老天爷应该是赏了一桌豪餐盛宴！"徐向澜偏头跟孟远说话，"当时在跟宁制片争到底是选余年还是尤优，我还拍桌子打赌，说余年肯定红的比尤优快，走得也会比尤优远。"

孟远没附和，只是替余年谦虚道："他是新人，路才刚刚起步，未来怎么样都还说不好。"

谁知徐向澜摇头："天分和勤奋缺一不可，正好他两样都占了。"

余年发挥很稳定，录的时候嗓子状态也好，一首歌返了三次就录好了。取下耳机，余年朝录音室的老师鞠躬道谢。

等人出来，徐向澜亲自把旁边的水杯递给他："今天晚上还有个重要的饭局，说投资的事情，我就不请你们用晚饭了。"

孟远接话："徐导有安排，我们自然就不耽搁您的时间了，不过我之前听说，您新片子的投资不是已经齐全了吗？"

徐向澜摆摆手："也是运气不好，出了点波折，寰宇撤了资，要找下家。我这次出剧组这么久，一方面就是为这个。"他又压低了点音量，"之前不是报道了吗，谢氏的一个董事出了车祸，都没有送医院抢救的机会。看这风向，那边高层又要洗牌，寰宇撤资就有这件事的影子，估计是要把能收回去的资金都收回去。"

他又笑道，"不说了，我先走了。"

送走徐向澜，余年起了个话头，"孟哥，徐导新片撤走的资方是寰宇？"

"对，寰宇投资，背后站着的是谢氏的董事，好像是姓丁。寰宇出手大方，不少名导制片都喜欢跟他们合作。"孟远只当余年好奇，又道，"不过这次徐导确实有的愁，这笔资金占比很大，撤走之后留下的窟窿要填回来，肯定得费不少的劲。"

姓丁？余年记下来，自然地换了话题。

谢游回家时，天已经黑透了。秋天的夜风有些凉，他一路进到室内，发现沙发上阮云眉还等着他的。

"妈，我回来了。"

阮云眉眉目舒展开，拢着披肩站起身，语调柔和地关切道，"饿不饿？我让厨房炖着汤，你这几天加班加得晚，自己也要多注意着身体。"

"嗯，下次您不用等我，早点休息。"

阮云眉拉了拉白色的羊绒披肩，见谢游清瘦了几分，心里心疼，但没表露出来，只是笑道，"妈妈帮不了你多少，但我也没办法在这个时候自己高枕而卧。对了，逍然过来了，就在你书房里，等了挺久了，你要不要先上去看看？"

打开书房门，谢游一眼就看见了曲逍然——靠在沙发椅上睡得正香。他没把人叫醒，径自踩着地毯过去开了电脑。没一会儿，曲逍然脑袋一偏，自己一个激灵先醒了过来。揉揉眼睛，看见谢游，他打了个哈欠，含糊不清："你回来了？"

谢游这才开口："有事？"

"有有有！"曲逍然骤然清醒过来，赶紧坐直："谢小游，我今天看了眼你家年年有余的行程表，他前两天把徐向澜电影的推广曲录了，然后后天上午一大早就要飞剧组拍戏，他那个剧组特别远，沙漠戈壁那边，估计得半个月才回来。"

"半个月？"松了松领带，谢游迟疑许久，才道，"明天我去你公司找你。"

懂了谢游是想干什么，曲逍然激动："那我就恭候谢总大驾光临了！"

余年上完表演课，又接到了郁青的电话。

"这鬼地方真的难过，年年你过来的时候顺便帮我带点东西。我家钥匙你有一把，直接开门进去拿就行，列的单子我一会儿发给你。"

余年应下来："吃的呢？要带吗？"

郁青叹气："吃的就算了，老娘好不容才瘦了五斤，真是快要了我的命！对了，你过去的时候注意一点，虽然都知道我在外面拍戏呢，但难保有狗仔还蹲守着。"

"嗯，姐你放心。"

挂断电话，余年先大致看了看郁青发来的单子，基本都是日用品，可以晚上过去收拾整理。又看了眼时间，马上十二点半了，想起早上孟远说让他十二点半去一趟曲总的办公室，余年拎着水壶就进了电梯。

星耀大厦的五十一层他来得极少，从电梯出来，秘书位上没有人，整层楼都空荡荡的没有人声。这时，"啪嗒"一声，办公室的门打开，一个穿着黑色西服和白色衬衣的人走了出来。

余年怔了怔。

黑色皮鞋踩在光亮可鉴的地板上，发出规律的脚步声，像是敲在人耳膜上。谢游一步步走近，最后停在距离余年两步远的位置。

周遭的空气里，忽然就充斥着雪松清冽的气味，余年不自觉地笑了出来："你好像瘦了，最近……还好吗？"

"嗯，很好。"对视没到十秒，谢游又极为克制地移开视线的焦点，将手里提着的袋子递给余年。

余年伸手接下，发现精美的口袋里装着的是灰色的保温桶。想到了什么，他的笑容不由扩大。

谢游的视线落在余年的袖口上，眸色温软了几："你喜欢吗？"

"袖扣吗？"余年顺着他的视线，翘起唇角，"非常喜欢，袖扣特别漂亮，你眼光很好，谢谢。"

被夸奖了一句，谢游心满意足："那我先走了，希望你拍戏顺利。"

下了飞机，又坐上剧组过来接机的车，足足开了小半天才到了剧组的驻扎地附近。

施柔手挨着车窗玻璃往外看风景，兴奋地扭头跟余年说话："我第一次见到戈壁，年年以前来过戈壁吗？"

余年点头，笑着回忆道："以前跟外公一起来过，不过那时候很小，应该还没到十岁。只记得白天特别热，晚上又特别冷，到处都很荒凉，外公很忙，我就在旁边玩儿沙，等回家外婆看见我，我已经黑得她都不敢认了。"

施柔捂嘴笑起来："完全没办法想象年年你黑黑的样子！"她又好奇地问开车的司机，"大叔，附近有什么好玩儿的吗？"

司机伸手指了一个方向，用不太熟练的普通话介绍道："你们要是有空，可以去那边看看，那里十几年前挖了一个佛窟出来，据说有很多几百上千年的经卷，还有不少器物，后来直接修成了一个博物馆，不大，但东西好啊，价值连城！"

余年想起外公看到佛窟以及那些在黄沙下掩埋了千百年的文物时，感叹的也是这一句——价值连城啊！

车开进剧组的范围内，终于有了人气。司机跳下车，拉开车门，等余年和施柔下来了，又绕到后备厢开始卸行李。

余年刚下地站稳，就从后面被一巴掌拍到了背上："来了？"

余年回头，先笑了出来，"姐！"他仔细看了看，"姐，你没骗我，皮肤真的差了好多。"

"滚！"郁青戴着大大的口罩，语气凶巴巴的，眼睛却含着笑。她顺手扔了个厚实的口罩给余年，催促，"快戴上，这里风沙大得不行，一口气半口沙，我感觉自己肺里全是沙子！"

余年听话地戴好口罩，说话也变得瓮声瓮气的："你没在拍戏？"

"我的戏都差不多了，排得不紧，"郁青挑眉，"怎么，亲自来接你还不开心了？"

余年连忙道："当然没有，郁青女侠来接我，是我的荣幸。"

这个称呼是小时候郁青看了武侠小说，一心想当一个仗剑江湖的女侠，非逼着余年叫的。现在听见，郁青自己先笑得停不住。

行李全都卸了下来，大部分都是郁青的东西，余年自己只有一个行李箱一个背包。见郁青的两个助理过来搬行李，余年指指其中一个箱子："里面有一罐辣酱，要不要先拿出来？"

郁青眼睛都亮了，"老娘小时候没白带你玩儿！"她又压低声音，"我们悄悄的，先别拿出来，也不要暴露给别人知道了，不然这一罐辣酱百分百过不了今晚！"

余年眨眨眼，应了声好。

先去找徐向澜和宁制片报到，又挨个儿跟剧组的人打了一圈招呼，没多久天色就暗了下来。余年住的地方是一个板房，空间不大，里面摆着一张单人床、一张可以放点小物品的桌子，还有一个衣架子能挂衣服。从窗户望出去，是皎皎的孤月以及苍凉的旷野。

余年停下擦桌子的动作，站着看了一会儿，忽然觉得世界都变得更加浩渺了。

他自己带的东西不多，很快就收拾整齐了。徐向澜敲门进来时，打眼一看，笑道："哟，小余生活习惯挺不错啊！"见余年要站起来，他连忙抬起手掌往下压了压，"不用客套，坐着说话。"

余年点头："谢谢徐导。"

徐向澜自己随身带了一张小马扎，随意找了个位置坐下跟余年说话："要是生活上有什么不方便不适应的就跟生活制片说，能满足的我们一定满足。"

见余年点了头，他又问："剧本背熟了吗？"

余年有些不好意思："背熟了，不过我以前没拍过戏，可能还要徐导多费费心。"

"没关系，只要你认真学，我就认真教，谁不是一步步从新人走上来的？我当年还不是连摄影机都不会开！"徐向澜拧开保温杯喝了一口水，"你的戏在这个取景地就能拍完，我们抓紧时间，你的部分拍完了，剧组差不多就能杀青了。"他又笑道，"我心里算了算，这部戏拍了大半年了，时间确实不短，组里大家都累。"

这时，传来了"笃笃"的敲门声，像是敲门的人刻意放轻了力道，声音很低。徐向澜顺手打开门，和门外的郁青看了个对眼。

徐向澜眼睛利得很："郁青，你包里揣的什么？"

郁青不说话。

徐向澜很有招儿："你要是不说，我明天就让你一场戏 NG 二十遍。"

"二十遍！"郁青心里气，但受不了连着吃 NG，不情不愿地把一瓶辣酱从外套口袋里掏了出来。

徐向澜哈哈大笑："郁青同志，我们整个剧组就是相亲相爱的一家人，有福要同享啊！"

很快，周边几个板房住着的人全知道了，剧组惊现了一瓶辣酱！于是一人分一点，一瓶辣酱没撑过十分钟。知道是余年千里迢迢带过来的，还都笑眯眯地凑过去说了声谢谢，气得郁青想跟徐向澜打一架。

第二天一大早，余年没让人叫，自己起来了。化妆组的工作人员一边打哈欠一边把他带到化妆镜前坐下，笑道："你昨天带过来的辣酱拯救了我的味觉！你都不知道我到底是有多久没尝过那个味儿了！"

另一个叫唐妮的化妆师连连点头："对！我现在觉得，辣酱才是人间美味！"

余年听笑了："早知道我就应该带一箱过来的，这样说不定能大家一人分到半瓶。"

"还是不要了，拿一箱过来，年年就太辛苦了！"说着话，唐妮摆开一大排化妆刷，"我先帮你把头套妆面弄好，完了我们再试衣服，行吧？"

余年笑着点头："好的，谢谢。"

整个过程花了快两个小时，等余年装扮妥当后，唐妮忍不住翻出手机连着拍了好几张照，各个角度各种滤镜，一边拍还一边感慨："年年你穿古装气质真好！徐导眼神竟然没退化，把你这颗珍珠找了出来！"

余年站在原地配合着拍照，正准备开口，门从外面被打开，徐向澜走进来，一对上余年，脚步就停住了。徐向澜把人上下前后仔细打量了一遍，眼也不转地吩咐道："把那把折扇拿过来！"

唐妮闻言，从箱子里找出一个长方形的盒子，打开后，从里面取出了一把折扇。

徐向澜看着扇子，嘱咐道："这是我以前特意去一个前辈那里求来的几把折扇之一，这次真是下血本了才拿出来当道具，可千万别弄坏了！"

余年小心翼翼地打开，瞳孔微微一缩。

雪白的扇面上，用墨迹写着"风雅"两个字，字迹如长风拂雪，角落印着私章，古拙的两个字——修宁。

是外公的字。

余年呼吸都放轻了，手执着折扇，颔首道："我一定会很小心的。"

穿着戏服拍完定妆照，余年找了一张小马扎，坐在边上围观拍戏。他还拿了纸笔，写写画画地做笔记。

徐向澜看见了，支使自己助理："这态度确实端正，你过去问问余年，有没有什么不懂的地方，有的话你就给他好好讲讲。"

临近中午，到了余年的戏，徐向澜没想为难他，让他先演最简单的一幕适应适应，找找感觉。

在风沙吹了百年的玉阳关外，一座茶寮破破烂烂，像是再来几阵风，就能将这里全然掀翻。一个身着布衣短打的莽汉将手里的铜环大刀拍在桌面上，木桌像是承受不住力道一般发出"咯吱"的刺耳声。

他凶神恶煞地看向侧旁："你是何人？"

坐在不知道用过多少年月的方桌前的是一个白衣华服的青年，他也不嫌弃，淡然地喝下浑浊的茶水，将空了的粗糙茶碗放下，抬眼看向问话的人，轻轻挑唇，笑若流风回雪："东都，顾玄宁。"他咬字很轻，"告诉你家将军，我要见她。"

"卡。"

余年坐在长木凳上，忍不住做了一个深呼吸才忐忑地看向徐向澜："导演，拍得能看吗？"

徐向澜笑出声来："你怎么问得可怜巴巴的？第一次能出这样的

效果已经不错了，就是动作还稍微有些不自然，没事，我们再来一次，各部门准备了！"

剧组的生活余年适应得比预计得要快，他对谁都是眉开眼笑的，没上戏的时候就拿着个馒头，坐在小马扎上观摩做笔记，边看边吃。有时候徐向澜郁青他们都忙，余年就会去问那些在大小剧组混了十来年的群演，哪里哪里到底该怎么演，自己再仔细琢磨。几次下来，他吃 NG 的次数也越来越少。

办公室。

秦助理将文件递给谢游，低声道："最近几天，丁兆先都在寺庙里吃斋，没什么动静。"

"吃斋？"谢游签字的手没有停顿，"我让你盯着的那两个人呢？"

"很安分。不过宋克意外去世，他的三个孩子正在争夺遗产，丁兆先的这两个人分别和宋克的长子次子有接触，应该是对宋克生前持有的股份有意。"

"知道了。"谢游将笔合入笔盖，起身，"安排车。"

一路到达地下停车场，秦简上前，帮谢游拉开后座的车门。坐下后，谢游不经意地看见搭在方向盘上的手，进而从后视镜里看清了对方的脸——他没见过这个人。

谢游推开还没关严的车门，下了车。

秦简疑惑："谢总？"想到什么，他脸色微变。

谢游轻轻朝他摇头，嘴里说道："我有一份文件忘记了。"原路往回走了两步，谢游停下步子，再次转身，走到车边，朝驾驶座上的司机吩咐道："你把车开出去。"

对方没有动。

谢游眸色一暗，字字清晰："开出去。"

这时，跟在谢游旁边的保镖也发现不对，屏气凝神。

谢游看着驾驶座上一动不动的人，声音冰冷刺骨，冷笑："丁兆先是怎么吩咐你的，你就怎么做，懂？"

　　轮胎碾在砂砾上，发出窸窣的声音。郁青裹着纱巾戴着宽沿帽子，几乎把脸遮了个严实。余年坐在副驾驶上，正仔细看着手机屏幕的右上角的图标，"姐，往这边走信号真的会变好？"

　　"真的，我就这条路记得最熟。"郁青熟练地打着方向盘，"剧组驻扎那里人多，信号还时好时不好的，糟心得很。"

　　又开了没一会儿，郁青踩下刹车："就是这里了，你看看网速怎么样。"

　　余年试了试，欣喜："能刷出视频了！"

　　郁青点点头，放下座椅靠背："那你自己玩儿手机，一会儿半夜我还有场戏，先睡会儿，到时间了记得叫我。"

　　"好，你安心睡吧。"

　　余年怕吵到郁青，自己裹着厚外套下了车，没敢走远，借着车前灯的光，在旁边找了块石头坐下。他想了想，先开微博翻了翻，谢游的更新还停留在之前，没有新的。他又照例去看了看财经和社会新闻，也都和他想了解的不沾边。

　　就在余年准备退出时，突然刷出了一条新闻。看见标题里有"车祸"两个字，他呼吸一颤，飞快地点了进去。

　　新闻的标题是"幽灵车"，报道称，在傍晚，一辆限量版豪车冲破大桥围栏，坠入江中，打捞起来后，发现车上空无一人，司机也没了踪影，连尸体都没找到。经过核实，车主姓谢，后续情况还在了解中。

　　看到"谢"字，余年呼吸一窒，两秒后，他几乎是抖着手点开了通讯录，找到谢游的名字，拨号。

　　在通话中。

　　通话中——是不是说明，是安全的？

　　深深地喘了一口气，余年正想再拨过去，就在这时，手机铃声响了起来。余年看着屏幕上显示的陌生号码，点了接听。

　　对面没有人说话，只能听见呼呼的风声，像是撕扯着耳膜一样。

　　"是……谢游吗？"

　　好几个呼吸后，才有略显清冷的声音回应道："是我。"

余年绷紧的肌肉放松下来，直接仰躺在了沙地上，轻笑出声："我现在在戈壁，今夜的星空很美。"

谢游站在坠车的江边，看着寒潭深渊一样翻卷而过的江水，忽然觉得彻骨的冷意被驱散，再次回暖。

余年仰躺在干燥的沙地上，也不在意衣服是否会被弄脏，他看着天上的群星，出口的声音显得很温柔："谢游，你最近还好吗？"

问完，他自己又忍不住低低笑起来——这个问题，在曲逍然办公室外面遇见时他也问过，当时谢游回答的是"很好"。

谢游的声音里像是挟裹着夜晚的风，很冷，却又和缓："不太好。"

余年微怔——他以为谢游依然会回答"很好"。余年斟酌着说道："我刚刚看见新闻了，一辆车坠进了江里，车主姓谢。"

"是我的车。"谢游回答，"我原本会乘坐这辆车回家。"

余年握着手机的五指收紧。他没想到，谢游会将冰山的一角亲自揭开给他看。

"之前宋克也是这样出的事。"

"是。"谢游隔了许久才轻声问，"你有空跟我说说话吗？"

莫名地，余年眼睛忽然一酸。

他想起歪歪倒倒的蛋糕，烤焦了的蛋挞，认不出形状的小饼干，被换过的保温桶，特意做了个两百块价签的袖扣——谢游其实和表现出来的完全不一样。不像表面看起来的那么冷漠，那么气势凌人，那么不近人情。他认识的他，完全相反。

所以，到底是有多艰难，才会逼得一个人把真实的自己藏起来，藏得那么深。

他没察觉自己的语气几乎是在轻哄："嗯，当然有。"

从听筒里传来的风声嘶哑，许久才响起谢游的声音："我哥比我大五岁，他是春天出生的，出生那天，春雨淅淅沥沥地下了一整夜，所以妈妈给他取了个名字，叫谢沥。"

谢游像是终于可以讲出在心里埋了很久很久的故事一样，很享受且珍惜这个机会，语速不疾不徐："他特别厉害，很聪明，好几个家庭老师都说从来没教过这么聪明的学生。我不会的题他都会，我拼不好的模型他会耐心教我。还教我拿笔，教我画画，教我系鞋带，带我游泳。而且他非常有商业头脑，父亲很高兴，一直都将哥哥带在身边教导。"

"后来呢？"

"后来他出了车祸，那辆车沉进了江里。当时……他肯定很难受、很绝望吧？没有人去救他。"谢游的声音低下去，像是自言自语，"那段时间我每天晚上都会梦见他，梦里他告诉我说，江水真的好冷啊。"

余年几乎可以将往事一片一片地拼凑出一个大致的模样。原本倾力培养的继承人意外去世，只留下一个在勒托音乐学院主修钢琴的幺子，从未沾手过商业。这样的情况下，自然虎狼环伺。步履必定异常艰难，甚至满是泥泞。

谢游却依然一步一步走到了现在。

郁青被余年叫醒时，随手扯了扯睡乱了的长发，忍不住又吐槽："戏还没拍完，我这头发就又干又涩还分叉，回去不知道多久才能救回来！"她瞥见余年一副心不在焉不知道在出什么神的模样，又促狭地用肩膀撞了撞余年的手臂，"哟，我们年年大半夜的不好好睡觉，拉着我开了这么远的车，信号好了，能跟某某人说话了，终于开心了吧！"

余年无奈："姐，你脑子里都在想些什么啊？"

郁青随手扎了个马尾，故意叹气，"姐姐？姐姐是什么？能吃吗？"

余年听她越说越远，连忙解释道："没有什么某某人，是我一个朋友，他最近处境不好，我有些担心。"

他又想起走之前，在曲道然办公室外面遇见谢游，对方像是有很多话想说，却又无法说出口，似乎还有一点……小委屈？

见余年又出了神，郁青重重地哼了一声："又发呆了！还说没有某某人？"

余年发现越描越黑，干脆不解释了，换了个话题："姐，你之前不是提了一句，说《醉马游春图》有消息了吗？"

郁青一拍方向盘："啊，你不问我还差点忘了！我家老头子的朋友打听到的，这幅画当年从国内流传出去，被一个岛国的商人买走，后来被送进了一家私人博物馆。最近有消息说，这家私人博物馆经营不善，藏的东西应该都会上拍。就是不知道到底多久上，以及多少人有意。我打招呼说让帮忙关注着了，有消息跟你说。"她又瞪了余年一眼，"你不要我帮忙也行，但要是饭都吃不起了，好歹也让我有机会救济你一下！"

余年赶紧回答："嗯，现在吃饭还是吃得起的。"

"行，时间挺晚了，你要是没事儿了，我们就回去？"等余年点头，郁青一踩油门，轮胎卷起砂砾，往回路开去。

第二天一大早，余年起得早，整个剧组都没多少动静。道具凌乱地搁在地上，到处都乱糟糟的。

施柔打了个哈欠，将手里的保温杯递给余年："昨天拍戏拍到了凌晨四点才收工，后面徐导都撑不住了，收工的时候场务一边搬东西一边打瞌睡，差点磕破头，徐导瞌睡都吓醒了。"

聊完，余年自己捏着保温杯，准备跟施柔一起去吃早饭，不过还没走到餐室，手机铃声就响了。

"孟哥早上好啊！"

"我不好！"孟远声音带着急躁，"你昨晚是不是跟郁青一起，半夜开车出去了？一个多小时才回来？"

余年脸上的笑意淡下来，几乎是立刻反应过来："是被偷拍有了照片，还是已经曝出去了？"

"都有！"

余年很冷静，回忆道："我在来剧组之前，去郁青家里帮她收拾过一次东西，一起带来了剧组。参加《天籁》的时候，有一天晚上时间太晚，住的是她家里的客房，第二天一大早她就赶早班飞机飞剧组了。如果是蓄意，那可能也会有这两次的偷拍照片。"

他朝施柔打了个手势，自己找了角落站好："所以，对方的目标是爆出个大新闻，还是我，或者郁青？"

孟远确定事情属实，语气也镇定下来："是你，网上的言论已经完全被引导，而且你们咖位相差太大，根本没几个人往谈恋爱的方向去想。"

"不可能谈恋爱的。"

"我也觉得你们不可能谈恋爱，你们连对视都看不见爱的火花！"

余年想了想，还是解释道："她是我姐，不可能谈恋爱的。"

孟远那边静了好一会儿才有声音传过来："等等！亲姐？有血缘那种？"

"嗯，亲姐姐，有血缘，不过稍微有一点远。"余年手插在牛仔裤口袋里，说得清楚，"郁青的爷爷是我外婆的哥哥，我外婆是郁青的姑婆，她是我表姐，小时候经常一起玩儿。"

孟远是个人精，马上反应过来："你不把这层关系说出来，是不想靠郁青，也不希望我们去借郁青的光，对吗？"

"嗯，"余年低头笑道，"虽然这个想法有些天真，但我相信我只靠自己也能红，何必再给自己添上'郁青弟弟'这个标签？"

"这么想挺好的，要是真贴上这个标签了，以后走再远，别的人也不会承认这是你自己走的路。"

"谢谢孟哥理解。"

孟远呼了口气："我之前还在想要怎么澄清这件事，毕竟男女关系这种事情最麻烦，一张照片就能被脑补出一本小说，说不定还会有人说你是捆绑炒作。"他又问，"那这样，你先跟郁青通个气，看看她的态度，完了我们再商量。"

挂断电话，余年自己先去看了看情况。根本不用特意去找，他最近更新的微博下，已经有不少他的粉丝和郁青的粉丝在问他和郁青到底是什么关系。更有人找出他在天籁节目上连唱两首郁青的作品，帮唱嘉宾环节也是郁青上的场，而且郁青还在杂志采访上提到了他的名字。

"——突然好难过！所以余年上节目唱郁青的歌，是在示好表衷心？后来靠着郁青帮唱又火了一把！不，应该问，余年能直接上《天籁》这个节目，郁青真的没出力？"

"——胡说八道的都滚蛋！要是年年真的和郁青有关系，上面有人罩着，第一早就内定了，还需要带着伤唱跳全场？"

"——突然心疼我家尤优！这样还说不是黑幕？片方过来说清楚！不就是郁青担女主，所以必须让她的相好来唱推广曲吗？尤优认真准备了这么久，竟然被一个恶心的关系户挤走了！为他不值！"

"——'鱿鱼丝'女孩儿心疼！这个什么余年哪里比尤优强？抢了我们尤优的资源，还买水军控评黑！下作！"

施柔表情有些难看，劝余年："年年，你别伤心，网上那些黑什么的说话都难听。"

余年感谢："我没伤心，我只是在想，这一次最受益的是谁？把这件事爆出来对他有什么好处？"

施柔思考的方向被转移："之前郁青姐拿到这个角色的时候，好几个大花的粉撕成了一团，如果被曝出不清不楚的男女关系，郁青姐的人气肯定受影响，所以会不会是为了争下一个资源什么的？"

"嗯，有这个可能性，"余年分析，"尤优那边的粉丝口风非常一致，都断定，我被选上唱推广曲，是因为走了郁青的捷径，这就是实打实的黑幕了，尤优是被我这个关系户挤走的。"

施柔接话："能虐粉，让粉丝全都来怼你，能洗干净'尤优不如余年'这个点，还能炒热度？"

"应该差不多是这样，其他的我暂时还没想到。"

"你脑子转挺快，"正说着，郁青裹着件亮色的宽松大外套走过来，脸色不好，没上妆，黑眼圈也十分显眼。因为睡眠不足，她语气很暴躁，"真是胆肥了，搞事情搞到我头上了？说我给你走后门，那也要有给老娘发挥的机会啊！"

早上风大，余年移了两步，帮她挡了挡："怎么起这么早？"

郁青耸肩："被经纪人一个电话吵醒的，逼问我和你什么关系，能是什么关系？我亲弟弟！"

施柔被郁青这凶巴巴的模样镇得一愣一愣的，又忍不住悄悄观察，想找找余年和郁青两个人五官有没有相似。

余年："姐，我经纪人让我问问你的意思。"

郁青挑起修整精致的眉："我的意思？当然是怼回去！狠狠地怼回去！男女关系这种事只会越描越黑，后面说不定都会说是我把你睡了你才能上节目、才能唱推广曲！你正处于上升期，这种绯闻对你名声很不好。还有就是，别说我没给你通关系，就是真大大方方塞给你资源了又怎么样？我还捅破天了？"

她忽然一笑，又连着摆手："不行不行，先别急着怼，等等，不搞一波热度起来，怎么对得起背后的人特意搞事？我们不白费他的心血！"

开完例会，谢游拿出手机，习惯性地搜了搜余年的新闻，结果满屏幕都是余年半夜跟郁青私会、一个多小时才返回的消息，连浏览器推送的新闻都死死扒着郁青和余年蹭热度。

谢游憋着脾气看完——胡说！昨天晚上我明明跟余年打电话聊了很久很久！他想把手机扔远一点，眼不见为净，但看见新闻页面上显示的余年的照片，乱七八糟毫不讲究的角度拍出来都一样好看。谢游轻轻地把手机放下，小心翼翼地，力气都没敢多用。

这时，屏幕上显示有一条信息未读。谢游点开来，上面只有一句话："郁青是我亲姐姐。"

谢游把放到桌面上的手机重新拿回到手里，把这条消息反复看了好几遍。

到中午，#郁青余年半夜外出#这个话题被顶到了热搜前五，话题下面的言论风向几乎都是一边倒，纷纷是为尤优鸣不平的，#心疼尤优#更是挤进了第十的位置。

施柔愤愤道："尤优的粉丝属于战斗型忠粉，我记得年初时，一个男艺人跟尤优撞了衫，穿了同款春季新款，根本不是什么大不了的事情，结果被尤优的粉丝围攻了很久，最后逼得对方的服装师出来道歉才算完了。"

余年正在琢磨台词，听完施柔说的，有些惊讶："还有这样的情况吗？"

"当然有！而且因为撕赢了，按头道歉不要太爽，后面就更加肆无忌惮了！"施柔看了眼余年身上穿着的白色棉 T 恤，笑道，"不过年年，范围扩大到全娱乐圈，你的私服都不可能会出现撞衫的情况！"

余年拉了拉领口，为自己的 T 恤正名："穿着真的很舒服的！"

施柔正经着表情点头："嗯嗯对，你开心就好！反正你穿上，别人都会觉得这衣服不是一万也要花五千。"

没过多久，一直关注着最新情况的施柔抬头，语气兴奋："年年，出来了出来了！"

余年放下因为经常翻看都磨起了毛边的剧本，凑过去看，发现是一个大 V 写的文，标题非常直白，就叫《科普向：国内排名前三的金牌经纪人》。

点开文章后，孟远赫然在列，和一个叫方丽的人并列第一。文章里详细科普了孟远自入行以来带过的艺人，每一个拉出来都为人熟知。最后提了一句，孟远现在只带着一个艺人，就是余年。

"——孟哥丽姐两个人竟然就包揽了娱乐圈小半的大佬！"

"——手上有资源，人捧得红。手里人捧红了，手上资源更多！经纪人的作用真的很大！希望我家崽崽和东家解约之后能找个好经纪人！"

"——才知道余年的经纪人竟然是孟远！这样看来，《天籁》这种节目，孟经纪肯定轻轻松松就能把人塞进去吧？"

施柔边看边笑个不停，指着评论："孟哥找的这些水军评论也太生硬了吧？真的是尬吹哈哈哈！"她又往下翻了翻评论，"不过很多人都表示，有孟哥这么一个经纪人在，你实在犯不着靠郁青上位。"

余年也被评论里的尬吹逗笑了："嗯，其实大多数人都有自己的判断力，会根据获得的信息和逻辑去决定自己相信什么，还会基于现有的信息去扩展和延伸脑补。"

很快，这个经纪人排名的文章被好几个营销号转发，见差不多了，孟远的个人微博直接转发了一个大V嘲讽余年靠睡上位的微博，并写上："我也想有姓名！！"

没过多久，这条微博下就一大片的哈哈哈。

"——突然心疼孟哥哈哈哈，行行行，本仙女已经把你的名字记住了！这辈子都不会忘。"

"——孟哥心想，老子一把屎一把尿辛辛苦苦捧红的艺人，怎么一觉起来就成靠陪睡上位的了？老子不服！老子也想有姓名！"

"——被萌到了！全力支持孟哥C位出道！"

"——心疼那些别人说什么就信什么的，这么一个经纪人杵这里，只要余年不是什么歪瓜裂枣，百分百能红好伐？还需要潜规则卖身？"

拉的临时聊天组里，孟远发了截图出来，特意把C位出道那条圈了红线："哈哈哈从今天起，方丽肯定恨死我了，我即将在知名度上秒杀她！"

没过两秒，郁青回了一个翻白眼的表情包，强势遏制了孟远的嘚瑟。

网上的风雨没影响到剧组的进程，吃过午饭，余年仔细听徐向澜讲接下来的戏。

"你是东都来的锦衣玉食的侯门贵公子，一直都枕金卧玉、被无数人簇拥的。这一次你千里迢迢来到边塞，是为了给女将军报信，告诉她不能回东都，一回去就会被赐死。但因为你的家族，她不信你。"

余年手执折扇，一下一下有节律地敲着自己的手心："我必须让她信我，否则我饮风咽沙地跑这一趟就完全白费了。而且她要是真的回了东都，肯定再回不来了，她手下的将士军心也会动摇，这样不行，于国有害。"

见余年有些进状态了，徐向澜笑呵呵地拍拍他的肩："一会儿好好演，最近两天状态都很不错。"他又问，"真的不准备往大银幕走？你的脸演电视剧都会屈才，大银幕就非常适合。你的表演虽然不是科班出身，但很有灵气，多琢磨两年，必成大器。"

余年从角色的思维里回过神，摇头道："谢谢徐导，不过相比起演戏，我还是更喜欢音乐，写词作曲唱歌，都很喜欢。"

徐向澜感慨："也是，人这一辈子，要是能将自己喜欢的事情作为自己毕生的工作和追求，全心投入进去，确实是一件非常美好的事情了。"他再次拍了拍余年的肩膀，"那就好好加油，等以后有机会，我找你给我的电影唱主题曲！"

余年笑意盈眼："徐导您可以再把这句话说一遍吗？我好拿手机把这句话录下来！"

徐向澜哈哈大笑："就你皮！"说着，还真的从口袋里抽了一支笔，拿了纸，写了张凭据递给余年。

余年将纸条折叠整齐，放进口袋里，笑眯眯地："这我就放心了！"他又感激道，"谢谢徐导愿意为我说话。"

徐向澜摆摆手："也不光是为了你，看看网上那些都说成什么样子了，我又不是任人摆布的木偶，还真有人以为郁青想把你塞进组里、想让你唱推广曲，我就会一句话不说地同意了？瞎说！要是郁青是金主爸爸，我还能考虑考虑！"

前面说得还大义凛然，后面突然换了口风，余年忍不住又扶着桌子笑了起来。

临近傍晚，徐向澜的个人微博上传了一段只有二十几秒的片段，一起发出来的还有一句十分不婉转的话："我不是聋子，也不是瞎子，我会听，也会看。"

"——啊啊啊谢谢徐导为年年发声！泪汪汪！年年一定会全力唱好推广曲的！"

"——我要死了！！！死了！！视频里是什么谪仙贵公子！那句'东都，顾玄宁'，太苏了！这二十秒我可以循环一百遍！"

"——那是年年吗？是吗是吗？是的！就是年年！吹爆！以及，我之前还在疑惑，为什么年年会跑到片场去跟郁青见面了，现在才知道，年年竟然参演了徐导的戏！我的天！这什么神仙资源？"

"——跪了跪了，这颜值这气质，就是活生生的古代白衣轻裘、打马过京华的公子，我要是导演我也要他！"

最初是孟远砸钱找人转发带热度，不过还没到晚上八点，这个片段就跟爆炸一样屠了首页，飞快冲上了热搜。

看着 # 东都顾玄宁 ## 余年贵公子 ## 徐导为余年正名 # 三个热搜整整齐齐地排在前十，连孟远都咋舌道："世上果然还是颜狗多！年年，你说要是我们往拍戏的路子发展，会不会红得飞快？"

余年很清醒："孟哥，第一，我不是科班出身，在拍戏上虽然下了很多功夫，但还是只能勉强达到徐导的及格线。第二，顾玄宁这个角色会出彩，更多的是我的长相气质很符合这个角色的设定，但我相信，一个好的演员应该是演什么像什么，而不是像什么才去演什么，我不太适合演戏。"

"是是是，别人都是经纪人时时刻刻提醒着艺人不要膨胀，我们倒是反过来了，是你提醒着我不要膨胀！"孟远笑道，"我们好好搞音乐发专辑开演唱会，不能当三心二意的渣男！"

余年也笑起来："嗯，对，人的精力是很有限的，只能专心做好一件事。而且以后，我也想成为靠作品说话的人。"

"行，我们不提这个了。"孟远又道，"你安心拍你的戏，这边我会看着的。"

"好，有孟哥在，我当然放心。"

晚上十点过，余年裹着羽绒服，坐在小马扎上看徐向澜导戏。戈壁滩上昼夜温差很大，施柔细心，还充了一个热水袋给余年抱着，不过抱了没多久，就被暂时中场休息的郁青抢走了。

郁青把道具用的大刀"啪"的一声杵到地上，抢了余年的热水袋抱着，拿下巴朝旁边点点："天天拿这大砍刀，我好不容易弄下去的肌肉又起来了，回去了形体老师肯定念念叨叨！"

余年把手揣进口袋里："但戏拍出来特别好，值得！"

"那肯定！要是不值得，老娘跟他们在这儿耗？还不如接综艺接代言赚快钱！"郁青往余年旁边一坐，问他，"情况怎么样了？"

余年被问住了——他自己也没关注，转而去看施柔。

施柔莫名地有点怕郁青，赶紧道："已经有越来越多的人觉得，年年靠郁姐您上节目拿冠军和唱推广曲，甚至进组拍戏的说法有问题，经不起推敲。而且之前年年进组拍戏这件事不是没有官宣吗，徐导把视频发出来后，热度特别高。"

郁青自豪："也不看是谁的弟弟！"

余年努力憋着笑。

施柔连连点头："对！"

郁青又偏头教余年："这次我们抓住机会，帮你再好好拉一波热度起来，正好你这几天没什么新闻。等那些什么鱿鱼丝发现自己忙活半天，反而你还涨粉了，肯定气到吐血！在这之前呢，我就先忍着，等时机到了我再出场。反正剧组的信号这么差，之前为什么不马上澄清的理由都是现成的！"

余年受教："这个理由很好！"

十一点，一个营销号发布了长图九宫格，是尤优粉丝群内部的截图，提供人打了厚码。里面详细显示了粉头们商量，借着余年被拍到和郁青深夜外出这件事，一定要把余年是靠走关系才抢走推广曲演唱资格这件事坐实，杀杀余年的气焰，最好是让余年道歉，反正余年一个新人，不怕头按不下去，这样才能把她们被扫了的面子重新找回来。后面还有具体地怎么控评，怎么攻击余年，怎么制造黑点，怎么虐粉发洗脑包，一步一步，极为详细。

"——路人表示震惊！看完只觉得后背发冷！先不说走关系这件事到底是真是假，就这些人满是恶意地为了所谓的面子就要强迫别人道歉，就要泼脏水造黑料，真以为自己是上帝了？"

"——恶臭！真是见识了！对比起这恶毒的面孔，再看余年，简直眉清目秀！"

"——营销号出门两百码！我就是鱿鱼丝，截图都是假的！而且余年跟郁青半夜出去都被拍下照片了，能有假？孤男寡女的，还能是出去对台词了？"

"——什么叫余年一个新人，不怕头按不下去？本年糕今天不撕得你们叫爸爸，我就不睡了！"

很快，大半夜地吵成了一片，各种蹭热度的公众号和新闻也出来得很快，满屏都是"余年""粉圈""电影""抢资源"之类的关键字在飞。

与此同时，郁青弄了半天的微博终于发了出去。

"郁青：我在你们眼里就这么没排面？要是余年真是我看上的人，唱歌破音跳舞僵硬冠军也内定！砸钱绝不手软！资源随便选！热门综艺任上！顾玄宁这种小配角？我都不好意思拿出手！明白？"

"——问我为什么跪得这么标准！我现在就去换头！青姐您看我能入您的眼吗？"

"——前面质疑青姐的那个，你等等！我给你科普一下！青姐才出道的时候，豪车一天一辆换着开，被无数心思龌龊的人质疑被包养！结果是青姐自己家里贼有钱，有矿有地那种！所以砸钱不手软资源随便选，不是瞎吹牛的！"

"——别转移重点！那你敢回答，大半夜地跟余年开车出去一个多小时到底是干了些什么吗？"

"——来，别说了，都跪下！"

没多久，《天籁》官博和何丘柏的个人主页都转了郁青这条微博。

"天籁：对。//@ 何丘柏：内定？吹牛别带我！//@ 郁青：……"

紧接着，徐向澜也转发了郁青的微博，"信不信明天就让你 NG 九十九次？//@ 郁青：……"

各自的评论区一片爆笑，被"哈哈哈"直接刷了屏，而 # 郁青霸气回应 # 也热度惊人，没半个小时，连表情包都出来了几十套。

余年点进话题和评论区，仔仔细细地把全新出炉的表情包全存了下来，准备以后跟郁青聊天就都靠它们了。

这时，徐向澜的声音传过来："好了收工了！大家都辛苦了！"

不过余年刚躺上床，把自己的被窝捂暖和，孟远电话又来了，声音差点把听筒震松："这节奏是不让人睡了！我们还没继续搞事，对面先自己内讧了！年年你去看微博，尤优的粉圈、粉头和尤优的经纪人突然撕起来了！"

余年惊讶，"撕起来了？"

但耐不住剧组的信号不稳定，微博半天刷不出关键的信息来。孟远心急，干脆当了课代表，开始总结。

"这次粉头内部群聊那件被爆出来，导致尤优粉丝被嘲被骂。部分粉丝认为这是粉头的锅，不是她们的错，她们不应该被追着骂，就去找粉头闹。还把之前推广曲那件事翻旧账翻了出来，指责粉头公布的消息很有问题，要求粉头道歉。"孟远说话都不带喘气的，语速飞快地继续道，"好像闹挺凶，其中一个粉头一生气，就说了句'骂我干嘛？我都是听尤优和他经纪人的，有问题你们找他们去'。这话一出来，粉丝当然不信，还骂得更凶，说污蔑，要求拿出证据。那个粉头也是破罐子破摔了，坑人不手软，直接截了好多张图扔出来。"

余年裹着被子，问："是跟尤优还有他的经纪人聊天的截图？"

"对，尤优还好，出面不多，多半是通过经纪人。那个经纪人也是黑心，比如撞衫那件事，让粉头指挥粉丝，一定要把人逼到道歉才行。推广曲那件事，也是信誓旦旦地告诉粉头，入选的就是尤优，一定要把你按在地上踩，最好再也翻不了身。"

"这次呢？"

"这次也厉害，"孟远都气笑了，"那经纪人说，尤优亲口说了，不管你和郁青到底是去看月亮对剧本了还是真干什么了，反正必须要把这盆脏水精准地扣在你头上，跟你一辈子，不然他咽不下被抢资源这口气！"

余年翘了翘嘴角，也没生气，只是道："他们可能对自己有什么误解。"

孟远哼了一声："谁说不是呢，误解太深，那两个人都以为自己调兵遣将，能千里之外取敌人脑袋了？结果截图一出来，爱豆高大光明的形象在眼前一秒幻灭，粉丝受不了打击，含泪反手直接挂！你是没看见，微博的粉丝数跟墙皮一样，唰唰唰直掉！"

孟远感慨："所以人还是要善良一点。"他感叹完，又把之前叮嘱的话重新说了一遍，"好了好了，半夜应该出不了什么新瓜了，你快睡，有什么明天起床再说，拍戏状态最重要。"

余年"嗯"了一声："那孟哥晚安，你也别睡太晚了，身体吃不消。"

被关心的感觉挺好的，孟远笑道："行知道了，晚安。"

第二天，郁青起来心情好得不得了："拼着长皱纹黑眼圈被化妆师怼的风险，我也熬夜吃了瓜！那个尤优是用生命来丰富我的剧组生活吗？"

余年把手里另一杯热牛奶递给她，仔细观察后评价："姐，你的眼圈是真的黑！"

"滚！"

施柔捂着嘴悄悄笑。

"那个尤优也是真的烦，心里没点数，八成觉得他开始狂掉粉丝被嘲讽是我们两个的问题，大半夜的加钱买了水军，非追着问我们到底什么关系、开车出去干什么了！"她冷笑，"要是我满足了他的好奇心，实话实说地告诉他，是大半夜带你不远千里找信号去了，你说，会不会降低了他的人生乐趣？"

"不会，他肯定只相信自己愿意相信的。"余年用纸巾擦掉嘴唇边一圈的奶沫，将手里的剧本递给郁青，"姐，先不说这个，早晨时光这么美好，对个戏？"

"行，奉陪！"

相关的几个话题直到中午都还稳稳当当地挂在前二十，吃瓜群众纷纷表示这个瓜吃得令人兴奋，跟剥洋葱一样，说不准接下来还会有什么精彩。

而尤优粉头爆尤优的黑料也半点不手软，可能是已经彻底撕破脸了，截图是一打一打地往外扔，还在微博直接道："说实话，我也很受不了你了。在你眼里，可能粉丝就是些傻不拉几的脑残，天天感动自己、指哪儿打哪儿、还可以推上去背锅的存在？不说了，我有钱，本来就是为爱发电的事，真的寒了心。等这一波撕完，我立刻退圈，就当自己眼瞎看上过一个渣男！"

郁青抱着手机，看热闹看得开心，还发表感想："那句话怎么说的来着？水能载舟，亦能覆舟？对，就是这句！"她啧啧两声，"所以人呐，千万别把别人当傻子。"

她瞥见余年一门心思地琢磨剧本："年年。"

余年偏头："嗯？"

郁青一副不嫌事大的表情："来来来，做好准备！我发微博了啊，记得转发！"

余年知道郁青的性子，听话地拿出手机："嗯，我准备好了。"

时隔十几个小时，郁青又更了一条微博。配的图是张老照片，草木扶疏的花园里，一个扎着粉红蝴蝶结、穿白色公主裙的小女孩朝着镜头笑，右手牵着一个大约两三岁、长相精致的小男孩。配上的文字是，"介绍一下，我弟弟 @ 余年，有血缘那种，他外婆是我爷爷的亲妹妹。抱歉，让各位失望了。"

余年很快转发："半夜开车出去不是看月亮背剧本，是去找信号刷微博了，剧组的信号真的特别差。"

两条微博一发出来，瞬间沸腾了。

"——哈哈哈我一个原地爆笑！尤优发现余年跟郁青半夜开车出去，自以为抓住了把柄，指挥粉丝扣脏水盆子报仇。没想到粉丝早就不想忍他了，反手就挂，面临断崖式掉粉之际，突然得知，郁青余年是亲姐弟，开车出去是找信号去了！这打脸，脸都肿了吧？"

"——哈哈哈哈可能尤优完全没想到，余年明明可以抱大腿，却偏要靠自己凭才华！实不相瞒，我也没想到，而且看起来，要不是这次的事，根本就没想过要把这层关系透露出来吧？"

"——啊啊啊年年竟然是青姐的弟弟？姐姐不能这么区别对待啊！我们年年也想体验一下冠军内定、砸钱不手软、资源随便选、综艺任上、角色任挑的感觉！"

"——哈哈哈年年好可爱半夜开车出去找信号刷微博？不过真情实感，年年小时候也太好看了叭！好精致好贵气！像个小王子一样！"

真的从小好看到大啊！吹爆！"

"——求问尤优的心理阴影面积！吃瓜群众心满意足，午饭不吃都饱了！"

办公室里。

谢游看着小时候的余年，矮矮的，五官能看出现在的影子，眼睛又大又黑，皮肤很白，脸颊还肉嘟嘟的，对着镜头，眼神有些茫然，但还是很乖地站在原地等拍照。

好可爱。

　　"停！"徐向澜喊了一声，招呼道，"灯光过来！道具师别喝茶了！余年到旁边休息，郁青呢？到哪儿瞌睡去了？抓紧时间，再拍一场！"

　　余年朝工作人员道了谢，细心地收拢折扇，穿着戏服坐到了旁边的小马扎上。

　　施柔帮余年拍了拍衣服上的沙子，递了保温杯给他，说话有些吞吞吐吐的："那个……年年……"

　　见她犹豫，余年温和道，"柔柔姐，怎么了？"

　　施柔把亮着的手机递给余年，"那个……有人说你演技一般。"

　　余年一笑："我又不是演技天才，第一部戏演技被说一般很正常，至少对方没有评价说很差。"他顿住，忽然反应过来，"是谢游说的？"

　　施柔点头，愤愤道："他怎么总是一心一意只黑你啊？我原本以为这段时间没动静，是他转移目标了，没想到又出来刷存在感，总裁都这么闲吗？"

　　她又道："之前徐导发的那段小视频转发量特别惊人，还被做成了不少动图。那些职业黑正愁没地方发泄，现在好了，谢游的微博一出来，黑子全在他微博下面集合了！"

　　余年笑着没回话，放下保温杯，接过手机先看了看。

　　谢游最新的微博带了一个 tag 和一张动图，"# 东都顾玄宁 # 啊，演技很一般。"

再看下面的评论，被顶在最前面的热门……画风都有些奇异。

"——事实证明，谢总真的是余年唯黑！不过，我竟然会觉得有一点点……萌？我是不是坏掉了！？"

"——啊啊啊虽然作为新人演技确实一般，但还是妥妥地秒杀一片流量的，至少一点都不尬！而且余年真的好适合这个角色，听他念一句台词，我的老心脏要炸了！太苏了！"

"——怎么最近几天哪儿哪儿都是这个余年？行行行我吃下这个安利还不行吗？"

"——哈哈哈一看到更新不是金融相关的，我就知道肯定是要怼余年了！真专一！"

施柔凑近看了看，奇怪道："咦，不对啊，我刚刚看的时候，热评全都是骂你的，一骂三百字，回复评论几百条，怎么突然全都不见了？"

余年弯着唇角，将手机还给施柔："可能会有外卖送过来，签收人是我，麻烦柔柔姐帮我留意一下。"

施柔接下手机，疑惑："外卖？我们剧组这么偏僻，应该没有哪家外卖愿意送吧？"她又担心，"年年，你是不是馋了？没事，戏快要拍完了，回去就能好好吃一顿了。"

余年没多解释，他想起前几次，忽然很期待这一次谢游送来的外卖是什么。

不过等第二天，余年在片场看到曲逍然的时候，有那么几秒没回过神来。

曲逍然帽子墨镜口罩水壶一套齐全，给的理由也不太走心，说是过来戈壁滩上旅游，想起剧组就在附近拍戏，正好组里还有自己公司的艺人，干脆顺路过来看看，表达表达关怀。

不过大家都知道他是典型的二世祖，家里父母哥哥都宠着惯着，有了这个前提，好像旅游顺路来探班这个说法也没什么问题。

见到余年，曲逍然官方客套地说了两句，又道"对了，看我这记性！有人让我顺便带一样东西给你，在车上没拿下来。"

余年很配合："是霍老师吗？他在电话里提过一句，麻烦曲总了。"

"对对对就是你霍老师。"曲逍然不知道余年说的霍老师是谁，但完全不妨碍他发挥，偏头朝向徐向澜，"徐导，人我借一会儿，拿个东西就回来，不会打扰剧组拍戏吧？"

本来就还没到余年的戏，徐向澜也不会跟曲逍然过不去，他摆摆手："当然没问题，去吧。"

曲逍然的车停得不算近，两人一前一后走着，曲逍然小声自言自语："回去我哥看见了，会不会问我到底去哪儿了，皮肤怎么皱得跟干橘子皮一样……"

两人不算熟，余年认真走路，没有随便接话。绕过一座风蚀残丘，才看见一辆黑色的保姆车停在沙石地上。

曲逍然停下步子，指了指，"就在车里，你自己去看看吧。"说完，他没再说话，自己掏了根电子烟出来，背过了身。

自己去看？余年心里有了猜测，走到门边，伸手拉开了车门。

和他想的一样。

余年看着坐在车厢里，脊背挺直，穿着黑色复古丝绒西服，膝上还放着一台银灰色笔记本的谢游，笑道，"好久不见。"

他以为只会有外卖被送过来哄他，没想到这一次人也一起过来了。

谢游看着余年，开口道，"好久不见。"说完，他邀请道，"要进来坐吗？"

余年依言上车坐下，没有将车门关严，留下的细窄缝隙让车厢里的气氛不至于让人局促。

这时，谢游从衣服口袋里拿出一张纸条，照着纸条上记下的人名认真问，"你认识任科盈、苗雅吗？"

这是谁？余年茫然，"不认识。"

"那你认识辛波斯卡和惠特莉吗？"

余年依然茫然摇头，"不认识。"

谢游悄悄松了口气。这些都是他严谨地筛选出来的，身高超过余年、外表勉强有能和余年相比的资格的女模特。

心放下了一半，谢游最后问道，"那你认识女模特吗？"

女模特？

"一个也不认识。"余年不知道谢游为什么忽然会问这几个问题，"是有什么事吗？"

"没有。"谢游否认，随后心情很好地将储物柜里的保温桶拿了出来，递给余年，忐忑道，"虫草乌鸡汤。"

女模特的话题过去了，余年也没追着问，双手接下保温桶，打开盖子闻了闻，笑道，"好香，闻起来味道就很好！"

谢游有些不好意思地移开视线，想多看几眼余年，又悄悄地把视线焦点移了回来。

"我一会儿回去就喝，不过我得小心，一定不能被剧组其他人发现了，不然我大概一口都尝不到。"余年拧好盖子，"谢谢你，我已经连吃好几天炒饭了。"

谢游眉心微微蹙，"剧组……有人欺负你吗？"

"欺负我？"余年马上反应过来，"没有人欺负我，你放心。"

"嗯。"

问题得到了答案，东西送到了，还见了人，也没人欺负余年，谢游心满意足，"那我回去了。"

下午三点过，余年的戏份拍完了，他正准备去换衣服，就看见徐向澜朝自己走过来。

"徐导，是拍得有什么问题吗？"

"不是，拍得很好！你把顾玄宁这个角色表面上穿花拂柳一派风流、心里却依然装着家国大义天下生民的特质演出来了，诠释得很到位！"

徐向澜磨镜头很严格，但他也不吝夸奖，说着，他带余年往边上走了两步，"我是想跟你说说你跟郁青开车出去被偷拍的事情。"

余年眸光微动："找到人了？"

"嗯，找出来了。"徐向澜理了理挡风沙的黑色鸭舌帽，因为拍戏日程紧，天天扯着嗓子吼，声音略有些干哑，"这件事是我们的责任，

210

我很愧疚。拍照的那个人是才招进来没多久的场工，曾经和尤优的经纪人有过接触。对方允诺，要是能拍到你的黑料，就给他钱。"

这件事余年之前跟郁青讨论过，结果也算意料之中，"推广曲的事情，结了仇怨，尤优那边觉得我抢了资源还让他们没了面子，想方设法要报复回来，就算没有偷拍这件事，也会有其他的事情。"他又道，"徐导，这件事也不能全怪剧组，毕竟，只有千日做贼的，没有千日防贼的。"

徐向澜打量余年，发现他年纪虽然不大，但真的会做人会说话，笑道："事情我一定会处理清楚，你这情我也记下了，希望以后能有合作的机会，"说完拍拍余年的肩，"你先去换衣服吧，好好休息。"

房间里，余年刚换回自己的白色棉T恤，郁青就敲门进来了，开口问，"刚刚我看见徐向澜找你，是不是也说的偷拍那件事？"

"嗯，给了个交代。"

郁青点头："这事情说大很大，说小事情也小，和稀泥过去了最好，不伤和气，我们稍微吃点亏也没什么。而且，以后我微博上就能光明正大地罩着你了！"

余年笑出来："嗯，那就先提前谢谢郁青女侠了！"

"滚！"郁青也笑起来，"对了，你就快杀青回宁城了，走之前要不要出去玩儿？"

"去哪儿？"

郁青："那个佛窟啊，去吗？要去我带助理开车一起过去。"

余年反应过来郁青说的是哪里，沉默片刻，点头："嗯，走吧。"

一行四个人到达目的地时，时间还不到五点。两人帽子墨镜戴着，郁青怕晒黑，还裹了丝巾，脸基本被遮完了。

佛窟旁边的博物馆很小，甚至常年被风沙吹袭，外墙有些破破烂烂的，全然没有大城市里博物馆的宏伟。

郁青站在博物馆门口的台阶前顺手自拍了一张，一边问："年年，我记得你小时候来过？"

"嗯，外公带我来过。当时才把佛窟挖出来，这边的人不太敢动，连夜请外公过来主持，我是顺带着被拎上飞机的。"余年语气怀念，"不过来了之后，都没人有空管我，我只好自己玩儿了。"

他看着博物馆题匾的右下角，落款便是"修宁"，指了指："外公题字的时候，墨还是我研的。"

"研墨？"郁青挑着眉梢笑道，"你小时候那么矮，有桌子高没？"

余年故作惊讶地看她："姐你傻了？有凳子可以踩啊！"意料中地被瞪了一眼。

两人进到博物馆，里面安安静静地没什么人。被黄沙掩埋了千百年的文物陈列在展柜中，仿佛将时光凝固。

余年和郁青都没有说话，将陈列品挨着挨着仔细看了一遍，出来时，已近黄昏。

戈壁上的日落壮美，余年知道郁青从小对古董文物这些不感兴趣，这次特意过来也是为了自己。他转而道："我后天下午的飞机，先回去了。"

郁青整理着帽子，应道："行，我这边拍完了也回不去宁城，乱七八糟的行程一大堆，还有一个电影的试镜，我经纪人说有两个爱卖惨的白莲花想跟我抢角色。跟我抢？她们疯了吧，要是敢卖惨，老娘分分钟怼回去！"

余年笑道："不回家看看？"

戴好帽子，郁青翻了个白眼："我爸不知道又和他哪个情人度假去了，多亏我妈死得早，不然非得气死。我也懒得看，眼不见为净，只要那些小姑娘不犯到我面前，我就假装她们不存在。"

郁青重新架好太阳镜："走了走了，天一黑就冷得不行，早点回去了。"

余年的飞机下午六点落地，刚取了行李出来，就接到了孟远的视频电话，说有粉丝来接机。孟远还特意让施柔把手机拿远一点，让余年的全身都入镜，从头到脚仔细看了看余年的衣着和状态，称赞："还不错，没胖没瘦，天天晒都没黑多少。"

余年笑道："嗯，我姐涂防晒时总催着我也抹，一天几次，墨镜口罩帽子她比我还上心。”

孟远笑出声：“那我确实得感谢她！”他又叮嘱余年，“一会儿出去别慌，也别走快了，不要紧张。还要拍出机场照，柔柔会跟你说注意事项的。”

“好，谢谢孟哥。”

余年虽然做好了心理准备，但刚走出去，发现来了很多人，还举着写有他名字的手持灯牌，就忍不住偏头低声问施柔：“柔柔姐，这么多粉丝？都是特意来接我的吗？”

施柔笑道：“对，都是特意来接你的。”

余年理了理外套，轻轻吸了两口气：“嗯，我们走吧。”

电脑前，谢游正仔仔细细地看余年的机场照以及接机粉丝拍的各种视频。中途一个女粉丝太激动没站稳差点摔倒，余年还细心地伸手扶了对方一把，低声嘱咐注意安全。

还有的说，余年上车离开时，谢谢她们辛苦来接机，还叮嘱她们回去的时候注意安全，近看皮肤状态也特别好！

把图片视频都存下来，谢游看看手边还没有动静的手机，有些失望。

你不是已经回来了吗……

正在这时，手机提示有信息进来，谢游迟疑了几秒才忐忑地点开，看清是谁发过来的之后，神情就和雨后的山色一样。

余年：“这两天有空吗？要是有空，我们一起吃个饭？”

谢游打了几个字，但想起余年刚下飞机需要休息，删掉“今天就有空”，改成了“我这几天都有空，可以依照你的时间进行安排”。

检查了好几遍，确定语气措辞都没有问题，谢游才点了发送。

很快，余年回了消息过来：“那明天晚上七点，私菜馆见面，可以吗？”

谢游没有犹豫：“可以。”

余年：“嗯，好，那明天见。”

第二天下午五点，谢游早早地将紧要的工作处理完毕。他先回了一趟家，在衣帽间挑选了好一阵，才选了一套复古双排扣深色西服搭配浅灰色衬衣。

在镜子前站了一会儿，谢游又打通曲逍然的视频："怎么样？"

曲逍然正在办公室打瞌睡，见到谢游，稍微打起点精神。"挺好看的，你这张脸怎么看怎么好看，三百六十度无死角！"他忽然反应过来，"等等，谢小游，你上一次找我参谋衣服好看不好看，还是你要在你导师的演奏会上登台弹琴的时候！"

话说出来，他又猛然闭嘴——糟，自己这没把门的嘴，他后悔地想把自己的嘴缝起来！

谢游戴袖扣的手一顿，又自然地继续下去，像是没听见曲逍然说的什么一样，问道："西服的颜色？"

曲逍然愧疚说错了话，听谢游问，赶紧道："这颜色不错，而且你衣柜里除了西服就是西服，都差不多，你应该相信自己，有脸就够了！"

谢游站直，打量穿衣镜里的自己，将袖扣解下来，换了一副："这样？"

曲逍然连连点头："好看好看！红宝石不错！"

连换四对袖扣谢游才定下来，又挑了收藏的手表戴上。确定时间差不多了，他朝镜头道："我出门了，下次聊。"说完就挂断了视频。

车开出私家车道，汇入车流，谢游坐在后座，忍不住再次整理袖口、领口、衣角，确保没有褶皱。整理完，他计算着时间，又拿出手机，准备给余年发信息。

这时，司机忽然道："少爷，后面好像有车跟着。"

打字的手停住，谢游抬眼，将手机按熄："确定？"

"不太确定，但黑色车身、牌号尾数是01那辆车确实一直都在后面缀着，我甩了两次都没甩掉，不像偶然同路。"

"继续注意着。"谢游低头看了看手机，没有再点开屏幕。

路况不算拥堵，在经过三个岔路口后，司机确定道："有九成的概率是跟着我们的。"

看着窗外被霜色染黄的行道树，谢游眸色加深，眼神变得锐利起来：

"不往城西开了，改道去曲家。"

他紧握着手机许久，指节都微微泛白了，才重新进到信息页面，将之前打的字全部删除，重新写上："抱歉，临时有事，无法准时赴约了。"

余年收到信息时，正在私菜馆跟沈味聊天。

"沈叔，我回个消息。"

他将谢游发来的这行字看了两遍，笑容渐渐被担忧取代，回道："你现在在哪里？"

对方的回复很快："在路上。"

那就是，原本准备过来，但半路上遇到了什么事，没办法过来了？

想起谢游上次提过的车冲破围栏坠入江底那个新闻，谢游本是会乘坐那辆车回家。余年不自觉地微微蹙眉，手指快速打字："没关系，下次约也可以，那你现在去哪里？"

"曲家。"

余年想了想，弯起唇角打字："三小时内，会有外卖等你签收。"抬起头，余年朝沈味道，"沈叔，我能借你厨房用用吗？"

曲逍然比谢游到得还晚些，他进门将衣服递给佣人挂好，"噔噔噔"大步上楼，见谢游坐在椅子上望着窗外，侧面跟雕塑一样冷凝，刹那就词穷了。

还是谢游听到动静偏过头，先说话："回来了？"

"嗯，接了你电话就回来了，路上堵车，所以晚了。"曲逍然坐到谢游对面，自己给自己倒了一大杯水解渴，一杯水喝完，他语气不淡定，"到底怎么回事？跟踪你的是不是丁兆先的人？"

谢游轻轻摇头："不确定。"

曲逍然喉口憋着气，他看着谢游花心思挑选的衣服袖扣手表，布料表面连丝褶痕都没有，就知道他是有多重视今晚的见面。

但现在，却只能跟自己坐在这里看树影。

"丁兆先这老不死的怎么这么能蹦跶？"曲逍然又气道，"而且你只是改了行程提前回家而已，他就暗戳戳的派人跟上了，时间这么多？"

"是我不够小心。"谢游盯着骨瓷杯里的清水，眼神锐如刀尖寒芒，"他手下三个得力助手都被我扔去了国外，还有一个心腹投靠了我，做事又处处受限，针对我的小动作也都失败了，他肯定坐不住。我不该这么着急的，不该急着跟余年见面。"

曲逍然听着他低声说的这几句话，心里像被重锤砸了一下，难受得厉害。他抹了抹脸："那……余年生你气没？你鸽了他，他不会以后都不约你了吧？"

提起余年，谢游嗓音柔缓下来："没有，他说下次约。"

"还好还好，"曲逍然拍了拍自己的胸口，正想再安慰谢游几句，房门忽然被敲响。用人站在门口，恭敬道，"少爷，谢少爷，门外有人说，少爷您点的外卖到了。"

曲逍然愣住，仔细回想："外卖？我怎么记得我没点过外卖啊？"

一旁的谢游眸光微亮，吩咐道："送进来。"

没一会儿，几个大食盒被送了进来，几个用人都怕谢游，放下东西马上出去了，还顺手关上了门。

谢游打开食盒，亲自将菜品一一端了出来。

曲逍然被馋饿了："私菜馆的外卖？闻起来就很好吃！不过摆盘刀工之类的一看就不到位，看起来不像是沈师傅亲手做的，难道是学徒做的？"他拿了筷子，"我先帮你尝尝味道！"

谢游抬眼，认真道："都是我的，你不能吃。"

曲逍然："啊？"

余年解下素色的围裙挂好，看向坐在一旁的沈味："沈叔，你快来尝尝看，我熬的汤味道怎么样。"

沈味背着手走过去，尝了小半碗，笑道："很好喝！"他放下汤碗，又叹息道，"只是我实在不应该让小少爷——"

余年知道他要说什么，笑着接话："不应该让我下厨做饭对吗？"

沈味点头："要是先生和夫人知道了，不知道得多心疼！"

余年盛了两碗汤在白瓷碗里，没有驳长辈的话，只是弯着眼睛道："可是沈叔，我也很希望自己以后能亲自做好吃的给朋友吃。"

　　第二天早上，一觉醒来听见敲门声，余年迟钝了两秒才趿拉着拖鞋去开门。

　　孟远见到他松了口气，"打你手机没人接，我还以为出什么事了。"

　　余年往里让了让，抱歉道，"应该是手机忘记开声音了，没听见，麻烦孟哥特意上来一趟了。"

　　"这有什么麻烦的，"孟远进了房间，仔细看余年的脸色，"昨晚没睡好？"

　　余年用手指理了理睡乱了的头发，别开眼："嗯，做了……一晚上的梦。"

　　孟远看了看时间："行，赶紧洗漱，路上八成要堵车，今天拍海报，导演时间观念非常强，最好能提前到。"

　　余年动作很快，二十分钟就收拾停当出门了。车上，孟远翻出备忘录："今天先把广告海报拍了，之后会连同着花絮放出去，到时候我会记得提醒你转发宣传。"他抬头，叮嘱，"这次掌镜的是连续几年都拿了最佳广告片奖的斯蒂芬·梅塞，你一定好好表现，翡冷翠的母公司可是赫西。"

　　孟远说话点到为止，余年听懂了："孟哥放心，我一定会努力的。"

　　翡冷翠的拍摄团队几乎都是清一色的外国人，品牌方配了两个翻译。拍摄地点，场景已经搭建完毕，蓝色眼睛的导演斯蒂芬·梅塞大步走过来，跟余年和孟远礼貌握手。他穿着驼色长款大衣，鬓角的霜色让他显得不再年轻。

　　孟远简单的日常交流没问题，又想起自己之前忘记问余年交流的问题，还担心着，可等余年一张口，交流完全无障碍。

　　果然，总是给他惊喜。

　　发现余年听说都没有问题，梅塞的表情也好了很多。孟远理解，毕竟拍摄要求、意图什么的，经过翻译，往往不会那么实时和精确，如果能直接沟通，会省事不少。

　　简单聊了几句，余年被带去换衣服上妆，梅塞跟了过去，亲自把关细节，旁边还有摄影师跟拍花絮。余年已经比较习惯周围的镜头了，神色动作都很自然。

这一支广告选的衣服布料极为轻薄，为了能够营造出层叠繁复的效果，服装师一共往余年身上套了七层不规则剪裁的纯白色薄纱衣。余年很瘦，身形挺拔，比例极好，穿上半点不显累赘，反而有飘逸清透感。黑色的头发被染成了烟灰色，瞬间使余年的五官添上了几分冷意，连眼尾的泪痣也衬出了几分疏离来。

梅塞抱着手站在旁边，单手撑下巴，仔细打量余年。忽然像是想到了什么，朝旁边打了个响指，吩咐了一句。很快，他的助手取来了一个长方形的金属盒子，上面映着老牌奢侈品赫西的标识。

梅塞将盒子里的东西取出来，亲自挂到了余年的侧腰上。

余年低头，才发现挂上的是一条毛绒蓬松的仿真狐狸尾巴，长度大致到膝盖的位置。

梅塞解释："这是赫西今年出的限量新品，还没开始售卖，手工仿赤狐尾巴，很适合你的造型。"

余年站起来走了两步，侧腰上挂着的赤色狐狸尾巴便随着他的动作微晃，漾出全身唯一的暖色，十分夺目。

梅塞很满意效果，打了个手势："好了，如果你准备好了，我们马上开始。"说完，他还爽朗地笑道，"要是小朋友表现很好，我就将这条狐狸尾巴作为礼物送给你。"

经过在徐向澜剧组小半个月的磨炼，余年的镜头感越来越好，肢体没有丝毫的僵硬感，拍摄进程比预计得要快很多。刚到下午五点，梅塞就结束了拍摄，安排工作人员收工。他看着拍下来的画面，满意道："镜头表现力很强，比我预想的要优秀很多，非常惊喜！"他又招呼助手将仿赤狐尾巴拿过来，递给余年，"很高兴和你合作。"

余年双手接下来，笑道："也很荣幸跟你合作，谢谢您！"

翡冷翠效率很高，商议后，在十一月七号上午先官宣了海报，并带了花絮的观看链接，将彩妆代言人余年圈了出来。

官博发出的照片上，余年肢体放松地仰躺在剔透的长方形矮台上，房间四面都是璀璨的水晶墙面，角落也有几簇白水晶点缀。他身体纤瘦，右侧长腿放在矮台上，左脚自然垂下踩着地面，有种隐隐的脆弱感。层叠繁复的白色纱衣包裹着他的身形，烟色的头发增添了整体的冷意，纤尘不染。

而整个画面中，微微翘着的红唇，手上拿着的彩玻璃外壳的迷幻海唇膏，以及腰侧挂着的如火焰一样的赤色狐尾，成了整个画面中最为夺目的颜色。

"——我的天啊啊啊，以后口红只买翡冷翠的迷幻海系列了！全收！这是什么冰川雪原上的绝世狐妖！"

"——我命令你们马上出人物卡！出人物包装袋！出人物海报！出人物套盒！我买爆！我的钱包在呐喊！呜呜呜年年你怎么瞒着妈妈长得更好看了！"

"——呀呀呀吹爆年年的口语，花絮里说英文声音好好听啊！一举一动都特别有教养有礼貌，换造型时面无表情的样子也美炸了！随便一帧花絮都是壁纸！"

"——美瞎眼啊！这个海报拍得也太好了！导演太厉害了，工作人员也辛苦了！期待广告牌布满大街小巷！我要去合影！以及，正式广告什么时候出？期待！！"

"——这条狐狸尾巴！赫西的！全球限量二十一条！全手工仿真！就是价格像鬼故事。"

"——啊啊啊看！气死了！原本想去赫西预订余年同款狐狸尾巴，完全没想到的是，竟然被告知还没上就已经下架了，原因是'售完'！并且是在同一时间一次性售完！所以，是哪个土豪粉丝这么凶残，一次性全买了？还给不给活路了？"

谢游正好看见，心道：是我，有意见？

孟远也跟余年说起了这件事。

"你那条狐狸尾巴已经成绝版了，这都还没上架就一次性售空。昨天我跟梅塞导演的助理通电话，对方也表示十分惊讶于你的号召力。"

余年坐在车后座，正低头在看广告剧本，听见孟远说的，惊讶："赫西的那条狐狸尾巴？

"对啊，不知道是哪个土豪粉丝，一口气二十条全包了，啧，真的有钱。"

孟远感慨了两句，又道："你昨天做了最后一次复查，脚没问题吧？"

"没问题，医生说恢复得很好，不会有后遗症的。"余年怕孟远担心，还把拍下来的检查结果给他看。

孟远看完，放心了，一边翻看备忘录一边道："正在筹备的这张EP会放五首歌进去，为了保持住风格，其中四首包括主打，都由冯廷作曲，赵炎和罗应杨写词，他们三个是金牌搭档，近两年出的作品都很不错，之前就约好了，算算时间，这两天就要交歌了，到时候交上来了会先给你看看。"

之前孟远就提过这件事，余年分了心思出来："好，那另外一首呢？还是江澄老师和姜博老师写吗？"

"对，对方主动打电话过来交涉，说在《天籁》上答应了给你写歌，肯定会兑现。"

余年记下来："嗯，那我晚些时候打电话去感谢一下。"

"行，不过他们也是看着你有大红的趋势才主动约歌，你火了，他们写的歌也会跟着火，借着兑现诺言这个事，还能发发新闻。要是《天籁》一结束你就凉，根本不会有人搭理你。大家都很现实，互利互惠，也不用太感激。"

"嗯，我知道的。"

孟远知道余年心里门清，没继续说下去，看了看窗外的建筑物，他收好备忘录。"已经开到了城西这一片，差不多快到地方了。上次我跟你一起过来，还是去私菜馆吃饭的时候。"

很快，车在目的地停下，道路两旁的法国梧桐落下不少枯叶，余年开门下车，偏过头，远远能看见自己家的后门。

孟远顺着余年的视线看过去，随口道："听梅塞导演的助理说，原本梅塞更喜欢旁边的思宁公馆，说几乎完全符合他的构想，是他想要的风格，但那是私宅，进去拍广告不太好，所以只好选了这座懿园，风格跟思宁公馆类似，勉强能入梅塞的眼。"

余年点点头，他记得懿园以前住着一位老先生，拄着拐杖，常戴一顶绅士帽，有时会来串门，找外公一起下棋。后来老先生去世，四个子女分散在世界各地，干脆把院子卖了折现分钱。现在懿园被改成了一个高端私人会所，前两年还办了一场收藏珠宝展。

走进雕花大门，道路两旁的花木修剪齐整，看不出半点深秋的衰败。

施柔站在余年旁边，小声道："懿园出售的时候，孟哥正热衷买房产投资，十分动心，但懿园起价就上亿，买下来之后还要修整，又是一大笔钱，孟哥没那么多钱，只好收回了自己蠢蠢欲动的手。"

孟远从前面横了一眼过来："你们两个说什么悄悄话？"

施柔和余年异口同声，"没有！"

孟远被这反应逗笑："行了，走快两步，要迟到了啊。"

梅塞拍广告更注重视觉上的美感，余年到了之后，他连说带用笔在纸上画，把自己对画面的构想跟余年详详细细地说了一遍。

"……从你的眼睛里，能看到的是一种平和，极少有欲望，让人觉得很干净，就和北欧的雪原极光一样！我希望尽可能地挖掘出你的这种气质，展示出来。"梅塞站起身，朝余年招了招手，示意他跟上，"我为你设计了三种造型，我们先试试看！"

于是整整一个上午，余年都在试衣服、试配饰和妆容发型里度过，梅塞极为挑剔，时不时还会跟造型师互怼。好不容易敲定，梅塞又拉了服装师到旁边商量修改一些小细节。

十二点半，余年才换上自己的衣服，终于能轻松休息一会儿了。正想问施柔午餐吃什么，就发现孟远走了进来，表情有些古怪。

"孟哥？"

孟远确定没有外人，假装轻咳了两声："那个……曲总说你拍广告太辛苦，特意送了吃的过来，满满一大桌，十几个菜，就是三个你也不可能吃得完。"

余年一听就笑了，昨天他看了谢游的微博，还在想外卖怎么一直没来，没想到是推到了今天。

孟远见余年竟然在笑，压低了声音："曲总……到底是什么意思？就算是看好你以后会变成公司的摇钱树，也不带这么殷勤的！"

施柔见得多，也皱了眉，忧心忡忡："孟哥，你的意思是，曲总……"

孟远沉吟，又摇头，"不像，曲总虽然没个定性又爱玩儿，但人还不错，前女友不少，但都在一起一个星期牵个手就分了，挺有原则的，重点是，上面还有曲大少盯着。"

听着孟远和施柔的讨论，余年觉得自己要是实话实说，说这些都是谢游送来的，应该比是曲道然送来的更难以理解吧？想起夏明希的"硫酸和炸弹"，余年没说实话，和稀泥道："可能是曲总看我比较顺眼吧，而且送都送来了，不吃多可惜，那么多菜，一起吃吧。"

翡冷翠的广告一拍就拍了整整四天。余年在徐向澜的剧组习惯了一个镜头反反复复拍上六七次，这一回遇上了要求严格、还时不时会灵感迸发重拍一遍的梅塞，耐心也十分充足。等最终拍完时，梅塞张开手臂跟余年拥抱，大笑道："跟你合作非常开心！相信我，这个广告片绝对完美！"

余年笑道："谢谢您，我也十分期待！"

从懿园离开，已经是晚上七点了。深秋的季节，天黑得很早，余年这几天连续高强度工作，神经一松弛下来就有些撑不住，靠着抱枕打瞌睡。

孟远帮他盖好被子，又关好车窗，低声叮嘱："你安心睡，一会儿回去了也早点睡，明天再睡个懒觉补补。"

余年勉强听清了孟远说的是什么，应了一声，歪头睡了过去。

不过第二天早上还不到八点，孟远就一个电话打了过来："虽然知道肯定吵你睡觉了，但现在有一个好消息一个坏消息，你先听哪个？"

"孟哥早上好，"余年声音有些沙哑，"先听坏消息吧。"

"你开微博看看热搜。"

"热搜？"余年保持着通话，切到微博页面，一眼就看见了热搜第一，话里满是惊讶，"冯廷和赵炎吸毒被抓？"

孟远唏嘘："我愁得头发都要掉了！他们和罗应杨一起，一共交了七首歌，七选四，质量都还不错。初选选了五首起来，等你五选四拍板定下，就能开始制作了，谁知道竟然出了这事情！"

余年坐起身，拢着被子，被窗外的阳光照得眯了眯眼，他语调沉着："那现在的具体情况是？"

"小专辑的整体风格之前就定了调，冯廷和赵炎、罗应杨也是按着这个风格来写的歌。现在准备工作已经妥当，等歌定下来就开始录制、投入制作。"孟远吸了口气，"所以现在的问题，如果我们不要冯廷和赵炎他们的歌，赔钱倒是小事，最麻烦的是前期制作时间会被无限拖长。而且，保质保量的词曲人不多，你现在又还是新人，能找到有质量、有档期、非天价、还能写出专辑既定风格的词曲人，大概只能盼望撞大运了！"

余年手指抓着被角："否则 EP 只能不确定时间地延期、所有计划也要推倒重来，对吗？"

"对。"孟远问余年，"所以，这歌我们还要不要？"

"不要。"被问到这个问题，余年语气坚定，"吸毒是原则问题，不能要。"他坐起来，伸了个懒腰道，笑道，"孟哥，要不……词曲都我来写吧。"

孟远好几秒没声音："你来写……你等等啊，我去商量商量！"

等余年给自己做了一顿简单的炒饭，又浇完花，孟远的电话才打了过来。

"首张专辑自己写歌，会有人被才华圈粉，但相应的，也更容易被嘲被骂。这是你的第一张音乐作品，我们必须保证质量，所以不是不信任你，而是必须慎重，必须稳妥起见，你懂吗？"

余年："懂，所以给我三天时间，我把歌写出来先给你们听听看，然后再做决定，可以吗？"

孟远应下："行，等你的好消息。"

发现孟远准备挂电话了，余年出声："等等，孟哥，那好消息呢？"

"看我这记性！"孟远自己都笑了，"好消息就是一个热门综艺签下来了，你去当嘉宾。不过你先认真写歌，这事情不急，晚几天再跟你细说。"

接下来的三天余年都没出门，期间只让施柔买了一点食材水果送到家里，自己则一门心思地写歌。

第三天晚上，一直没收到余年消息的孟远忧心忡忡地打电话："年年你还好吧？要是写不出来也没关系，推迟就推迟！"

余年打了个哈欠，满是倦意地笑道："四首都已经写出来了，我还顺便编了曲，配着伴奏唱了一遍，音频发你邮箱了。"

"这么快？"孟远惊讶，又赶紧道，"行知道了，那你休息，我去听听！"

余年困得不行，挂断电话倒床上就睡了。不知道睡了多久，孟远有了回音："早知道你这么能写，我们还约什么歌！"

余年半睁着眼睛，声音里带着笑："那能行吗？"

"当然行！完全吊打冯廷赵炎他们！还能往创作型歌手方面宣传，不错不错！"孟远声音兴奋，"你继续睡，Demo确认的结果应该不会这么快出来，反正有结果了我马上通知你。"

电话被挂断，余年闭眼尝试了一下，发现瞌睡已经跑没了，他干脆坐起身，从冰箱里拿了一罐酸奶，打开电视，一边看凌晨重播的财经新闻，一边喝酸奶。

"……日前，收到消息，寰宇投资的一位王姓高管逃往国外，被警方带回……"

寰宇投资？余年拿酸奶的手微顿，他想起徐向澜之前提过，寰宇背后站着的是谢氏一个姓丁的董事，而现在，寰宇出了事……

这时，手机响了，余年打开，发现是谢游发来的消息，只有几个字："还没睡？"

把这三个字翻来覆去看了几遍，余年忽然起身，从卧室里拿了件灰色外套穿上，又揣了钥匙在口袋里，最后扣上一顶黑色鸭舌帽出了门。

果然。

看着停在路边的陌生黑色越野，余年快步走过去，待他走近，车窗玻璃降下一点——是谢游。

故意朝手里呼了呼气，余年笑道："外面好冷。"

谢游看着站在街沿上的余年还有些回不过神，以为是自己出现了幻觉。等听清余年说冷，才猛然反应过来，打开了车门。

坐进后座，车厢里温度高很多，空气里弥漫着一股淡淡的雪松香气。

"晚上好啊，"余年语气轻快，"你不问问我是怎么知道你过来了的吗？"

谢游眼神专注，依言问道："你是怎么知道的？"

余年笑道："很简单，现在时间是凌晨一点半，你不会无缘无故发'还没睡'这样的信息过来。我没有发朋友圈，也没有发微博，你却知道我还没睡，那有很大的可能是你发现我的客厅里亮起了灯。"

谢游声线都温和了："那……要是我没在这里？"

"就当散步了。"余年眼里笑意如水波，睫毛盛着车窗外路灯洒下的暖光，"不过你在，我猜对了，不是吗？"

谢游轻轻点头："嗯。"

"你……"

"你……"

两人同时开口，又同时收声，余年弯起眉眼，笑容明亮："要不你先说？"

"嗯，"谢游点头，手指无意识地动了动，"你……现在还冷吗？"

冷？余年转念想起来自己刚刚站在街沿故意朝手里呼气的动作，连忙摇头道："不冷了，车里很暖和，还有雪松的香气。"

余年分了心思打量谢游的穿着，蓝宝石袖扣，黑色领带，内搭白色衬衣，马甲衫和深灰色的英伦风长款羊绒大衣。

应该不会冷。

收回视线，余年眨眨眼，故意放慢了语速询问："你介意今晚晚睡或者熬夜吗？"

谢游呼吸微顿："什么？"

余年笑容扩大："我是说，谢先生，你介意接受我的邀请，让我有机会带你去一个地方看看吗？"

谢游收紧手指，保住了语气的平稳："不介意。"

凌晨的马路上车辆很少，整座城市都空旷起来。越野车一路顺畅地往城西方向，开出市区范围，最后停在了一座小山的山脚下。

余年打开车门，四野荒凉，没有多余的光源。谢游吩咐司机在这里等着，随后走到余年身旁站定。

拉好外套的拉链，余年晃了晃打开了手电筒功能的手机，"我们走吧，目的地在半山腰上，夜路走得慢，大概要二三十分钟。"

两人走进树林里，余年在前面带路，边走边道："我每年都会过来一两次，这座山很矮，没有什么独特的风景，很少有人来。也没有被开发，所以没有修整平坦的路，比较难走。"

经过一个满是青苔的石坎，余年朝后伸手："这里不好走，你穿的皮鞋，我拉你一把？"

谢游看着余年伸来的手，目光微凝，轻轻将自己的手搭了上去，下一秒就被握紧了。

已经是初冬，树林里少了虫蚁，地面满是落叶枯枝，踩上去会发出清脆声响。风也带着冷意，鸟鸣稀少，有时会有谢游大衣的衣角扫过矮小枝叶发出的窸窣动静。

"等等。"

听见谢游的声音，正仔细辨别着方向的余年缓下脚步，偏过头，"怎么了？"

话音刚落，余年发觉雪松的清冽气味瞬息间离得很近——谢游探身靠过来，抬起手臂，将垂下来即将碰到他头顶的树枝拂开："可以了。"

余年回神，笑着道谢，"我都没注意到，谢谢你了。"

又走了一段路，隐约有水声传来，余年喘了喘气，"马上到了，我刚刚差点以为自己走错了。"

谢游有些遗憾，如果走错了多好啊。

到了目的地，余年松开手，转身朝谢游道："就是这里了。"

谢游将手揣进大衣的口袋里，借着手机的光线，打量四周："这里是？"

周围很安静，余年怕惊了鸟，声音较平时很轻，像是在说小秘密一样："你闻到没，有梅花的香气。"

谢游这才发现，"嗯，很淡。"

"对，现在时节还早，花开得应该还不多。"余年走了几步，"这里有一处水潭，常年有水沿着一块石壁流下来。潭边长着一株梅树，不知道多少年了。小时候，我外公经常过来赏梅画画，顺便也会带上我。"他指指旁边的一座小亭子，"我外公建的，倚梅亭，如果带了东西上来，能在里面沏茶烤火，要是兴致好，还能抓水潭里的鱼来烤。"

两人走进木亭坐下，谢游问，"你小时候经常过来玩儿？"

"对啊，夏天这里有各种野花，有萤火虫，凉快又好玩儿，就是蚊子太多了，会咬很多包起来，特别痒。还是冬天好，虽然冷，但梅花开得早，很香，周围也安静，心情不好的时候就会想过来坐坐。"

余年一边说着话，一边蹲下身，从亭子角落翻出储备的蜡烛和打火机，又将点燃的蜡烛放进防风灯罩里，立在桌面上。

山风，流水，梅香，烛影，月色，气氛刚好。

暖色的烛光破开黑暗，余年找话题聊，"前几天你送的外卖里有一道清蒸鲈鱼很好吃，我把一整条都吃完了，还有糖醋小排也一块没剩。经纪人被我的食量震惊了，这几天天天都在念叨，让我一定注意形象管理，不能长胖。"

谢游持反对意见："你太瘦了，应该多吃一点。"

余年笑起来，瞳孔被烛光映出浅浅的琥珀色："所以才送了那么多菜过来吗？"

"嗯。"谢游颔首，还强调，"你太瘦了，"又不太熟练地关心，"这几天……是不是很累？"

"这几天吗？还好，不算很累，"余年扳着手指头数，"之前在拍翡冷翠的彩妆广告，拍了四天，虽然导演特别严格，但学到了很多，成片应该很不错，后面三天一直关在家里写歌。"

"给你的专辑写歌？"

"嗯，约歌出了波折，干脆就我自己写自己唱了。"余年不太在意，转而问谢游，"你呢？是不是稍微顺利一点了？"

谢游听明白了，"你看新闻了？"

"对啊，出门之前正好看到重播的新闻，说寰宇投资出事了。"余年说着，左手撑下巴，右手像端着杯子一样虚虚握着，看着谢游，"要不要干杯庆祝一下？"

谢游垂眼，也虚握起手指，跟余年的手相碰，认真道："干杯。"

十一月底，一场寒流袭入宁城，街上的行人都裹上了羽绒服长围巾。而余年的广告也正式投放，仿佛一夜之间，公交站、地铁站、商场外墙，到处都贴上了翡冷翠的大幅广告海报，右下角写着——翡冷翠彩妆代言人，余年。与此同时，广告片也开始在电视和各大平台密集投放，连微博的开屏广告也变成了余年手持着梦幻海唇膏的画面。

"——#余年#作为事业粉，强势赞美年年挑资源的眼光！翡冷翠出身名门，有赫西的纯正血统，格调在那里放着！而且！拍出来的广告片真的美到窒息！我去世了！"

"——#余年#天呐海报上那套衣服穿着在广告里跑起来，太仙了！我第一百次吹爆小哥哥的颜！在地铁站听见旁边的女孩子在讨论海报上的小哥哥怎么这么好看，悄悄自豪哈哈哈！颜值超能打！"

"——#余年#啊啊啊和品牌契合度真的超高！那种即有深入骨髓的贵气，但又不盛气凌人的气质！全身上下连头发丝都散发着高级！"

"——#余年#为了拿到随机赠送的人物卡，我已经买了二十根口红了！随机送人物卡什么的绝对是商家的阴谋！但是，好吧，翡冷翠，你成功了，我买！"

很快，"粉丝排队和余年的广告牌合影"的消息再次在首页被各种转发，而余年广告片的点击量也节节攀升。

孟远正在办公室跟余年商量日程，顺手点开手机看了一眼，马上笑了："年年，你知道有个大V号给你贴了个什么标签吗？"

余年好奇："什么标签？"

"热搜收割机！"孟远自己先笑了出来，"不过这标签没毛病，很写实！广告一出来，除了品牌方照例买的热搜外，又有两个和你相关的进前十了。"

余年有些不好意思地笑了笑，又问孟远："孟哥，你之前说的那个综艺明希也会去？可是他前几天才跟我说他还在剧组，戏没拍完。"

孟远点头："对，节目组接洽的人特意跟我提的，说是这两天才定下的，夏明希应该会直接飞录制现场。这样挺好，你们两个熟，上节目也能轻松不少。"

"嗯，好，那我回去继续把前几期节目都补补。"

"行，"放下平板，孟远又叮嘱，"也别睡太晚，明天上午九点，我来你楼下接你去机场。"

晚上，谢游洗完澡，套上黑色银边的睡袍出来，正好接到曲逍然打来的视频。点了接通，还没说话，先听见了曲逍然暴躁的声音："谢小游你这是什么操作？"

谢游抓着毛巾，顺手擦了擦自己的头发，语气平静，问："什么什么操作？"

曲逍然一脸愤怒，镜头往旁边一转，画面定了定，又转回自己的脸，"你自己看看！地上那一堆叠得比人还高的翡冷翠彩妆套盒是什么鬼？还都是什么限量版！我又不化妆拿这么多彩妆套盒干什么？谢小游你是不是对我有什么误解？"

谢游将毛巾放到一边，拿过手机，切进相册里的截图，认真念道："啊啊啊我要去买买买，证明年年的带货能力超棒。"

视频里，曲逍然张了张嘴，呆滞了："这是微博粉丝的评论？然后你就去买了？"

"嗯。"谢游点头，"还有一批在路上。"说完，谢游又强调，"限量版套盒，每一盒都会送三张人物卡，我明天过来拿。"

"哦。"曲逍然麻木了，"行吧，你开心就好。"

挂断视频，谢游正犹豫着要不要给余年发信息，没想到就在这时，被置顶的属于余年的对话框里跳出一条信息。

"许愿，希望你今晚好梦。"

他很快回复："晚安。"

早上九点，余年拎着行李箱准时下楼。坐进后座，前排的施柔摘了蒸汽眼罩，递了保温杯给余年，笑眯眯地道："年年，我昨晚熬夜的时候正好看见了，给你拍翡冷翠广告的那个梅塞导演在接受国外一个时尚杂志采访时提到你了！"

余年早上起来就忙着收拾东西，没来得及看手机，还不知道这个消息："梅塞导演夸我了？"

"你怎么知道！"

余年见施柔眼睛都睁大了，笑着解释道："你的表情告诉我的，要是说我不好了，你肯定比我还难过。"

施柔笑了两声，点头："哈哈哈对，他说的话翻译过来大概是，余年拥有独特气质，让人想要不断去发掘他在镜头下各种完全不同的特质，期待再次合作。"她兴致勃勃地掰着手指数，"我跟你说啊，被梅塞正正经经这么夸过的，这么多年来，只有两个影帝、五个超模、一个歌手，现在又多了一个你！"

孟远打补丁："他还是赫西的御用广告片导演。"

"对！"施柔手里捏着蒸汽眼罩，打量余年的穿着，又发愁："唉，差不多是冬天了，我之前还悄悄开心，你终于把批发的白T恤扔衣柜了，没想到你竟然又穿上了批发来的卫衣！"

孟远继续打补丁："同款式，黑白灰三种颜色轮着穿。"

"对！之前拍广告，有人问我你的卫衣什么牌子的怎么这么好看，我当时都没好意思暴露真相！"施柔诚恳建议，"年年，我们要不去买几套贵一点的，撑撑场子？"

孟远视线从手机上移开，揭露现实："他又快要点不起外卖了，就别难为他挪置衣费出来了，反正才二十一岁，靠脸也能横着走。"

孟远和施柔一人一句的，等他们说完余年才开口："那我要不卫衣和毛衣换着穿？我之前还买了七八件毛衣。"

"七八件……"孟远扶额，"真的，我再次对自己的决定产生了质疑，让你炒贵公子人设到底对还是不对。"

施柔转头去安慰孟远："没事，孟哥，我们想开一点，别人靠钱，我们靠脸，大概还可以……靠气质？"

下了飞机，坐上节目组派来接机的车，刚到录制地点，余年还没反应过来发生了什么，就被夏明希一个熊抱差点推地上。

"年年！"

余年也不由笑起来："明希你是不是重了？冲击力超强！"

夏明希赶紧站好，紧张地摸了摸自己的手臂和腰："不是吧，真的重了？肯定是那个破剧组，厨师手艺竟然神奇的好，我顿顿都忍不住！"他又拿了包小饼干递给余年，笑容灿烂，"我们一起录节目欸！开不开心？"

"当然开心，"余年撕开小饼干的包装吃了一块儿，心情也很好，"孟哥跟我说的时候我还惊讶，心想你不是还在剧组没回来吗。"

"我自己也惊讶啊，我祖传经纪人顶着导演要杀人的眼神，硬是直接把我从剧组空运回来了！不过我应该还有个两三天就拍完了，说起来，原本拍不了这么久的，是后面加了一点戏份才拖了时间。"夏明希又压低声音，"导演大叔说我演技有天分，我已经预定他下部电影的男二了！"

余年也小声回话："那你以后准备继续拍戏？"

"对啊，唱歌跳舞太难了，拍戏多有意思！"夏明希乐滋滋的，"我妈还夸我，说我继承了她的优秀基因！"

"那你爸爸肯定非常失落。"

"哈哈哈，对！"

两人凑在一起说了好一会儿的话，又一起研究台本，一直到晚上九点才开始正式录制。

夏明希已经靠着余年打了会儿瞌睡了，被叫醒时揉了揉眼睛："要开始了？"

"对，"余年点头，"明希，我还是要告诉你，你刚刚说梦话了。"

夏明希被吓得瞌睡都醒了，一脸震惊："我我说什么了！"

"没说什么，梦里都在背台词，"余年笑他，"这么勤奋啊？"

"那当然！我好歹不能丢我妈的脸啊！"夏明希一脸自豪表情，又站起来喊道，"化妆师姐姐，能帮我补补妆吗？额头那一块在年年衣服上蹭花了。"

《实不相瞒》是国内的娱乐访谈类综艺节目，模式是主持人和四个固定嘉宾以及每一期请来的两个艺人坐在一起聊天，中途穿插才艺展示、搞笑游戏之类的环节，总体来说对艺人比较友好，难度不大。节目人气不算拔尖，但收视数据还不错。

开始录制后，主持人照例暖场，在和固定嘉宾互动后，介绍道："麻烦导播镜头转一下，对，旁边这两个长得都特别好看的，就是我们这一期的嘉宾，余年，夏明希！"

等两人自我介绍并问好后，主持人道："我们知道两位都是第一次参加我们这种综艺，"

一个嘉宾接话："哪种综艺？"

主持人笑道："大概是……搞笑综艺？为了应和主题，那就一人先讲一个笑话吧！"

夏明希举手："我准备好了，我先来！"他清了清嗓子，认认真真开始讲，"两根香蕉一前一后逛街，走着走着，前面的香蕉觉得好热啊，就把衣服脱了！结果你们猜——后面的香蕉跌倒了！哈哈哈哈！"

"哈哈哈哈——"

笑声停住，夏明希眨眨眼，疑惑："怎么只有我跟年年笑，你们都不笑？"

主持人面无表情地反问："好笑吗？"

夏明希看向余年，余年点头："好笑的。"

夏明希重新转向主持人，一脸"该你们"了的暗示，主持人才配合着发出了三声"哈哈哈。"

余年坐直，理了理牛仔外套的扣子，开口："该我了。"

他调好耳麦的位置，开始讲："有个小女孩找到警察说，警察叔叔，我的包丢了。警察拍拍胸口，放心，包在我身上！女孩儿疑惑，咦，那您为什么不还给我？"

余年一讲完，夏明希笑得不行，还"啪"一巴掌拍到了桌面上。

主持人大声叹气："唉，我怎么觉得这么冷呢！"

一个戴眼镜的女嘉宾点头："对，有种自己前一秒在赤道，后一秒穿越到了南极的体验！"她又问，"我就打探一下，你们两个在后台有没有合计合计，比如，要是笑话讲完没人笑，就一定帮对方捧场什么的？"

余年摇头："没有，不过我们商量好了，要是才艺表演完，现场没

234

人鼓掌，尴尬冷场了，那我们一定要为对方用力鼓掌并惊叹，太棒了！"

说完还表演了一遍。

现场一片笑声。

夏明希惊讶："刚刚讲笑话你们都不笑，现在竟然都笑了！好气！"

余年："对，超气！"

主持人摇了摇面前的金色小铃铛："好了，讲笑话这个环节我们直接跳过，忽略不计。现在我们来采访一下，两位之前一起参加过《天籁》，据说关系一直都很好，那有个问题，余年和夏明希，你们觉得，你们两个谁更帅？"

余年和夏明希几乎异口同声："我！"

"那谁更菜？"

"他！"

"他！"

"谁丑？"

"不是我！"

"他！"

回答完，余年看向夏明希："好了，我们的友谊到今天就结束了。"

夏明希抬抬下巴："结束就结束谁怕谁！"下一秒，他伸手，"那个……重新认识一下，你好，我叫夏明希，我爸是夏渊我妈是张阑。"

余年握住夏明希的手："你好，我叫余年，我姐是郁青，我们命中注定是兄弟了。"

两人表演得十分夸张，全场又是一阵爆笑。

主持人也笑起来，其中一个嘉宾道："虽然我们台本上没安排，但要不你们各自打个电话试试？"

夏明希问："是打给我爸妈和余年的姐姐吗？"

主持人附和："对对对，两位觉得可以吗？"

余年和夏明希对视了一眼："可以的。"

接了场内的音响，夏明希先拨号，响了三声就接通了，是一个醇厚的男声，语速很快："有事找你妈你父皇正忙挂了啊你要是再打过来我绝对不会接的！"

夏明希一脸蒙圈，"那个……我要不给我妈打？"

主持人点头："可以。"

电话再次拨出去，响了一声就接通了："有事找你爸我正忙着晚点再聊啊乖儿子么么哒！"

电话再次被挂断，夏明希转身把头靠在余年肩膀上，沮丧道："好了，我多年以来隐藏的我其实无人搭理的事实，在今天曝光了……"

主持人不客气地笑得最大声。

轮到余年，余年拨了郁青的号码，响了七八声才有人接，不过余年还没说话，郁青的声音先传了过来，十分暴躁："徐向澜今天 NG 我十一次了！不就是我把你给我做的那罐辣酱藏起来没分给他吗！补个镜头要死要死的老娘不干了！罢工！我——"

余年打断他："姐，你可能要上头条了。"

郁青瞬间反应过来："你在录节目？"两秒后，她的声音恢复正常，甚至温言细语，"大家好，我是郁青，刚刚什么都没发生不是吗？年年还小，拜托大家多照顾，再见。"

说完，电话就被挂断了。

主持人理了理领结，一本正经地朝向镜头："好了，我可以确定，等这一期播出，我们节目要是上不了热搜，我就直播吃话筒！"

事实证明这个推测是对的，《实不相瞒》最新一期在周日晚上播出后，好几条话题的热度都很高。

"——#夏明希无人搭理#哈哈哈祖传粉丝表示笑疯了！心疼明希，遇到这样的父母太可怜了，来阿姨摸摸头！不过夏渊最后那句绝了哈哈哈爆笑！"

"——# 郁青罢工 #哈哈哈哈一瓶辣酱引发的剧组罢工事件！青姐一秒变温柔要被笑死了！别藏了，老粉怎么会不知道当年您一脚把渣男踹进医院的英勇事迹！"

"——# 余年夏明希 # 笑出腹肌！冷笑话二人组可以出道了，还相互捧哏！一场看下来太欢乐了！"

"——#余年实不相瞒#啊啊啊求年年多上综艺！天呐现场弹钢琴唱歌真的太迷人了！无限循环中！以及，年年你是吃 CD 长大的吗？现场竟然这么稳！而且还会做辣酱给姐姐？好乖啊！"

"——#余年实不相瞒#天这什么神仙才华！姐妹们注意看没有，年年现场弹唱的那首歌是他临时写的！现场临时写的！真的好听到哭泣！求出单曲啊啊啊我买爆！

孟远看完关于话题讨论的数据，喜笑颜开："不错不错，开门红，年年你综艺感挺足，看来后面可以再帮你接一两个综艺试试看，毕竟《实不相瞒》一播出，你一晚上粉丝涨了四五十万，真的是圈粉利器！"

见余年正在看信息，嘴角还带着笑，孟远十分敏锐："哟，这是在跟 186 聊天？"

余年按熄手机，不太自在："孟哥你怎么知道？"

"孟哥我是过来人，你那笑容，一看就有问题，太腻乎了。"孟远又把手里的一张表递过去，"给你看看，翡冷翠统计了这两个星期的销量，我都吓了一跳。口红一秒卖了一千支出去，上线不到半小时销售额就破了百万。你拍广告时涂的那个色号大热，全线断货了。总销量更是几乎暴涨了百分之五千！"

旁边听着的施柔也惊讶了："这带货能力，那我们完全不愁代言了！"

"代言是不愁，但高质量代言还是愁啊，不少大牌还在观望中，我们得比他们更有耐心才行。"孟远见余年又低头发信息去了，感慨，"男大不中留，留来留去留成仇！"

见余年又是笑着不说话，孟远懒得说了："既然心情如此愉悦，那从明天开始，你亲自参与 EP 的准备！Demo 过了，编曲你自己已经搞定，明天开始过带分录音轨，搭乐器，没问题吧？"

余年摇头："没问题！"他抿抿唇，又道，"那……我今晚可以走了吗？"

"快十一点了？是有点晚了，"孟远眯了眯眼睛，"约会？"

余年否定，"不是！"他指指手机，"我一个朋友发短信过来说喝多了，问我能不能去接他。"

　　孟远摆手："那你快去，路上注意安全！"

　　车是公司分配的，余年还没开过，一直停在公司的车库里。他坐进驾驶位，打开手机，又把谢游发来的信息看了一遍。对方大概是发错了人，从措辞来看，应该是吩咐司机十一点四十把车开到指定的位置去接，但不知道怎么的，发到了他这里。

　　将错就错也挺好。

　　余年把车开到指定地点，还顺手给自己扣上了一顶鸭舌帽，安安静静地等着。

　　十一点四十二分，一个助理模样的中年人打开车门，将谢游扶上车，之后低声报了一遍地址就关上车门离开了。

　　余年看看利落离开的助理，又看了看闭着眼睛、满是酒气、面色微红的谢游，没忍住偏头笑了出来。

　　看来，短信没有发错。

　　靠近了帮谢游系好安全带，余年把着方向盘，将车开出了停车场。

　　谢游其实没有醉得很厉害，他头靠着座椅靠背。

　　余年余光一直注意着副驾上的谢游，隔了一会儿才开口，"很难受吗？"

　　谢游声音很低，还有几分哑，认真回答，"嗯，难受，头晕。"

　　余年微微蹙眉，担忧道，"怎么喝这么多酒？"

　　"他们灌我。"像是告状一样，话里是自己都没有发觉出来的委屈。他脑子很沉，压着的难过像是小气泡一样，咕噜咕噜地从心底冒了起来。

　　父亲才去世时，很艰难，他年纪小，又没有长辈扶持指点，还不知道暗处有多少人死死盯着他。就算被那些所谓的长辈灌酒，依然不能怯场，吐了继续喝，即使第二天还有开不完的会。

　　这一次的饭局是曲叔叔设的，主要是为了丁兆先的事情。近两年，他对外表现冷硬，所以饭局上除了必须喝的酒外，没人灌他。但面对余年，那些用铁焊铜铸埋在心底的难过和委屈就从窄细的缝隙里一点一点地溢了出来。

　　"经常这样吗？"

谢游慢了两拍才回答："以前会，现在不会了。"

莫名地，谢游不想跟余年提起过往的那些艰难，重新说道："这次饭局，是让他们不要伸手搅浑水。"

余年听懂了"以前会"是什么意思，但没有追问，顺着聊了下去："姓丁那个人的事情？"

谢游点头，"唔"了一声，又点了一下头，"嗯。"

发现谢游反应迟钝起来，明显犯困了，正好遇见红灯，余年慢慢把车停下来，视线落在谢游身上，声音很温和："睡会儿吧，睡醒了就到家了。"

"我不睡。"话是这么说，但谢游整个人都很放松，不由自主地闭上了眼睛，没过多久就浅浅地睡了过去。

余年轻笑，将车开得愈加平稳，尽量不惊醒他。

到达目的地，周围只有几盏路灯静静立着。余年熄了火。

这人醒着的时候气势很强，眼神锐利，面无表情的模样总会让人心生惧意。旁人提他，常常心有余悸。但现在睡着了，却像是褪去了保护自己的硬壳一样，连呼吸都显得绵软。

余年小声道："谢游，不睡了，到家了。"

"嗯。"

"还头晕吗？"

"嗯，晕。"

第二天余年穿了件白色卫衣去录音棚，一出电梯口就遇见了孟远。他摘了黑色口罩，笑着打招呼："孟哥这么早？"

孟远略有几分嫌弃地把余年身上的衣服打量了一遍，但已经麻木了，没发表意见。两人并排着往里走，他顺口问余年："昨晚去接人怎么样？喝醉了没发疯没吐吧？"

余年低头笑了笑，眼尾的笑意清清凌凌的："没，在车上就睡着了，很安静。"

"啧，我怎么就遇不上这样的，《天籁》那个导演，老何，喜欢喝酒，喝醉了还爱抱着我哭，呜呜哇哇糊我一衣服的眼泪鼻涕，十几年了都没个长进！"

余年笑眯眯地听他抱怨，一边往录音室的方向走，又聊了几句关于翡冷翠品牌活动的事情。

"你们来了？"施柔到得比他们还早，照例将鲜榨果汁递给余年，她打开一个音乐软件，开心道，"年年，你在《实不相瞒》现场自弹自唱的那首歌上传之后，下载量涨得飞快！这才多久？已经冲上新歌下载榜了！好多粉丝在问会不会出单曲，还有歌名叫什么！"

余年一口气喝了大半杯果汁，被问住了："这首歌是录制时临场写的，我现在连词都记不清了，让我重新唱一遍，我肯定唱不出来。至于歌名，"他纠结了几秒，"大概就叫……无名？"

"哈哈无名？年年你这也太敷衍了吧！"施柔笑起来，她接过余年递来的空杯子，又夸赞，"不过说真的，这首歌是越听越好听！我昨晚睡觉之前，原本只想听一遍就睡，没想到硬是循环了好多遍！早上起床刷牙，下意识哼的都是这首歌。"

孟远吹余年是越来越在行："柔柔，就你这自控力，要是你听了年年EP里的歌，那不得熬夜？"

余年笑着插话："哪儿有这么夸张？歌都还没过带呢，最后出来的效果还不知道怎么样。"

"说到这里，等制作老师来了，把音乐一轨一轨地录进工作带，乐器音什么的也搭进去，你就能开始录歌了。中间要是有什么不满意的，直接跟制作老师说，你自己写的歌，主导权在你。"

余年："好，我知道的。"

孟远看了看日程表："那我不叨叨了，一会儿要去开会，就不在这里陪你了。"他又看向施柔，"有什么事你注意着。"

"好，孟哥你放心。"

余年做事情一旦投入进去，就极为专注，连着一个多星期都泡在录音棚里，过带、录乐器音、跟制作老师调整细节，有时候连晚饭都会忘。他性格平和没架子，跟谁都能聊两句，一起工作的人相处得很不错。

中途休息时，吉他老师还会拉着他，一定要教他吉他基础。余年也有兴趣，认真地跟着学，两天下来，卓有成效，兴致勃勃地让施柔录了他弹"一闪一闪亮晶晶"的视频传到微博上。

"——突然想学吉他！年年抱着吉他唱歌的样子好好看！笑容干干净净的，我快不能呼吸了！"

"——哈哈哈年年是在学吉他吗？一闪一闪亮晶晶竟然迷之好听！拨弦的手指好看到爆！一人血书求多发微博，最近好多天都没什么动静，难过[哭]"

"——来看年年修补碎掉的心脏……被伤到了，我以前那么喜欢他，结果竟然全都是假的？我不信！"

余年发完微博，看到好几条类似的评论，问施柔："是出什么事了？"

施柔正好在刷热搜，连忙道："对，年年你知道李尹吧？"

余年点头，"知道，我听过他的《爱的人》。"

"就是他！之前《爱的人》这首歌多火啊，我去 KTV 都必点。他从出道开始，走的就是创作型实力派路线，结果今天上午被曝出说，所有冠了他的名字的词曲作品，全都是别人代写的！"

余年惊讶："代写的？"

"对啊，就是代写，"施柔解释，"其实圈子里这种事挺多见的，为了炒人设出新闻，公司会买一些词曲，直接署上艺人的名字，一般都会跟原作者签合同。但这种方法风险很大，也不太道德，就像这次，"施柔指指手机，"这几年一直帮李尹代写的那个团队，觉得李尹火了，但给他们的钱太少，就一口气把这事情曝出来了。"

旁边教余年吉他的老师也在翻热搜，出声道："其实早就有风声了，说李尹自己写的词曲狗屁不通，没一段能用的，不过他后面竟然是一个团队在帮忙写歌，人一多，被曝出来的风险更大。"

"我也觉得。"施柔看完始末，感慨，"现在李尹粉丝全炸了，说有种这几年都被喂了那什么的感觉。有的忠粉不相信，但那个团队把证据全扔了出来，百分百实锤了，现在就看李尹怎么回复了。"

娱乐圈本来就大事接着小事，天天没个消停。几人看完，也没再关注这件事，继续捣鼓 EP。隔了三四天，施柔还在午饭时提了一句，说李尹发文道歉了，不过转身就被粉转黑的粉丝和路人骂上了热搜。

原本这件事到这里就完了，没想到还会有后续。

"站前排曝李尹代写的人叫姚扬，是那个四人团队里写曲子的，偶尔填词，那首《爱的人》就是他写的，确实挺有才华。他见李尹火了，连涨了好几次价，李尹都答应了。最近这一次，姚扬又要求涨价，李尹觉得价格太高，不同意，两方就撕破了脸。"办公室里，孟远端着一杯热咖啡，吹了吹继续道，"把李尹代写这件事曝出来之后，不少路人都在微博夸姚扬，说干得好，揭露了娱乐圈丑陋的一面。这么短短没几天，他就涨了十几万粉丝。"

余年练了一上午的歌，正小口小口地喝着水润喉："然后呢？"

"我估摸着他有点野心，幕后久了，想站到前台来，往创作歌手靠。嫌钱少什么的是假，想借着李尹这件事炒出名气是真。但李尹不算大红，眼看着热度两三天就要过去了，他肯定会准备找下家，继续炒。"

孟远喝了口咖啡，把手机打开，递给余年看："这人深谙套路，话说得不清不楚，让下面一堆人猜。看看这话说得，'最近火起来的几个新人歌手，炒才华人设，却不知道背后是不是也有像我这样的一个人，被剥夺了在自己的作品上署名的权利。'"

施柔手撑着下巴："孟哥，你这么一分析，确实厉害！一条微博，拖了好几个人下水！而且最后这句话会激发很多人的同情心和正义感。"

孟远手指磕磕桌面："没错，转个眼就上了热搜。"

余年翻了翻这条微博下面的评论，说什么的都有。

"——姚老师代写了这么久，是不是知道什么内情，但因为某些原因不能明说？求爆料！我们挺你！"

"——最近火起来的新人歌手？夏明希、余年、薛雅林、林想、何俊宇、赵菁，再勉强算一个欧阳宇？欢迎补充！哎呀，不过就这几个人里面，随便一个都是腥风血雨！姚老师要干大事？"

"——抱走年年我们不约，你要爆料要炒作请随意！"

"——火速抱走明希小可爱！以及，本来就是自己自愿卖作品，价钱谈不拢撕破脸，完了又卖惨，还自诩正义揭露黑暗，脸呢？和李尹比起来，不过半斤八两，没多大差别！"

不过网上掀风起浪，余年也没受到影响，一心一意录歌。不管是他自己还是公司，对第一张 EP 都抱有很大的期待，工作团队的压力也大，这么一来，录歌结束是越来越晚，连着两晚上，余年回家都凌晨了。

关上车门，余年和施柔道别，目送车开走后，他踏上街沿，下意识地往空荡荡的路边望了一眼。等回过神，余年手插进口袋里，低头笑了出来。

他是在期待什么？

进到电梯，余年又发信息嘱咐施柔路上注意安全。等收好手机，跨出电梯门，他走过转角，脚步霎时间停住。

看清穿着深灰色长款羊绒大衣，靠墙站在自己家门口的人，余年惊讶："谢游？你怎么来了？"说着，他走到近前，才发现谢游垂着头，脸色煞白，嘴唇也没有血色，额头覆着薄薄一层冷汗，像是在强忍着什么。

"你——"下一个音还没发出来，余年就感觉谢游额头轻轻抵在了他肩上，接着，耳边传来的是谢游低沉隐忍的嗓音，"我头疼。"

声音太近，余年好几秒才反应过来。头疼？生病了？

离得近，能听清谢游不太平稳的呼吸，余年担心，找钥匙出来打开门，没顾上换鞋，直接把人扶着坐到了沙发上，半蹲在谢游面前，仰头看他："是怎么了？"

谢游脸色苍白，眼下的青影很重，眼里布满了红血丝，像是很久没睡过觉了。他之前碰到谢游的手，冷得像是才从冰水里拿出来。

谢游哑声道："我头好疼。"

余年起身调高房间里的温度，又帮他脱下外套、裹上淡蓝色的毛绒毯子，一边问他："在门口等多久了？怎么不给我打电话？"

"你在忙。"

所以不想打扰我吗？余年没再说什么，指指厨房的方向："你等等我，家里没热水了，我去厨房烧一点，好吗？"

等谢游点了头，余年才转身去了厨房。

刚把热水烧上，手机就震动起来。瞥了一眼名字——曲道然？

余年按下接听，还没来得及说话，就听曲道然急匆匆道："那个……余年你看到谢游了吗？要是没有就当我没问——"

"他在我家。"

"啊？你家？"曲道然愣了两秒，听声音像是朝旁边说了句"找到了"，又重新凑到听筒说话，"他真在你家？"

余年透过厨房玻璃往客厅看，谢游裹着绒毯坐在沙发上，闭着眼睛，一动也没动。他放低声音："嗯，真在我家。他说他头疼，精神也不好，是生病了吗？"

曲道然似乎是换了个安静的地方，"在你那儿就好，找不到人，真是心脏病都要被吓出来了！"呼了两口气，他继续道，"谢游确实生病了，老毛病，偏头痛犯了。他连着两天晚上没睡着觉，都快成熊猫了，脾气也差，倒也不骂人，就冷着表情，把他秘书吓得半死。"

脾气差？余年对此持怀疑态度，想起谢游眼下的青影，他轻声问："是因为丁兆先的事情？"

"他连这都跟你说了？"曲道然惊讶，但也没说得很清楚，"差不多吧，反正这段时间累得够呛，压力大，神经绷得死紧，头痛得整夜整夜睡不着，还不敢吃药，这什么事儿啊！"

余年敏锐地抓住了重点："为什么不敢吃药？"

曲道然没憋住，噼里啪啦一通说："说起这个我就来气！还不是因为丁兆先那老东西！早几年的时候，谢游也是生病，家庭医生被丁兆先买通，把药给换了！幸好那天谢游手抖不小心打翻了杯子，自己也谨慎，察觉到药不太一样，私底下拿出去一验，果然，单独吃都没问题，真几种药混在一起吃，说不定几天就心梗死了！"

余年握紧了手机。

曲道然愤然道："丁兆先手段是真的脏，是我我也有阴影，宁愿死扛也不敢随便吃药了！"

沉默几秒，水烧好了，余年声音发涩："嗯，我去看看他，先不说了。"

"行，那什么……"曲逍然不太好意思，但还是厚着脸皮，"麻烦你照顾他一下。"

"好，你放心，我会的。"

回到沙发边，谢游还保持着之前的姿势没变，他面色冷凝，没有任何细微的表情，像是习惯了自我保护一样，不让任何人看出他正被剧烈的头痛折磨。

听见动静，谢游才睁开眼睛，静静地看着余年。

余年没拿药，只劝谢游喝了几口热水暖暖。他声音低缓地安抚，"我外婆以前也头疼，我特意去学过缓解的手法，不知道生疏没有。"他见谢游还在看自己，笑道，"要不要闭上眼睛？"

谢游一句话一个动作，听话地闭了眼。

余年手指加了点力道，一秒不错地注意着谢游脸上的神情，时间一分一秒地过去，谢游微蹙着的眉渐渐松开，呼吸也平缓下来，慢慢睡了过去。

又隔了十几分钟，余年才停下手指的动作，拿过手机，先调为静音，然后发了条信息给曲逍然："他睡着了。"

很快，曲逍然回了信息过来："谢天谢地感谢你！我之前还在担心，要是一直睡不着觉，他会不会一个不留神就猝死了！终于睡了！"

没两秒，第二条信息又过来了："不过，他竟然肯吃止痛药和安眠药了？"

"没有吃药。"余年分心看了看谢游，确定还在睡，才继续点按屏幕，"他怎么会偏头痛？"

这次，隔了好一会儿，曲逍然才把消息发过来。

"这毛病有几年了，他爸去世的时候，他妈妈都哭晕过去了，但他不能晕啊，晃一下都不行，得撑着，站得比任何人都稳，不然他们母子两个，秒秒钟就会被那些秃鹫吃得渣都不剩。我那时候连着一个多月没见到他，再见时，人都瘦了一大圈。那时候他才成年，但没人会因为他年纪小让着他。他要护好他妈，要守住他爸留下的东西，要处理一大摊子的事情，处处钩心斗角，一天只能睡三个多小时，压力大得吃不下东西，还会神经性干呕，偏头痛这个毛病也是那时候有的。"

把曲道然发来的信息反复默念了好几遍，余年放下手机，低头看了会谢游，靠着沙发背，也慢慢睡了过去。

第二天早上，施柔一见到余年就惊讶道："年年，你脸色怎么这么差？没睡好？"

余年活动了一下酸疼的脖子，笑道："还好，睡得浅，对了，左铭老师来了吗？"

施柔抬手挡了挡嘴角，小声道："制作老师已经到了，比你早了差不多半小时。年年，你又要跟他吵架啊？"

余年："我们没有吵过架，只是各有各的坚持，谁都不服谁而已。"

"那还不是吵架，"施柔又挨着数，"今天下午歌就全都录完了，封面拍了，封设也做好了，就差 MV，大概等你们吵完了就能定下开拍了吧？"

施柔还是不放心，把声音放轻，劝道："年年，要不就听左铭老师的吧？每次左铭老师黑脸，看起来都好凶，而且他是业内金牌，应该很讨厌别人反对他的方案。"

"没事的，"余年拉了拉白色卫衣帽子的细绳，笑得很自信，"信我，今天肯定能定下来。"

听见门响，左铭取下耳机，抬头看了一眼推门进来的余年："来了？"

"左老师早上好。"余年进到休息室，在软椅上坐下，还没开口，左铭先瞥了一眼，问，"你腿怎么了？"

余年没想到这么一点细节左铭都看出来了，他笑着解释："没什么，昨晚睡姿不对，走路稍微有点不活动，一会儿就好了。"

"嗯。"左铭四十岁的年纪，是圈子里最顶尖的那一批制作人，孟远靠关系情分亲自去请过来坐镇的。他眉心有很深的纹路，看起来不好相处，说话也没什么明显的语气："我以为昨天我们已经达成了一致。"

余年坐直，半点不惧左铭的冷意："没有，左老师，我还是坚持《绮丽》的 MV 用黑白色系。"

左铭皱着眉，明显不怎么高兴："你耐心怎么这么好？这个问题你都烦了我快一个星期了！"

余年笑道："大概是，我有自己的……小倔强？"

放下耳机，左铭往后靠着椅背，捏了捏眉心，像是不堪其扰："不行，全黑白不符合我的审美，最多，"他终于还是让了步，"一半一半。"

余年眉开眼笑："好！"

见他的表情，左铭一怔，忽然反应过来，笑骂："你小子，这是设套呢？"

"对啊，"余年笑眯眯地点头，又凑近了一点，语气商商量量的，"其实，一半一半不怎么好。左老师，要不，四分三十五秒的时长，我们前三分三秒的色调用黑白，后面一分三十二秒用 B 方案的彩色？您看行吗？"

"在这儿等着我呢？"左铭没有不高兴，反倒是笑了，"我能说不行吗？要是我拒了，你是不是又要追前追后地烦我一个星期？"他见余年只是笑，这时候又不吭声了，手指敲了敲膝盖，"行，你写的歌，你的专辑，既然你本人这么坚持，那就试试看，成全你的小倔强。"

"谢谢左老师！"

"先别谢我，要是效果不好，到时候记得帮我拦住孟远，这锅我不背！"

余年点头："好！"

下午录完最后一首歌，余年摘下耳机，认真朝工作人员道谢。从玻璃房出来，余年安静等了一会儿。左铭听完刚刚录下来的声音，头也没抬，"刚刚状态很好，你抓紧时间休息，明天开始拍 MV，争取不拖时间。"

"好，谢谢左老师！"

点的外卖已经到了，施柔正在等他，余年掰开一次性筷子，见施柔一脸的欲言又止，笑道："柔柔姐，今天又有什么新闻？"

施柔就等这句了，听余年问，连忙道："有有有！孟哥之前推测半点没错，那个帮李尹代写的姚扬把脏水泼到薛雅林身上去了！"

把记忆和名字对上号，余年记得，薛雅林跟他还有夏明希、林想一起参加《天籁》最后一场，薛雅林拿的是第二，他对她的印象是不多话，嗓音冷艳，爆发力很强。

"怎么回事？"

"薛雅林《天籁》结束之后没多久就出了一首单曲，自己写的曲子。前几天姚扬不是暗示说最近火起来的新人歌手，炒才华人设，说不定是有人代写吗？就有人把炮口对准了薛雅林，说很可能薛雅林的曲子不是她自己写的，单署了名而已，姚扬还去这微博下面点了个赞。"

"最怕的就是'很可能'。"

施柔点头："对啊，又没实锤，造谣全凭一张嘴，薛雅林都被气哭了，但还真有不少人相信，闲得没事去她微博下面冷嘲热讽。"她拿筷子戳了戳米饭，闷闷地，"只希望这事情不要牵扯到我们，不然黑粉又要开始舞了。"

余年安慰她："不用担心，没事的。"

#薛雅林代写#这个话题在热搜榜上挂了两天，最后是公司出了严正声明，表示曲子是由薛雅林本人创作，不存在所谓的代写，面对这一次的污蔑，已经走了法律途径。

当时余年正出席翡冷翠的品牌活动，现场来了很多粉丝，余年在限量版礼盒上签好名字，交给主办方进行抽奖。

他从台上下来，站到一旁等抽奖结果，施柔挪到他身后，小声道："年年，事情风向有点不对。"

余年脸上带着笑，视线落在舞台的大屏幕上，小声回道："怎么了？"

"番茄论坛上出现了一篇关于你的帖子，半小时就飘红了。我已经联系了孟哥，孟哥还没回话。"

这时，主持人道："有请我们翡冷翠的彩妆代言人余年上台，为中奖的幸运儿赠送礼品！"

余年理了理浅色的外套，重新走上台。

中奖的三个人是两个年轻女孩儿和一个戴眼镜的男孩儿，主持人还打趣道："这位帅哥今天是来帮女朋友买化妆品的吗？"

戴眼镜的男孩儿很大方，接过话筒："不是，没有女朋友，单身狗。我是代表我们寝室六个人特意过来看余年的，没想到运气这么好，还抽中了奖。"

主持人继续问："代表寝室六个人？这里面有什么说法吗？"

"有，我们寝室六个人喜欢的女生都喜欢余年，我们不服，合计了一下，就派我来看看。"

全场大笑，主持人："那看到了真人，有什么想法吗？"

男生扶了扶黑框眼镜："我好像被圈粉了。"

全场又是一阵大笑。

余年拿起话筒，也笑道："麻烦你特意过来一趟了。"

活动刚结束，#代表全寝室来看余年#就上了热搜，话题里全是"哈哈哈"和各种表情包，还有不少粉丝评论："看情敌不成反被圈粉是种什么体验？""年年请停止散发你的魅力！"之类的话。

与此同时，余年也看见了施柔提到的帖子。

刚刚出席活动，余年穿得少，施柔把热水袋递给他抱着，又道："这帖子发出来没多久，但因为姚扬帮李尹代写这件事，还有薛雅林的关系，热度一直都很高。"

余年抱着热水袋，点开帖子看。

"吃瓜纯路人，前些天，姚老师在微博暗示说最近火起来的创作型歌手里有炒人设搞代写的，鄙人正好闲得慌，就仔细找了找蛛丝马迹，没想到还真给找到了。其实也很明显，只不过一直没人把这两个人联想起来而已。我也不拐弯抹角的，直说了吧，余年，思宁。"

"——楼主有没有实锤？要是没有就别瞎开帖！一律判定是蹭热度！"

"——支持楼主，这种抢别人心血炒自己人设的就该全出来跪下道歉！"

"——这么一说，好像真的有戏！等锤！"

"大家都知道，思宁这个人，数遍词曲创作圈，依然能夸一句才华顶尖，但他一向神秘，帮郁青写了十几首歌，每一首都爆火，可以说没有思宁，郁青不会有这么好的成绩。还有消息说，思宁帮徐向澜的电影写了主题曲，还是郁青唱。那问题来了，我们谁见思宁露过脸吗？没有，都没有。而我们都知道，郁青跟余年是姐弟关系。我起了疑心，去查了余年的所有资料，他毕业于宁城大学，名校啊，但是是历史系，跟娱乐圈半点不沾边。我又研究了他的歌，包括《天籁》上他自己作词作曲的那首以及《实不相瞒》上所谓的现场写现场唱的那首，我发现，里面真的有猫腻。

[图][图][图]

前面两张是我分析的思宁作词作曲的习惯，包括习惯用的韵脚、爱用的旋律节奏等等。最后那张是余年两首歌的词曲，同样也进行了分析，结果真让人惊喜！"

"——闻到了瓜的味道！竟然真给扒到一个代写炒人设的！姚老师果然是知道内情！"

"——娱乐圈真是不干净，而且这个思宁一直没露面，会不会被这姐弟控制了？余年一直炒创作型才华歌手的人设，就需要思宁一直在后面帮他写歌，细思极恐！"

"——石锤了！余年粉丝的脸痛吗？还到处安利，说现场创作的歌多好听多好听，摆明了是事先写好了，假装即兴创作！坐等公开道歉！"

余年正往下看，施柔拿着手机开口道："那个……年年，就刚刚，姚扬转发了这个帖子。"

余年抬头："说的什么？"

施柔照着念："唉。"

余年听笑了："发的这个语气词吗？"

施柔点头："对，他还是一贯的不清不楚的态度。这种套路明显就是，要是没能实锤，他也不用为自己的言论负责，挺狡猾的。"

这时候，夏明希的电话也打了过来："那个叫什么姚的套路怎么这么恶心！"

"你也看见了？"

"看见了啊，我经纪人大叔这几天对这事挺上心的，一有风吹草动就来告诉我。结果没想到，那个姚什么竟然把主意打你头上去了！法官判案还要有证据呢！他没证据闹腾什么？"夏明希音量没收住，又道，"还有，我经纪人说了，番茄论坛上的帖子八成是姚扬自己发的！老套路了！"

他缓缓语气，又问："年年你准备怎么办？我看这趋势，像是不止这个姚扬想拉你炒作，好像还有人在故意针对你！"

余年没多说："你先别担心，我跟孟哥通通气。"

"行，"夏明希应了声，又道，"反正要是有需要帮忙的尽管叫我！我信你。"

余年唇边的笑容扩大："好，谢谢你，明希。"

挂断电话，施柔把手机页面递给余年看，屏幕上，#余年代写#和#思宁#已经先后上了热搜。

施柔对这路数很熟悉："不可能这么快上去，肯定是有人直接买上去的。"

余年盯着排在第五第六的两个 tag，忍不住笑道："没想到我会有自己跟自己一起上热搜的经历。"

施柔没听明白："什么跟自己？"

这时，余年已经打通了孟远的电话。一接通，孟远就道："我还正想给你打，活动结束了吧？知道了？"

"嗯，结束了，很顺利，柔柔姐也把消息跟我说了。"余年不太好意思，"孟哥，我其实有件事瞒着你，一直没说。"

孟远心里一咯噔："等等，你先让我做个心理准备，最坏的情况就是，难道你真让思宁代写过？"

施柔隐约听见，也跟着紧张起来。

余年："不是，没有所谓的代写，因为我就是思宁。"

第9章

"啪"的一声，施柔手机掉了。

孟远的声音好一会儿才从听筒里传出来，有些恍惚："还真是、真是每天都充满惊喜啊……"

施柔张张嘴，小心翼翼地，怕刚刚是自己产生幻听了："年年，你真是思宁？"

余年点头："嗯，如果说的是给郁青写歌，前段时间又写了《古道》的主题曲的思宁的话，确实就是我。"

孟远沉默几秒，突然道："现在！马上！立刻给我回公司！"

一小时后，办公室里，孟远捧着一杯冒着热气的焦糖拿铁，紧盯着余年，看得分外仔细。

余年不太自在地换了坐姿："孟哥，你在看什么？"

"我在看你是不是有三头六臂！"孟远啧啧感叹，"挂断电话之后，我在办公室大笑了三声，心情十分舒畅！"他挑眉，"现在我们来说说正事，赶紧交代，你怎么跑去写歌的？"

"算是爱好吧，高中我就会自己随便写写歌，"余年仔细道，"三年前，我外婆也去世了，只剩了我一个人。那时候花钱的地方非常多，留下的存款眼看着要没了，我想着不能坐吃山空，要赚钱才行。但那时在读书，不清楚钱应该怎么赚。后来有一次，我姐到我家来看我，正好看见我写的曲子的手稿，哼了几段觉得挺好听，就让我弄个完整版给她。当天晚上，我把曲子整理好交给她，她拿回去给经纪人看了，之后联系我说，审过了。"

孟远没忍住插话："然后你就开始给郁青写歌了？"

"嗯，我当时攒了不少成品半成品，整理了一下，都给了我姐，让她自己挑。后来很快，我姐出了新专辑，就是叫《一无所有》那张。"

"我知道，《一无所有》是当年的销量冠军，当时很多人都在好奇，那个叫'思宁'的词曲人到底是谁。"孟远记得清楚，"郁青出道，前两张专辑都没多大水花，反倒是带资进组拍戏，票房成绩不错。她以歌手的身份火起来，就是在《一无所有》之后。"

喝了口热咖啡，孟远又问："那时候你多大？十八？"

"嗯，十八。"见孟远又盯着自己上下打量，余年全数坦白，"当时我年纪小，我姐说写歌也看资历，年纪小了显得不可靠，还会被压价被欺负，甚至有时候连维护自己作品的权利都没有。"

"确实是这样，所以你就神神秘秘的，也没用真名？"

"对，而且当时我在读书，不想因为副业影响学习，所以就只给我姐写歌，没接其他人的约歌。我姐把我护得很好，一直没有别的人知道'思宁'到底是谁。"

孟远没憋住："真是信了你的邪了！这是什么见鬼的理由？你知道圈里说的是什么吗？思宁出产量低，肯定是因为出来的歌都是精品，精品哪有这么好出的，要不就是废稿特别多，要不就是写得特别慢！"他一拍桌子，咖啡杯都跟着震了震，简直难以相信，"结果呢？竟然是因为在读书，不想副业影响学习？你逗我？"

"是真的，"余年解释，"我大学念的不是历史系吗？一个老教授很看重我，准备收我当关门弟子，继承衣钵，所以布置的课业很重，各种大小研讨会、学术交流会都会带着我去。后来我毕业，决定进娱乐圈当歌手，老师还生了我很久的气。"

"哦。"孟远已经不知道摆什么表情了。合着，写歌真的是人家的副业。

他突然想起，郁青专辑接连大火、霸榜几个月的时候，红的不红的，大小歌手，明里暗里都想找思宁约歌，但死活找不到人约不到歌。那时候，余年应该在……上课和考试？或者跟着导师到处飞，参加学术研讨会？

一想到这个，孟远脸上的表情又萧索了几分。

哦，真的是副业。

施柔好奇："那年年，你为什么要叫思宁啊？"

余年笑道："因为我外公名字里有个'宁'字。"

发现余年笑意略微淡了一点，施柔怕触到余年的伤心事，点点头，没有再多问。

"不对啊，"孟远忽然想到，"你写了这么多歌，一首比一首火，那你怎么还这么穷？穷得外卖都点不起，衣服都靠一打一打批发？你那些版权费都去哪儿了？歌火，数量接近二十首，再怎么算这笔钱也应该不少吧？"

余年老老实实地回答："音乐著作权协会每半年会结一次版权费给我，不过都花完了。"

孟远觉得腮帮子有点疼，憋了憋，还是劝道："不是我说，年年，你的投资眼光真的不是一般的差！"

余年只是笑，没有争辩什么，自然地换了个话题："还有就是，我没告诉孟哥您我是思宁这件事，其实是想给自己留条退路。"

孟远点头："怕我不高兴？不会。我之前想过，大概能理解你的想法。歌手可能会因为各种乱七八糟的事情被黑、被雪藏，甚至不得已退出娱乐圈。但就算到了那种境地，只要护好马甲，不让别人知道思宁就是余年，你词曲人的身份就不会受到任何影响，就还能继续写歌卖歌，对吗？"

"对。"余年松了口气，笑道，"孟哥您懂我。"

孟远哼笑："那当然，你那点小九九！"他又换了个姿势，慢悠悠地喝了口拿铁，感叹道，"哎呀，这可怎么办，孟爸爸的眼光是有多好，一个不注意，竟然把你这颗钻石给扒拉出来了！还自带马甲！签一送一！"

施柔见孟远又开始膨胀了，捂着嘴悄悄笑。

余年等孟远说完，才问道："那孟哥，我们现在怎么办？"

孟远正经了表情："这件事主要在你。要是你不想曝出思宁的马甲，那我们就走薛雅林那个路数，起诉造谣的人。"

余年思忖："但就算走法律途径，还是会有很多人认定就是代写，对吗？"

"对，洗不白，对于创作型歌手来说，代写、抄袭，一辈子都洗不掉，十年之后依然会有人翻出来说。这就是网络舆论的可怕之处，无数人都坚信自己认定的就是真实，根本不会去管事实到底是什么样。"孟远叹气，又道，"如果你愿意曝出思宁这个马甲，那就好办了。哪儿有自己给自己代写的？那个姓姚的，脸都要肿！"

余年没有犹豫多久，坚定道："我不希望别人给我贴上'代写'的标签。"

"好！我就喜欢你这性子！受委屈了被污蔑了，憋着能把自己憋死，就是要利利落落地反击回去！"孟远又笑，"啧，姚扬从曝李尹代写那里尝到了甜头，又泼了薛雅林一身的脏水，可惜热度不怎么大，没达到他的目的，又转头想拉你下水。但他转发的番茄论坛的帖子，态度不明不白的，这样可不行。人得为自己的所作所为负责，不是吗？"

他转了转手里的咖啡杯，笑容可称温和："这次就让他长长阅历，体验一下，什么叫踢到钢板了！"

一直认真听着的施柔还有些迷糊："孟哥，那我们怎么做？"

孟远问施柔："我就问你，今天几号？"

"一月一号，元旦节，今天年年参加的不就是翡冷翠的品牌新年活动吗。"

孟远："年年今天还没更微博吧？"

余年懂了孟远的计划，忍不住笑道："对，我还没有录祝新年快乐的视频。"

施柔想到了什么，但思路又不太清楚，见余年跟孟远对视了一眼，总觉得两个人都焉儿坏焉儿坏的。

下午三点，余年微博更新了一段视频。视频里，他一身清爽干净，穿着白色的大 V 领宽松毛衣坐在沙发上，笑意盈眼："今天是新的一年的第一天，祝愿大家平安顺遂！"

聊了几句日常后，余年拿过一张不大的海报，笑着介绍："这是我新专辑的宣传海报，先给你们看看，好看吧？这张 EP 里一共收录了五首歌，其中一首是由江澄老师和姜博老师合作创作的。另外四首歌，作词、作曲、编曲，都由我自己完成。整张 EP 大概会在三月制作完成，我自己非常期待……"

视频发出后，不到一分钟，评论就破了五位数。

"——年年新年快乐！抢前排！啊啊啊啊超期待 EP！出了一定买爆！"

"——抢前五千怎么就这么难！你们都住在微博吗？啊啊啊年年新年快乐！海报好美！重点是！词曲编曲竟然都是年年吗？这么一体机真的好吗！明明可以靠脸，年年你何必要靠才华！"

"——见识了，有这么恶心的人？还敢写词写曲编曲都是自己来的？卖才华人设就不怕崩？李尹和薛雅林就是前车之鉴啊新人！老子坐看好戏！"

"——实名呕吐了，用着别人的心血成果，署上自己的名字，然后还志得意满地说自己非常期待。为了名利为了圈钱，真的是什么道德都不顾了？ @ 词曲人姚扬，姚老师快来看看这丑恶嘴脸？"

"——说年年是代写的，证据拿出来啊！就凭几张分析的图就要把罪名坐实了？你们是开天眼了？"

很快，继 # 余年代写 # 和 # 思宁 # 两个 tag 上热搜后，# 余年新专辑 # 也跟了上去，前六里和余年相关的占了三个，而排在第七的，是 # 姚扬转发 #。

施柔一直盯着数据，孟远倒是淡定得很，和余年聊天："MV 拍的怎么样了？"

"很顺利，左铭老师说大概要六天，伴奏过门剪空镜，有几句歌词要连着换场景，所以就算加班加点也要一周左右。"

"行，好好拍，对了，我拿到了邀请函，有一个年终时尚庆典你要去走红毯，时间在一月十一号，那时候 EP 在搞后期，你时不时关注关注进度就行，左铭还是很靠得住的。"

余年没有异议："好。"

孟远又笑得意："你不知道，左铭这人，天王老子都不服，但他就服思宁这种才华顶尖的，后期你要是有什么想改动的，直接跟他商量，绝对不需要你再磨一个星期。"

余年点头，笑道："嗯，有实力，意见想法才会被尊重。"

"就是这个道理。"孟远拍拍余年的肩膀，"加油，安心拍 MV，有动静了我跟你说。"

余年到拍摄场地时，场工还在搭建场景，众人忙碌，暂时没他什么事。他先给郁青打了个电话，又发了信息给谢游和夏明希，把事情和孟远的计划大致说了。谢游回得很快："好，下雨，注意添衣服。"夏明希可能是在忙，没有马上回。

他刚准备放下手机，又接到了薛雅林的电话。

"有空说两句吗？"

"嗯，MV 还没开拍，有时间。"余年大概猜到薛雅林是想说什么，直接问道，"是姚扬的事吗？"

薛雅林也没拐弯抹角："姚扬这个人，小伎俩小动作很多，你要小心。我之前被他盯上，都快脱层皮了。他喜欢买水军带节奏，什么脏的什么道德高帽子都有。他最喜欢的就是泼不清不楚的脏水，反正不说清楚，追不了责，愿意信他的人不止会信，还会深信不疑，觉得他是个揭露娱乐圈阴暗面的正义使者。"

余年听她压着怒气说完，知道对方是好心提醒他，道谢："谢谢你，我一定会小心的。"

"嗯，我见你也被盯上了，就多说两句，你别嫌烦。"

"怎么会？我感谢还来不及。"

"行，你跟你团队好好商量商量，看这情况，姚扬是打定主意要踩我们造势，给自己炒人设、往创作歌手发展了。这仇我是记下来了。"

薛雅林语气是一贯的冷淡，"不说了，我去忙了。"

"嗯，好，再见。"

余年的视频发出去不到两个小时，评论数量就开始大幅度往上升，包括代写相关的话题热度也噌噌地涨。评论风向更是一面倒，都在骂余年代写，甚至还有阴谋论的，说思汀到现在还不出现，说不定是被余年和郁青控制了，还在讨论要不要报警。

孟远看得笑容都没了："买水军控评骂人这手段，他孟爸爸早就不屑用了！"

余年拧开保温杯，喝水解渴："孟哥，你不是说要笑着看他们舞吗？"

"说是这么说，但糟心啊！"孟远扔开手机，气道，"眼不见为净！"

施柔过来："孟哥，查出来了，在番茄论坛发实锤贴的好几个号都跟姚扬的 ip 地址一样，基本可以证明是一个人。"

孟远拊掌大笑："好好好，我们就先走这一步。"

下午五点过，一个娱乐号先把图抛了出来："有网友发现，在番茄论坛上发余年代写实锤的其实都是一个人。@ 词曲人姚扬，姚老师深藏功与名！"

"——姚老师这是为了自保吧？理解理解，毕竟余年背后的星耀树大根深，姚老师一个小人物，就算抱着一颗揭露黑暗、给无数可怜人一个交代的心，肯定也会有所顾虑，不敢真身上阵。"

"——说余年代写，先拿小号开好几个帖子泼脏水，大号再转发带节奏，畏畏缩缩的，@ 词曲人姚扬，真是走的好套路！"

"——姚老师何必站在幕后？正面就是怼啊！这种人就是要往死里怼！我们都支持你！"

很快，这话题直接被孟远花钱买上了热搜，热度暴增。

施柔担心："孟哥，姚扬会咬钩吗？"

孟远语气笃定："姚扬这种人，你孟哥见得多。从前一直躲在暗处，有一点小才华。一朝撕破脸，突然被人吹捧，冠上了闪亮光环，怕是他自己都要相信，他的一切言辞行动真就是为了揭露娱乐圈的黑暗。我现在都不用买水军吹他、夸他，只需要聚集在他微博下的那帮人的吹捧，他不止上钩，他还能上天！"

孟远所料不差，当天晚上不到九点，姚扬就发了一条长微博，先是默认番茄论坛的帖子出自自己的手，说众人的夸赞和期许他受之有愧，他只是做了自己该做的，他自己的道德底线和做事准则让他面对这些事时无法袖手旁观。而且，他深知自己的作品被冠上别人的名字，到底是多么痛苦的一件事，也对娱乐圈这种炒才华人设的风气深恶痛绝，坚决抵制到底。

另外他说他已经联系到了思宁本人，这件事，一定会给出一个交代。希望余年及余年的团队及时收手道歉，否则后悔莫及，还在最后圈了余年和孟远。

孟远看完，笑出了声："哎哟，厉害了啊，年年，他联系你了？"

余年笑着摇头："没有。"

孟远："厉害厉害，孟爸爸好久没遇见戏这么多的人了！"

很快，各大营销号、娱乐号都对姚扬的长微博进行了转载，#姚扬发声#空降热搜。因为姚扬提到他已经联系到了思宁本人，即将出结果，越来越多的人蜂拥到余年微博下，表示坚决抵制余年的新 EP。

网上是风是雨，工作也没受到影响。拍完 MV，余年卸好妆："孟哥，那我先回去了？"

孟远正在看姚扬微博下的评论，乐呵呵的："行，好好休息，记得明天上午十一点，准时看好戏！"

知道孟远憋着气，余年认真点头："好，肯定准时。"

回了家，余年洗完澡，裹着睡袍，正想给谢游发信息说晚安，没想到先收到了对方发来的信息，只有简单两个字："晚安。"

第二天上午十一点，余年正在拍 MV，与此同时，《今晨时报》娱乐版的官博发了一条新闻。

"……本报记者于今天上午九点到达了音乐著作权协会……根据登记在案的信息，我们了解到令人惊讶的消息。思宁，词曲作家，本名余年，宁城人，名下注册的全版权作品有《一无所有》（词曲），《远星》（词曲），《野》（词曲）……"

　　同时还附上了协会的官方资料图，包括思宁经过部分打码的个人信息表，上面不仅写着本名，右上角还贴着余年的证件照。相比起余年现在的照片，只有五官显得更少年气，以及发型不一样。

　　新闻一经发出，迅速被疯狂转发。

　　"——我的天！我靠！什么情况！余年是思宁？他们是一个人？"

　　"——啊啊啊啊我年年是思宁？我的天啊这是什么绝世真相！我缓缓！"

　　"——作为年糕我要静静……我我我想尖叫！"

　　几乎是用上了飞一样的速度，#余年思宁#登顶了热搜。

　　"——#余年思宁#把新闻翻来覆去看了五遍！我一个原地起跳！我只想问@词曲人姚扬，你不是说你联系了思宁本人吗？不是说很快就会有一个结果吗？哎哟哎哟脸肿了！"

　　"——#余年思宁#新年吃新瓜！这瓜也是太大了！路人被圈粉了，三年前，余年刚十八岁吧？竟然就能写出《远星》《一无所有》这样的歌，说一句天纵奇才也不为过！重点是，脸还长这么好！还会跳舞！还有梗！小哥哥你看我跪得标准不标准？"

　　"——爆哭！年年受委屈了！好心疼，崽崽快来妈妈抱抱！之前一直被泼脏水被污蔑，@词曲人姚扬，出来道歉！"

　　"——啊啊啊我粉的到底是什么神仙小哥哥！完完全全一体机！就问还有什么是你不会的！在年年十八岁开始写歌引爆音乐圈的时候，我还在准备高考！人和人之间的差距怎么这么大？"

　　"——姚扬这套路，明眼人都看得出来吧？靠撕李尹出位，李尹找代写卖人设确实不值得同情，但姚扬眼看着热度过去了，迅速开始抛瓜，之后拉薛雅林下水，发现没效果，又盯上了余年。只可惜，以为所见即世界，以为自己是个代写，别人肯定也是找的代写，却不知道，有的人真是天纵奇才，单靠自己也能秒杀无数人！"

　　"——我们年年委屈，我们年年想低调的，没想爆马的，没想到却强行被扒了马甲，难过！"

　　中午，一直安静的郁青发了微博。

"郁青：在剧组封闭拍戏，才连上网就发现又有搞事情的！年年爱写歌，但我怕副业影响他学习，就压着不让多写。姓姚的，你以为你三十五岁写了首《爱的人》出来，就是天赋异禀能上天了？不是我吹，从年年的废稿里随便扒拉一首歌出来，秒秒钟吊打你！给我道歉！！！"

评论一片哈哈哈。

"——哈哈哈护弟狂魔横空出世，青姐怒了！"

"——哈哈哈青姐结尾用了三个感叹号，这是真生气了，姓姚的 @词曲人姚扬，自觉抓紧时间道歉啊，不然会被青姐一脚踹进医院的！"

紧接着，孟远直接转发了《今晨时报》的微博，只发了一个字："唉。"

"——这才叫实力嘲讽！强势模仿姚大作曲家的转发！我孟哥 C 位出道！"

"——哈哈哈笑到昏厥！唉，我带的艺人怎么就这么厉害呢，唉，膨胀膨胀！"

"——唉，我粉的爱豆也太厉害了吧？和其他（才华、嗓音、唱歌、舞蹈功力等等）比起来，最不值钱就是颜！"

到余年 MV 拍完的时候，#唉，最不值钱就是颜# 已经席卷了首页。趁着这热度，余年的动图、舞蹈短视频，包括写的歌的混剪，又被尽数安利了一遍。

而姚扬的微博一直没有动静，无数人觉得自己被愚弄了，聚集在姚扬微博下，要求对方站出来说话。同时，薛雅林的团队也抓住机会，再次重申，没有所谓的代写，一切都是姚扬为了博眼球泼的脏水。

孟远对这结果很满意，用公筷帮余年夹了一块糖醋排骨，笑容满面："就半天，我已经接到了七八个电话，问能不能找你约歌，我——"

"可以。"

见孟远有些惊讶，余年笑道："我歌写了不少，之前忙着《天籁》，后来又一心拍戏，现在闲下来，正好都整理出来卖了换钱。至于合作对象，孟哥你能帮我把关吗？"

"当然可以，是我本职该做的。"孟远想起余年花钱的速度，怕伤年轻人的自尊心，委婉道，"写歌赚钱挺好的，好歹能多买两件羽绒服过冬！"

余年眉眼弯弯："嗯，那就麻烦孟哥了！"

这时，一直刷着热搜的施柔惊讶道："这什么操作？谢总竟然买了个热搜！"

孟远眉一皱，伤脑筋道："又是黑年年的？他怎么这么长情？"

"没有没有，没黑年年。这次画风不太一样，他买的位置正好在年年的三个话题下面，排第四。"施柔也纳闷，"热搜 tag 就两个字，比心。"

余年点进谢游的微博，发现谢游发了一张照片。画面正中是用蔷薇花瓣做成的标本，偏角落的位置，谢游指节分明的食指和拇指交叠，比了一个标准的心形。

余年轻笑，点按屏幕，把图片存在了手机里。

这时，手机响起提示音，孟远喝下一口汤，看完信息就笑出声来。他面上满是神采："哎哟，好事真的一件接一件啊！"

施柔正好没心思吃饭，看谢游的评论区、刷番茄论坛刷新闻，手指就没停过。听孟远感慨，好奇道："孟哥，什么好事啊？"

"我之前不是提过，一月十一号，《尚色》办了一个时尚庆典，我拿到了邀请函，年年当天要去走红毯吗？"

余年放下筷子："对，昨天孟哥你跟我说过这个行程。"

孟远指指手机，挑眉道："唉，人呐，就是善变！之前我跟主办方联系的时候，对方连红毯镜头都吝啬，按秒来算，下巴更是快抬到天花板上去了。结果现在，早下班了吧？天都黑了吧？负责人竟然巴巴地来问我说能不能让年年作为表演嘉宾上台唱一首歌。"

施柔一听就生气了："主办怎么这么看不起人？孟哥，我们可不能马上就答应！"

孟远没回话，转而问余年："年年，你什么想法？"

"我觉得可以先回复说考虑考虑，后天太晚，明天回应说，感谢主办方的邀请，我同意作为表演嘉宾上台唱歌。"

"啧，贼精贼精的！"孟远心情很好地又喝了口汤，通体舒泰，"对！就是要这样！不上赶着讨好，但也不能过分倨傲。前者会遭人看轻，后者会把人得罪了，都不好。"他拿起手机回信息，同时道，"就按年年说的来，我今晚去讨论讨论，看你唱什么歌好，还有衣服也是，第一次红毯秀，要撑得住场面才行……"

接下来几天，余年一心一意地拍 MV，时不时分心去了解一下母带后期处理的进度，没再关注网上的风风雨雨。倒是一起吃饭的时候，孟远会跟他提几句。

"我跟薛雅林的经纪人主动接触了，姚扬不是打定主意不出声吗？我们干脆不和他怼了，直接联合起诉他侵犯名誉权！好歹普法这么多年，关键时刻拿起法律武器保护自己这个概念还是有的。"

余年裹着一件宽大的黑色羽绒服，正捧着汤碗喝热汤，闻言点头道："对，无证据污蔑的成本太低了，如果我们这次不强硬些，不知道以后还会有多少创作人会轻易被泼上不清不楚的脏水，一辈子都脱不开污点。"

"对，我也这么想的，你放心，肯定没什么问题。"孟远又道，"对了，你整理出来那些歌，卖出去七首了。"

"这么快？"余年惊讶了，"可是，这才过了没一个星期吧？就卖出去七首了？"

孟远也惊讶："我说年年，你是不是对自己有什么误解？六天卖七首，还是因为我挑来选去，慎慎重重。要是不挑合作对象直接卖，你库存的十几首歌，分分钟就卖完了好吗？"

见余年还有些懵，孟远搁下筷子，决定仔仔细细地跟他讨论一下这个问题。

"这么跟你说吧，当年你给郁青写的歌被放进了同一张专辑，《一无所有》，大爆。就那时候，业内想找你写歌的，开价基本是市价的两倍。后来郁青又连火两张专辑，你写的歌几乎首首爆红，业内给的价涨到了常规价的四到五倍。不过那时候你在专心读书，找来找去没把你找出来。这次代写事件之后，你可以说是除了老牌的两个大神外最带流量的词曲人。"孟远伸手比了五根手指，"我卖歌的时候，直接开的一首五十万。"

余年是真的惊了："我估价一首最高十万……"

孟远毫不客气地翻了个白眼："你对自己果然有很深的误解！你写的歌质量高，首首精品，你本人自带流量，不知道多少歌手想跟你合作！十万？这是对你对我的侮辱！五十万都是良心价了！要是我黑心一点，八十万一首也有人买！"

余年被孟远的表情逗笑了，不过他算了算："那七首歌，卖了……三百五十万？"

说完，他第一反应是——买《醉马游春图》的零头有了。

孟远点点头："对，我手上还剩十首，我先留着后面再卖，一下子卖太多，东西会贬值，就不那么值钱了。"

余年也知道："嗯，物以稀为贵。孟哥你比我懂，我听你的。"

"对，就是这个道理。"孟远发现，他还欣赏余年的一个方面，就是余年从来不会不懂装懂，很清楚自己擅长什么、不擅长什么。在自己不擅长的领域，很乐于听专业的人的意见。

孟远心情好："还有翡冷翠的迷幻海口红，你的'余年色'一上货，次次秒速断货，品牌方很满意。等这次红毯，我给你借套高档点的衣服，能——"

这时，门口传来敲门声，孟远略提高声音："进来。"

推门进来的是施柔，她关上门，坐到休息室的沙发上："那个……年年，孟哥，谢总又更博了。"

"又买热搜比心了？"孟远对谢游二号那天的骚操作印象不能再深刻，一听更博了，第一反应就是比心。

"不是不是，"施柔把页面切出来，"是谢总又黑年年了。"说完竟然还吁了口气。

孟远也感慨："为什么我有种，这才是正常画风的感觉？"

施柔连连点头："对对对，我看见谢总黑年年的时候，也觉得这才是正常的！"

旁边听着的余年没插话，笑着点开谢游的微博，发现他最新发的微博连句型都没改。

"谢游：# 余年思宁 # 呵，这也叫才华横溢？"

"——终于等到谢总更博了！不过这波瓜热度都过了，谢总才开吃吗？莫名觉得有点可爱嗷！以及，不否认余年写的歌确实好听，但才华横溢什么的，还是再看看以后，到底是不是名副其实。"

"——啊啊啊对不起老公我被余年圈粉了！思宁写的歌我每首都好喜欢！KTV 必点！跑去补了广告，忍不住入手了五支翡冷翠迷幻海……"

"——哈哈哈我是不是眼睛坏掉了！为什么我竟然看出了莫名的萌感！纵观谢总微博，除了经济学相关以外就是余年、余年、余年，虽然都是黑余年的，但突然被甜到昏厥！"

见余年对着手机屏幕，一脸掩都掩不住的笑容，孟远八卦："哟，又跟你那个 186 聊天了？"

余年抬眼，笑着否认，"没有聊天。"只是在看他的微博而已。

"你也是心态好，一路被黑过来，都没崩心态。"孟远见余年没有不开心，摆摆手，"好了好了，一会儿左铭又要催了，快继续拍你的 MV 去！"

结束拍摄时已经有些晚了，余年提前拜托施柔去买了热奶茶，自己一杯一杯地亲自分给了在场的工作人员，又道了声辛苦，这才跟施柔一起离开。

到家放好东西，又跟夏明希聊了十分钟的电话，敲门声响了。

余年心里一直很期待——特意找理由在微博上黑他，到底是想送什么外卖过来？

打开门，还是熟人。余年接过方形的大盒子，对方和之前的每一次一样，点点头，转身离开了。

把盒子放到桌面上，余年小心地打开，等看清盒子里的东西时，忍不住弯起了唇角。他拿手机给孟远发消息："孟哥，你不用再愁红毯的礼服了。"

箱子里放着一整套手工剪裁的衬衣和西服，领带还配有一枚蓝宝石领带夹。

一月十一号，尚色时尚庆典于晚上八点准时开始。

车厢里，郁青穿着赫西的高定礼服，盯着余年身上的衣服看得极为仔细。

余年无奈："姐，你已经看了一路了，眼睛不累啊？"

郁青理了理自己到手肘的白色蕾丝长手套，又细致整理好宽大的裙摆，慢条斯理的，"还真不累。"她又朝余年勾勾手指，"来，年年，实话告诉姐姐，你这衣服到底是谁送的？"

"就不能是孟哥借的？"

郁青一脸"你当我傻"的表情："孟远要是有本事能借到这衣服，老娘跟他姓，叫孟郁青！"

"那……大概是我自己买的。"

"你骗鬼呢？你买的？这衣服保守估计两百万，你肉都要吃不起了，别唬我了。"郁青眼睛利得很，"琼斯·肯顿工作室出的衣服，欧洲皇室御用，给外人一年也做不了几套，还每套都贵成狗。还有你这袖扣，收藏级的，少说也七位数吧？看着眼生，肯定不是你外公外婆的收藏。所以，从实招来，衣服到底谁送的？"

"现在不能说。"

"啊？"郁青没明白，"那什么时候能说？"

见余年又不说话了，郁青手捂着心口，大声叹气："哎，年年长大了，也有自己的小秘密了，跟姐姐也不亲，什么都瞒着姐姐，姐姐的心好痛！"

余年认真提醒："姐，别假哭，妆会花的，你画了快一个小时呢。"

瞬间收了表情，郁青瞪眼："用不着你提醒！"

这时，车慢慢停了下来，已经可以听见外面传来的欢呼和尖叫声。郁青倾身，帮余年调了调领带夹的位置，坐直后，扬扬下巴："来，姐姐带你玩儿！"

镜头对准进场的黑色加长礼宾车，从主持人念出即将到场的人的名字，弹幕就持续爆炸。

"现在让我们欢迎，著名演员、著名歌手郁青！著名歌手、著名词曲人余年进场！"

"——啊啊啊郁女王今天的礼服美爆了！有种是在走登上王位的红毯的感觉！余年站在气场全开的郁青旁边竟然半分不输！这姐弟两个是要上天吗！"

"——啊啊啊年年！自己给自己代写的年年啊！西服年真的太好看了！这是哪个宫殿里偷跑出来的小王子！"

"——哭了哭了，屏幕上是什么盛世美颜！镜头，我命令你对准他们！一秒也不要挪开啊！"

不长的红毯走了差不多五分钟，签完名，两人被请到主持人旁边。男主持先问了郁青的新戏，又问："有消息说郁青新专辑已经在筹备中，请问可以透露进展吗？"

郁青一笑，仪态端庄："新专辑的进展？这个我可说不好，得看我旁边这位写歌的进度了。"

余年笑着接话："看我吗？实不相瞒，我还没动笔！"

郁青看向镜头："所以真的不是我拖着不发专辑，是词曲人不给力！你们要怪就怪他好了！"

女主持顺势笑道："这是甩锅现场吗？不过，余年最近应该也是忙于新专辑的制作吧？"

余年点头答道："是的，已经初步完成了，我的第一张 EP 大约会在春天正式发布。"

又说了几句走完流程，两人从台上下来。刚走完台阶，余年就解开扣子，把西服外套脱下来，双手展开，披在了郁青肩上。郁青也没客气，裹紧外套，冷得说话声音都在抖："真的要被冻死在红毯上了！"

他们没注意到，直到下台，场内的镜头都是跟着他们的，理所当然的，这一幕也被播了出来。

"——我昏厥了啊啊啊啊！年年太帅了！脱外套那里，我的小心脏炸裂了！"

"——这就是传说中的绝世好弟弟吗？宁城温度有零度没有？一下台都没犹豫，直接把外套脱下来给姐姐披上了！圈粉了圈粉了，太暖了！"

"——年度最美脱外套！吹爆年年！不过，年年身材真好，背挺得笔直，腰也好细！侧面美如画！"

一直到走进内场，被暖气环绕，余年才重新穿回了自己的外套。主办方把两人的座位安排在一起，坐下后，郁青理了理头发，问余年，"对了，我记得你不是有个小伙伴吗？没来？"

"你是说明希？"余年笑道，"他被导演拘在剧组拍戏，他们组里的男二出了事，戏份被剪了很多，导演跟编剧临时改了戏，把他升成了男二，所以正加班加点地拍戏，来不了。"

郁青也只是想到了顺口一问，听完点头，又拿出姐姐的架势："夏明希性格不错，没有什么乱七八糟的不良爱好，你跟他交朋友我很放心。"她话锋一转，挑眉，"所以，送你全套西服的到底是谁？"

余年无奈："姐，我很坚定的，不管你怎么问我我都不会说的。"

坐了没多久，余年起身去后台做准备，事先彩排过两次，倒也不慌不忙。

曲家的影音室里，曲逍然开门进来，嘀嘀咕咕："我哥今天不知道怎么的，突发奇想，竟然把我叫去书房，抽我答问题！幸好我这几天勤奋，年终报表什么的都看了，不然十个问题，我肯定十个都答不上来！"

他在沙发坐下，看了眼谢游正盯着的电脑屏幕，只一眼就赶紧把视线别开了："哇，又是这些报表文件，我真的一看就眼睛疼！"

年末年初事务都繁重，谢游对着电脑处理工作，听见曲逍然说话也没空回答。

曲逍然开心地看了会儿电视，又评价："大冬天的，真是可怜，女明星的礼服看着都好冷！"镜头扫过光彩照人的郁青，曲逍然认出来，"咦，那不是余年他姐？余年是表演嘉宾吗？座位上没人。"

"是，他会登台唱歌。"

见谢游终于搭理自己了，曲逍然凑近了点："我哥今天提了两句，说丁兆先收敛了几分，真的假的？"

"表面让步，实际在找机会反扑。"谢游声音低沉，双眸冷厉，"寰宇连同他名下四家公司陆续宣告破产，他手下不少老人都明哲保身，开始跟他划清界限。他是在向我示弱，给自己争取喘息的时间。"

曲逍然莫名打了个激灵，紧张道："那你准备怎么办？"

谢游垂下眼睫，语气波澜不惊："如果不连皮带骨彻底解决干净，只会让他找到机会，再一口咬断我的喉咙。"

"嗯，没错。"曲逍然咽了咽唾沫，"那……谢小游，你注意安全。"

两人都知道这句话的意思，谢游神色温和下来："嗯，我会的。"他想到贴身带着的那张纸条，"年年也希望我平安。"

曲逍然哼哼两声，一脸冷漠："哦。"

几乎是掐着时间，谢游把电脑放到旁边的同时，镜头切回了舞台。很快，身穿西服的余年一步步走下台阶，站到了银色的金属话筒架前。柔缓的前奏响起，舞台的灯光也变得温柔。

曲逍然默默闭了嘴，认真听歌。

相比前段时间，余年的唱功又有了明显的进步。曲逍然手机上登着视频网站，他低头看了会儿弹幕，发现果然不止他这么觉得，弹幕都在说余年的现场非常稳，唱功扎实，高音半点不费力，跟吃 CD 长大的一样。

他赶紧朝谢游道："哈哈哈谢小游，弹幕上有人说你家年年有余是吃 CD 长大的！我也这么觉得，他唱得越来越好了！"

谢游眼也不转，一本正经地纠正："他不是吃 CD 长大的。"

"那是吃的什么？"

"糖。"谢游悄悄在心里补充——所以才特别甜。

从台上下来，余年重新坐回观众席，郁青递了个保温杯给他，小声道："唱得还不错，有进步，看来这段时间没少努力！"

一口气喝了半杯温水，余年发现自己被夸奖了，笑着回答："不过差点忘词了，幸好有提词器拯救我。"

"又忘词了？"郁青挑起精致的眉，"我说年年，你这记不住歌词的破毛病什么时候才能痊愈，唱别人的歌就算了，你唱你自己写的歌竟然也会忘词。"

余年摸摸鼻子："大概是……遗传？我外婆唱自己写的歌也经常记不住词，如果外公不在没人提醒，外婆就临场现编。"

"姑婆好像是这样的，"郁青笑起来，"我都还记得，小时候姑婆教我唱《花园里》，每一次教的歌词都不一样，我现在都还会五个版本。"

注意到余年的神情，想起什么，郁青笑容变淡，没再说下去。

结束时已经临近半夜，郁青拿了年度最受欢迎女艺人奖，一路仪态万方地走出会场，神采飞扬，从来没想过"低调"两个字要怎么写。

不过一到停车场边上，郁青就绷不住了，裹紧羽绒服瑟瑟发抖，说话都带颤音："这季节对走红毯太不友好了！对了，你刚刚注意到没？我经过的时候，张雅雅什么表情？"

余年知道她要问，仔细回忆："她脸上在笑，但拳头握得很紧，你经过之后，还盯着你的背影看了大概二十秒。"

"老娘穿露肩礼服走这一遭，值了！"

见郁青说着就要把奖杯直接往羽绒服的大口袋里塞，余年无奈伸手："姐，我帮你拿吧。"

"好好好，这奖杯底座是金属的，拿着特别冻手！"郁青顺手把奖杯扔给余年拿着，自己继续裹好羽绒服，想起什么，"哎，差点忘了跟你说，我这边拿到消息了，那个什么游春图快上拍了。"

"《醉马游春图》？"余年呼吸微顿，"确定上拍时间了吗？"

"还没定日子，但就这两个月了。那家私人博物馆的馆主，因为年轻时是在叶城遇见他妻子的，所以拍卖会会在叶城举行。入场邀请函我能帮你搞到，但重点是，买了那个玉樽和松鹤瓶，你现在钱够吗？"

余年不用算都知道："不够。"

"我猜也不够，扳着指头就能算，你的收入来源只那几样。而且你代言接得不多，专辑还在制作，也就卖歌卖了点钱，是吧？"

"嗯，"余年没瞒着，想到红毯采访时郁青说的话，"姐，你新专辑还是准备用我写的歌？"

"没错，不过我连着两部戏要拍，新专辑还早，你慢慢写着就行。采访的时候特意提这事情，是想把你推出来刷刷存在感，明天还能有新闻稿出来。"司机把保姆车开了过来，郁青拉着余年上车，继续道，"不过可以先把合同签了，我把钱提前预支给你。"

"好，"余年也不矫情，"我再去找孟哥商量商量，看能不能多接两个代言，或者再卖两首歌攒攒钱。"

"可以。"郁青视线又落在了余年的袖扣上，故意道，"这对袖扣要是是真货，肯定上百万，要不先卖了？买家我可以帮你联系。"

余年想都没想就拒绝了："不卖。"

"真不卖？"

"嗯，"余年抬起手腕看了看，眼里笑意如水漫开，"这是心意，两个亿也不卖。"

郁青看他表情就懂了："哟，这么看来，果然，袖扣也是某人送的吧？"

想到谢游特意做的价签，余年情不自禁地弯起唇角："嗯，所以不卖。"

郁青捏紧鼻子，一脸嫌弃，松开手，郁青又问："刚刚在后台接采访，记者问你的新年小愿望，你说想看星空，真的假的？"

"是真的。"余年垂下眼睫，轻声道，"外婆走的时候，说会变成星星，在天上看着我。"

郁青有些不忍："年年，你……唉，看不得你这可怜兮兮的小表情，等忙完，姐姐带你去露营看星星！"

余年笑着轻轻摇头："用不着这么麻烦，我没事，只是快到外婆祭日了，突然很想她。"

会场外面交通拥堵，隔了好一会儿，保姆车才慢慢悠悠地开上了马路。郁青看完自己现场没修过的生图，很满意，又精神满满地抱着手机刷微博。隔了一会儿，她用手肘轻轻碰了碰正打瞌睡的余年："年年，这些人眼光还不错，活动才刚结束，最佳着装男女艺人就选出来了。"

　　余年生物钟很准，现在已经过了平时睡觉的时间，脑子迷糊："是谁啊？"

　　"当然是我和你啊！不然我这么高兴干什么？"郁青指指手机，"不枉我大冷天的还穿露肩礼服，而且走红毯前连午饭都没敢吃，就怕小肚子出来了。"发现余年好一会儿了眼睛还是睁不开，知道他这段时间辛苦，郁青放轻声音，"算了，别撑着了，睡吧睡吧，到了再叫你。"

　　见余年眉头舒展，重新睡了过去，郁青伸手找毯子帮他盖上。她这弟弟，才刚成年没多久，家里就只剩他一个人了。

　　余年一夜好眠，第二天精精神神地去了公司，孟远还没到，他想起昨晚迷迷糊糊间好像听见郁青说他被选为了最佳着装男艺人，就在办公室的沙发上坐下，打开微博看了眼，果然，原博下面已经开撕了。

　　没一会儿，孟远捧着杯热豆浆进到办公室，见他在刷微博，提了句："你还因为这个上了热搜，tag 是余年穿廉价礼服，不过分分钟被打脸了。"

　　余年依言点进热搜，很快看见已经掉到了末尾的话题，里面第一条是一个大 V 的科普。

　　"说余年衣服廉价的可以动动手，去搜搜琼斯·肯顿，余年身上这套衣服就是这家工作室出的，要是价格低于七位数，我立刻退博。以及，这牌子的衣服是不外借的，意思就是，想穿，行，只能全款买下。各位，明白我说的意思吗？"

　　"——啊啊啊我记得很清楚！去年我家普森参加电影节，穿的这牌子的衣服，还透露说，衣服售价是三十万欧，也就是两百多万！"

　　"——长知识了！有钱人的世界我们不懂！年年这是穿了一套房在身上！重吗哈哈哈……"

　　"——路人有话说！我以前从来不相信气质之类的说法，但这次看到了！这个余年，一看就是那种传了好几代的有钱人家里，锦衣玉食金尊玉贵养出来的！"

　　"——楼上！指路东都顾玄宁！我就是被那个动图圈粉的！圈得死死的！"

孟远把办公桌整理了一下，等余年看完，心情很好地说道："衣服这事情没什么大问题，反倒是你这次红毯秀从头到尾表现得都很好，今天早上已经有两个时尚品牌表现出了合作意向。"他又问，"不过，今天怎么一大早就来办公室找我了？"

余年放下手机，没有不好意思，坦然道："孟哥，我最近急着用钱。"

孟远坐直，问："有多急？"

"两个月左右。"

孟远手指无意识地敲了敲桌面，思忖几秒："两个月倒还好，我正好在纠结两个代言，一个是矿泉水，一个是手机，都是品牌看了翡冷翠的销售数据后主动过来合作的。我看着都不错，要是你也觉得行，我们就签下来，流程应该会比较快。还有你的歌，我再挑着卖三首出去，也能拿到不少钱。"

余年大致算了算，心里有了底，感谢道："又让孟哥费心了。"

"这有什么费心不费心的，我好歹是你的经纪人，我可是一心一意等你大红大紫靠你吃饭的。"孟远摆摆手，又忍不住念叨，"你年纪还小，这个圈子里，名利浮华会晃花人眼。不该沾的、不该碰的，千万不要伸手，自毁前途的事情也一定别做。"

余年笑道："孟哥，你是怕我吸毒赌博吗？"

"我可没说！"孟远连忙否认，又道，"就是你这花钱花得都不是如流水了，完全是如瀑布。钱怎么花是你的自由，我不干涉，但作为经纪人，还是要提醒你两句。"

知道孟远是为他好，余年笑着应下来："嗯，孟哥你放心，我有分寸的。"

"有分寸就好，你同楼层不是还有一套房，是大户型吗，现在空着，其实以前住的是一个乐队，还没完全火起来，主唱和吉他手就去赌，输了，欠了债还不起，借高利贷，最后手被追债的人废了，一辈子也差不多废了。"

余年笑道："我肯定不会的，我姐盯着呢。"

想到郁青，孟远不念叨了："也对，你姐那武力值，你要是敢去赌场，绝对一脚把你踹大马路上。"

晚上回家，余年跨出电梯门，楼道里安安静静的。听见"嗡嗡"的震动声，余年拿起手机，发现是谢游。他声音带着笑："晚上好。"

"晚上好，"谢游问，"你现在在哪里？"

"刚出电梯，怎么了？"

谢游的声音隔了两秒才道："年年，你把楼道的灯关上。"

"关灯？好。"余年疑惑，但还是照着做了，"啪"的一声轻响后，周围暗了下来，看着地上倒映的模糊光影，余年微怔。

"年年，你抬头。"

下意识地跟着谢游说的做，在抬头的一瞬间，余年的呼吸就止住了。

他的头顶，是点点荧光，组成了一片星河。

"喜欢吗？这样你每次回家，只要一抬头，就能看见星空了。"

许久，余年才克制着轻声询问："你……你是怎么做到的？"

"你想看，我就做到了。"

余年没舍得错开眼，干脆靠墙壁站着，仰起头，脖颈的弧度露出些微的脆弱。看着由无数细小水晶组成的星河，余年隔了许久才轻声道："谢游，我好想我外婆啊。"他眼神有些失焦，"我外婆去世的时候，拉着我的手说，不要害怕孤单，她会变成星星，一直陪着我……我不是小孩子了，但我还是愿意相信这句话。"

话筒里传来谢游比平日温和许多的声音："嗯，只要没有忘记，他们就还活在我们的记忆里。"

"对，"余年弯起眼弧，隔了几秒笑道，"我可以问问，我眼前有多少颗星星吗？"

谢游顿了顿，才轻声回道，"九百九十九颗。"

九百九十九颗？脑海里有什么被触动，余年眼里笑意像是要溢出来了一样，问谢游："你在星海直播上有账号吗？"

谢游迅速否认："我没有。"

"真的没有？"

"……有。"

余年轻笑，手插进口袋里，语调轻松地继续问谢游："那……我可以知道你在星海的用户名吗？"

谢游好一会儿才道："……我不能回答这个问题。"

"好好好，不能回答，那我不问了，"余年没有追问下去，眨眨眼，说出口的声音带笑，"不过，我想我大概知道了。"

谢游不说话了。

就像乌云破开，余年心情突然就变得一派晴朗。

施柔发现，连着好几天，余年的心情都非常好。她把最近两天的日程安排念完，好奇："年年这两天心情都很好啊。"

余年捧着保温杯正在喝水，嘴角笑意漫开："这么明显吗？"

"对啊，"施柔想了个形容，"是那种……藏都藏不住的开心。"

"嗯，确实很开心。"余年放下保温杯，"今天下午三点，是要去签欧慕的合同吗？"

"对，下午主要就是弄这个。明天和芙纳诗矿泉水的品牌总监见面，我们得早到二十分钟，对方非常非常守时，迟到三十秒都不行。"说着，施柔没忍住，吐槽，"话说，年年你接了这个代言我才知道，矿泉水竟然也有这么贵的！玻璃瓶身的霜花图案是用晶石组成的，瓶盖竟然还是镶了碎钻的小皇冠！我的天，一瓶三百毫升，就要一百美刀，我一个月工资也只够买十瓶！"

孟远正好开门进来，听见施柔的吐槽，接话道："那不是限量版吗，每个月限售三千瓶，我们不喝那个，喝普通版的，不然喝一口十块钱，你心肯定滴血。"

施柔连连摆手："滴血？应该是淌血才对，而且普通版也六十一瓶，三百毫升，喝不起喝不起。"

孟远走近，把手上的文件放桌面上，朝余年道："搞定了，欧慕那边同意了我的报价，还是下午签合同，签完合同，钱就开始走账。而且我听对方的意思，要是代言成效好，不止欧慕的银河腕表系列，还可能会把银轴系列也交给你代言。所以，少年，努力吧！"

看完更改了部分细节的合同，余年抬眼笑道："孟哥辛苦了！"

"不辛苦，也就磨磨嘴皮子的事情，加上日曜手机，你最近要忙了，三个品牌的拍摄日程都排得很近。"

"没问题，我能应付，不过，我要配合着把手机和腕表什么的都用上吗？"

"嗯，全都装备上，发微博也一定要拿代言的手机发。"孟远嫌弃道，"而且，真不是我打击你，你那个手机确实该换了，还没柔柔用的手机好，圈里十八线都不用你这种便宜牌子。"

想起余年三天两头都在缺钱，孟远又不忍心地安慰他："算了，不说你了，可怜巴巴的。你孟哥多给你接代言，争取把你的生活品质提高点儿。"

余年笑眯眯的："那就先谢谢孟哥了。"

接下来半个多月，余年行程都很紧。要注意着 EP 的后期制作，要写歌，又连着泡在棚里拍广告海报，经常凌晨才收工。不过每次回家走出电梯，一抬头就是满目星河，又会觉得疲惫尽消。

二月七号的半夜，郁青一个电话打过来："年年，钱凑够了吗？"

余年才刚到家，坐在沙发上揉了揉眉心，没掩饰疲惫："嗯，差不多了，孟哥一口气帮我接了三个代言，代言费都给的不吝啬，公司分完还剩了不少，协会正好又结了一笔版权费。"

"那就好，今天消息确定了，拍卖会五天后在叶城举行，你提前把行程排出来，还有机票也先订好。"

"嗯知道了，这两天忙完，我正好也会空一段时间。"余年喝了口温水，润了润喉咙，看看日历，忽然想到，"快过年了，姐你今年准备怎么过？"

"还能怎么过？就在剧组过了，拍戏日程紧得很。而且家里老头子左拥右抱的，我前两天看新闻，说是又换了，是个比我还小两岁的模特。老牛吃嫩草，看着就想动手揍他，为了保持住淑女风范，我还是不回去了。"郁青没好气地说完，问余年，"你呢？你回老宅？"

"应该是吧，到时候再看看情况。"

郁青"嗯"了一声，又叮嘱："反正，要是你觉得孤单了，就来剧组找我一起过年，姐包你来回机票钱！"

余年笑起来："好！"

二月十三号，余年提前跟孟远调了日程，乘早班飞机，下午到达叶城。

叶城正下雨，到处都是雨雾，湿湿冷冷的。余年裹着黑色羽绒服，扣了顶鸭舌帽，戴着口罩，不怎么打眼。

到了拍卖会场，礼宾验过邀请函后将他带进内场，这时，古益延打来了电话。

"古爷爷？"

古益延笑呵呵的："到会场了吗？"

余年找了僻静的角落站着，笑着回话："您怎么知道我在现场了？"

"我怎么不知道？上次云浮松鹤瓶那场竞拍你都在，《醉马游春图》要上拍，你能不在现场？"古益延感慨，"当年修宁先生立誓，要将这些宝贝都带回国，可惜没能如愿。幸好，他有你这个好外孙！"

余年不太好意思："古爷爷您过奖了。"

"我可没过奖，对了，老了记性不好，我打这个电话是要跟你说，你去找找甘馆长。"

"是宁城博物馆的甘州馆长吗？他也来了？"

"对，就是他，时间还早，你去跟他聊聊。"

余年按照古益延提供的包厢号敲开门，过来开门的是一个戴着眼镜的中年人，对方很客气："是余年吗？"

余年礼貌点头："对，是古爷爷让我过来拜访的。"

进到室内，案几上燃着香炉，一个身穿对襟盘扣衫的中年人笑道："是余年吧？"他略显清瘦，眼神很温和，让人一见就心生好感。

余年走近，礼貌握手："您好，这次冒昧打扰了。"

"没什么打扰的，你坐。"等余年坐下，甘州细致地沏了杯茶，递给余年。

喝完茶，没说什么场面话，甘州开口道："我直说了，这次拍卖会有一件青铜器上拍，你应该知道，礼器中的重器。"

余年眼睛微微睁大："是不是以云雷纹做地纹，凸出器表的主题纹是夔纹那件礼器？"

甘州含笑点头："你果然知道，对，就是这件礼器。"

余年帮甘州倒了杯茶："外公跟我提起过，没想到竟然会出现在拍卖会上。"

"是啊，"甘州接下茶杯喝了一口，叹息，"从前有幸和修宁先生说起过这件青铜礼器，修宁先生曾评价，此乃国之至宝，却飘零海外，不得归家。"他看着香炉袅袅上升的青烟，语气微沉，"这件礼器对我们意义重大，却在一百多年前被古董贩子倒卖，流落至海外，之后在多人手中辗转。这次上拍，可能会是这件礼器此前后五十年唯一的一次上拍，如果不能拍下，又会错过。"

余年握了握手指："那您这次有把握吗？"

"有八成的把握，这次我们多方筹集到一笔巨款，应该能顺利买下。"甘州注视着余年的眼睛，"所以这一次，我们这边没有余款能再参与《醉马游春图》的竞拍了。"

余年懂了甘州的意思："您是说，会有人抢吗？"

"对，一个法国的收藏家之前就放出消息，对《醉马游春图》势在必得。当然，我们不确定这消息是真是假，但你心里还是要先有个底。"

"好，"余年重重点头，"您放心，我会尽全力。"

甘州拍拍余年的肩膀，没有说话。

回到自己的包厢，余年想了想，给郁青发了条消息，"拍卖可能不会太顺利，要是价格太高，姐你能不能借我点钱？"

郁青回得很快，"你随意发挥，钱不够了跟我说。"

余年做了个深呼吸，回道："好，谢谢姐。"

和甘州说的一样，《醉马游春图》并不顺利。拍卖会过半后上拍，起价八百一十万，之后不过两轮竞价，就上了千万的坎。

四轮竞价后，只剩余年和那个法国收藏家。

余年喝了口清茶，舌尖是微微的清苦涩意。他眉目淡定，在对方出价后，再次举牌，没加一百万，而是直接加价三百万。

这一次，槌响两次后对方才再次出价，加了两百万。

余年脑子里飘过一大堆数字，心道，这次之后，应该很长一段时间里都吃不起肉了。但手上还是毫不犹豫地举了牌，又加了三百万。

终于，槌响三声，竞价结束。他赢了。

余年坐在椅子上，轻轻吁了口气。

云雷夔纹青铜礼器最后一个上的拍，作为压轴，起价便是八千万。经过漫长的多方竞价，才终于以 1.4 亿的价格拍下。发现最后举牌的是甘馆长，余年心里的大石也跟着落了地。

结束后，余年又到了甘州的包厢，甘州没掩饰，抖着手端起茶杯，喝了一口冷茶，眼眶微红，抑制不住激动："买回来了！"

余年微笑："嗯，买回来了。"

两人年龄相差近三十岁，却在这一刻，相视而笑。

回程路上，余年跟郁青通电话。郁青听他语气轻松，笑着打趣道："欠了这么大一笔钱，还笑这么开心？"

"嗯，心情特别好。"余年看着窗外的夜雨，拢了拢厚外套，语气轻松，"我回去收拾收拾，托荣叔叔把能卖的卖几件，再努力接工作，早些把欠你的钱还上。"

"行，但你也别太累，对你姐来说，这笔钱不过是少买两辆跑车的事情，不急。"

"嗯，我知道的，姐你别担心。"余年心里清楚，情感不该拿金钱来消耗，而且郁青的钱也不是大风刮来的。

"好，那你回程路上注意安全，不说了，该我拍了。"

第二天，余年去公司跟孟远说事情处理完了，孟远没有多问，见他脸色不太好，关心道："没睡好？要不要在沙发眯会儿？"

"不用。"余年揉揉眼睛，"我精神还不错，不怎么瞌睡。"

他昨晚把《醉马游春图》放进保险库，回家后，辗转到凌晨也睡不着，干脆起来拿了纸笔连夜清点东西。最后选了七件出来，在心里默念"对不起了我的列祖列宗们，我得把你们用的两方砚台、收藏的五套古书卖出去了。"念了三遍才联系荣岳，约好时间估价。

孟远点头："那行，对了，别忘了下午要做个直播，十分钟，就和粉丝聊聊天。"

余年点头应下来："没问题。"

下午三点，余年在保姆车上开了直播。进频道的人数比上一次多了快一倍，左下角的数字还在一直上涨。他没再关注其他，朝镜头笑着打招呼："下午好啊，我现在在去拍海报的路上。"

见弹幕上有人在问是什么海报，余年记得已经官宣过了，便回答道，"是芙纳诗的矿泉水，至于海报是什么风格，暂时保密，等广告投放后大家就能看见了。"他将镜头朝向车窗外，又调回来对着自己，"对，最近天气不好，降温降得厉害，记得加衣服。"

这时，手机屏幕再次暗下来，很快，页面上跳出了一行彩色大字，"用户年年有余赠送给主播余年钻石×100"，接着又连跳数次。

"——这到底什么神仙土豪！每次直播都来刷存在感！我膝盖一软，又跪了！"

"——啊啊啊又是九百九十九颗钻石！啊啊啊我疯了！"

"——大家都是追星，为什么就你这么秀？！大佬，你看我跪得标不标准！"

余年想起谢游在电话里说的"我不能回答这个问题"，眉梢眼角自然地流露出笑意，"这位叫年年有余的朋友，最近降温了，照顾好自己，不要生病了。"

没想到余年话刚说完，屏幕再次暗下来——谢游又砸了九百九十九颗钻石。

看着炸了一样的弹幕，余年别开脸，笑了出来。他拿过自己的手机，手速很快地给谢游发了信息过去，"大概，我明天要上头条了。"

谢游没回。

余年轻笑——这是心虚了？

一直到余年拍完芙纳诗的海报，手机都没有动静。想了想，余年又给谢游发了一句"海报拍完了，收工"。

这一次谢游秒回："好好休息。"

余年看完内容，握着手机笑出声来。

跟工作人员一起吃过晚饭，确定不用再补拍，余年才乘车回家。没过多久，荣岳也到了。

"荣叔叔，好久不见了。"

把人迎进门，余年又找出青瓷茶具沏了一壶茶，双手递给荣岳，笑道："您最近还好吗？"

"还不错，就是天气冷得厉害，咳嗽又犯了，不过比去年好些，说不定明年就不咳了。"荣岳接下热茶喝了一口，含笑打量余年，"不错不错，气色好，好像又长帅了！"

他说起正事："《醉马游春图》拍回来了？"

余年点头："嗯，拍回来了。"

"我才听甘州馆长说起，这次不容易啊，竞价都竞了好几轮，价格上漂了不少。"

"对，比我预估的高了些。但就这幅画本身的价值来说，这个价钱没问题。"余年坐姿规整，坦然笑道，"所以我钱不够，还另借了一大笔钱。估摸着要转几件东西出去，才能填了这窟窿。"

荣岳大致能推出余年说的这"一大笔钱"是多少。想到这几年，他轻叹，"《江山连雨图》，《仕女图》，山水纹鱼尾瓶，幽鸟鸣枝玉樽，云浮松鹤瓶，再加上这一次的《醉马游春图》，九件已经带回来六件，太难为你了。"

余年笑着摇头，"没什么难为不难为的，反倒是因为有这个目标，会让我更努力，变得更厉害一点。"

茶水烟气袅袅，余年眉眼澄澈，"其实外公在临走前，曾叮嘱过，他不希望他的心愿成为我的桎梏，人生不长，我应该随心过日子，自由自在，外婆也说过类似的话。"他歪歪头，"但，怎么说呢，我从小的所见、所闻、所学告诉我，我必须要这么做。"他又笑道，"大概就和荣叔叔你一样，进了这个坑，就爬不起来了。"

荣岳瞪眼，"还打趣起你荣叔叔来了？"他又转为笑貌，"确实，这些年，我一边鉴定、买卖古董谋生，一边千方百计地想把那些流落在外的文物一样一样带回来，这个坑啊，我不愿爬起来。"又喝了一杯热茶，荣岳劝道，"但你还年轻，花花世界等着你去见识，不要太苛待自己了。"

"没有苛待，"余年笑道，"我对衣食住行没有多余的要求，能蔽体保暖，能饱腹，能遮风挡雨，就已经足够了。所以我拿着钱也没什么花的地方。"

见荣岳还是目露担忧，余年继续道："其实吧，就像我姐有段时间喜欢买跑车，她就会努力去挣钱、攒钱。我有个大学同学痴迷手办，连啃半个月的馒头省钱，还每天下课都去兼职发传单赚钱，只为了把自己喜欢的手办买回来。还有荣叔叔你，有段时间不是为鼻烟壶疯魔吗，也是节约得不得了，烟都不抽了。所以相比起来，我也是一样的。只不过我想买的东西，可能文化历史价值丰富一点，贵重一点。但说到底，也不过是'我喜欢'和'我愿意'罢了。"

荣岳看着面前清清朗朗的年轻人，忽然想起自己第一次见到余年时的情景。

那时思宁公馆还叫余公馆，他忐忑地抱着书登门拜访修宁先生，进到院子里，到处花木扶疏，枝叶繁茂，仿佛完全将俗世的喧嚣隔绝于外。

一个小男孩正趴在草地上看蚂蚁，见来了外人，落落大方地站起来，礼貌道："请问您找谁？"

在他说明自己的来意后，余年将他带到了书房，那是他第一次见到修宁先生。对方和他想的完全不同，穿着普通的白色布衫，正拿着放大镜研究古卷，手边一壶清茶，一副笔墨，纸面上墨迹还没干。

而一转眼，那个还没到他腰的小男孩已经长大了。

"是是是，你说的有道理，无论什么，也越不过'我喜欢'和'我愿意'。"荣岳不念叨了，转而问道，"那现在看看东西？"

"好，稍等。"

余年起身，把已经整理好的东西拿出来，放在桌面上，细致地介绍道，"我们家里的人都有用古物的习惯，也很爱惜。东西一代一代传下来，自然而然地就成了古董。我翻看我太外公的手札，上面有记录，这两方砚台都是四百多年前的旧东西，断断续续一直在使用，材料是旧端石，色泽蓝紫略泛青，石质很纯净。"

荣岳点头，"端砚近十年来，价值是越来越高，越来越多的藏家开始把视线投在了这些古代文人的东西上。"

"对，"余年又将保存妥当的古书拿过来，"这五套古书一直放在家里，不过都不是孤本，是约五百年前馆校的前朝奏议，属铜活字印本，印得很漂亮。"

荣岳看着一件一件放在自己面前的东西，呼吸都要停了，苦笑，"还真是折磨人啊，可惜我没这么多钱，否则我一口气全买回去当传家宝收藏！"

"要是卖给荣叔叔您，我也更放心，真的舍不得。"余年小心地碰了碰砚台，"我记得我小时候临帖，就是用的它砚墨。外公说，我妈妈小时候学字，用的也是这方砚台，才开始学，'余踏月'三个字就写得特别好。"

荣岳安慰他，"年年，我保证，会寻到好买家。大约一个星期后，会有文房清玩的古墨名砚拍卖专场，青山余氏的东西上拍，那些老藏家不知道多激动，肯定都会来。"

"那就好。"余年没再看眼前的东西，只是道，"等我赚钱了，看能不能再加价买回来。宁舍一室，不舍一石，我一口气卖了两方砚，可能祖宗晚上要进我梦里骂人了。"

荣岳知道他难过："年年，但你把《醉马游春图》买回来了。"

"对，"余年垂下眼睫，将装古书的匣子推了推，"那就劳荣叔叔费心了。"

临近除夕，荣岳那边来了消息，两方砚台五册古书都没有流拍，相反，因为砚台古书都出自青山余氏，一上拍就被争抢，多轮竞价后，两方砚台以六百三十万成交，五套古书卖了八百一十万，最终价格比两人预估的都要高不少。

"古书的买家姓翁，多年来醉心于古籍，还写了两本专著。一听说青山余氏有东西上拍，连忙赶过来，说上面有余家人的批注，最为宝贵，可遇不可求。他家里还收藏有修宁先生的墨宝，极为珍视。年年，你可以放心。"

余年轻轻呼了口气，道谢后，他将手机揣回口袋里。

施柔见余年接完电话回来，将羽绒服递给他穿上。

余年一边拉拉链一边问道："柔柔姐，还有两天过年了，你回家的票买好了吗？"

施柔一脸开心："早买好了，明天下午的车，回去正好能赶上年夜饭，好想念我爸的红烧蹄髈！幸好我家就在隔壁市，票还不是特别紧。"她帮余年收好杂物，一起往外走，"年年你呢，广告海报都拍摄完了，品牌活动什么的都在年后，你怎么安排？"

"还没想好，可能在家写歌吧，趁着不忙，把我姐要的歌先写出来。"说完，余年想起什么，拿出手机看了看，发现中午发给谢游的信息对方还没回。

上了保姆车，夏明希打了电话过来。

"年年，你最近档期紧不紧？"

"档期？"余年没反应过来，"什么档期？"

"写歌的呀！"夏明希兴奋道，"我被导演大叔委以重任，他让我走关系来问问你，能不能合作，给电影写推广曲！"

余年回忆，"我记得你拍的那部电影不是有推广曲吗？听你提起过，是叫……《当年》？"

"对对对，就是这个，不过原本的男二不是凉了么，戏份全删，剧本也改了不少，所以之前的推广曲不适用了，得重写，导演大叔头发都要愁白了，就拜托我来问问你。"

余年笑道："明希，你这是帮我拉业务了吧？"

夏明希大笑："哈哈哈被你看穿了！肥水不流外人田嘛，我看导演大叔纠结，就有意无意在他面前提起你，果然，他去听了你写的歌之后马上动心了。"

"我就不说谢了，等你拍完回来，一起吃饭。"

"好好好，约约约！一定等我啊！我要吃大餐！"

这时，车速减慢，逐渐停下来，施柔问了司机，偏头朝余年道："年年，前面出了交通事故，堵了，不知道多久才好。"

堵车太常见，几人都没有在意。余年拿出随身带的纸笔，用东西垫着，写写画画。

施柔看了一眼："年年，你字写得真漂亮！不过，你这是在写歌词吗？"

"嗯，"余年点头，笔在手指间灵活地转了几圈，"突然冒出点儿灵感，试试看能不能写。"

施柔笑眯眯地捂住嘴，怕打扰余年，没再出声。

写下两个字又分了心，余年不知道第几次拿出手机——还是没回复。

他一笑，这种心绪被人左右的感觉，意外的很不错。

没过多久，突然传来轰隆声，施柔停下打游戏的手抬头："什么声音啊？"

"直升机螺旋桨的声音。"余年透过车窗玻璃，远远地能看到直升机的影子。

"什么情况？竟然连直升机都出动了……"施柔嘀咕两句，又低头玩儿游戏去了。

余年拿着笔继续写歌词，却突然心绪凌乱，盯着纸面上杂乱的线条看了一会儿，他放下笔，闭目养神。

没过多久，车流再次动了起来。驶上高架，施柔忽然道："年年，有新闻推送，我知道刚刚堵车的原因了，是前面出了车祸！"

"车祸？"近段时间，余年对"车祸"两个字很敏感，他睁开眼，"我能看看吗？"

施柔把手机递给余年，一边道："豪车相撞，其中一辆悬在大桥边沿，差点就掉下去了。"正说着，她发现余年脸色骤然苍白，担忧，"年年，你怎么了？"

余年看着图片上已经变了形的黑色轿车，喉咙像是被什么扼住了一样，连呼吸都不能。

他见过，谢游曾开着这辆车来找他。

一瞬间，全身血液都在发凉，余年飞快拿出手机打了谢游的电话，却一直提示无法接通。正当他准备打给曲逍然的时候，对方打了电话过来。

按下接听的按钮，余年的手指都在抖。

咽了咽唾沫，喉咙发痛，余年轻轻问出来，尾音都在颤："他……还好吗？"

曲逍然说话满是戾气："是丁兆先，如果我兄弟真的出了事，我提刀弄死他！"

一声闷响，似乎是踹墙壁的声音，曲逍然喘了气："具体情况还不知道，丁兆先和谢小游两边五辆车撞在了一起，都进了医院。我现在在抢救室门口，人还昏迷没醒，不确定伤得重不重，在等检查结果。"

他像是抹了一把脸："进抢救室的时候，谢游他右手全是鲜血，血一直往下滴，偏偏手指握得死紧，好不容易扳开，里面是一张干净完好的纸条。"

余年呼吸窒住。

"纸条上写的是，愿君平安。"

听见这句，余年猛地握紧手机，闭眼，颤抖着深吸了一口气，像是重新找回了自己的声音，哑声道："告诉我地址，我马上过来。"

余年裹着冬日冷风走在医院长长的走廊上，恍惚间竟然有种看不到尽头的错觉。无数记忆画面接连涌出来，乱糟糟的没有逻辑没有排序，主角却都只有一个人——谢游。

明明相处不多，甚至见面都屈指可数，但这一刻，气管仿佛痉挛紧缩，窒息感让他头脑昏蒙。

"余年！"

听见有人叫自己的名字，余年下意识地停住脚步，花了好几秒，视线才聚焦，"曲总？"他的声带仿佛失了控一样，说出的字音涩哑。

思维仿佛从某种状态里抽离，回过神来，余年这才注意到，安静的走廊上站着不少身材魁梧的保镖，曲逍然眼底发红，正起身走过来，将手里的纸条递给他。

余年接过，垂眼，纸面上"愿君平安"四个字清晰如初。

眼睫轻颤，余年将纸条握进手心里。

曲逍然双手插回口袋，身形紧绷着无法放松，沉着声音给余年解释："前段时间，丁兆先吃斋念佛的，面上让步很多，像是在示弱。但谢游跟我说，丁兆先是表面退让，实际上在找机会准备反扑，所以一直没放松警惕。"

余年"嗯"了一声，喉口发疼，说不出更多的话来。

曲逍然吸了口气："昨天我哥跟我提了一句，说谢游一步一步走得稳，已经差不多妥当，计划在近期动手。他们下午的会议，丁兆先也出席了，离开时，是谢游先走，丁兆先晚一步。但调了监控来看，谢游车速慢，丁兆先车速快，很快就追上了。不知道具体发生了什么，丁兆先突然发狠，提速直接撞向了谢游的车。后来现场混乱，几车连撞，谢游这边两辆车，一共三个人，丁兆先那边三辆车，九个人，都进了医院。"

余年敏锐地发现问题，"你不是说谢游最近很谨慎吗？为什么两辆车，却只有三个人？随行的安保人员呢？"

曲道然一怔，"对啊……"他眼神微微亮起来，呼吸急促，"会不会是——"

"会，有可能。"余年看向紧闭着的抢救室大门，声音里是自己都没察觉的冷意，"丁兆先情况怎么样？"

"那老不死的命大，肋骨插进了肺里，正在抢救。"曲道然回想，"好像这次他随行的有一个特助三个秘书，还有保镖，轻轻重重全都受了伤。"越想越觉得有可能，"丁兆先以前搞事情，从来不会亲自动手，他更喜欢花钱找人办事。这次直接踩油门撞车的行为，不像他的一贯行事作风，更像是——"

"被谁刺激了。"

"对对对，就是被激怒，气急了，热血上头的状态！"

这时，高跟鞋踩在地板上的声音由远及近，曲道然看着逐渐走近的人，上前迎了几步，叫了一句"阮阿姨"。余年见对方跟谢游长相有几分相似，猜来人应该是谢游的母亲，也跟着礼貌问了好。

阮云眉妆发一丝不苟，穿着严谨的深色西服套装，细高跟稳稳地撑起她的气场。朝曲道然勉强笑了笑，她又仔细看余年，温声道："我认识你，你是叫余年，对吗？"

余年点头："是的，我是余年。"

"我看过一次你的节目，当时我夸你说，黑纱蒙着眼睛，也能看出五官很好看，小游回答，你唱歌更好听，不用看比赛结果也知道第一只会是你。"阮云眉记得很清楚，神色愈加温和，"他为了假装不经意地跟我一起看电视，放慢动作，连削了八个苹果。"

余年突然想起，谢游曾说他妈妈很喜欢看自己的节目，喜欢听自己唱歌，后来有一次，还替他妈妈要了一张签名。

细细打量完余年，阮云眉看向曲逍然："小游在出事前发了信息给我。"

猜测被确定，曲逍然心跳加速："他有安排的，对吗？"

"也不算安排，只能说，丁兆先跟他的一干下属都躺在医院里，事情会更好办、解决得更快。"阮云眉紧抓着手袋，克制着没有往手术室的方向看，只是继续道，"所以，这边就先拜托你们看顾着了，他拿命搏来的机会和时间，我必须替他抓住。"

曲逍然重重点头，应诺："阮阿姨您放心，我会一直守在这里的，至于丁兆先那边，我哥亲自看着的，就算人醒了，也不会给他作妖的机会。"

阮云眉来去匆忙，没有留多久，很快就带着人离开了。

曲逍然抹了一把脸，兀自低头笑了出来："我就知道，谢小游这么聪明，又谨慎，"他说了两句，别开脸哑声道，"他怎么就这么难呢？"

余年低着头，靠墙坐着，五指松开又握紧。

曲逍然心里乱，说话没个头绪："从车里救出来的时候，他右手臂上被碎玻璃划了好长一条口子，血止不住，不知道多疼……"

两人这一等就等到了天亮，手术室紧闭的门打开，谢游躺在病床上被推了出来。

医生揭下口罩，疲惫道："情况还算好，因为冲击力，大脑遭受撞击，但暂时没发现严重问题，昏迷一段时间是正常情形……身上有多处伤口，右手臂上的伤口最深，已经缝合，确定没有伤到神经。"

道了谢，曲逍然又连忙追问："那手臂上的伤对他以后弹钢琴会有影响吗？"

"应该没有，但我们不敢保证，一切都要等病人苏醒之后才能确定。"

到了准备的病房，安置好谢游，曲逍然先把这个消息告诉给了阮云眉，之后脱力一样坐下。"万幸没有大问题，真是上天保佑了！"

余年心里绷的那根弦也松了一半，他看向曲逍然："我们轮着守？你要不要先去睡会儿？"

曲逍然摆摆手："你先去吧，我还能撑会儿，到时候你醒了再来换我。"

余年看了看病床上脸色苍白的谢游，没有反对："好。"

到了套间里的休息室躺下，余年闭着眼尽量让自己睡过去，但一直做着梦，半点不安宁。

下午三点过，余年起了床。

病房宽敞，开着暖气，玻璃桌上还放着插瓶的鲜花，门口传来保镖巡视的轻微响动。余年细心地拿沾湿的棉签，倾身帮谢游润了润干燥的双唇，之后坐回椅子上发了会儿呆。想起什么，他又给郁青发了信息。

借的钱在卖出砚台和古书后还上了大半，还差了五百万，只能晚些时候再还。

郁青很快回了个"好"，紧接着又问他要不要到剧组一起过年。

余年低头回复："不过来了。"

郁青："行，剧组这边也不是什么好地方，不过来也好，记得吃好点。"

刚回了消息，曲逍然推开套间的门走了出来，低声道："刚跟我哥打了个电话，真解气！丁兆先自己还没从手术室出来，他的得力下属重伤的重伤，昏迷的昏迷，他们那一派系现在就是一团散沙！而且我看那些跳起来搞事的是都忘了，阮阿姨也不是好惹的！"

说着说着，他打了个哈欠，继续兴奋道："阮阿姨现在召开了董事会议，我爸也跟着在背后动手，应该过不了多久就会出结果，我继续去睡会儿！"

门被关上，病房里重新安静下来。余年闭上眼养神，没一会儿，套间的门再次打开。

曲逍然坐到余年旁边，不太好意思，"那个……满脑子乱七八糟的，困得要死又睡不着，一闭上眼睛就是谢小游浑身是血的模样，如果，我是说如果啊，你要是不嫌我话多，聊聊天？"

"好，谢游他……很喜欢弹钢琴吗？"

"对啊，特别特别喜欢！"一说起这个，曲逍然就停不住话，"谢小游天赋厉害，绝对音感，在没给基准音的情况下就能分辨出任一声音的音名和音高。他小时候腼腆得很，不爱说话，坐得住，勤奋。我上小学成天招猫逗狗的时候，他就能一坐坐一天地练钢琴了。后来十几岁，拿了好几个世界级大奖，再后来，靠实力考上了勒托音乐学院，我都差不多坚信，再过不了几年，他就能成钢琴家开世界巡演了。"

余年安安静静地听着。

"结果后来，他接了他哥的位置，累得不行的时候，还会偶尔放纵自己按按琴键。等谢叔叔也走了之后，他连琴键都不敢碰了。"

余年注意到，不是不愿，不想，而是不敢。

"我当时很难过，但后来又想，我们这些人，多是表面上光鲜亮丽，花团锦簇。但背地里，藏污纳垢，钩心斗角。要是谢小游当时不站起来，只凭他姓谢，占着名正言顺继承人的位置，旁人就有一百种方法把他弄死。我记得有一次谢叔叔祭日，他说了一句：'我还没来得及向他证明，我能把家业扛起来，他老了可以安心去度假，他就走了。'"曲逍然按了两下太阳穴，苦笑，"所以我刚刚怕啊，我特别怕他的手出问题，那就真的一点念想都没了。"

两个人一起守着，时不时聊几句，时间过得快很多。天色暗下来，入了夜，远远能听见除夕夜里烟花爆竹的炸裂声，窗外不知道有多少人在今夜团圆。

曲逍然斜斜靠着沙发背，困得撑不住，已经睡了过去。

余年注视着谢游苍白的侧脸，心道，我从来没过过生日，过了今天晚上，我就二十二岁了。这二十二年来，我想许的第一个生日愿望就是，谢游，希望你安然无恙。

"砰"的一声，有烟花炸开的声音。这时，余年突然发现谢游的睫毛颤了颤，随后，双眼缓缓地睁开来。

两人的目光对上，余年鼻尖一酸，朝谢游笑了一下。

微微俯下身，余年轻声问道："有哪里不舒服吗？"

似乎是感觉到了什么，谢游表情有一瞬间的停滞，瞳孔微缩，几乎是仓皇地看向余年，眼里甚至带了点儿不太明显的祈求。

"你的右手伤口很深，流了很多血，但医生说没有伤到神经。"

下一秒，谢游紧绷的面部肌肉骤然放松。

余年声音柔和，表述得很清楚："现在是你车祸第二天的晚上十点，你进手术室后不久，你妈妈来过一趟，之后离开，在今天下午召开了董事会，什么结果暂时还不清楚。曲逍然说，你的司机只是轻伤，丁兆先和随行人员也在医院，他哥哥在那边盯着。至于曲逍然自己，他从你出事到现在一直没睡，刚刚才迷糊睡过去。"

见谢游听完后，呼吸缓和下来，眼皮微垂，有些力竭，余年帮他披了披被子："睡吧，都会好的。"

第二天一大早，余年刚睁开眼，就看见曲逍然双手抱拳，眉飞色舞地说道："你醒了？过年好啊！大吉大利！天天发财！"

余年头有些疼，拢着毯子坐起来，下意识先往病床看了一眼。发现谢游已经醒了，医生正在给他做检查。

谢游靠枕头坐着，身上穿着病号服，背习惯性地挺得很直，侧脸苍白，下颌线条略显清瘦，却依然让人移不开眼。

曲逍然很兴奋，噼里啪啦地就说开了："原本谢小游醒的时候我就想叫你的，可他不让，说要让你多睡一会儿。等医生来做检查了，他也吩咐别人动静轻一点，搞得我说话都小声小气的，不敢弄出动静把你吵醒了。"

谢游想阻止曲逍然，但没来得及，只好任他说，自己偏开头，一直没敢看余年。

心下微暖，余年起身，顺手将毯子折叠整齐。

曲逍然满脸都是笑："你睡得好吗？"

"挺好的，现在精神也不错。"正想继续说话，余年的手机先响了。

曲逍然指指套间的方向，笑眯眯地做了个接电话的手势。

余年点点头，进到套间关上门："孟哥春节好啊！"

"春节好春节好！"孟远向来不说废话，直接问道，"这个月十三号，也就是你跟我调日程那天，你是不是去了叶城的一场拍卖会？"

"对，那天有一点私事要处理。"

"那就对得上了，也没什么大事，就是宁城博物馆不是买回了一尊青铜器吗，发了不少照片出来。网友眼睛跟扫描镜似的，硬是从一张拍卖会现场照的背景里把你找了出来。"孟远感慨，"我看的时候，都没发现那照片里竟然还有你。"

余年没想到自己会被拍进去："这会不会有什么问题？"

"这倒不会，最多引起各种猜测罢了，参加拍卖会又不是什么不光彩的事情。"孟远多问了一句，"不过要是方便的话，能不能满足满足你孟哥的好奇心？你去拍卖会买什么了？"

余年笑道："买了幅一直很想买的画，钱不够，还找我姐借了不少。"

孟远呼吸微顿，"你等等！"他隔了两秒才继续道，"好了，我做好准备了，你说，欠了多少？"

"五百多万。"

"那还好那还好，吓死我了。好好工作，过段时间应该就能还上了。"孟远松口气，又感慨，"年年啊，不是我说，有的人是赚钱如山倒，花钱如抽丝。你是赚钱如暴雨，花钱如山洪，重点是还不知道这山洪都流到哪里去了！"

余年摸摸鼻子，觉得这形容好像没什么错。

又说了几句，挂断电话，余年打开套间的门准备出去。刚开了道缝，发现谢游好像是在打电话，有隐约的字句传过来。想起谢游应该有不少后续事宜要安排，余年没有马上出去，重新轻轻关上门，靠在墙上，顺手刷了刷微博。

正过年，不少热搜都和春节相关，余年往下翻了翻，看见了带郁青和带夏明希的 tag。排十一位的是 # 郁青剧组发大红包 #，而第十二位是 # 夏明希不是亲生的 #。

点进去看了看，原来是夏明希从剧组回家，准备和父母一起过年，没想到家里空空荡荡，夏渊和张阑已经把儿子忘在脑后，出国度假去了。夏明希发微信问为什么没有提前通知他，夏渊回答非常直白，"忘了。"夏明希气得连发三条微博控诉夏渊，无数祖传粉丝在微博下哈哈哈，直接刷上了热搜。

给夏明希的微博点了个赞，余年继续往下翻，在最末尾看到了自己的名字——#余年现身拍卖会#。

"——拍得虽然不是特别清楚，但绝对是年年！啊啊啊这么糊，还不是正面，我年也美如画！颜狗跪了！"

"——天呐我查了查这个，竟然是那种内部小型拍卖会，拍品来自岛国的一家私人博物馆，要邀请函才能进去！我们年年这么有钱的吗？"

"——都还没确定是不是本人，粉就已经开始吹了？再有，说不定这个谁只是进去逛了一圈，混个出场炒人设的！"

余年正在看，电话又响了起来。

"甘馆长？过年好啊！"

甘州的声音从听筒里传来，笑呵呵的："小余过年好啊！这次联系你，是有个事想问问你的意思。"

余年微笑道："您说。"

"是这样的，我们馆连同国家文物局，想搞一个宣传月，主要是宣传博物馆里的藏品。你也知道，现在不少年轻人，其实不太懂这些历史留下来的文物到底有个什么意义。所以我们就想着，做个宣传，不管什么时候，民族文化的根脉都不能断。"

余年明白了："是类似宣传大使这样的，对吗？"

"对，但我先私底下问问你的原因是，这差事报酬微薄，要是你不愿意，那这事情就当我没说。"

"不会，怎么会不愿意？"余年赶紧道，"不要报酬我也是愿意的，就怕您不邀请我。"

"哈哈哈好好好，那我不打扰你了，等年节过了，我这边再跟你商讨！"

余年应下来："好，真的很感谢您的邀请！"

刚开门从套间里出去，余年就听曲道然故意提高了声音道："哎呀，这可怎么办，公司出了点事，要我回去压压场子，晚上才能空出时间过来。虽然有保镖，可你这里没人守着，我又不放心！算了，要不——"

"曲总，"余年笑着打断曲逍然的话，"我这两天都没事，可以留在病房。"

"真的？哎，那真是太好了！"曲逍然一拍掌，笑容灿烂，怕余年改主意似的，连声道，"麻烦你了，我这就把谢小游拜托给你了！"

曲逍然溜得飞快，一会儿就关门离开了。一时间，病房里只剩了余年和谢游两个人。

余年在病床边的单人沙发椅坐下，见桌面上放着几本书，征询道："要不要念书给你听？"

谢游是余年说什么都好，点了点头。

挑了一本诗集，余年翻开其中一页，语调缓慢地念起来。

谢游身体虚，原本想强撑着多看一会儿余年，但还是抵不过倦意，不知不觉睡了过去。

一直注意着谢游状态的余年慢慢停下，合上诗集放回了桌面。

中午有专人送来汤和粥，等碗都空了，余年惊讶："没想到你胃口这么好。"

谢游微微垂眼："是因为……很好吃。"

"嗯，不过能吃下东西就好，身体会恢复地快一些。"余年把餐具稍微收拾了一下，又坐回床边问谢游，"有什么想做的吗？还是我继续念诗给你听？"

谢游犹豫几秒："念诗。"他很喜欢听。

曲逍然拖拖拉拉一直到天黑才过来，送走了余年，他一脸兴奋地凑近："一个白天过去了，你们今天都干了什么？"

谢游神色温和："他念诗给我听了。"

念诗？曲逍然抓抓后脑勺，觉得这画风可真是清新！他接着又问，"还有呢？"

"中午还喝了粥和汤。"

曲逍然叹气，"哎，行吧，这时间点了，你晚饭想吃什么？"

谢游摇头，不太好意思："中午吃太多了，现在吃不下。"

余年原本准备回家，半路临时改道去了孟远家里。

开门让余年进来，孟远手里端着杯红酒，踩着拖鞋往里走："昨天陪家里老人过了年，我发现，这工作习惯之后，一时间懒下来，还有些不得劲儿。"他带余年在沙发坐下，"说说吧，你怎么认识宁城博物馆的馆长了，对方还指明了要找你。"

"在拍卖会上认识的，甘馆长上午打电话给我，问我有没有兴趣当宁城博物馆的宣传大使，我答应了，对方就说晚几天再找公司接触。"他听孟远的语气，"这么快就过来联系了？"

"对，"不是在办公室，自己家里，孟远多了几分闲散，"我听到还惊讶了两秒，不过说真的，虽然没什么钱赚，但这对你的形象来说非常有利。"

"嗯，是，而且我现在通告还不算很多，接这个工作应该没什么问题吧？"

"谁说不多了？"孟远放下酒杯，从靠枕后面找出平板，"我让你过来，还有两件事。一个是有一个真人秀，叫《我的一天》，主题是跟拍一个艺人的一天，满足观众的好奇心。我看了策划案，就算不爆红，肯定也不会凉，我准备帮你接下来。"

这个策划余年也觉得不错："可以，我也挺有兴趣的。"

"那行，对了，这个要跟到家里拍摄，你没问题吧？"

余年摇头："没问题，我当天会收拾整洁一点的。"

"你那里已经够整洁了，还收拾什么。"孟远手指在屏幕上滑动，"第二个是《让我来唱》，素人歌唱节目，邀请你去当评委的。"

"评委？"余年指指自己，"我吗？"

"对啊，怎么，觉得自己不像？"孟远见他点头，笑道，"没问题的，这节目还没定下来，真开始录，也要到你EP出来之后了。你有思宁这重身份，再等EP发行，音乐实力完全亮出来，你当这个评委，没人敢怼。"

余年对自己的新EP也有这个自信，仔细思忖后点了头。

"那行，既然没异议，这两个邀请我就都接下了。"孟远笑道，"二月眼看就要过完了啊，三月你EP开宣，《古道》定档，也开始进入宣传期，推广曲跟着上，几个代言的品牌活动也排进了日程。所以趁着这几天空闲，抓紧时间玩儿，后面想玩儿也没机会了。"

但这几天余年空闲的时间也不多，见谢游胃口还不错，他每天熬汤或者做点小菜送过去。但谢游人在医院，不代表工作就能真正放下了。余年第一天去的时候，正好碰见七八个西装革履的人在病房里商讨工作，谢游坐在病床上，表情冷凝，气场凌人，零星听见几个字，应该是和丁兆先有关。

这之后，他固定十二点半过去，像是有默契一样，谢游也会把十二点半到一点这半小时空出来。

三月六号，余年定了闹钟早起，先发信息告诉谢游自己今天不去医院看他。

十分钟后，门铃响了。

《我的一天》这个节目，虽然噱头是让观众了解艺人的一天是怎么过的，但从实际操作来说，没办法真的从早上七点录制到晚上睡觉，毕竟一个节目，没爆点就没热度、没收视。所以按照拍摄计划，今天摄制组只会过来拍余年起床的场景。

门铃响起，余年打开门，将摄制组的人迎了进来。

摄像机正对着自己，余年已经习惯了，听摄制组的人在问，他点头笑着回答："对，我自己家不是这里，这里是公司的房子，优点就是去公司特别近。"

他扔了一个鸡蛋在锅里，又回房间换好衣服。出来时，见摄像机正在拍墙角放着的一个插了枯树枝的瓷瓶。

摄制组里有识货的，啧声道："我一进来眼睛就挪不开了，青瓷贯耳瓶啊，这釉色泛青灰，局部开冰裂纹，胎骨厚重，好东西！我记得之前在秋拍的瓷器专场上，一口气拍出了三百三十万的价！跟这个差不多，都是敞口，束颈，瓶颈两侧是管状小贯耳，差别只在一个是长颈式，一个是长腹式。"

见余年换了衣服出来，那人好奇："年年，你这瓶子肯定不便宜吧？"

余年神情坦然道："我家这个是仿的，不值什么钱，就是年月挺久了。我外公小时候用这个瓶子插芍药牡丹，到我小时候，我外婆很喜欢拿它来插红梅。"

换好衣服，余年将煮好的鸡蛋捞起来，再配上煎好的培根以及混合果汁，就是早饭了。

摄制组的人抓了不少镜头，一边问道："年年煎培根非常熟练，平时有空会自己做饭吗？"

余年点点头，笑道："嗯，会。做饭是上大学时学会的，希望以后能做菜给喜欢的人吃。"

吃过早餐，收拾好碗筷，余年洗了手，站到书桌后铺开宣纸，执笔悬腕。写完一页字，他搁下毛笔，回答摄制组的问题。

"练字的习惯从很小就养成了，大概还没上小学吧，不过那时身高太矮，够不到，必须踩在凳子上才行。"说到身高，余年忽然想到，"说起来，不知道我这段时间长高一点没有。"

摄制组的人道："官方身高是一米七九对吗？"

余年不太好意思："对，不过实际身高不是一米七九，是一米七九点五，我前段时间长高了零点五厘米。"

见余年一脸认真，摄制组的人都笑起来。

找了工具，余年一边量一边道："这段时间我总觉得自己好像又长高了一点，不知道是不是错觉。说不定真的已经突破了一米八的大关。"

"确实一米八了，还多了两毫米。"看到数值的摄制人员笑道，"实现了质的飞跃！"

余年惊喜道："真的长高了？"

"对，官方资料可以更新了。"

摄制组的人关了机器，又跟余年商量："除了起床吃早餐这一段，我们还想拍一些关于您创作的段落，作为首次披露，您看可以吗？"

余年很配合："当然没问题。"

一行人进到余年写歌的房间，里面摆放的东西较多，为了避免磕碰，摄制组的成员都很小心。

余年坐到工作台前，打开设备，见镜头对准了自己，他笑道："今天上午没有外出的通告，所以会在家里写歌，积攒的工作还挺多的……

我这几天在写的是邱俊导演的新电影《回到过去》的推广曲，说起来，这个工作还是明希帮我牵的线。"

摄制组的人听见他提起其他艺人的名字，连忙问道："是夏明希吗？"

余年笑着点头："对，就是他，等他从剧组回来，得请他大吃一顿才行。"

想起摄制组说过，要多提两句写歌的事情，余年拿过一张字迹凌乱的稿纸在镜头前晃了晃："写歌这件事，要是灵感迸发，我大概十几分钟就能填好一首词，一两个小时写好曲子。不过慢的时候，在椅子上坐一整天也写不出一段旋律。"他将手稿放好，"这次我把邱导的剧本反复看了三遍，找到了一点感觉，还比较顺利。曲子已经写出来了，今天会把词填进去。"

这是余年第一次公开聊到词曲创作，摄制组的人自然不会放过："您以前写词曲也是这样的吗？"

"差不多吧，我还记得写《一无所有》时正在准备期末考试，面前摆着厚厚的参考书，旁边放几张稿纸。背了会儿考试重点，突然来了灵感，提笔就写，很快就写出来了，非常顺畅。"

摄制组："当年《一无所有》连着霸榜几个月，后来更是获得了年度金曲奖，对您有什么影响吗？"

余年手指按了几下琴键，笑着回忆道："最大的影响大概是，我姐一高兴，发了一个大红包给我，好像是 66666，有种一夜暴富的感觉！"

又拍了一些需要的镜头，摄制组的人约好在下次余年参加日曜手机的品牌活动时再过来跟拍，之后就带着设备先走了，余年将人送到了门口。

看了看时间，余年喝了杯水，收拾好东西下楼，施柔已经到了。

坐进后座，施柔翻着日程表："孟哥先过去博物馆了，要是路上不堵车，我们应该能提前十分钟到。"

一行人到宁城博物馆时，时间刚过十一点。和这次的主摄影师握了手，余年进到临时搭建的化妆间。

孟远就等在化妆间里，见余年进来，周围没有外人，低声道："发现没有？这个摄影脾气不太好。"

余年点点头："发现了，好像不太待见我。"

"八成是了，季朝德，拍文艺作品的，自视甚高，还曾经发表过言论，说自己十分看不上娱乐圈里那些没文化的草包流量明星。"孟远担心余年不开心，又补充道，"不过专业水准确实还不错，反正我们是来拍照的，拍完了就走。"

余年点点头："嗯，孟哥放心，我会尽量不让他挑到刺的。"

不过这个摄影师的成见比他们想象的要深得多，三月的天气，还没有回暖，气温只有两三度，余年穿着单薄的衣服站在室外石阶的位置，四面当风，一拍就拍了两个小时，冷得都快没知觉了。

接过施柔递来的保温杯，余年小心地喝了两口热水。

见余年冷得打战，施柔都快哭了："这摄影师到底怎么回事？我从后面看见，明明效果非常好，他非说你笑容浮夸不内敛，要不就是姿势僵硬不自然，还有什么衣服褶皱、抬脚角度不对这种没根没据的理由，什么人啊！"

余年拧上杯盖，递还给施柔，脸冷僵了，不太笑得出来："没关系，我还能坚持一下。"

活动了四肢，余年重新站到镜头下，不过几分钟，又听季朝德冷嘲道："收了这么多钱就得敬业！请你来，不是让你赚快钱的，哦我忘了，你们这种——"

余年转过身，勾着唇角，站在石阶上，从上自下看着季朝德，微微扬了扬下巴："您可能不知道，我这次过来，一分钱没收，路费和人工还是我自己倒贴的。"

"因为没收钱就不好好拍了？我也不是第一次遇见——"

"遇见我这种一心一意只想赚快钱、被粉丝吹捧就忘了自己到底有几分真本事、没有自知之明、毫无专业水准的流量小明星？"余年一口气说完，收敛了笑容，眉目锐利，眸中满是霜色，一字一句说得清晰，"季摄影师，我有我的职业操守，所以站在这里，任你挑刺挑了两个多小时，全程配合没有抱怨半句。而我希望，你也能有职业操守，哪怕只有一分半点。"

"你——"季朝德被挑破，眼神羞恼，还没说出话来，就看见余年朝助理招了招手。

从施柔手里拿过自己的手机，余年直接当着季朝德的面，打了电话给甘州。

"甘馆长，这次的照片我可能拍不了了。"

甘州来得很快，路上应该是已经知道了事情的始末，他越过季朝德，歉意地朝余年道："抱歉了小余。"

余年裹着羽绒服，搓了搓冻僵的手，勉强笑道："没什么，只是冷得确实有点撑不住了，才厚着脸皮给您打了电话，希望您别嫌我事情多。"

甘州见他脸冻白了，说话都在发颤，羽绒服里面的衣服只有薄薄的两层布，忙道："是我请你过来的，却让你遭了罪，要是病了，真的就是我的过失了。"

余年垂眼，盯着地砖的细缝，没说话。

甘州继续道："我拍板，换个摄影师你看怎么样？"

余年这才抬眼道："不会耽误进度吗？"

"不会，本来就有备选摄影师，只不过要你多等等了。"

余年弯弯眼尾："没关系，我可以等，这两天的日程都特意排开了的。"

一听，甘州更愧疚了："唉，怪我，要是修宁先生还在，指不定多心疼你！"

"才不会，外公只会说我年纪轻轻就这么怕冷，快找外婆炖点补汤喝！"余年捏捏鼻子，抱怨，"补汤是真的难喝！"

甘州瞬间就被逗笑了。

到室内休息了一段时间，余年裹紧羽绒服，又抱着热水袋，才终于回暖了一点。

担心他感冒，孟远拿了感冒药，看着他吃下去，叹道："你刚刚那一下，怼得很好，季朝德表情可是十分精彩。幸好这个甘馆长也是明事理的，不然这照片不拍也罢！"

余年捧着热水杯："嗯，希望下面的拍摄能顺利些。"

没过多久，新的摄影师赶了过来，穿着黑色羽绒服，步速很快。两人握了手，对方道："我叫黄丽清，希望初次合作能比较愉快。我先去外面准备打光，麻烦你先在这里等等。"

余年点点头："好的，辛苦您了。"

这一次拍摄出奇的顺利。黄丽清对镜头下的细节相当严苛，包括余年的每一丝微表情都在她的考量之下，但过程顺畅，天色擦黑时拍摄就结束了。

黄丽清面上多了笑意："非常非常不错，你的镜头感很好，画面有张力，气质与博物馆融合得也很完满！我相信图片出来，效果必然出彩。"

余年笑容扩大，稍稍鞠躬致谢："谢谢您！我拍得也很开心，很期待成片的效果。"

黄丽清不是多话的人，再次跟余年握了手，温和道："希望以后有机会还能合作。"

收了工，余年上车，又抱着保温杯喝了几口热水。

孟远坐在前面："今天没日程了，你回去好好休息，宣传片会晚几天再拍。大概后天，博物馆的官博会把照片发出来，到时候记得转发。"

余年点点头，他觉得有点冷，下意识地裹了裹羽绒服。心里挂着谢游："孟哥，我现在不回家，能不能送我去仁安医院？"

孟远紧张道："身体不舒服？"

"没有，是我一个朋友住院了，我想去看看他。"

车改道开到了仁安医院门口，余年戴好口罩和鸭舌帽，弯腰道别，进了医院。

守在病房外的保镖都认识余年，见他来了，纷纷让开路。抬手敲门，得到回应后，余年才推门进去。

谢游正坐在床上看文件，见余年进来，眼神微微发亮："不是说今天不过来吗？"

余年脱下厚外套挂好，偏头对谢游笑道："收工回家的时候，心里总挂着，干脆过来看看你。"

谢游看着余年，蹙了蹙眉："过来。"

这段时间下来，两人之间相处熟稔了不少，余年依言过去："怎么了，哪里不舒服吗？"

谢游抬手，探了探余年的额头，竟有些烫手，他眉头皱得更深了："年年，你在发烧。"

半小时后，谢游旁边加了张床，余年躺在上面，自己摸着自己的额头："要不是你提醒，我自己都没发现，竟然烧到了快四十度，怪不得我感觉眼前发晕。"说完，他又打了个寒噤。

见谢游担忧地看过来，余年连忙笑道："我很少生病，今天可能是冷到了，睡一觉，明天肯定就好了。"

不过和余年自己估计的不一样，到第二天傍晚，高烧反反复复一直没退下去。

谢游看着侧躺在床上，烧得脸色发红的余年，抿紧了薄唇。半梦半醒间，余年察觉到视线，半睁开眼勉力朝谢游笑道，"别担心，我睡会儿就好了。"

尾音渐渐低弱，又昏睡过去了。

谢游放不下心，开了床头的阅读灯看文件。到半夜，余年像是睡不安稳，连着翻了好几次身。

"外婆……"

安静中，听清余年的含糊呓语，谢游侧头看过去，就见余年睫毛濡湿，呼吸稍显急促，两颧发红，迷糊间，手越过床沿垂着，手指稍稍伸缩，像是想抓住什么。

谢游迟疑了好几秒，下了床，力道极轻地将余年的手塞回了被子里。

余年醒过来时身体松快了很多，肌肉只有隐隐的酸痛感，昏昏沉沉的脑子也清明不少。微微侧过头，一时间，余年眼睛都忘了眨——谢游趴在他的床边，气息平缓。

隔了没一会儿，谢游睁开眼睛，对上余年的视线："醒了？感觉好些了吗？"

"嗯，好多了，烧已经退了。"

谢游将因为保持着一个姿势而发麻的手背到身后："烧退了就好。"

"谢谢你照顾我这么久，不过你还没恢复，要不要回床上躺一会儿？"

没有拒绝，谢游一句话一个动作，躺上床盖好被子。

看了眼时间，"已经早上七点半了，"余年抬头朝谢游道，"昨晚睡得好吗？要不要再睡会儿补补觉？"

"我不困。"

察觉到谢游似乎有一点委屈，余年笑道："我也是，这两天昏昏沉沉的，好像一直都在睡，现在烧退了，意外地很精神。"

谢游蹙眉："怎么会发烧？"

"我接了宁城博物馆宣传大使的工作，入镜的衣服很薄，拍照片时冷到了。原本以为吃了感冒药，又喝了不少热水，应该没什么事，没想到还是发烧了。"余年靠着病床的枕头，有些不好意思，"我之前还跟孟哥说肯定不会感冒的，没想到竟然一口气烧到了四十度。"

刚说到孟远，孟远的电话就打了过来。余年没有避着谢游，直接点了接听。

孟远记挂着余年的身体："烧退了吗？好些没有？"

"已经退了，"余年算算日期，想到了孟远这通电话的主题，"博物馆官宣是在今天对吗？"

听他说烧已经退了，孟远也放下了悬着的心："退了就好，你再休息休息，工作能调的都调了，身体最重要。一会儿博物馆发了微博，你记得第一时间转发。"

余年应下："嗯，孟哥放心，我记住了。"

八点，宁城博物馆官博准时更新了一条微博，并在第一句圈了余年和摄影师黄丽清。很快，两人都进行了转发。

"——我到底是应该先啊啊啊年年成了宁博的宣传大使，还是啊啊啊年年跟黄丽清老师合作了？这到底是什么神仙组合？之前完全不会联系在一起！！尖叫！吹爆年年！"

"——这图！美到爆炸！随便一张都是壁纸！色调构图真的美，余年的气质跟宁博古老厚重的气韵，真的绝配！"

"——黄丽清老师功力极为深厚，把宁博沧桑古朴的味道分毫不差地展现了出来！期待黄老师更多作品！"

"——照片确实很不错，不过有疑问，我记得之前有消息传出来，说宁博的宣传照找的季朝德拍。是季朝德档期出了问题，所以改成请黄丽清了？"

到中午，#宁城博物馆余年#和#黄丽清#两个话题迅速登上热搜，连带着余年为宁博拍摄的照片也风一样席卷了首页。

而另一边，在看完宁城博物馆官博放出来的图以及评论里对余年和黄丽清的大力吹捧，季朝德将平板电脑"砰"的一声扔到了桌面上，一脸阴郁。

享受这些赞誉的，不该是黄丽清和余年，明明应该是他！

他想起在拍摄场地，馆长甘州亲自过来，他原以为对方会替他斥责余年的不敬业，没想到看见的竟是对余年的低声下气和好言好语，随后更是将他撤下，换上了黄丽清！

"啪"的一声，季朝德握在手里的铅笔笔尖折断。

与此同时，余年正坐在车后座喝果汁，一边认真听孟远说话。

"是 EP 的事情，前两天你病着，怕你烦心，就没找你聊。今天你好了不少，我琢磨着还是得早些说给你知道。"提起这件事，孟远表情也有些无奈，"你应该知道，唱片发之前都要过圈内的所谓"专家"吧？"

拧好杯盖，余年正经了表情，"知道，我姐有张专辑里，有首歌被认为是宣传有害信息，整首歌都被删了。不过，写歌的时候我很注意，EP 里那几首应该都没问题才对，是卡在哪一步了？"

"唱片报上去后，先是找一个专家审，审过之后，在专家团一个月开一次的会上，再把当月所有的唱片一起审一遍。要是一个专家有异议，就过不了。年年，你就是卡在最后这一步了。"

"唱片已经打回来了吗？"

"还没有，"孟远表情很淡，"那个专家的态度……比较模糊。"

病房里。

因为丁兆先的事，曲逍然这几天心情好得不得了，一边拿着游戏机厮杀，一边分心道："丁兆先这一次失算了，他这一昏迷，再醒过来时，天都变了。再有，他总是喜欢拿车祸这事情来恶心你，三番四次的，也是时候轮到他自己体验体验了！"

谢游正在开视频会议，没接他的话茬。

曲逍然见他忙着不搭理自己，干脆自己盘腿坐在沙发上继续玩儿游戏。等谢游耳机摘了，猜测是会议结束了，曲逍然看了眼时间，嘀咕："年年有余今天来看你吗？"

谢游一个会开了六七个小时，眼睛有些发涨，他轻轻揉了揉眉心，听曲逍然问起余年，答道："他说他今晚有饭局，不一定能过来，让我不要等。"

"啧，还会报备行程吗？"说着，曲逍然搁下手里的杂志，摸了摸自己的下巴，"不过，饭局？"他想了想，突然放下盘着的腿坐直，"等等，是那个专家饭局？"

停下手上的工作，谢游问："哪个专家饭局？"

曲逍然大致解释了一下，然后道，"这两年，圈内都说这是教学饭局，就是教新人，想红想混得好，求人、看人脸色受委屈的情况多了去了，不要玻璃心。"

谢游神色微冷："确定？"

"百分之八九十吧，孟远护余年跟护崽一样精细，肯定不会带他去什么乱七八糟的饭局。正好余年的新 EP 快发了，算来算去，只有这个饭局了。"

见谢游掀被子就要下床，曲逍然睁大眼站起来："你干吗？"

谢游套进拖鞋里，迎上曲逍然的目光："我去找他。"

"谢小游你伤还没好你心里没数？你以为你之前大出血，出的都是红色颜料和番茄汁吗？"

谢游手里抓着黑色外套，站在原地沉默两秒，披上衣服，沉着嗓音：

"我看不得他受委屈。"

"我——"曲逍然松了手，"算了算了，本少爷给你开车！"

包厢里，余年起身倒酒。

林顺亚坐在席上，年近五十，身形消瘦，嘴角的法令纹显得严厉而挑剔。他被烟熏得有些发黄的手指在桌面敲了敲，字句说得很慢："年轻人，就要脚踏实地地做事情，不要老想着一飞冲天，真以为自己天生大材、得风就借力了？"

余年垂着眼，神色不辨，没接话。

见余年不答，林顺亚接着开口："余年，我听过你写的歌，确实不错，小小年纪有这个水平，未来可期。但我啊，见过的夭折的天才不知道有多少！"

说完，林顺亚抬了抬手指，示意余年把杯子里的酒喝了。

就在这时，紧闭的包厢门突然从外面被打开。穿着黑色长款大衣的谢游挟裹着满身寒气走进来，没受伤的手握住余年微微抬起的白皙手腕，半侧着身挡在余年前面。

冷冷抬眼，谢游的视线落在坐在对面的林顺亚身上，眸光如有实质，声音仿佛含着冰碴："他是你能欺负的？"

这句话如洪流一般顷刻间涌入四肢百骸，被谢游挡在身后的余年手指不由自主地缩了缩，他抬眼看着谢游依然苍白的侧脸，两秒的怔愣后，忽然间，整个人都安定下来。

他低下头，微微弯起了唇角。

当着林顺亚的面，谢游抬手，将满满一杯酒尽数倾倒在了桌面上，一字一句说得缓慢："看来，你现在这个位置，不适合你。"

懒得再开口，谢游看向余年时，他眸色转暖，语气也轻了好几个度："来，跟我走。"

一路跟着谢游和余年到停车场，孟远都还一头雾水。

所以，谢游怎么来了？好像还……挺护着余年？

曲逍然从车上下来，一看到余年就开始叨叨地告状："某人还以为自己血槽百分百，套上衣服就从医院跑出来了，是还想再试试脑震荡的滋味，还是嫌之前自己血流的不够多？真是愁死我了！"

谢游不说话。

余年朝曲逍然笑道："是曲总开的车吗？"

"是啊，不然还让谢小游自己开？"曲逍然一秒瞪大眼，"等等，你的意思是，我是帮凶？他成功过来也有我出的一份力？好气！我明明是看在小时候一起爬树的情分上！不过……好像确实是这样的？"

余年偏过头，憋着没笑。

发现余年是跟谢游站一边的，曲逍然更气了，看了看时间，又催促："走走走，负责到底，谢小游，我再把你送回去，晚上还要做检查，药也还没吃！"

余年闻言，也朝谢游笑道："嗯，我没事，你先回去吧，我明天去看你。"见谢游看着自己不说话，"放心，我烧退了，已经没事了，会记得吃药的，明天见面了你检查。"

"那我走了，其他的事情你不用管，我来处理。"

余年知道他指的是林顺亚的事，"嗯"了一声表示明白。"好，快回去吧，晚上好好休息，别工作太晚了。"

谢游又看了余年两眼，这才跟着曲逍然一起上了车。

等曲逍然的车开走后，余年跟孟远也上了来时的车。见孟远一副欲言又止的表情，余年主动开口："孟哥，你有没有什么问题想问？"

孟远不傻，慢慢回过味儿来，"说说，你跟谢总到底是个什么情况？"

余年没有多说，只是道："我跟谢游一开始关系就不错。"担心孟远不信，他举了几个例子，"走红毯那套衣服，是他买来送我的。许萱那件事里，让那个富二代上传病历图片的也是他。星海直播上那个叫年年有余，每次给我砸九十九万的，还是他。"

孟远直了眼："世界真魔幻……"

等到了家，孟远还有些发蒙。他想了想，掏出手机登进微博，翻了一遍谢游的微博内容。突然发现，换一个角度来看，谢游的微博里尽是些严肃冰冷的金融财经知识，而余年是唯一的例外。

所以，有钱人的世界这么表里不一？

他又翻了翻谢游最近一条黑余年的微博下的评论，发现跟他想的不一样，评论区竟然干干净净，一条跟着骂余年的都没有！

等他继续往下翻，甚至还发现了为数不多的 CP 粉。

"——你们谁能懂我的心情！我开着小号来谢总微博下发了黑年年、骂年年的评论，转个眼就被禁言拉黑举报一条龙了！告诉我这是什么！"

"——这到底是什么绝美剧情！余年真的是我谢总冰封千里的微博里唯一的鲜活气！

"——一旦接受了这个设定，我每天都抱着手机姨母笑！"

孟远再次感慨——啧，这魔幻的世界！

第二天上午，孟远接到消息，说专家团成员有了变化，林顺亚被撤下，换了一个人进去。听好几个同事都喜闻乐见林顺亚终于垮台，孟远心情复杂，自言自语："这大概就是传说中的'天凉王破'的力量？"

施柔站旁边，疑惑："孟哥，什么'天凉王破'？"

"没什么，我只是想到，林顺亚凉了，是好事。"孟远又忍不住问，"那个……柔柔啊，你对谢游什么印象？"

"谢游？"施柔想了想，"是曲总的发小，冷冰冰的很凶很吓人，让人不敢正眼看，但颜值很高。总是没什么缘故地黑年年，最大的黑粉头子。"

还黑粉头子？你是没看见昨天，护余年跟护宝贝似的。不过孟远安了心——果然不止我一个人眼瞎看不懂。

他收了心思："不纠结了，来，纸笔给我，我得再琢磨琢磨专辑宣传的事情了。"

林顺亚被撤了后，没再有什么幺蛾子。余年正在宁城博物馆拍宣传短片，馆长甘州抽空过来看了一趟，确定没什么问题才离开。

从化妆间出来，余年脱下战甲，换上一身雪色，广袖轻裘，假发套上的仿玉质发冠雕琢有云纹，分外精致。

导演正在测试打光，余年站在旁边等着。施柔凑过来，开心道："刚刚甘馆长还在夸你呢，说宣传效果非常不错，官宣没几天，进馆来看展品、听讲座的人多了不少，等宣传片出来，效果肯定翻倍！"

余年弯唇："真这么说的？"

"我骗你干什么？"施柔心情好，"不过信我，这短片放出去肯定会火！不管是祭司、将军、书生还是琴师，扮什么像什么！你之前穿着祭祀用的白袍，头发披散下来，眼妆浓重，看起来真的特别特别好看！还有你穿白底红纹的长袍，抱着古琴从台阶一步步走上来，席地而坐，在宫殿里弹琴的画面，美爆了！"

余年笑道："柔柔姐，你这么吹捧我，要是以后我膨胀了怎么办。"

施柔正想答话，发现服装师的助理拿着手机匆匆过来。等看清手机屏幕上的字句，施柔瞬间炸了："我要爆脏话了，那个季朝德怎么这么不要脸？"

听见季朝德的名字，余年笑容淡了淡："跟我有关？"

施柔谢过服装师的助理，重新拿了自己的手机给余年看，一边不忿道："明明是他存心刁难你，让你穿那么薄拍了两个多小时，高烧都烧上四十度了，竟然还有脸在微博挂你！看这些营销号发的，什么叫知名摄影师炮轰余年，称其毫无职业素养，耍大牌，不懂基本礼貌，国学常识为零，不配做宁博的宣传大使，更不配让自己给他拍照？呵，他觉得自己咖位是有多高？和月亮比肩吗？"

点进季朝德的原微博里，发现评论已经过了五位数。

"——现在的明星，没文化就承认自己没文化，很难吗？以为自己写了几首流行歌就上天了，有这时间，不如多看几本书。"

"——这个爆料我是相信的，季老师的学识人品能作保。不过娱乐圈里，会背个九九乘法表，通稿里就会加上学霸两个字，季老师消消气，我们不跟这些绣花枕头计较！"

"——现在的小鲜肉流量小生个个都被粉丝品牌方捧坏了，以为自己就是世界，相反，像季老师这样老一辈的摄影艺术家竟然要看他们的脸色，受了委屈还会被粉丝围攻，真是这个时代的可悲！"

"——全在尬吹余年的宣传照有多好看，宁博好端端一个正经博物馆，是有多想不开才会请流量歌手当自己的代言？脑子进水了？"

"——说余年没文化的，没听过余年写的那些歌是吧？闭眼黑挺厉害的，请指出来，余年哪里不配做宁博的宣传大使？"

很快，"季朝德炮轰余年"热度飞涨，甚至还引发了两方关于艺人文化水平到底重不重要的骂战。一时间，满屏都是相关的新闻。

不过，余年这边还没什么动作，一个认证为宁城大学历史系教授、考古专家、博导的微博号，就迅速发博驳斥了季朝德。

"挖沙掘土曾鸿影：说余年国学常识为零，是一种极不负责的言论。首先，余年毕业于宁城大学历史系，国内专业排名前三。大学四年，成绩均是年级第一，毕业时，更是由我亲自授予优秀毕业生。

"其次，余年的老师是曾鸿影，也就是我。至于我是谁，请善用搜索。

"再次，余年二十岁就拿着小铲子去考古现场，在顶级期刊发表过学术论文，在学术研讨会上做过报告。你说他国学素养为零，那看他的论文、听他的报告的专家学者，都被一棍子打成了文盲？

"最后，请 @ 季朝德先生解释一下以下三个简单的历史名词：中表簿，坊郭户，田里不鬻，以证明自己国学素养在线，有资格指责余年，有资格为宁博拍照。"

"怼得好爽啊！"施柔拍拍心口，好奇，"不过年年，这位曾教授是你的老师吗？"

余年眼里满是笑意："嗯，老师原本一心想收我做关门弟子，没想到我一毕业就跑来唱歌了。老师又是小孩子脾气，倔得很，到现在都还不肯理我。"

"是还在生你的气吗？"

"嗯，说虽然尊重我的选择，但被伤透了心，夜夜辗转反侧难以入眠，茶饭不思，食不下咽，反正还在气头上。"

余年顺手刷新页面，就看见曾鸿影又更了一条微博："@ 余年人呢，你也来回答一下，要是敢把学的知识忘光了，自觉去把《二十四史》抄一遍交上来！"

施柔咋舌："抄一遍？那个，年年，《二十四史》一共多少字啊？"

余年无奈道："四千万。"

施柔倒吸了一口气——你们都这么狠的吗?

不一会儿,一大波粉丝赶到,曾鸿影这条微博的评论和转发数字不断增加。

"——哈哈哈为什么我特别希望年年把这些知识都忘了,然后哭唧唧地抄《二十四史》?哈哈哈我大概是魔鬼!"

"——曾老师牛逼!怼得太爽了!@季朝德,快出来答题了!你有本事炮轰余年,你有本事来答题啊!答不出来,就利索给余年道歉!"

"——老师,您看您还缺学生么?会拿小铲子挖沙那种!梦里都想考您的博士!"

"——我年年竟然是真·学霸??天呐,团队是死了吗,能不能宣传一下!以及,我大学里怎么没有这种颜值逆天成绩好、智商高还低调有才华的小哥哥!"

发现季朝德像哑了一样完全没有动静,余年的粉丝与凑热闹的路人纷纷到季朝德炮轰余年的微博下,开始欢乐刷屏。

"——#季朝德快出来答题#不要拍照了,不要发微博了,不要悄悄窥屏了,快出来答题了!是时候展现你真正的学识水平了!"

"——#季朝德快出来答题#唉,有的人表面上光鲜亮丽不可一世随便骂人,却连三个名词解释都不会,真是可怜!"

"——#季朝德快出来答题#之前骂余年的时候不是口才贼溜吗?怎么现在一声不吭装哑巴了?哎,真是令人着急!好想众筹一箱金嗓子喉宝快递给你!"

"——#季朝德快出来答题#哈哈哈这一届的沙雕网友你们优秀!这个话题下面完全是我今天的欢乐源泉!"

一直到#季朝德快出来答题#这个tag上了热搜,季朝德的微博都没有动静。就在施柔都以为季朝德会沉默到底,等这件事热度过去,然而事实证明,对方的脸比她预料的大多了。

"他竟然还有脸卖惨,说自己不过实话实说,微博却遭到年年的脑残粉的围攻?还说什么现在的脑残粉真的很可怕,更可怕的是,流量明星专业水准不达标,颜值基本靠p图和化妆,没有能拿得出手的作品,却被粉丝捧上了天，如他一样反感现状的人说两句实话，就会遭受网络暴力。"施柔气得眼睛都瞪大了，"这副可怜巴巴的模样做给谁看？"

余年正在卸妆，听见施柔念的季朝德更新的微博内容："他很聪明，不去正面回应和自己言辞有关的问题，反而从一个大众都喜欢讨论的点出发，引起不少人的共鸣。"

施柔若有所思："他自己手里拿了不少摄影大赛的金奖银奖，算是实力派。所以选的攻击点是，流量明星没实力、脑残粉和网络暴力？"

"对，他这么一说，旁人就会将视线的焦点转移过去，并且会对他心生同情。至于他言辞是否不当，答题还是不答题，已经不再是关注重点了。"

施柔握着手机，咬咬嘴唇："那要怎么办？"

"很简单，我们再把重点扳回来就好。"余年狡黠一笑，"拍照时，孟哥不是悄悄录了几段视频吗？还有我的病历也在，这件事本来就是我们占理，何必忍气吞声任嘲任骂？"

等余年戴着口罩和鸭舌帽顺利到达安仁医院时，一个大 V 已经发布了视频。

"据说是拍摄现场的视频，提供人表示自己看不下去了，这才把视频私发给我的。我看了看，啧，我要是余年，我也不忍，季朝德真是一言难尽！［视频］"

"——一个爆哭！还没看完！这天气，穿一件透风的薄衣服在室外拍了两个多小时，全程配合没有抱怨一句！这还叫不敬业？@季朝德，你对敬业这两个字是不是有什么误解？你有本事不穿羽绒服啊！"

"——啊啊啊气炸了！老子饭都吃不下了！年年一分钱没收，全程配合拍摄，被挑刺就算了，还被冷嘲热讽！年年就是太善良了，早知道就该让姓季的看看，到底什么叫耍大牌！什么叫毫无职业素养！就是给你脸色看又怎么样！"

"——抱住我的崽崽！麻麻好心疼！翻了翻这个摄影师以前的微博，全是阴阳怪气 diss 当红艺人的。真是我看即是世界，以为所有当红的都是流量草包？心胸狭隘，眼界只有针眼儿大！"

经过站着保镖的走廊，余年推开病房的门，不由地先笑了出来，问谢游："晚饭吃过了吗？"

见余年来了，谢游神色放松下来，他顿住敲击键盘的手，答道："吃过了。"又试探性地补充道，"排骨汤做得不好吃。"

余年弯起唇角："没有我做的好吃吗？"

"嗯，没有你做的好吃。"

将厚外套和帽子口罩都挂好，余年自然地应下来："那明天我炖汤过来，好吗？"

谢游眼神亮了亮，"好。"他又观察着余年的神情，"你今天心情好吗？"

"你是说季朝德的事情吧？"余年在病床边的沙发上坐下，语气轻松，"我跟孟哥商量过，不是什么大事。他骂我的那些关键点，我这边都有证据可以驳回去。孟哥还挺开心，说正好我的 EP 要进入宣传期了，借着这次的事，能出一波热度。"

"进入宣传期了？"

余年点了头，见谢游若有所思，顺手削了一个苹果，切成两半，一人一块儿分着吃，"今天医生怎么说？"

"再观察两天就可以出院了。"谢游吃下余年递过来的苹果，见余年眼里有几分忧色，他放缓声音，难得详细地多说了几句，"没关系，这段时间里，丁兆先的势力已经从谢氏旗下的互联网金融、尖端科技、银行、冶金和汽车制造领域拔除，房地产那一块儿他根扎得很深，但也已经在处理，我现在出院不会有问题。"

出事到现在，余年没有多问丁兆先现在在哪里、伤得怎么样，毕竟，在这一次两人的斗争里，谢游已经赢了。至于车祸时，谢游到底是不是用自己的命做赌注，有意激怒丁兆先，也已经不重要了。

从来都是成王败寇，你死我活。

换了个话题，余年笑道："对了，今天来了消息，EP 没再出岔子。"

"那就好。"谢游不舍地吃完手里的苹果，犹豫了一下，"医生说，要多吃水果。"

余年藏起眼里快要满溢出来的笑意，又低头帮谢游削了一块苹果，叮嘱："要多吃，但也不能吃太多了。"

"嗯。"

离开安仁医院回家，天已经黑了。余年进厨房打开冰箱，看炖排骨汤的料够不够，发现好几天没在家做饭，姜葱蒜都没了，盐也只剩了半勺。他列了单子发给施柔，麻烦她明天帮忙买一点过来。

没一会儿，孟远的电话过来了。

"我看火候差不多了，可以再添点木材进去。"孟远又忍不住叨叨几句，"哎，说起来，这个季朝德还没多少成绩就开始自我膨胀了。以自己的判断当准绳，自负到可笑！他要是在骂你之前做做功课，也不会自己给自己挖了这么大一个深坑。"

"偏见总是会蒙住人的眼睛，局限人的思维。"余年正在收拾冰箱，一边问，"孟哥，明天下午有日曜手机的品牌活动，摄制组会过来跟拍对吗？"

"对，记得提两句自己的专辑，这么好的宣传机会，别忘了。"孟远憋了憋，又问，"你今天收工之后，是去了医院？"

知道他想问的是什么，余年坦白："嗯，去看了看谢游。"

孟远清清嗓子："那个……年年啊，你老实跟我说，你是真的跟谢游在好好交朋友？不是因为他之前黑你，你心有不甘，所以准备故意接近他，再——"

"孟哥，"听孟远越说越远了，余年好笑道，"你的思路太曲折了吧，现实生活哪儿有这么狗血？"

"行行行，我不说了。"孟远又道，"晚些时候，病历和照片会放出去，你要是感兴趣，可以看看情况。"

晚上十一点过，孟远通过手里的营销号，将余年在拍摄宣传照的当天晚上就高烧到四十度的新闻放了出来，再次引发了一大波讨论。

余年大致翻看了几眼，正准备放下手机去写歌，突然发现不太对。

"不想抄书令青禾：@ 余年，小师弟，这什么娱乐圈没意思，快，抱起你的挖沙小铲铲，跟师兄到璧蓝河挖遗址去！不跟他们玩儿了！"

　　"沉迷缝补许连言：@ 余年，小师弟，别听你令师兄的，璧蓝河风沙大，那个古城遗址不知道要挖多少年去了，来跟着你许师兄修复古画！你手巧得很，你来了我就轻松了！"

　　"拒绝社交郑绍孟：@ 余年，最近秣阳挖到了一批墓葬，有争议。既然都说你耍大牌、没有职业素养还没文化，那就别当歌手了，过来帮师兄看看，这墓葬到底属于哪朝哪代，墓主人到底是什么身份，来吗？"

　　"没有信号邱楚樾：我小师弟身体这么好，竟然都被折磨发烧了！兄弟们，我们要不要把小师弟抢回来？毕竟老师因为小师弟撒丫子跑去当歌手，天天拿我们撒气，太心酸！"

　　这条微博下，一连好几个"臣附议"。

　　余年的粉丝看愣了眼。

　　"——这是要开始抢人了？突然好紧张！"

　　"——这大概就是……团宠？"

　　"——搜了一下这些名字，都是大佬啊！历史专业本科生跪了跪了，钻石豪华师兄团，值得拥有！"

　　余年心下和暖，切换页面，挨着给师兄们发信息，说有空一起聚餐。没想到他的师兄们个个回复得飞快，整齐划一三个字："忙，没空。"

　　就在这时，孟远发来一张截图，还带了句话："季朝德要吐血了。"

　　截图上是摄影师协会刚发出的一份公告，上面写得清楚，在接到一份针对季朝德的举报后，经过连夜调查，确定举报人提交的证据均属实。现判定，季朝德于第六十一届、六十五届、六十六届摄影大赛中获得金奖的作品均非本人拍摄。"

　　"——这转折？靠窃用他人作品拿奖，奠定自己的地位，之后反去指责有真才实学的人，论脸大，在下佩服！年度大脸评选必有你的位置！"

　　"——官方都盖章了？喜闻乐见，@ 季朝德，你摊上大事了！"

　　"——怕不是自己的名声奖项都是偷来的，所以看谁都觉得跟自己一样是草包？真是抱歉，我们年年真才实学，不陪玩儿。"

　　余年看完始末，在原地站了一会儿，没多犹豫，直接拨通了谢游的电话："是你吗？"

谢游迅速否认："不是我。"

笑容扩大，余年手揣进口袋里，声音也带着不掩饰的笑意："你怎么知道我问的是什么？这么急着否认。"

谢游不说话了。

耳边只有对方的呼吸声，余年望着地面上自己斜斜的影子，温声道："明天除了排骨汤，还有什么想吃的吗？"

隔了好几秒，谢游才轻声道："还想吃你做的清蒸鲈鱼。"

到临睡前，余年收到了施柔的回复。

施柔："刚刚接孟哥电话去了，好，明天上午我都买好拿过来，鲈鱼也不会忘的，放心。"隔了两分钟，她又连发一串感叹号，"对了年年！答题啊！四千万字的二十四史！"

余年回复："题已经答了，写在纸上的。不过老师说见了我就心烦，所以答案我没亲自送去，用的同城快递，明天应该能到。"

第二天中午，曾鸿影的微博更新了图片九宫格。最中间一张是方正完整的纸面，上面用毛笔写下的字迹清晰工整，另外八张则都是局部图。还配了简短的一行字："挖沙掘土曾鸿影：字勉强可入眼。@ 余年。"

"——不想抄书令青禾：来，翻译一下，老师这话的意思是，写得真是太好看了！必须发条微博炫耀一下，不炫耀我今天夜不能寐！"

"——拒绝社交郑绍孟：免费翻译如下，运笔工稳沉静，从容不迫。字行之间，顾盼照应。整练之中，虚和舒徐。横划起笔如麦芒，势若游丝飘忽于晴空。"

"——沉迷缝补许连言：小师弟小楷写得越来越漂亮了！答题也答得好啊，看来是没机会抄书了！以及，郑师兄，就你优秀 [狗头]！"

"——没有信号邱楚樾：我已经预见到，老师会把这答题纸拿去炫耀八百遍，还会复印好几份，给我们一一寄过来。[叹气 jpg.]

"——啊啊啊年年写字怎么这么好看！神仙写字了！我粉的到底是

什么小哥哥！而且，老师好可爱啊！"

"——跳起来举手！曾老师，复印件我能有一份吗？支持快递到付！"

"——松了口气，年年不用抄《二十四史》了，你们不知道我多担心，昨晚我连做梦都梦见年年在哭，说手抄断了接不上了！"

余年正在整理冰箱，听见施柔的笑声，他偏头道："怎么这么开心？"

施柔捂嘴："年年，你的师兄们太有意思了！"

余年也笑起来："嗯，老师学生很多，但真的行了拜师礼论了序齿的，只有我们五个。他们年纪比我大很多，又都特别厉害，平时天南海北，各忙各的，反正都是很好的人。"关上冰箱门，余年递了个橘子给施柔，"时间快到了，收拾一下，一会儿摄制组的过来跟拍，我们也差不多该出发了。"

日曜手机在中午十二点准时官宣了新的品牌代言人，孟远还开玩笑，说日曜手机连官宣也要贴合品牌名，选在正午阳光最充足的时刻。很快，日曜的各大专柜门店也迅速换上了新的海报和广告牌。

画面上，余年侧身对着镜头，穿一件白衬衣，手拿最新款手机，微微仰起头，双眼微闭，笑意半敛。修长的脖颈，凸出的喉结，精致的五官，有如最完美的雕塑一般。白色的耳机线顺着下颌线条隐入衣领，干净又夺目。

品牌方还买下了微博的开屏广告，弄得余年每次开微博都看见自己在屏幕里朝自己眨眼睛。

品牌活动结束，跟拍也进行得也很顺利，余年和工作人员礼貌道别，接着赶回家，熬汤，又把新鲜的鲈鱼处理好蒸上，这才擦了手，进到书房，把为夏明希的电影写的推广曲整理好，发给片方。

在日程记录上做好标记，这时，荣岳发信息过来，问方不方便接电话。余年思忖着应该是有事，回了"方便"。不过几秒，荣岳的电话打过来："年年，是关于《醉马游春图》的事情。"

余年靠桌沿站着，手里捏了支铅笔，闻言疑惑："《醉马游春图》？怎么了？"

荣岳直言道："前两天我遇见一个客人，加国的富商，在拍卖会上见过几次。他经人引荐，找到了我，透露说对《醉马游春图》有意，我含糊过去了。结果今天对方又找来，说他奶奶是华国人，他自小喜欢华国的书画，听说画儿流了出来，被神秘买家拍下，就想找我帮忙，出高价买下来。"

余年转转铅笔，笑道："想必出价出的很高吧，荣叔叔你都犹豫了。"

"确实很高，他说只要能买，给接近九位数的钱也没问题。所以我想着，还是得问问你。"

余年手上的铅笔在纸上画出虚虚实实的线条，垂眼笑道："荣叔叔，你知道，我买这些东西，从来不是为了再转手卖出去，更别说是卖到国外。"

荣岳应道："行，那我就回复了。"他再次确定，"真不卖？"

"嗯，不卖，一亿也不卖。"

"行，对了，还有件事，有《不寐帖》的消息了。"

余年手上无意识地用力，"啪"的一声，铅笔笔尖断了。他手上动作停住，人也站直了："真的？"

"是真的，我和一个客人闲谈时听说的。说起这帖子，都接近一百年没出现过了，从来都只闻其名不见其形，这次一出世，不知道多少人抢。"

"宝物有其价值，才会引人争抢。"余年细细回忆，"我记得《不寐帖》最后的消息，是被一个姓甄的人用五百两黄金买走的，对吗？"

"对，我拿到的消息也是。前些时候，随州甄家最后一个老辈也去世了，小辈子孙都移民国外，就准备把书库里收藏的废纸陈墨全卖了。所以不少人都在推测，当年买《不寐帖》的人也姓甄，很有可能，这帖子就是在甄家的书库了放了一个多世纪。"他又补充，"但据说甄家的小辈跟国内国外的收藏家都有接触，还不知道具体情形会怎么样。"

"不妨事。说起来，从我小时候开始，就不断有《不寐帖》的各种消息流传，但没一个是真的。"余年笑道，"但不管真假，有消息就是好的。"

"对，"荣岳又笑道，"年年，是时候开始努力赚钱了。"

"嗯，天下第一帖啊，又是百多年第一次现世，到时候不知道价钱会涨到多高。"余年抛了抛手里的笔，心情很好，"麻烦荣叔叔继续帮我留意着了，我厨房还炖着汤，得去看看。"

将排骨汤和清蒸鲈鱼分别盛在保温盒里，余年提着到了医院。

整层楼只住着谢游一个人，安安静静的。病房门口的保镖没拦着，于是，等余年推开病房门走进去，就和里面十几个西装革履的人齐齐对视。

谢游坐在沙发椅上，脊背挺直，侧脸清俊，听见声响，也随之看了过来。

余年停下脚步，意识到谢游他们是在开会，正想关门退出去避嫌，就听谢游道，"外面冷，要不要先进来？会议还有十分钟结束。"

面对余年，谢游的语气惯常的要温和许多，旁边坐着的两个秘书对视一眼，各自掩住了眼里的震惊。

余年没有拒绝，反身关上门，落落大方地走到内里，对打量自己的人点点头，又朝谢游道："那我在里面等你，完了叫我。"视线落在谢游穿着的单件白衬衣上，他又习惯性地叮嘱了一句，"把外套穿上，别着凉了。"

等套间的门轻轻关上，在座的众高管收回视线，眼观鼻鼻观心。

谢游放下手里的文件，看向旁边的秘书，吩咐："外套递给我。"

秘书一怔，迅速起身，将挂在一边的外套取下来递给谢游。

将外套穿上后，谢游扫过在座众人，重新开口，语气又恢复了平日的冷冽："继续，十分钟内出结果。"

听见响动和关门的声音，确定人都走了，余年才打开门出来。

谢游解释："有紧要工作，所以临时开了个急会。"

"嗯，是我提前过来了。"余年转身把带来的东西放在桌面上，听谢游问："年年，你今天心情很好？"

"这么明显吗？"余年脱下厚外套，只穿了浅色毛衣和牛仔裤，他一边整理保温盒一边笑道，"嗯，一件找了好久的东西有消息了，虽然暂时不知道真假，但很开心。"

　　将排骨汤舀到小碗里，吹了吹递过去："饿了没？你先尝尝味道怎么样。"

　　谢游单手接下小碗，尝了一口："很好喝，谢谢你。"

　　"那就好。"余年想到什么，"明天出院是吗？"

　　"嗯，明天上午出院。"

　　"我明天上午有工作不能推，没办法来送你，你小心一点，右手还不能用力，不然伤口崩了就不好了。"见谢游放在旁边的手机悬着悬着眼看就要掉地上了，余年伸手拿过来重新放好，发现谢游脸上闪过一丝紧张之色，"怎么了？"

　　"没什么。"谢游别开眼，没再看手机，继续吃鲈鱼。

　　余年走后，病房里重新安静下来。谢游犹豫许久，才拿过手机，打开了之前的页面。

　　"……余年身上披着谢游的黑色西装外套，感动道：'我就知道，你一定会来的。'谢游抱邪魅地笑道，'当然，我怎么可能会让你失望？'"

　　谢游看着他从评论区摸索着找到的游鱼 CP 文，秉持着钻研的精神，又把这一段看了一遍，年年冷的时候脱下外套给他披上，不让年年失望，这些都能理解。

　　但，邪魅的笑……是怎么笑？

　　第二天一大早，孟远尽职尽责地打来电话提醒："微博要发的文案已经发给你了，记得准时更博，我这边已经安排好了。另外，上午十点我来接你，视频网站的专访已经约好，会问的问题我看了一遍，没什么敏感的，你自己再看看，提前想好怎么回答。"

　　余年放下黄铜花剪，拿湿纸巾擦了擦手上的泥灰，歪着脖子夹好手机，应道："好，孟哥放心，一定不会忘的。"

　　孟远笑道："对你我当然放心！"他又想起来，"对了，你现在怎么看待他？"

　　余年语气自然地缓下来："我发现越接触，我越欣赏他。"

　　"啧，这语气！"孟远语带嫌弃，又道，"不过这样挺好的，没有出现接近之后，对方在自己心里的形象瞬间幻灭的情况。"

"孟哥……"

"你也不是走偶像爱豆那个路线，你自身的实力摆在那儿，这也是你自己给自己挣出来的。"孟远止住了话头，"行了行了，不说了，盯着时间，快去发微博！"

结束通话，余年记挂着谢游出院，看时间还够，先给谢游发了消息，之后才登微博，准点更新。

"久等了，这是我的第一张专辑——《绮丽》。愿诸位邂逅世间绮丽，不错过沿途旖旎风景。[图]"

评论区秒秒钟爆炸。

"——啊啊啊年年专辑的封面！啊啊啊看我刷出了什么！"

"——买爆！！封面上年年回头看过来的这一眼，我昏厥了！身后是黑白，未来是彩色，这什么神仙封面！"

"——好期待啊！专辑名封面都宣了，新歌还会远吗！期待太久了！爆哭！"

"——余年、思宁强强联合，震撼你的听觉！哈哈哈这个梗是真的过不去了！安利我年！期待新专！买爆！"

很快，郁青、夏明希、何丘柏、薛雅林都进行了转发，连久无动静的导演徐向澜也转发评论，"期待你的音乐作品！"

一时间，暴涨的讨论热度令孟远心情好的笑容止都止不住。

系好安全带，余年无奈，"孟哥，从上车开始你就在笑，脸不会酸吗？"

"当然不会！"孟远斩钉截铁，又笑道，"心情是真的好啊！对了，柏颜那边发了个大红包过来。"

"柏颜？"余年回忆，"是那个唱《飞花》的女歌手吗？"

"对就是她，她以前也是红极一时的天后级人物，实力很在线。但娱乐圈，向来是红得不容易，过气却非常快。这一次，她重金筹划着出新专，买了你两首歌当第一波和第二波主打。前两天专辑上线，两首歌齐齐霸榜，还顺势签了一档歌唱节目，眼看着有翻红的趋势，所以发了个大红包给你作为感谢。"

自己的作品有这样的成绩，余年也开心，但还是不禁有些忐忑："不知道新专成绩会怎么样。"

孟远笑他："这就担心上了？要我说，这件事根本没悬念。左铭当制作人，够挑剔吧，他都说你这张是他近年来做过的品质最好的专辑了，有这句话在，你安安心。"

到接受视频网站专访时，余年也被问起了同样的问题。

"毕竟是出道以来的第一张正式 EP，请问你会担心这张专辑的成绩吗？"

余年抱着视频网站的公仔，手指无意识地扯了扯公仔的耳朵，点头道："当然会很担心，这张专辑投入了非常多的心血，包括在录歌的时候，重复一遍又一遍，力臻完美，真的一度让我怀疑自己到底会不会唱歌。还有设计方案，mv 的拍摄，都是不断推翻不断重来，团队和工作人员都非常辛苦。所以，希望能有好成绩，希望能有更多人听我的歌。"

记者又问道："收到消息说，季朝德因为'获奖门'的事情，不仅奖项被摄影师协会收回，更是被列入了摄影师协会的黑名单中，这件事你有什么看法吗？"

余年摇头："我没有什么看法，只是认为，每个人都要为自己的言行负责。"

"好的，据了解，这张新 EP 一共收录了五首歌，其中四首都是由你本人作词作曲编曲的，那这四首中，你最喜欢哪一首呢？"

"公司挑了《绮丽》作为主打，原因是《绮丽》更易传播，我个人也很满意这首歌。但实不相瞒，我最喜欢的是《山雪》。"余年放松地靠在椅背上，笑道，"我记得当时刚把这首歌录制完成，制作老师左铭就评价说，恭喜我完成了一首累死自己、以后还没人敢翻唱的好歌。并且表示，他非常忧心我现场唱《山雪》，会出现破音和气绝身亡的情况。"

记者笑起来："真的这么难吗？"

余年点头："对，《山雪》是我个人特别满意的作品，歌词曲风都很华丽，但相应的，很难唱。我之前卖了好几首歌，《山雪》属于卖不出去的类型，因为没人想买了拿去唱，所以干脆我自己写自己唱好了，自己写的歌，断气也要唱完。"

四月九号，余年的第一张专辑《绮丽》，实体版和数字版线上线下同步发售。

办公室里，余年正抱着杯子喝鲜榨果汁，见孟远和施柔停不下来地走来走去，他笑道："孟哥，柔柔姐，真的不坐下来休息休息？你们走了好半天了。"

"嗯。"施柔正盯着时间，完全没空搭理余年的话，只心不在焉地应了一句。没一会儿，她紧张地倒数，"5、4、3、2——1，八点了！上架了！"

孟远坐到电脑前，握了握手指，尽量耐心地等数据反馈，团队的大群里消息更是炸开了一样。

施柔坐不住，咬咬指甲，自言自语："之前年年新专的封面公布，转个眼，当天就上了热搜第三，所以热度肯定没问题。后来又放了一小段旋律上去，反馈也非常不错。宣传也到位了，没什么幺蛾子，很顺利！"她说完，又"啊"了一声，担心地问孟远，"孟哥，应该没问题的吧？"

孟远被施柔晃来晃去晃得头晕："柔柔你先坐下，你这叫制造紧张氛围知道吗？"

施柔回怼："明明孟哥你比我还紧张，昨晚都失眠了！"

他们一人一句的，余年在旁边听着，时不时跟谢游发两条信息。谢游一出院就忙得厉害，还飞了两趟国外，但好在手上的伤口愈合得很好，不会留下后遗症。

他想起谢游从昏迷中醒来，发现右手受伤时的慌乱神情——应该非常喜欢弹钢琴吧？

八点十分，消息提示音响成一片，施柔更紧张了，几乎是屏着呼吸问："孟哥，怎么样怎么样？"

盯着电脑屏幕，孟远张张嘴，招手："柔柔，你过来看一眼，我没眼花吧？"

施柔快步凑过去，连数了三遍："应该……没眼花！"

孟远大笑出声："十分钟卖了三十万张数字专辑！"

余年抬头，对这个成绩也很惊讶："三十万？"

"对，没错，就是三十万！"

施柔连忙追问："那实体呢？"

"实体也厉害，照现在的量，一小时卖一万张没悬念。"孟远拍着桌子，声音是抑制不住的兴奋，"孟爸爸今天晚上终于能好好睡一觉了！"

施柔捂嘴笑："孟哥你肯定会激动得睡不着的！"

余年也长舒了一口气。

孟远喜笑颜开，跷着腿："看这趋势，一小时破四十万张肯定没问题！实体专辑市场今年一直不景气，但以现在的数据来看，年年，稳了。"

原本团队提前买好了热搜为新专炒热度，但是没想到，#余年山雪#竟然在第二天被路人和粉丝刷了上去。

"——#余年山雪#啊啊啊循环到现在！这什么神仙在唱歌！第一遍惊艳，第二遍惊艳，第三遍依然惊艳！文艺一点，年年的嗓音真的让我想到了高山之巅终年不化的白雪！"

"——#余年山雪#绮丽好听，我妈路过我房间都问了一句这是什么歌这么好听！但《山雪》真的绝了，简直心头爱！美到原地旋风爆炸！"

"——#余年山雪#新粉报道！我和我室友吵了一架，她喜欢《绮丽》我喜欢《山雪》，决定绝交十秒钟！再次表白，这张专辑真的神，还有《暮色》，我听着听着眼泪就下来了！年年赔我眼泪！"

"——#余年山雪#期待了好久好久的专辑！我就知道，年年的唱功加上思宁的词曲，不可能让我失望！那么问题来了，《山雪》和《绮丽》到底先听哪一首？还有《暮色》和《潋滟》，完蛋，我怎么没多长几个耳朵！"

很快，配合着热度，之前采访的视频也放了出来，#自己写的歌，断气也要唱完#飞快被刷出热度。

"——哈哈哈以后谁敢说我闭眼吹年年，就把《山雪》和《潋滟》甩过去，让他们听听什么叫顶级唱功！再把整张EP甩过去，让他们看看什么叫顶级词曲人！"

"——哈哈哈哈这句话很写实了，期待年年唱现场的时候断气翻车！魔鬼许愿！"

"——我自己跟着唱了一下，《绮丽》还好，调子贼好听！《山雪》是真的断气！同样是人，你的肺管和声带怎么就这么优秀！"

一连几天，孟远心情都好得不得了，还会特意拿手机凑到余年旁边，故作惊讶："哎呀年年，你又热搜了！tag 是 # 余年的歌 #，说是三大音乐平台的新歌榜上，前七名不是你唱的歌就是你写的歌，堪称霸榜之王！"

余年无奈："孟哥，这段话你上午已经说过一次了，语气声调都一模一样，连重音都没有区别。"

轻咳几下，孟远哈哈笑了两声："真的吗？原来说过了啊！"

见余年戴上了口罩和鸭舌帽，孟远警觉："你这是要去哪儿？"

余年坦白："谢游约我今天见面，庆祝我专辑大卖。"

"原来是去见谢游啊，"把余年从头到脚打量了一遍，孟远又道，"看你收拾得帅帅气气的，还以为你是要去约会。去吧去吧，注意安全！"

电梯下到停车场，余年一眼看到了谢游的黑色越野。他快步走过去，开门上车坐进后座，笑道："好久不见！"

车里开足了暖气，余年顺手将外套脱了下来。白毛衣是宽松的 V 领，露出了白瓷一样的皮肤和精致的锁骨。

在座位坐好，余年目光落在谢游的右手上，"伤口怎么样？"

"好多了，除了不能用力，没什么问题。"谢游顿了顿，克制地关心道，"你呢，忙吗？"

空气里是弥漫开的是雪松的气息，余年不由得放松下来，侧头看着谢游，"挺忙的，专辑在宣传期，日程很紧。这几天一共接了四个采访，杂志和视频网站的都有，还拍了一个杂志的封面，综艺也上了两个，几乎是连轴转。明天飞叶城参加签售会，下午有芙纳诗矿泉水的品牌活动要出席。"

谢游看出他眉间的疲惫，放轻声音："要不要睡会儿？到目的地还早。"

余年没有拒绝，他确实很累，拿外套搭在身上，说着说着眼睛就慢慢闭上了，声音也含糊起来："那到了你叫我？"

谢游想帮他理理前额细碎的头发，手抬起来，又重新放下，只应了一句："好。"

等余年醒过来时，车已经停在了江边的高地上。两人进到一家法式餐厅，里面灯光暖融，除了穿着马甲衬衫的侍应生，空空荡荡没有别的人。餐厅的整面墙都是玻璃做成，透过植物的枝叶，能够看清江面的灯光以及对面金融中心的五座高楼。

将菜单交给侍应生，余年用湿纸巾擦了手，注意到谢游连看了两次手表，余年问："是有事吗？"

谢游摇头："没有。"他眼里浮起一层懊恼，又道，"有。"

余年笑了，"那到底是有还是没有？"

谢游再次看表，紧盯着秒针，在心里倒数，4——3——2——1——

"年年，看这里。"

顺着谢游示意的方向偏过头，余年眼睛微微睁大，瞬间屏住了呼吸。

以城市的霓虹为背景，金融中心五座直耸入云的高楼的外墙上齐齐出现了"祝余年专辑大卖！"几个字，并随着灯光一起不断变换花式和颜色，随后还出现了余年专辑的海报影像。

"谢游，你——"

下一秒，余年的声音被接连的"砰"声打断，无数烟火随之腾空而起，如星子一般在天幕炸开，又仿佛银河坠落。光影倒映在江面，争相辉映，一时间，足以让人忘记呼吸。

烟火足足持续了两分多钟才渐渐停下来，余年回过头，正对上谢游看向自己的目光。

目光相撞，谢游很快别开视线，理了理一丝褶皱也没有的衬衣，"二十五个地标建筑的外墙 LED 屏同时庆祝，这个应援……你喜欢吗？"

问到最后，谢游有些遮掩不住的紧张。

余年郑重道："我很喜欢，非常非常喜欢。"

听见这句，谢游的呼吸陡然放松下来。

这时，余年的手机响了起来。看见屏幕上显示的名字，余年轻笑——大概知道对方要说什么了。

"孟哥。"

孟远音量都没压住："就刚刚！金融中心的外墙，大大的七个字，祝余年专辑大卖！我看了看网上，竟然还不止，至少有二十几个城市的地标建筑在同一时间，齐刷刷地出现了这几个字，还每一处都配了两三分钟的烟花做背景！这整整齐齐的，是在撒钱吧？重点是，问了一圈你的粉丝站后援会，全都不认领，没人知道是谁弄的这应援！"

余年看了看坐在对面的谢游，笑着回道："没人认领吗？"

"对，"孟远感慨，"啧，这么大手笔，连我都好奇背后是谁了！"

结束通话，余年又顺手切进微博，看了看热搜："你上热搜了。"反手将手机屏幕对向谢游，余年眨眨眼，笑道："看，第五条，神秘人为余年新专应援。""他晃了晃手里的手机，"谢谢这位神秘人先生。"

谢游耳尖微红："不用谢。"又转移话题，"新歌都很好听。"

余年尝了一口滋味醇厚的红酒："真的吗？你最喜欢哪一首？"

谢游在心里答道，只要是你唱的都喜欢，但说出口的是："最喜欢《山雪》和《暮色》，曲逍然喜欢《绮丽》，他说他打包票，这首歌会大火。"

"我经纪人也是这么说的，说《绮丽》肯定会火。我今天看了看三大音乐平台上的数据，《绮丽》的播放量确实最高，稳稳地压了后面几首歌。"

谢游点头，认真道："每一首都非常好。"

余年举起高脚杯，跟谢游轻碰："谢谢你的夸奖。"

事实证明，《绮丽》确实大火。

录节目的间隙，连化妆师都开口道："年年，大家都在说，你靠一张 EP 直接火出圈了。"

余年穿着红色短外套，里面是白色卫衣和水洗牛仔裤，正在补眼妆。

化妆师手上的动作很稳，一边补妆一边继续道："我早上去咖啡店买咖啡，开门就听见店里在放《绮丽》。等上了约好的车，司机一个四十几岁的中年大叔，听的也是这首歌！我还问了一句，他说这首歌不知道是谁唱的，但很好听，他载的好几个乘客也都说不错。"

施柔拿着余年的保温杯站在旁边，兴奋地接话："对对对，我刚刚还在研究数据。实体唱片基本都是前三天销量涨得快，后面增速就慢慢下来了。但年年你不一样，这几天销量跟飞一样在涨！"她还卖了个关子，"你知道为什么吗？"

余年配合着问道："为什么？"

"因为前三天的销量都是粉丝在撑，饱和后，后面自然会变慢。但年年你这张 EP 不一样，开始是粉丝在撑，后来是有很多不是粉丝，只是单纯听了歌觉得特别喜欢的在掏钱买专辑，所以这几天销量不降反升！"施柔神情兴奋，又压低了声音道，"要是成绩再冲一冲，年度最佳单曲不是梦！"

余年睁开眼，眼线加深，衬着眼角下的泪痣，眼波流转。他笑着点点头，也小声道，"嗯，我加油！"

这次余年录制的是一档老牌的谈话节目，每次会邀请三个嘉宾一起聊天，主持人在业内咖位很高，风趣幽默，现场笑声不断。

中场休息后，几人重新坐回镜头下。主持人看了看手卡："我看看，我们现在开始聊感情问题了。"他看向坐在余年旁边的两个人，"两位的孩子都能发微博怼自家老爸了，感情问题什么的，不过是换着花样秀家庭秀恩爱，今天不问你们，来，余年，你刚满二十二岁，正好到国家法定结婚年龄，请问，有喜欢的人了吗？"

余年大笑："一来就将炮口对准我了吗？"

主持人挑眉："当然！给观众朋友们看我的手卡，这个问题后面，策划组拿红笔写了大大几个字，一、定、要、问、余、年！"

余年无奈："嗯，那我应该说真话还是假话？"

主持人连忙道："你是发言人，真话假话都行，你随意。"

余年轻笑，从衣服口袋里掏出一个写了"默默"两个字的口罩戴上，不说话了。

"戴口罩这一招太绝了！"主持人仔细看了看口罩，自然地转移话题，"糟了，我有预感这款口罩要被我们节目带火了，请商家自觉联系我们，给一点推广费好吧！好了下一个问题，三位觉得喜欢一个人是什么感觉？"

坐在最边上的卫路最先道："我年轻时候玩儿乐队，钱都买设备去了，每天吃馒头和白水。我老婆那时候还是我女朋友，坐一个多小时的车过来，就为了给我送三个水煮蛋，一直捂着，到我手里都还是热的。那时候我就想，我以后要赚大钱，买大房子，对她好。喜欢一个人，大概就是想变得更好，给她最好。"

"我也是，"冯一扬接话，"我跟卫路差不多，年轻时背着把吉他走天下，想这么流浪着过一辈子好了。后来遇上了我老婆，那时觉得她娇娇气气的，怎么能让她陪我风吹日晒。后来找了个城市定居，开始出唱片。喜欢一个人，大概就是想给她一个安定的家，安稳的生活。"

冯一扬说完，三人齐齐看向戴着口罩的余年。

余年解下口罩，做了个深呼吸："到我回答了吗？"

观众席传来整整齐齐的："对——"

想起什么，余年组织措辞："我还年轻，没什么经验，我觉得喜欢一个人，大概就是，各自回家的时候，会舍不得分开吧？

冯一扬两秒接话："这个问题简单，结婚可破！"

卫路大笑："对对对，娶回家，就能进一家门了！"

现场一阵笑声。

录制结束已经接近凌晨了，余年捏了捏眉心，接过施柔递来的热牛奶，几口喝完，才有了点精神。见施柔有话要说，他正想问，郁青的电话打了过来。

"年年，飞机那个又是什么情况？"

"什么飞机？"余年疑惑，"我刚录完节目，今天跑了一天的行程，还没来得及看手机。"

"虽然是在宣传期，但你也注意身体，别累病了。"郁青叮嘱两句，又道，"指路热搜！神秘人应援余年实体专辑销量破二十万，今天降落在宁城机场的所有航班，机身上都有你的专辑封面图！划重点，是所有！你的粉丝一脸蒙满心茫然，到处问这个深藏功与名的神秘人到底是谁，应了援之后，让她们都无援可应了！"

余年想起透过餐厅的玻璃墙看见的漫天烟火，笑意舒展。

"欸年年，你说，是不是和上次大楼LED还有烟火秀是同一个人？"

"应该是的。"想起某位神秘人，现在应该已经睡了吧？

讨论完，郁青又道："不过不说其他，年年你这销量，算是近几年独一份儿了。我《一无所有》那张专辑当时连着霸榜，可以说是大火，实体销量也没你这么强势，拿奖肯定没悬念。"

余年靠墙站着，手自然地揣在口袋里："也有些出乎我的意料，比我和孟哥预估的成绩好了不少。"

"不管出不出乎意料，反正成绩数据摆在那里，你是不知道，我周围的人都称呼你这张唱片叫'神专'，神一样的专辑，哈哈！"

余年不好意思："他们太夸我了。"

"夸得还不够充分！"郁青语气自豪，"还不算数字专辑，你实体专辑十天卖了二十万张，一张一百块，这销售额都多少了？那些之前唱衰你的人，都要被这数字吓哭了好吗？曲逍然怕是做梦都要笑醒！"

"嗯，曲总我不知道，但孟哥确实做梦都笑醒了，说是梦到自己在数钱，手指都数骨折了。"

郁青笑出声来："哈哈是我我也笑醒！"她又道，"年年，你有才华有实力，词曲编曲都能自己上，就好好稳住实力派全才歌手这个路子，粉丝喜欢你的歌喜欢你的才华比喜欢你的脸更多，以后你就是闪婚都没事。要是走流量偶像的路数，你谈个恋爱都会疯狂掉粉。"

余年："我和孟哥也是这个打算，我想像外婆那样，写出很经典的歌，不是那种红了一两年就没踪影，而是十几年之后还会有人唱的。"

"那就好好加油。对了，《古道》会送去参加金松奖，要是拿了奖，宣传的时候也更有底气。所以推广曲很快就会出来，你让孟远注意着，到时尤优别又跑出来搞事情，恶心人。"说完，郁青又自顾自地补充了一句，"国际名导，优秀的女主角我，还有当红的你，好像已经很有底气了！"

余年被逗笑了："姐，有你这么自夸的吗？"

"我就自夸怎么了，你打我？"郁青嘚瑟完，"不说了，导演那边叫人了，下次聊。"

见余年挂了电话，施柔才道："年年你已经知道飞机的事情了吧？"

"嗯，我姐跟我说了。"余年思忖着，得找个时间跟郁青好好说说谢游的事情。不然以他姐那护犊子的暴躁性子，见了谢游，说不定会直接抬脚就踹。

施柔兴奋道："我真的很好奇到底是谁这么大手笔，太有排面了！我看了现场图，机场停了一大排的飞机，一眼望过去，全是你的专辑封图！炫酷！"

余年试着说实话："是谢游。"

"啊？"施柔眨眨眼，伸手探了探余年的额头，忧虑道，"年年，你是不是最近太累了？谢总要是消停一点不黑你，我就谢天谢地了！"

余年无奈——果然是这个反应。

这时，化妆间的门被敲开，主持人沈央走进来，满面笑意："年年，要不要一起聚个餐？"

余年展开笑容："好啊！"

沈央做了个"嘘"的手势，小声道："我们悄悄点的烧烤，一大盘！"

"烧烤？"余年配合着小声道，"我马上来！"

卸了妆，余年进到沈央的休息室，发现之前一起录节目的卫路和冯一扬都在。没客气，坐下后，余年伸手拿起一串烤豆干，咬了一口就被烫得直吸气。

卫路放下空了的烧烤签，见余年不端着拿架子，语气也温和起来："小余啊，我女儿知道我要来录节目，让我一定要问你一个问题。"

余年喝了口冷茶水，连忙道："卫哥您问。"

"你从叶城回来，在机场不是穿了一双鹿皮短靴吗，我女儿想买同款，但网上连质量差的仿品都断货了，她想让我帮忙问问这双鞋是什么牌子，看能不能买到。"

沈央笑着插话，"对对对，我们策划组的年轻女孩儿迷余年迷得不行，也盯上了这双鞋子！"

余年疑惑："可是女孩子不能穿吧？"

沈央摆弄着烧烤签："用她们的话来说就是，得不到余年的人，好歹也要得到余年的鞋！"

几人都笑起来。

"那双鞋是造型师挑的，我记得是这个牌子。"余年把品牌名写在备忘录上，递给卫路看。

旁边的冯一扬喝了口可乐，笑呵呵的："余年你最近都成带货小王子了，每次机场照一出来，从帽子到袜子全成爆款。还有你喝的饮料酸奶，只要入了镜，全都爆销量。"

沈央好奇："冯哥你怎么知道得这么清楚？"

冯一扬叹气："还不是我儿子，天天在我耳边叨叨，有事没事就唱《绮丽》和《山雪》，偏偏他又是变声期的公鸭破锣嗓子，那叫一个刺耳！"

几人又笑起来。

等上了车，施柔小声道："年年，你们在里面吃烧烤，我跟卫路他们的助理在另一间，他们，"她想了个形容，"特别捧着我！"她又感叹，"娱乐圈真是个特别现实的地方，年年你还是新人的时候，我基本都自己在旁边玩儿手机，没人搭理。现在我好忙啊，都没时间玩儿手机了。"

余年听她语气夸张，笑道，"嗯，那确实辛苦了。"

"对啊，"施柔扳着手指头数，"他们还拐弯抹角地问我你的行程，你签了什么代言，你要上什么通告，我都含糊过去了，真当我傻什么都说啊？"

见余年困得厉害，施柔停了话，调高车里的暖气："年年你睡会儿吧，能多睡半小时就多睡半小时，最近太忙了。"

余年点点头，闭上眼几秒就睡了过去。

第二天七点过，余年正迷糊，徐向澜打了电话过来，说起《古道》要送金松奖的事情。

"你是片里的配角，还是唱推广曲的歌手、主题曲的作者，到时候肯定要一起走红毯的。"徐向澜哈哈笑道，"还是我眼光好啊，赌对了！当时我就说，你一定会比尤优红，果然！"

余年下床拉开窗帘，被光线刺地半眯了眼睛，也笑道："我一直很感谢徐导给我这两个机会。"

"不说这些见外的话，机会到了眼前，也要你自己捡得起来才行。再说了，我下一部电影的歌到时候还要拜托你。"

余年应下来："是我的荣幸。"

说完正事，徐向澜也八卦了一句："年年，据说你爸是余贺？"

余年一怔："余贺是谁？"

徐向澜知道自己误会了，哈哈笑道："哎，各种分析写得有鼻子有眼的，我都信了！余贺是一个富商，早年移民了，现在在国外。不说了不说了，你忙。"

余年看着暗下去的手机，想了想，还是上网搜了搜，结果出来的消息五花八门。有说他是豪门私生子，因为名不正言不顺才改了姓氏，隐瞒身份进娱乐圈。有说他爸是华人富商，想要体验平民生活才只身一人到了国内读大学。还有人说他父亲是高官，为了避嫌才隐瞒了家世。而且每一种猜测都带上了详细分析，看完，余年自己都信了。

见到孟远时，余年说起这件事："孟哥，这是团队发的还是？"

"不是我们发的，你现在火得一塌糊涂，那些营销号小报都想沾沾你的边，蹭蹭热度，三百六十度全方位下手，你拿瓶果汁都会分析分析里面有哪些水果，家世被扒很正常。要不是你才二十二岁，可能私生子都有四五个了。"孟远又神秘道，"现在来猜猜，我手里拿的什么！"

余年见孟远手背在身后，思来想去："东西应该不大，也不重，合同？"

孟远捂不住，余年一说完他就把东西拿出来了："不是合同，是赫西春夏大秀的邀请函！这次品牌方只邀请了三个人，你是三人里唯一的男艺人！"

施柔先激动起来，扒着座椅靠背："那是不是说，代言有那么点希望了？"

"你的推测没毛病！"孟远把邀请函递到余年手里，"请你看秀，说明你已经被列入代言人候选名单了。以后我们出席活动就穿赫西，品牌方给出了暗示，我们也要回馈回馈。"

余年把邀请函看了一遍，弯起唇角："好，我听孟哥的。"

保姆车停在欧慕腕表品牌活动会场外，现场守着很多记者。余年从车上下来，无数话筒瞬间怼了上去。

"你同校师兄出面爆料，你在大学毕业时连外卖都点不起，这件事是真的吗？"

"对于网上说的，炒人设炒得同校师兄都看不下去了，你有什么看法？"

"穷得外卖都点不起这件事是真的吗？是为了捞钱才放弃专业，进入娱乐圈的吗？"

"对于网上说的你年纪轻轻赌博成性，写歌赚的钱大部分都输光了，才会导致没钱是真的吗？"

意识到情况不对，孟远将随身带着的口罩给余年戴上，随后和现场的安保人员一起排开不断往前挤的记者，艰难地进到了室内。

关上休息室的门，施柔不放心，还反锁了。她大呼一口气："都快被挤扁了！不过到底出了什么事，那些记者都跟疯了一样！我只零零散散听见什么外卖都点不起，什么师兄。"

孟远两下就把消息搜出来了："视频才发出来，看时间，应该是我们在车上时的事。"

施柔也拿出自己的手机，将标题念了出来："人设崩塌？同校师兄爆余年毕业时穷到外卖都点不起！"她惊讶道，"才这么会儿功夫，转发量竟然有十万了！"

孟远没管施柔的感慨，朝余年道："爆你料这个我认识，齐哲，确实是你师兄。当初他在星耀实习，把你的照片给我看，向我推荐了你。"

余年从进休息室就没说过话，听孟远跟他说话才道："嗯。"

"你以前跟他关系还不错？"

"对，"余年反应慢了两秒，回答，"关系还算不错，我帮过他两次，他说他要还我人情，就把我推荐给了你。"他一笑，"不过他也不算是胡说，我那段时间确实外卖都快点不起了，当时还找孟哥预支了工资。"

施柔疑惑："不应该啊！突然站出来爆料，总是有原因的，年年你最近得罪他了？"

"没有，本来就不是很熟，我进圈后已经很久没联系了。过年和过元宵节时我发了祝贺短信，他也回了。"

"那就奇怪了，难道是为了出名？或者为了钱？"孟远摸摸下巴，又道，"不过说实在的，他爆出来的这个点，也没什么妨碍。你才出道时我计划让你炒贵公子人设，一方面是你自身气质很符合，另一方面就是为了接代言圈粉。但实际上，我们没有认真炒这个人设，通稿也没发几篇。最重要的是，你自身实力跟犯规一样，就算你家里四面墙都漏风，外卖也点不起，说不定粉丝歌迷还更欣赏你。天才贫穷少年立志奋发，终成新一代人气歌手，看，标题我都取好了！"

听孟远这么一说，施柔也放了心："对对对，没什么大问题！"

这时，余年手机响起来，他接了电话："邱师兄？"

邱楚樾没多寒暄，直入正题："齐哲的事我大概知道一点原因。"

余年握了握手机，道："我开免提可以吗？我经纪人也在旁边。"

"行，没问题。"邱楚樾接着道，"齐哲比你高一届，家境不好，在学校勤工俭学，非常刻苦，这一点我是欣赏他的。而我之所以对他印象深刻，是因为他想跟着老师搞研究，因为这个事情来联系过我几次。"

余年睫毛微颤："可是老师很多年不收研究生了。"

"没错，所以齐哲是想正正经经行拜师礼，可你知道，老师老早就不想收徒弟了，这么十年来，也只为你破了例，还明说过你是他的关门弟子。但齐哲认死理，觉得你都能行，他为什么不行。"

余年垂下眼睫，"所以……"他说了两个字，没能说下去。

"所以本科时你去图书馆总能遇见他，去食堂也能遇见他，他故意接近你，想模仿你。"邱楚樾叹气，"后来你跑娱乐圈当歌手了，他还来找老师，说你辜负了老师的期望，为了钱进娱乐圈，但是他不会像你这样。"

孟远听见这句，不太忍心看余年的神情。他回忆，齐哲看起来老实诚恳，没想到做事情手腕却这么厉害，既卖了人情，又踹开了自己的拦路石。

"但老师挑剔得很，看不上齐哲，听他说你坏话，直接吹胡子瞪眼地把人赶了出去，还说不论怎样，你都是他的小徒弟。"邱楚樾分析，"这次老师护犊子，直接怼季朝德，可能是刺激到齐哲了。"

余年轻声道："谢谢老师。"

邱楚樾想安慰他两句，但想起自家小师弟的性子，没再多说："我一会儿还有研讨会要开，先不聊了，这件事你自己斟酌。"

"嗯，好，邱师兄注意休息。"

等电话挂断，孟远看着他的神情，小心道："年年，你要不要休息几分钟？"

余年发了会儿呆，摇头笑道："不用，虽然有些难过，但没什么，工作不能耽误。"

孟远拍拍余年的肩："你安心工作，舆论风向我知道怎么做。"

品牌活动都是既定流程，拍照，采访，签名，抽奖，很顺利。从场上下来，余年见孟远脚步匆忙地走过来："孟哥，怎么了？"

孟远表情有些一言难尽："你那个大手笔有排面的粉丝，又搞事情了。"

谢游？心里的情绪被冲淡，余年好奇道："什么事情？"

孟远把图片给余年看："喏，就刚刚，金融中心一栋大楼的外墙LED屏上又出了几个大字。"

余年定睛一看，上面写着："年年，不要不开心。"背景是不断变换的彩色气球。

这时，信息也进来了。余年点开，是谢游发来的："心情好些了吗？"

这是在哄我开心吗？余年笑着回道："嗯，心情很好。不过，这样要花很多钱吧？"

这次，谢游秒回："没花钱，楼是我的。"

一直到重新坐上保姆车，余年脸上都泛着笑。

孟远纳闷："笑这么开心？被齐哲坑了一把都没有不高兴？年年，你是遇上什么好事了？"

338

余年虚虚握拳掩了掩嘴角的笑，没忍住，笑容还是扩大了。他回答道："我发现我欣赏的人，很像……"止住话，余年侧过头又笑起来。

孟远抬手捂眼："这笑容真是没眼看了，像什么你倒是说啊！"

"像冰糖。"

听完，孟远煞有介事地问施柔："柔柔，我准备找个时间去约牙医看看，你要不要一起去？"

施柔连连点头，伸手捂着侧脸："要的要的，啊，我腮帮子突然特别疼！"

三人都笑起来，笑过了，孟远问余年，"齐哲这件事你准备怎么办？"

余年收了笑："我想先听听孟哥你的意见。"

孟远摆出工作时的正经态度，注意到余年的表情，故意拉长脸，严肃道："余先生，请暂时整理好自己的情绪！"

施柔在旁边笑出声，又赶紧捂住嘴。

余年坐直了背，双手规规整整地放好："好的！"

孟远这才继续说道："从你上《天籁》出道到思宁掉马，因为你的外表气质，其实更多人会把你定位在偶像流量上，思宁掉马后，你的实力开始得到正视。到《绮丽》发行，才有越来越多的人发现你的音乐作品非常优秀。基于这个情况，我们完全可以借这次机会，稍稍弱化其他，强化和巩固你的音乐才华和实力这一方面。"

施柔补充："最不值钱就是颜？"

孟远点头："对，在我们年年这里就是这样的。"

余年明白了孟远的意思，思考几秒："我觉得可以。"

"现在不管是商业价值还是定位，你渐渐都已经稳了，人设这种东西反而会成为累赘，阻碍你的发展。所以以后你是什么样，就可以表现出什么模样。"孟远又感慨，"靠外表靠人设靠流量炒作，内在却不提升，只会山穷水尽，作品才是硬通货。"

施柔赞同地点头，又试探性地问："年年，你心情好些了吗？"

"我没事。"余年轻轻摇头，"虽然齐哲别有目的，但确实是他把我的照片递到了孟哥面前，为我创造了这个机会。他故意接近我，去老师面前说我的坏话，实质上却没对我产生什么影响。这次他爆的料，是事实，没有造谣。所以只要他不再故意针对我，以后就当没认识过这个人好了。"

孟远："能这样想就好，你需要做的事很多，哪里有这么多精力放在这些小事上？有这个精力，多写两首歌卖钱，或者多接一个代言不好吗？"

施柔捂嘴笑道："这是不是，齐哲费尽心思搞事情，自以为能掀风搅浪，没想到对现在的年年来说，这些都不痛不痒、无关紧要？莫名有点爽怎么办！"

孟远冷笑："对，气死他。"

当天下午，继 # 最强应援 # 和 # 穷得外卖都点不起 # 两个 tag 上了热搜后，又一个和余年相关的话题上了榜。

"——# 颜好可破 # 我翻年年录《天籁》时的花絮、饭拍，发现年年穿的衣服真的看不出牌子、找不到同款，到处求大神火眼金睛。结果今天陪母上去逛打折店，发现门口挂着十元一件一百一打的就是年年的同款 T 恤！只能说颜好可破！这到底什么神仙衣架子？"

"——# 颜好可破 # 哈哈哈全娱乐圈都不会撞衫！不过年年气质长相在那里，穿什么都跟奢侈牌限量款一样！"

"——# 颜好可破 # 歌迷表示，余年就是穿件打了补丁的破衬衣站台上唱《山雪》，我也爱他爱到尖叫！表白表白，《绮丽》入坑，《山雪》让我再也爬不出来！一人血书求出新专辑！"

"——# 颜好可破 # 心疼崽崽，竟然连外卖都点不起。不过，那些拿这个点嘲笑的，还有说郁青为什么不给钱给年年花的，三观是歪了吗？穷不羞耻，穷不上进当吸血虫的才羞耻！年年一直努力上进，才出道时就踩着伤脚跳完整场的舞，靠自己的努力才拿到了今天的成绩，不仅不羞耻，完全是正能量！"

孟远"啧啧"出声，"完全没有我的用武之地啊！我都还没砸钱买水军，网上风向已经一面倒了。"

余年在一起看手机："真的很巧，图上的那家打折店，确实是我买

T恤那家！"

"来，看看，最新消息，那家店的打折T恤和打折卫衣已经卖空了，带货小王子名不虚传。"孟远又数道，"还有你之前帮宁博拍的那个宣传小短片，连里面的同款毛笔都卖空了。宁博的文创店出了你在宣传短片里的形象的周边，上架一分钟没到就断货了。"

余年得意："我自己抢到了一份。"

"手速这么快？在哪儿呢拿来看看，我还没见过实物！"

"送人了，送给——"

孟远赶紧制止，"行吧，知道是送谁了，你可以不说了。"他看了看时间，"一会儿有记者过来，要进行一个短采访，采访完差不多刚好登机。"

施柔帮余年把头发打理好，记者到了，这次采访的问题不多，都不敏感，进行得很顺利。

"这次是去景城参加活动吗？"

余年穿着白色卫衣和水洗牛仔裤，脚上踩着经典款运动鞋，轻松地坐在沙发上，很有少年的清爽感。把麦在衣领上别好，他答道："对，芙纳诗矿泉水在景城的水源基地做公益，我也会赶过去。希望通过宣传，能够增强大家保护水源的意识，为环境保护尽自己的一份力吧。"

主持人笑道："对，环保从来都是不能轻忽的问题。景城有很多传统小吃和各色美食，去了那边年年可以品尝一下！有什么想吃或者爱吃的吗？"

一听这个问题，孟远突然有了不好的预感。

果然，余年扬起嘴角，回答："最近很喜欢冰糖。"

孟远和施柔对视一眼，动作同步地捂住了侧脸——牙疼！

不多时，机场响起广播，孟远看看时间，上前道："辛苦了，飞机即将起飞，我们该出发了。"

星耀大厦五十一层。

曲逍然打了个哈欠，焉焉儿地趴在办公桌上，斜着看谢游："怎么大清早地来我办公室？"

　　谢游把握在手心里的东西递到曲逍然面前，还强调："只能看，不能碰。"

　　曲逍然翻了个标标准准的白眼："当谁稀罕一样！"见谢游盯着自己，他赶紧改了口风，"好好好，你稀罕你稀罕，不过你昨晚不是已经跟我炫耀过两遍了吗？"

　　谢游假装没听见这句话，介绍道："年年特意帮我抢到的，有贴纸，有钥匙扣，有冰箱贴，有——"

　　曲逍然捂住耳朵，抗议："兄弟，你能不能换换介绍词？我连重音和标点都能背了！"他又赶紧换话题，"对了对了，你什么时候学会的那些应援套路？一个比一个溜！要上天！"

　　谢游停下介绍，为自己的行为做注解："别的明星都有应援，年年也要有。"

　　"好像是这个道理！不过，你这手笔太大了，我翻了翻热搜，都在说，神秘人应援之后，余年粉丝应无可应，怎一个惨字了得，哈哈哈！"曲逍然喜闻乐见，又悄悄地问，"现在丁兆先那老家伙倒了，你准备怎么向你的年年有余表示表示？你不急，我急！"

　　然后他就看见，谢游从手机里调出一份完整的企划书，放到了他眼前。

　　"景城发生地震——"曲逍然面色一凝，止了声音。

　　刹那间，谢游手指收紧，钥匙扣的棱角深深陷进手心。

　　曲逍然声带绷紧，涩声道："余年……是不是在景城？"

第
12
章

地震发生时，余年正在向导的带领下深入水源地。

向导叫严树，是当地人，山路走得熟悉，一边走还一边用不太标准的普通话介绍道："就是这里，山里有冰川遗迹，终年积着雪，这周围都是无人区。那些来考察的专家说是高山雪水、降雨和地下溪流，经过植被、土壤和花岗岩自然过滤和净化，在引力和巨大压力下从岩石裂缝中流出来，含有很多天然矿物元素。以前我小时候，村子里有谁病了，老村长就会让村里的青壮进山，到这里提一桶水回去给病患喝，喝完，病能好一半。"

余年接过对方递来的一个竹筒，在清澈见底的水潭边蹲下，舀了半竹筒水，尝了一口，惊喜道："有淡淡的甜味儿。"

"对，小时候听老人讲，这水是从山神的石钵里流出来的甘露。"严树眯着眼笑起来，"知道这是唬人的，但我现在也会这么跟我家里的两个猴崽子讲。老一辈都说，对自然要有敬畏之心。"

"嗯，是这样的。"余年又舀了一竹筒水，塞好盖子，准备带回去给谢游尝尝。起身看看时间，"严叔，您能带我往回走吗？上面的活动现场应该已经布置好了，回去晚了会耽搁时间。"

"行，脚下小心，从这里回上面，只有我们刚刚下来的那一条窄路，不太好走，得——"

就在这时，四周鸟群尖锐鸣叫，翅膀的扑棱声像是不好的信号，接着，脚下的地面晃动起来，余年以为自己没站稳，脚下的石头在打晃，直到听见严树惊恐地喊"山神发怒了"，才反应过来，是地震了！

连着几声巨响，有石头泥土从崖壁上方滚落下来，砸进两人面前清澈见底的水潭里，"咚"的一声，溅起巨大水花。

余年反应快，拉着严树的胳膊连退好几步，还是有一半衣服被淋湿。

过了不知道多久，晃动才停下，两人松开相互攥着的手，都心有余悸。

余年从口袋里拿出手机，山里信号本来就不好，现在更是直接断了。严树往下来的位置跑去，没多久回来，喘着气道："不行，路塌了，路面全被滚下来的石头堵死了，垒了不知道多高，靠我们两个挪不开，没办法上去！"

余年思忖着，活动现场还不知道情况怎么样、有没有人受伤。他朝严树道："幸好我们两个都没受伤，发生了这么厉害的地震，肯定会有救援的人，别急。"

"对对对！我刚刚心里跟揣了兔子一样慌得很，现在好点儿了。"严树拍拍心口，神色虔诚地朝东方行了个礼，睁开眼，有些不好意思，"村子里老人教的，拜山神的礼节。"

余年站直，也模仿着严树的动作，认真规整地朝东方行了礼："是这样吗？"

"对对对，就是这样！"

拜完山神，两人在石头上坐下，因为害怕有余震，没敢往靠近山壁的位置坐。

严树语气稍有些磕绊："我还以为你会笑话我，说我迷信。"

余年折了根草在手里摇了摇，笑道："我跟着你拜完山神，心里也踏实了很多。说不定山神见我们心诚，真的会保佑我们。"

严树连着点头，又唏嘘："没想到竟然会地震。"

余年心情沉重，按照刚刚摇晃的程度来看，震级应该不会低，就是不知道震源中心在哪里，外面情况怎么样。他又拿出手机摆弄，发现还是没信号，只好作罢。

两人没敢到处走，只在原地坐着，注意着周遭，找话题聊天。

"严叔，您家里有两个孩子？"

"对，我孩子生得晚，双胞胎，都是小子，现在在上小学，成绩还不错，就是皮得很，气得我想揍人！"严叔说起家里，笑容很快温和下来，泛白的嘴唇也多了血色。严树没那么紧张了，又拉着余年说了不少关于这座山的传说。说着说着，严树又叹气，把心里的担忧咽回去，只道，"这地震，不知道多少人会遭灾。"

"是啊。"余年扯了扯手里的草茎，发了会儿呆，忽然想起以前外公教自己写的，"寄蜉蝣于天地，渺沧海之一粟"，人在这世界上，确实渺小又脆弱。

严树拍拍自己的脸，起身："先不想这些，你等着，叔去帮你抓点鱼上来烤着吃，填填肚子！不知道多久能上去，怎么也不能饿肚子。"

余年连忙站起身："我也一起吧，正好看着学学！"

一直到天色擦黑，四周也是静悄悄的。中间有三次余震，滚了不少落石泥土下来。两人找了个背风的安全位置坐下，升起火堆，倒也不受山里的寒气。

"下午那鱼小得很，吃了好几条也不见饱。"严树拢着外套，絮叨，"也不知道我老婆孩子怎么样，哭没哭。"

余年手里拿着根树枝，拨了拨火堆，也在想，不知道郁青和谢游担心不担心，孟远和施柔他们怎么样了。

山上。

曲逍然裹了件厚外套，抖抖索索地说话："这山里一入夜真冷！冷风钻骨头缝里一样！"他站到谢游旁边，一起看着施工现场，"专家怎么说？"

谢游动也未动，双眼紧盯着搬移山石的器械，眼睫上像是沾染了寒气："天亮前能把路打通。"

听他声音沙哑，穿着单薄的西服衬衣，像被钢条撑着勉强在夜色里站得笔直，一口气松下来就会倒下去一样。曲逍然担心："要不要我帮你拿件衣服？"

"不用。"

"好吧。"曲逍然看看时间，劝道，"你别急，最好的救援专家在，最好的器械你运过来了，医疗设备也齐全，什么都准备好了的。而且当时他们在下面，还有本地向导，余年肯定没事，不会受伤的。"

谢游盯着山体不甚清晰的轮廓，哑声道："他会冷。"

听见这句话，曲逍然没再劝，伸手拍了拍谢游的肩膀："我陪你等。"

夜越深，山里的气温就降得越厉害。曲逍然往手心里哈了哈气，想起谢游听见消息时骤然苍白的脸，掏出手机打电话，连拨号的手都在颤，后来从办公室慌忙出去，更是脚步踉跄，步子都迈不稳。

一路推了所有的工作，调动所有能调动的有帮助的资源，用最快的速度到了余年在的地方。看见山石堆积的小路，他身形有几秒的僵硬，眼底像是充了血。要不是死死拦着，估计早亲自去搬乱石了。

看着神情紧绷、唇色苍白的谢游，曲逍然突然发现，余年的存在，或许比自己想象的更加重要。

碰了碰谢游冷冰冰的手，曲逍然轻声道："松松力气，要是你手掌心被指甲掐出一排血洞，你说你家年年有余看见了会是什么感觉？"

谢游沉默一瞬，松开了紧握了不知道多久的拳头。

曲逍然呼了口冷气："刚刚山下来消息说，孟远伤了手，余年那个助理脚扭伤了，都已经做了处理，没有大碍。我让他们就在山下休息，别上来添乱了。郁青一听见消息就往回赶，但她拍戏的地方实在偏僻，可能明天接近中午才能到，知道我在现场，还拜托我找到人了一定告诉她。"

又说了两句，曲逍然看着唇线紧抿、像雕塑一样的谢游，用手肘撞了撞对方："兄弟，别一声不吭，你这状态，我有点慌。"

谢游这才出声："我没事。"

骗鬼呢说没事？但他这兄弟已经不像以前了，他仔细观察也看不出什么明显的情绪。曲逍然在心里叹了声气，没再追问。

隔了许久，他听谢游涩声开口："逍然，他会没事的，对吗？他不会像我哥、我爸他们那样，悄悄地就走了、再也见不到了，对吗？"

一句话说完，尾音像是散进了山风里。

曲道然眼睛一酸，他忽然想起接到谢沥出了意外的消息时，谢游也是茫然地抬头，问他，说："逍然，是假的对吗？哥哥他还说要来看我，听我新写的曲子，所以是假的，对吗？"

忍着喉头的艰涩，曲道然连忙点头，故作轻松道："肯定的，余年肯定会没事的，肯定。"

谢游好一会儿才应了一声："嗯。"

火堆已经灭了，只剩点点火星还在黑暗里闪烁。余年没睡着，发现严树翻了几次身，他轻轻开口，"严叔？"

"你也没睡？"严树翻身坐起来，拍了拍身上的草叶，"之前我都不敢提。但我这心里啊，慌得很，眼睛一闭上就是我老婆孩子全身是血的模样，怎么都睡不下去。"

余年看了看手机，还是没有信号。他按熄屏幕，接话："吉人自有天相，老天爷有眼睛的。"

"是啊是啊，我那两个孩子皮，但心地好，放学回来看到路边有受伤的小鸟也会小心地捧回来，等伤治好了再送回山里。我媳妇也是，邻居有事，能帮就帮，从来不躲懒……"

余年听着动静："救援队应该已经到了，我听见有机器的声音，说不定天亮我们就能上去了。"

"那就好那就好，"严树点头，又念叨，"天灾人祸真是说不准。我刚刚在想，要是我这次真死了，不甘心！我还没见我两个皮小子读书上大学，还没给我媳妇买她喜欢的那件羽绒服，还没去见那个几年没见过的拜把子兄弟……"

余年安安静静地听着，在想，他要是死了，会有什么遗憾？还没把遗失的文物找回来，还没把答应帮郁青写的歌写好，还没跟老师说一句抱歉——

身体太过疲倦，余年抱着腿，下巴枕着膝盖，迷迷糊糊地睡了过去。耳边严树絮絮的声音逐渐变低，听不清了。

不知道过了多久，余年突然从不深的睡眠中惊醒过来。天色依然黑黑漆漆的，一丝月光也没有，远处似乎传来了人声。他头有些晕，双腿屈曲太久，发麻没有知觉。

伸手扶着旁边粗糙的树干勉强站起来，还没站稳就被刺眼的光线照得下意识地别开头，闭上了眼睛。

凌乱又急促的脚步声匆匆忙忙，踩过枯枝落叶，发出的轻微声响落在他的耳膜上。下一秒，他就被颤抖着的双臂用力揽进怀里，瞬息间，冰凉的雪松气息充斥在每一缕他吸入鼻腔的氧气中。

耳边是谢游略带哽咽的声音："年年，没事了，我找到你了。"

手电筒落在地面的草丛里，光线射出很远，周围是山岚夜色，余年能感觉到谢游身上的凉意以及心口处急促的起伏。他抬手攥紧谢游的外套，在这一刻，心里一直悬在半空的巨石终于落地。

他来了。

察觉到余年身体在微微发颤，谢游小心翼翼地问："年年，你是不是哪里痛？"

余年摇头，连忙回答："我没事，没有受伤，可能是运气好，当时不少石头从山上落下来也没砸到我，而是落到了我面前的水潭里，溅了不少水在我身上。"

余年说的很轻松，谢游却能想到当时的惊险，他再次收紧手臂，把人紧紧地护在自己怀里，低声询问："害怕吗？"

"怕，很害怕。"余年微怔后，坦然回答，"我还有很多事没做，很多目标没有达成，很怕死，怕就死在这里了。"当时只有他和严树两个人，必须有一个人镇定不慌乱才行。但现在见到谢游他才发现，自己的指尖都在止不住地发颤。"还很冷，这里一入夜就开始降温，火堆熄了之后真的好冷啊。"

听见余年说的话，谢游松开手臂，将身上的西服外套脱下来，严严实实地裹在余年身上。

这时，谢游意识到了什么，手上的动作忽然顿住，接着飞快松开手，立在原地，有些手足无措。

最后那点后怕也散了个干净，余年心里好笑，弯腰把手电筒捡起来拿在手里。

另一边，严树已经醒了，余年笑道："严叔，救援的人来了，我们很快就能上去了。"

话音刚落，又有几束光靠近，远远传来的是曲逍然气急败坏的骂声："谢小游你是不是不要命了？路都还没开出来你就往下面跑，要是半路上路面又塌了怎么办？踩滑了摔下去了怎么办？知道你担心余年，但你也不能乱来啊！"

谢游垂头看了余年一眼，小声解释："我没有，我走路很小心，没有乱来。"

穿着件厚实迷彩外套的曲逍然停在近前，借着光仔细观察余年，见余年身上裹着谢游的外套，好好站着，不像是受了伤的模样，也大松了口气："幸好幸好，幸好你没事！"

他忍了半句没说出口——要是你真出了什么事，谢游肯定眼睛都要哭瞎！

余年笑着道谢："谢谢你。"

曲逍然大咧咧地摆摆手："我有什么好谢的，谢你旁边那个人就行，我只是跟着来的。你是不知道，一听你出事了，谢小游急的差点原地爆炸，火急火燎地赶过来，什么都抛脑后不管了，那架势，像你要真出了事，他能把这座山给拆了！"

一行人往山上走，手电筒的光线下，能看见小路上的乱石。谢游迟疑了几秒，还是伸手："我拉着你。"

余年没有拒绝，把手搭了上去。

走了一段路，听见水流声，余年想起来，把装满水的竹筒递给谢游："是这山里的泉水，我尝了，很甜，就装了一点，想给你也尝尝。"

谢游接下，拎在了手里。

踩着碎石，余年借着手电筒的光线观察周遭："情况怎么样？"

谢游带着余年，每一步都走得很小心："不算太坏，震中是在山区，没有人烟。来时发现道路两旁有很多房屋倒塌，但因为人口不密集，所以受灾程度不严重。"想了想，谢游又道，"孟远地震时没站稳摔倒，挫伤了手腕，施柔扭伤，两人已经被送到山下接受治疗，没有大碍，他们都很担心你。"

从山上下来，天边已经有了亮光，广袤的山林在晨曦中逐渐醒来。余年还没反应过来，先被冲过来的施柔抱了个满怀，她满身狼狈，又哭又笑："吓死我了！真的吓死我了——"

余年拍了拍她的背："我没事，好好的一点没受伤，不信你自己看。"

施柔这才放开余年，胡乱抹了一把脸上的眼泪，把余年从头到脚打量了一遍："嗯，好好的，没受伤。"说着，又忍不住掉起了眼泪。

孟远左手绑着绷带，也走了过来，用没受伤的右手拍拍余年的肩膀："没事就好。"

"对，没事就好。"余年往周围看了看，发现只停着几辆车，"其他人呢？"

施柔吸吸鼻子，"都回市里了，原本曲总让我们也回去，但你还在这里，我们怎么放得下心，就一直在山脚下等着。"

这时，谢游走了过来，朝余年道："车上有食物，你要不要先吃一点垫垫？跟你一起上来那个人已经派车送回去了。"

余年点头，"嗯，好。"

等两人转身走开，施柔眨了眨哭红了的眼睛，问孟远："不对，孟哥，我突然反应过来，谢总为什么在这里？而且刚刚……他是在问年年饿不饿吗？"

孟远看着走路时两人无意识靠得极近的背影，摸了摸下巴，忽然问施柔："谢总身高多少来着？"

"谢总的身高？"施柔愣了两秒，努力回忆，"谢总黑年年时我去搜过他的资料，官方报的最新身高是一米八六，怎么了？"

孟远收回视线，不太确定："我有了个大胆的猜测。"

施柔更好奇了："什么猜测啊？"

"保密，等以后再说。"孟远又招呼施柔，"走走走，蹭蹭信号上网，先把年年被找到了的消息发出去！"

施柔注意力被转移，皱眉道，"对！那些营销号为了蹭热度什么都不顾，我看见有个营销号竟然信誓旦旦地说年年在地震时摔下山谷，目前生死不明，太气了！"

孟远心不在焉："嗯，你想想措辞和语气，一会儿澄清一下。"

坐进车里，谢游先找出一包牛奶，又打开一个小盒子递给余年："这种点心很好消化，你尝尝喜不喜欢。"

余年问："要是不喜欢呢？"

谢游认真回答，"要是不喜欢，我还准备了饭团、煎饼、饼干、糖、巧克力、肉脯、罐头、干果坚果。"

听他一一数过来，余年嘴角笑意扩大，先一口咬掉半个点心，又喝了口牛奶："很好吃！"

谢游放松下来："你喜欢就好。"

安静吃完点心，余年将空盒子盖好递过去："我吃完了。"

将东西放好，谢游打开余年给他的竹筒，灯光下，能看见里面清澈无一丝杂质的泉水。他珍惜地尝了一小口，甘冽的味道在口腔里扩散开。

很甜。

就在这时，车门"啪"的一声从外面被打开。

冷风窜进来，瞬间吹散了车厢里的暖意，曲道然站在车门前，语速飞快，"谢小游，救援专家让我来告诉你，看情况可能马上要下大雨了，这里不安全，我们得快点启程才行！"对上谢游的眼神，曲道然觉得有点冷，茫然，"怎么了？"

谢游收回视线："那出发吧。"

谢游坐得很直，一动也不敢动，遇到颠簸的路段，还会细心地抬手虚虚护住余年的头，平稳后再把手放下。

余年一觉没睡多久，醒过来时，耳边有雨水拍打车窗玻璃的声音。他小幅度地伸了个懒腰，看了看车窗外逐渐亮起的天色和蒙蒙雨雾："我们现在去哪里？"

谢游视线从要批的文件上移开，低声回答："我们现在去机场，回宁城。"

余年点点头，又有些担心："飞机能飞吗？"

"我私人飞机正停在机场，可以起飞。"谢游又担忧，"要不要再睡会儿？"

"不睡了，差不多醒了。"余年垂眸，"突然感觉昨天的一切都像梦一样，不久前我还被困在山里，担心余震，现在却已经在回宁城的路上了。"

谢游放缓声音安抚道："你现在已经安全了。"

飞机在接近中午时降落在宁城机场，从特殊通道出来，黑色阿斯顿马丁等在停车区，接余年的车也已经到了。

余年偏头，发现谢游正在看自己，错开视线，两人的脚步慢慢停下来，余年双手插在衣服口袋里，先说了话："谢谢你来找我。"

谢游没有打领带，顶上两颗扣子松着，黑色的西服也没系扣子，少了平日的整肃，语气有克制的柔和："回去好好休息。"

"嗯，回去我先开直播，网上谣言不少，还有说我已经遇难的，公司官方辟谣都没用，大概只能我自己直播辟谣才行了。"余年笑着说完，顿了两秒，又叮嘱谢游，"你也好好休息。"

"好，回去有两个会，还有八份文件要批，批完就休息。"

余年再次点头，"那，"他弯弯眼角，"那我先走了。"

谢游注视着余年的眉眼："好。"

上了车，司机先将孟远和施柔送到医院，之后改道送余年回家。冲了个澡，余年顶着半湿的头发坐到电脑前，先更了微博，然后打开直播软件，朝镜头挥了挥手："大家好，我是余年，很高兴能再次见到大家。"

满屏幕都是各种表情包和问候的话，余年很耐心地解释："抱歉让大家担心了，我很好，当时的情况是，我跟随芙纳诗品牌方的工作人员一起到了水源基地附近，因为活动现场还在布置，于是我在一个当地向导的带领下，沿小路去水源的位置观看。地震发生时，我和向导都避开了山上的落石泥沙，没有受伤。但由于回去的小路被石头挡住了，我们没法上去，只好在水源旁的空地等救援。"

说完，余年还站起身转了两圈，"看，我现在真的什么事都没有，一点也没有受伤，大家千万不要相信网上的谣言。"

"——呜呜幸好！当时看见新闻真的要吓死了！没事就好！祈祷！"

"——营销号蹭热度太恶心了吧？配乱七八糟的图片，还说有什么内部工作人员的消息！有咒别人重伤的吗？好气！"

"——看见年年好好的，终于放心了！虽然不信营销号，但心里总是不踏实！我年年真的上天保佑！"

这时，屏幕暗下来，又是砸礼物的提示，照例是九百九十九颗钻石礼物。忽略爆炸了一样的弹幕，看着"年年有余"这个 ID，余年笑容粲然，忽然道："让大家担心了这么久，我给你们唱首歌吧，你们想听什么？"

下一秒，弹幕上飞快地刷过《绮丽》和《山雪》，间或夹着《激滟》《远星》《一无所有》等等歌名。

余年想了想："那唱《山雪》好了，不过没开嗓，要是破音了你们不准笑我。"说完，余年调整好镜头的角度，手搭在琴键上，手指用力，清脆的琴音散了出来。

"——啊啊啊今天是年糕女孩儿过年吗？竟然能听见年年现场弹唱《山雪》！"

"——本年糕熟了！糊了！爆炸了！太好听了！年年你唱音域跨度这么大的歌，竟然就坐着唱，还表情气息都不变一下？你对得起这首歌'逼死翻唱'的标签吗？"

"——啊啊啊我的耳朵得到了洗礼！不过，这个词怎么听着不太对？哈哈哈哈年年你果然离开提词器就不能活！自己写的歌也忘词！"

"——笑死了！热搜预定！知名实力歌手直播唱自己的歌，惨遭忘词，现场重新填词，一本正经面不改色！"

余年趁着间奏看了眼弹幕，瞬间破功被逗笑了。他不太好意思，假装没看见"是不是忘词了"这个问题，短短的一段低哼后，余年继续唱到："你是山间流风 / 梦里回雪 / 再不可失却 / 是乱红飞花 / 星河银璨／心早被劫掠／我纵你猖獗……"

唱完，看着满屏的"哈哈哈"和"啊啊啊"，余年戳了两下黑白琴键，笑道："果然，我的命是提词器给的。这次小仙女们帮我保保密，就当是我们的小秘密？"

弹幕上是齐刷刷的"好"字，不过余年刚下直播没多久，＃余年直播唱歌忘词＃就被刷上了热搜，很快冲进了前五。

孟远紧跟着打电话给余年："哈哈哈说好的小秘密呢？你粉丝坑你不手软啊！"

"大概是公开的小秘密？"余年也有些无奈，又关心道，"孟哥，你的手怎么样？还有柔柔姐的脚呢？"

"柔柔只是扭了一下，当时痛了会儿，到医院都好得差不多了。我手也没什么大事，没伤到骨头。"孟远想起来，"对了，郁青回来了吗？"

"没有，我给她打了个电话，她听说我没事，又坐飞机回去了，还说正好妆也没卸，回去片场能继续拍。"

"哈哈哈你姐行动力超强！这次确实吓人，不过我看了官方报道，震级不高，是我们所在的位置靠近地震中心反应才这么强。村子里房子倒了，牲畜死了不少，人没伤亡，不幸中的万幸！"孟远感慨了两句，"那先不说了，你好好休息睡会儿。对了，芙纳诗那边跟我通了气，这次的活动取消，但钱该给多少给多少，还发了个大红包。另外，明天《我的一天》会播出，你到时候记得转发，要是忘了也没关系，我会再提醒你一次的。"

"好，孟哥你也好好休息！"

第二天晚上八点，《我的一天》就在琥珀卫视准时播出。节目的开场音乐一响起，谢游就放下手上的工作，一边看，还一边手速极快地截图。

镜头对准余年煎培根的手和锅铲，听工作人员在问，是不是平时有空会自己做饭。余年回答："嗯，会，做饭是上大学时学会的……"

听完这句话，谢游神色微怔，想起什么，再也坐不住，拿着外套就下了楼。

余年正在书房里一边和郁青视频，一边咬着笔杆写歌，不过写写画画都没什么想法。思维一偏轨，不自觉地笑出来，余年将笔在手指间灵活地转了一圈，随手写道，"夜色下你的剪影太好看 / 细看却又不敢 / 心情缠缠绊绊 / 怕你嫌烦……原来我已变得如此贪婪 / 难忍离散。"

写完给郁青看，郁青挑着精致的眉梢笑他。

余年正想说话，忽然听见门铃声。他往门口望了一眼，朝郁青道，"姐，先不聊了，我挂视频了。"说完，直接伸手按了挂断。

快步走到门口，余年打开门就看见了谢游。

"怎么过来了？"

"年年，我饿了！"

饿了？余年笑起来，"那进来吧，我做夜宵给你吃。"

带着谢游在沙发坐下，余年仔细将衣袖往上折，问谢游，"饿了想吃什么？我做给你吃。"

谢游正盯着余年的手腕看，听见这个问题，反应了一秒，"都可以。"

"那我想想，冰箱里还有一点晚上剩下的米饭，青菜、豆腐和肉丝也还有，要不我给你炒一盘炒饭，再做一个青菜豆腐汤，可以吗？"见谢游点头，余年转身往厨房走，"那你稍微等等我，很快就好。"

不过等他进到厨房，就发现谢游默默地跟了过来，余年见对方视线不知道往哪里放的模样，笑道，"跟着我干什么？"

谢游："我想帮你，可以吗？"

想了想，余年从冰箱里拿出一个削过皮的土豆递给谢游，再指了指菜刀和砧板的位置，"那这个土豆就拜托你了，切成细丝就好，切好了我炒土豆丝给你吃。"

谢游像是接下了什么重大任务一般，认真点头，拿了刀和土豆，站在料理台前，低头研究了一会儿，先把土豆切成了两半。

分了一点注意力在谢游身上，余年熟练地将食材处理好，又打开油烟机，一口锅烧热水煮青菜豆腐汤，一口锅炒饭，很快，饭菜的香味飘了出来。像是感觉到什么，余年停下手上的动作，翘起嘴角，提醒道，"小心，不要切到手指了。"

谢游小声应了句，"好。"

不到二十分钟，炒饭和汤都做好了。余年拿出餐具将食物盛好，又看了眼谢游的成果，"咦，土豆丝切得很好啊！"

谢游是第一次做，听余年夸奖，眼神亮了亮。

余年拿出手机，把切得不太均匀、但好歹像模像样的土豆丝拍了下来，一边拍一边道，"这是我们谢游第一次切的土豆丝，拍照留念！"

炒饭和一菜一汤端上桌，余年自己拿了一副碗筷，盛了一碗汤，陪着谢游吃夜宵。

谢游吃饭很安静，没有多余的声响，还非常优雅好看。将一勺炒饭咽下，谢游捏着瓷勺，不太自然。

余年别开头，差点笑出声来——他欣赏的这个人，外表看起来高冷又不好接近，为什么内里却这么……可爱？

慢慢地一口一口把汤喝完，见谢游将餐盘里的最后一粒米都吃完了，余年端着碗起身，"我去洗碗。"

"我去！"谢游一秒站直，对上余年的视线，"我去吧？"

"那要不石头剪刀布？谁输了谁洗？"

谢游点头，"好。"

把碗放下，余年抬手，"来吧，石头、剪刀、布！"

谢游出的剪刀，余年出的布。

眉间有些微的懊恼，谢游抿唇，"再来一次？"

余年欣然："好啊！"

不过连着六次余年都输了，谢游看着自己的拳头，"再来？"

第七次余年终于赢了，谢游眼里浮起笑意，透出点开心，"我去洗碗！"

说完，像是担心余年跟他抢一样，迅速把碗盘拿进了厨房，很快，里面就传来了水流声。

站在餐桌边上，余年拿出手机，将刚刚拍的土豆丝的照片发了微博，配上文字，"土豆丝。"

没一会儿，谢游就转发了。

"谢游：切得不好。//@ 余年：土豆丝 [图片]。"

余年走到厨房门口，正想问要不要帮忙，没想到谢游听见靠近的脚步声，连忙道，"我在认真洗碗。"

停下来没继续往里走，余年笑着回道，"嗯，辛苦了！"

与此同时，谢游微博下聚集的粉丝纷纷评论。

"——谢总怼得好！最看不惯现在的流量明星，切个菜煮个饭都要发一堆图片！下面还一群脑残粉跟着无脑啊啊啊，一言难尽！"

"——所以这个余年现在是在炒居家好男人的人设了？有事没事做个饭发个微博？"

"——啊啊啊余年那边微博更新才一分钟不到，谢总这边就转发了！这不是设置了特别关注是什么！游鱼 cp 粉今天能扛鼎！我明天也要去买土豆来炒！"

没过多久，谢游从厨房走出来，一眼看见余年穿着宽松的浅色衣服，盘腿坐在沙发上，正拿铅笔在纸面上写写画画。他微微低着头，吊灯的暖光为他五官的线条镀上了一层暖色。

听见动静，余年一边写一边道，"马上，我把这句词写好，稍微等等我，很快的。"

一时间，房间里只剩下铅笔在纸面上划过的沙沙声。

谢游忽然想起小时候，家里也经常是这样的。吃过晚饭，爸爸和哥哥会讨论新闻，妈妈会靠在沙发上做自己的事情，他则会在一旁看曲谱或者弹钢琴，几个人时不时会随意地聊几句天。

很温暖。

但那些记忆都像被遮上了一层灰色的幕布，渐渐变得遥远起来。自父亲去世，他就很少去回想这些了。因为对过往美好的眷恋会让他变得脆弱，他不能纵容自己沉浸在那些温暖里。

"我写完了！"余年放下手里的纸笔，抬头朝谢游笑道，"刚刚突然来了灵感，直接写了一整首词！"他笑意溢满双眼，"我是不是很厉害？"

谢游回过神，眸色温暖下来，"嗯，很厉害。"

余年看了看时间，"嗯，已经十点过了。"

谢游刚有些失落，就听余年道，"我明天晚上做菌菇排骨汤，你要尝尝吗？"

谢游神色一亮，几乎是余年刚说完就回道，"要！"

"嗯，好，那明天我等你一起吃晚饭！"

把人送到门口，谢游手搭在门把上，忽然回头，飞快地看了余年一眼，然后迅速打开门走了出去。

门"砰"的一声被关上，只从门缝里传进来一句"明天见"。

余年摸了摸嘴角，笑着自言自语："关门这么快……"

第二天余年下楼时，孟远正在保姆车里，低着头单手操作平板电脑。

"年年，我们来数数今天的日程，上午十点拍《让我来唱》节目的宣传影像，除你以外还有三个评委，但看安排，拍摄时间是错开的。下午两点半到达《回音机》的录制地点，唱《绮丽》的现场，没问题吧？"

余年正在跟谢游发信息，听孟远问，他点头，"没问题，不过可以把另外三位评委的资料给我一份吗？还有就是，《让我来唱》准备宣传了？"

"行，资料我整理整理发给你。"孟远应下，"对，之前就真真假假地弄了不少新闻出来，搞得很神秘，预热差不多够了，也是时候上主菜了，不然单是吊着胃口也没意思。"说着，孟远抬起头，这才注意到余年脸上的表情，眼睛微眯，"心情很好？"

"嗯，心情很好。"说完，余年又笑起来。

孟远"啧"了两声，忍了忍没多问，又道："黄韵也发了大红包过来，有意再找你约歌。"

这个人余年记得："是买《言不由衷》那个女歌手吗？"

"对，就是她，人家宣传时就带上了你的大名。单曲刚上线，马上被乐评人评为近年来她最好的作品之一，她的团队转头立刻来问能不能再合作，出价很高。"

余年沉吟："再看看吧，无论哪首歌，都要符合歌手本身的嗓音条件和气质风格才行，先别应下来。”

"我也是这么想的。你的歌好，要是唱的人不靠谱，反而会拖后腿。"孟远感慨，"不过年年，你真的是不为金钱折腰啊！"

余年失笑："怎么会？我很缺钱的，不过还是要有准则和坚持才行。"他想了想，"我前两天写了首歌，不太适合我姐，但挺适合柏颜的，可以问问她们需不需要。"

"绝对需要！你之前那首歌可是让她瞬间翻红，效果不要太好！"孟远一拍大腿，"交给我了！对了，这次《让我来唱》的评委里正好就有柏颜。"

到了目的地，余年几人跟着工作人员上楼，发现走廊上站着好几个助理模样的年轻女孩儿，正在等人。

孟远察觉不对，去问了工作人员回来，告诉余年："是唐晓轲在里面拍，他自己带了团队过来，团队说宣传片的风格不符合唐晓轲的一贯形象，要求调整，这边的策划不给改，说必须要贴合节目风格。后来唐晓轲还是妥协了，不过时间也耽搁了。"

施柔左右看看，小声问："唐晓轲？他怎么来当评委了？他走的不是调音假唱派流量歌手的路子吗？专业知识一点跟不上，就不怕被嘲？"

"家里有钱啊！他爸以前开煤矿，后来钱多了，就涉足房地产，实打实的暴发户。唐晓轲文不成武不就的草包富二代，进娱乐圈就是玩儿票的。这次是家里直接投钱，要求是唐晓轲要进来当评委，过瘾。"

施柔咋舌："贫穷限制了我的想象，这宠法儿也是厉害了！"

没过多久，门打开来，唐晓轲戴着一顶鸭舌帽，双手插在松垮的衣服口袋里，表情看起来有些不悦。经过余年时，他忽然停下，抬起一边嘴角笑道："真是抱歉，里面那些人都说我耽误了你的拍摄时间。这样吧，你不是穷吗？作为补偿费，我给你五十万好了，要吗？"

走廊瞬间安静，旁边的工作人员都看了过来。

赶在余年说话前，唐晓轲又耸耸肩，补充了一句："要是不好意思拿，我就意思意思，勉强买你一首歌好了。"

余年抬抬精致的下巴，脸上是真的不能再真的疑惑："你是谁？"

唐晓轲脸一黑。

旁边悄悄围观的工作人员发出了几声低笑，又很快收声。

站在余年身侧的施柔小声道："好像是……唐晓轲？不过真人和图片长得不太像！"

"唐晓轲？是谁？"余年思考好几秒，笑道，"这名字，哦，我好像听过你。"

他看向唐晓轲，眼里满是冷意，语气徐缓地继续说了下去，"等你什么时候敢不调音不假唱现场全开麦了，才有半分资格在我面前提一句想买我的歌。至于钱，真是抱歉了，五十万？再添一个零我也看不上眼。"说完，余年往前走了一步，笑着问，"怎么，还准备继续耽误我的拍摄时间？"

等唐晓轲沉着脸带人走了，余年问孟远："怎么回事？"

孟远问清楚了："在里面受气了，唐晓轲不听摄影的，想按着自己的想法来拍，摄影暴躁了，说唐晓轲爱拍不拍，再这么不配合，还会耽误下一个人的拍摄时间，可能这态度戳爆了少爷脾气，出来碰见你，就想在你身上撒气。"

施柔愤愤："找年年撒气？被怼活该！"

余年握着手机，心情没受影响："不用理会，走吧，进去了，早拍完早收工。"

摄像和策划的水平都很在线，拍摄比较顺利。中途，节目组还找余年录了一段短采访，准备在第一期时播出来。

余年黑色的头发被造型师捯饬得略松散，身上是白色丝质衬衣，妆很淡。听采访人问道："是什么样的心情或者动力，让你得到现在这么耀眼的成绩呢？"

余年面对着镜头，神色认真："我外婆曾经教导我说，一个呼吸一个眨眼，一秒就过去了。而我们正在过的每一秒都没办法重来，所以踏出的每一步都必须要全力以赴才行，不给自己后悔的机会。我出道到现在，唱歌，拍戏，写歌，从大家那里得到了很多的喜爱、掌声和欢呼声，但这些都不是理所当然的东西。所以，我想要更努力，去配得上这些。让喜欢我的人不会失望，不让他们有'自己眼光是有多差才会喜欢上这么个人'的感觉。"

"现在角色转换，你变成了评委，有什么感想吗？要是遇见非常优秀的人，甚至比你自己更优秀，会有什么想法呢？"

施柔听见这个问题，下意识地看了眼孟远，压低声音："节目组怎么回事？怎么问这种问题啊？"

孟远摇摇头："没事，年年能应付。"

余年思考几秒："成为了评委，感想就是，希望自己更努力、变得更厉害吧，否则也没有点评别人的资格。至于优秀的人，世界上本来就有非常非常多优秀的人，比我厉害的更是有很多很多。我觉得，意识到并且接受这一点，会激励自己更加努力。"

拍摄结束，几人在保姆车上解决午餐，孟远感叹："有个说话不捅娄子的艺人，真是三生积德！"

余年笑起来："这么夸张吗？"

"不不不，不夸张！但凡艺人说话出了问题，秒秒钟就会被放大，然后全网转发，处理起来真的秃头！"孟远指指自己的头发，"知道为什么我的头发这么黑这么浓密吗？就是因为我艺人双商在线，还十分省心！"

余年大笑，朝施柔道："柔柔姐，你知道我要保持住谦虚不膨胀有多难了吧！"

吃过午饭，又抓紧时间睡了半小时午觉。到达《回音机》的录制现场，一行人进了后台。

《回音机》是国内老牌的打歌直播节目，一周一期，每周六五点开播，很权威，可以说是风向标一样的存在。

彩排结束后，余年化好妆，换上演出服，低着头让化妆师补眼线，一边跟旁边的施柔说话，"一会儿演出结束我直接回家，柔柔姐你也回去好好休息吧。"

施柔点头："排骨早上放在冰箱冷藏室里的，年年你今晚又自己做饭？"

余年弯唇："嗯，准备熬汤。"

化妆师退开，余年活动了一下戴着银灰色手套的右手，"我去唱歌了。"

舞台上，追光灯打下来，余年穿着修身剪裁的黑色丝绒面料西服，里面是顶上三颗扣子都没扣上的白衬衣，银色的细长金属链做装饰，在灯光下异常耀眼。

孟远靠墙抱着手，小声道："柔柔，你说我当时眼神是有多好，怎么就把年年给看上了？"

施柔一时无言："这或许是你人生眼光的巅峰？"

孟远摸摸下巴："有道理！"他眼神又静下来，喃喃道，"希望他不要拿自己的前程开玩笑啊……"

施柔没听清："孟哥，你后半句说的什么？什么玩笑？"

"没什么。"孟远回过神，"你在拿手机看直播？"

"对啊，摄像大哥对年年的脸真是优待啊，给了好多个关键特写，说实在的，我天天跟着年年，都有点控制不住想截图的手！年年的颜真的能打！"

孟远凑近，看向手机屏幕："来，我也看看弹幕的反应呢。"

"——宝宝！麻麻爱你！太好听了啊啊啊！！循环起来！"

"——哇上了回音机！舞台的水晶树好美！年年实力真的强悍！本仙女吹爆这现场！《绮丽》我的今年最爱！"

"——现场竟然比录音棚还好听！这到底什么实力！那些说调音的可以滚粗了！所以黑子们不要没事找事了，会被年年的实力打脸的哦！"

施柔笑孟远："孟哥你是担心有人骂吗？不用担心，年年的现场完全没问题的！"

孟远呼了口气，自己跟自己说道："嗯，不想了，顺其自然吧。"